模仿罪

发威·著

THE CRIME
OF IMITATION

北京联合出版公司
Beijing United Publishing Co.,Ltd.

图书在版编目（CIP）数据

模仿罪 / 发威著 . -- 北京：北京联合出版公司，
2023.5（2023.8 重印）

ISBN 978-7-5596-6674-1

I.①模…　Ⅱ.①发…　Ⅲ.①长篇小说—中国—当代
Ⅳ.① I247.5

中国国家版本馆 CIP 数据核字 (2023) 第 029288 号

模仿罪

作　　者：发　威
出 品 人：赵红仕
责任编辑：李　伟
封面设计：王　鑫

北京联合出版公司出版

（北京市西城区德外大街83号楼9层 100088）

北京新华先锋出版科技有限公司发行

涿州汇美亿浓印刷有限公司印刷　新华书店经销

字数380千字　787毫米×1092毫米　1/16　21印张

2023年5月第1版　2023年8月第2次印刷

ISBN 978-7-5596-6674-1

定价：59.00元

目录 CONTENTS

序　幕

2017年3月1日，晚上10∶30，锦绣市西郊工业开发区的一处废旧工厂附近。

还有不到30分钟，成奚蕊就会失踪。

成奚蕊是《城市晚报》法制版的一名女记者，入职短短几年，就凭借敏锐的洞察力和深入独到的见解，成为报社的资深骨干。此时，她正坐在新买不久的国产经济型小轿车里，一边吹着暖风，一边不安地思索着一个问题。

要不要进去？

街道对面，是一座废弃的工厂。偌大的厂区，数栋现代化的厂房，说明这里曾有过短暂的辉煌。可如今大门紧锁，一条粗大的铁链蛮横地盘踞在两扇锈迹斑驳的大铁门之间，谢绝一切外人进入。

成奚蕊此时不安的原因，并非该不该独自一人深夜探查这座工厂，像这样的事情在过去的几年里，她已经不知道做过多少次了。

"如果你的照片拍得不够好，那是因为你离炮火不够近。"

这是20世纪著名的匈牙利战地摄影记者罗伯特·卡帕的名言，这句话也深深地影响着成奚蕊这一代新闻记者，无不以此作为工作的第一精神纲要。虽然记者这个职业，已经成为高危职业。在过去10年间，超过700名记者在世界各地殉职，遭到囚禁、殴打和暴力侵犯的更是不计其数。但是，恐惧并不是此时成奚蕊不安的主要原因。

她担心的，是一个先后顺序的问题。

是应该先报警，再走访？还是先走访，发现问题再报警？

能够产生这样的问题，就已说明成奚蕊对今晚的查访毫无信心。她是因为从一个非常偶然的机会，发现这家工厂的可疑之处的。一家已经废弃了的电子制造厂，却在最近的几个月时间里，产生了电费的欠款。这难道不是奇怪的事吗？

坐在车里的成奚蕊在脑海里试着给这种情况找出若干合理的解释，最为可能的一种，就是有人偷电，附近的工厂、居民，或是寄居在此的流浪汉，都有可能。所以，她今天晚上的探查，有很大概率会无功而返，莫名产生电费的废弃工厂，并不一定跟她正在走访的报道有关。

成奚蕊正在做一个名为《失联》的系列报道，每周一期，已经在报纸上连载了大半年，反响特别强烈。该系列报道聚焦女性，以失踪案为切入点，深入探讨案件背后当事人的生存状况，他们在失去亲人前后生活的改变，他们在寻人过程中心理和情感的变化。

前不久，本市发生了一起女大学生失踪案。尽管女生的母亲报案比较及时，但是因为线索有限，该案仍旧悬而未破。通常情况下，为了新闻报道的客观真实性，成奚蕊会等案件侦破以后才开始报道。但是这一次，她破例从刚一案发就进行跟踪报道了。因为长期做《失联》报道的缘故，也因为同为女性的缘故，这起失踪案深深地揪着她的心。虽说只要一天不发现尸体，就说明女孩还有生还的可能，但是，随着最佳寻人时间的过去，每多过一天，那个女孩生存的希望就变得更加渺茫一些。

女孩只有20岁，如花一般的年纪，人生才刚刚开始。社会上所有不道德行为和非法侵害都不应该发生在这么美好的人身上。

成奚蕊希望借由她的报道，能够引起社会的广泛关注和重视，起到发动群众提供线索以及敦促警方积极破案的效果。

可成奚蕊无论如何都没有想到，她在积极走访女大学生失踪案期间，自己也会成为失踪人口中的一员。

距离成奚蕊失踪还有不到20分钟。

此时，她仍坐在车里。心中，早已做出决定。

成奚蕊突然笑了一下，因为她意识到自己的手里正拿着手机，并下意识地翻到了市局刑警的手机号。这个动作如此熟练，是因为这个号码她经常拨打。她摇了摇头，脸颊再次浮现出好看的笑容，然后用洁白纤细的手指，将手机息屏。随后，她把轿车熄火。做了一次深呼吸，抓起放在副驾驶座上的风衣，下了车。

刚进 3 月，夜里还有一点冷。成奚蕊将风衣穿在职业装外面，点亮了手机上的手电筒，借助漆黑夜幕中唯一的一点光亮，壮着胆子朝工厂的大门走去。

由于地处工业开发区边缘，所以这一片的马路没有架设路灯，加之工厂已经废弃，因而没有一点光亮。成奚蕊尽量把手机举高，照了照门口那块油漆爆裂的牌匾，它挂在大门右侧的一面水泥墙上。

成奚蕊试着推了推大门，嘎吱一声，生锈铁皮之间摩擦出的声响，让她打了个寒战。加上冷风一直在她身后猛吹，鸡皮疙瘩瞬间布满了全身。

好害怕。

她不得不承认这个事实。

她转头向身后看了看，竟然看不清自己的轿车。她有点想回去，反悔、退缩和放弃向来是件容易的事，可她仅仅往回挪了半步，就又把脚迈向了前方。因为，她想做异于常人的事。

成奚蕊深深吐出一股长气，再一次猛推了一下大门，终于，粗铁链下面的缝隙由 10 厘米拓宽为了 20 厘米。她把风衣尽量贴紧自己的身体，然后用力收缩腹部，竟然成功地从大门的缝隙钻了进去。

成奚蕊拍打着风衣蹭上的灰尘，脸上浮现出一丝喜悦。她回头打量着大门那狭小的缝隙，对自己身材的纤细很是满意。此时的她，跟这荒草与锈迹斑斑的环境很不协调。成奚蕊有 168 厘米的身高，90 斤左右的体重，修长笔直的长腿，纤细的腰肢，以及凹凸有致的身材。这样的身材，即便穿着宽松的风衣，即便穿着职业化的衬衫和西装，依然可以显露出来。加上洁白的肌肤，乌黑、干练的中长发式，给人留下气质美女的印象。

气质美女继续打着手机照明，朝工厂深处走去。风声渐小，身上那条黑色牛仔裤的摩擦声明显起来。还有她脚上那双 38 码的匡威低帮帆布鞋，踩在不知道是石子还是枯枝上嘎吱的响声，都让她后悔起来。

现在退回去算了。

这样的想法在她心中反反复复地盘旋着，可是她的脚步却背叛了她的心，一直朝厂区深处最大最高的那栋厂房走去。

穿过一堆废旧的烂木箱，又绕过两辆报废的货车，厂房的轮廓终于变得清晰起来。

灯光！

好像有隐隐约约的灯光，从眼前这栋废弃的楼房里射出。

啊！这应该就是产生电费的原因吧。会是谁呢？流浪汉？还是……？

哗啦一声，成奚蕊身旁的垃圾堆里猛地传出巨大的声响，她吓得浑身像是被闪电击中了一样，瞬间全身酥麻，蹲在地上，手机也掉了。

喵呜！一只体型健硕的黑猫蹿出垃圾堆，从手机的光亮上面掠过，钻进了附近的枯草丛里。

成奚蕊蹲在地上，喘着粗气，良久，都无法起身。她用力按着自己的心脏部位，好让它跳得没那么夸张。

咚咚，咚咚——

好吧，是我闯进了你的地盘，不能怪你。

成奚蕊自我安慰道，然后捡起手机，重新站起。她用手背擦拭着额头冒出的一层冷汗，迈着颤颤巍巍的步伐，来到厂房跟前。她先是沿着高大的窗户走着，并不时地朝窗户里面张望，尽管那厚厚的有色玻璃阻隔着视线，什么也看不见。

成奚蕊走上门口的台阶，见大门上面没有盘踞着铁锁链，试着推了一把。意外地，嘎吱一声，门竟然被她给推开了。

什么情况？里面真的有人吗？会是谁呢？

成奚蕊小心翼翼地进入，眼前出现了一个遍布灰尘和蛛网的大厅，毫无规则地堆满了各种货架和包装箱。她并没有马上进入，而是下意识地点亮了手机屏幕，看了一眼时间和剩余电量。

电量还有 40%，不至于引起慌张。

时间是晚上 10：50。

距离她失踪还剩下不到 10 分钟。当然，这一点，处于高度紧张中的女记者并不知道。

她侧着身子，躲过顶棚低垂下来的一盏破碎的吊灯，小心翼翼地进入了一楼的车间。偌大的车间已然没有了往日的喧嚣和忙碌，只剩下排列有序的流水线，被厚厚一层灰尘覆盖。

成奚蕊用手抹了一把身旁平整的操作台，出现在手指上黑黑的那一层告诉她，这里不会有人来过。而刚刚隐约看到的光亮，也似乎是从更高的楼层射出来的。于是，她果断放弃了一楼，转身返回大厅，顺着台阶朝二楼走去。

二楼像是堆放半成品和包装的地方，一排排货架之间，拉着不知是灰尘还是蛛网的东西，让人看了心理不适。

成奚蕊快步从两排货架之间走过，草草地扫视了一番，赶紧朝三楼走去。她打算尽快确认光亮的来源，然后在手机没电之前，回到她的车里。

三楼好像是搞研发和接待的地方，还有一间较大的展厅。除了每间房屋的窗户玻璃上布满灰尘之外，房门都是虚掩着的。

成奚蕊一间间地查看着，并没有找到任何能够发光的物体。她开始质疑起自己来，怀疑刚刚在外面看到的，或许只是楼里某个类似镜面的物体，反射了她手机电筒的光亮而已。

哼！

成奚蕊嘲笑了一下自己，然后关闭了手机电筒。她这么做是想做最后的确认，想在没有光源的屋子里，凭借肉眼做出客观的判断。

她站在走廊里一扇玻璃窗旁边，闭起双眼。片刻，等适应了黑暗，才缓缓睁开。黑暗中的物体开始变得清晰起来，可是双脚迟迟无法向前迈出步伐。

是的，她再一次害怕起来。

她做梦都想不到，她的职业生涯竟然会经常跟这种极端的恶劣环境产生联系。入职之前，她以为记者只是坐在电脑前面打打字，或是约某个热心的知情者去咖啡厅坐一坐。结果，咖啡厅没去几次，竟然还要跑偏僻荒凉的案发地，或者这种阴森恐怖的厂房车间。

成奚蕊的心中产生了一丝埋怨。不是对她热爱的这份工作，而是对失踪女生的母亲。如果昨天那个母亲肯配合她的走访的话，她今天就不用非得走这一遭了。

不过人家说得也没毛病："你又不是警察，我没有义务非得接受你的盘问。"

那不是一般的妇女，成奚蕊认为。仅有的一次并不愉快的走访，给她留下了深刻的印象。一般的失踪人口家属，都会沉浸在一种极度悲伤的负面情绪中无法自拔，生活没有重心，思维不够清晰连贯。但是那女人完全相反，一张利嘴咄咄逼人、喋喋不休地抱怨着警察的不作为以及社会的黑暗，就好像女儿的失踪她没有任何责任，就好像她是个无关紧要的旁观者。

"你真的关心过你女儿吗？"成奚蕊在走访的最后，忍无可忍地问出了这个不太尊敬的问题。

这个问题彻底激起了那女人的怒气，毫不客气地将成奚蕊轰出了家门。

这次的采访令成奚蕊印象深刻，是她记者从业这么多年以来唯一的一次，切切实实地体会了一次被扫地出门的尴尬。那女人手里挥舞着的扫帚险些落到她头上，多亏她躲闪得及时。

事后，气愤之余，成奚蕊也感到深深的困惑。作为失踪女生的母亲，她难道就不担心自己女儿的死活吗？记者的走访虽然揭开了她的伤疤，但也是为了更快地找到她女儿的下落呀。这么明显的目的，难道她看不出来吗？

哼，奇怪的女人。

难道是不相信报道的影响力吗？

若真是如此的话，那也太小瞧了《城市晚报》了。尽管在互联网高度发展的今天，纸质报纸的印刷量已经大打折扣，但是这个传统媒体的影响力只增不减。因为市委的高度重视和扶持，还有该报深深的群众根基，即便是改为手机APP和公众号为主的数字刊发形式，也依然是锦绣市的主流媒体，所有的社会资讯和实时信息，都可以从这里了解到。

那是为什么呢？她的反应很奇怪，不是吗？

咣当，咣当，不知从哪里传来两声似有若无的声响。

"谁？"成奚蕊用她干涩的喉咙小声问了一句。

没有回应。

"谁——"是空旷走廊的回声。

成奚蕊侧耳倾听，良久，那响声再也没有出现。

也许是幻觉。在这样一栋安静得可怕的废弃楼房里，怎么会有响声呢？

成奚蕊一边安慰着自己，一边胆战心惊地迈出了步伐，走进了走廊尽头的一间研发室。

依旧没有人。除了堆满整面墙的包装箱和几张操作台之外，空无一人。

成奚蕊扫兴地转身往外走去。

咣当，咣当。

又有两声连续的声响，虽然不是很大，但是足以辨认出声源是从研发室的一个内间传出来的。

成奚蕊汗毛直立，缓缓地将身子转了过来，面对着内间的铁门，仅有不到10米的距离。

咣当，咣当！

又是两声微弱的响声传出，像是椅子撞击地面的声音。

天哪，那个房间里有人！

成奚蕊瞬间血气上涌，掏出手机，点亮手电筒，朝那间内室快步走去。她站在铁门前，将耳朵贴近，仔细聆听着里面的动静。

咣当，咣当！！

声源就在屋里，就在铁门里面。

成奚蕊握住门把手，犹豫着，要不要打开这个潘多拉之门。她知道，这里面也许就是她苦苦寻找的答案，也许是其他不太好的事情，无论是什么，只要她打开这扇门，就意味着必须承受随之而来的一切。

咣当，咣当！！！

微弱的撞击声再次向她传来，就像是某种急切的呼唤，在召唤她进去。

成奚蕊紧紧地抓着门把手，习惯性地深呼吸了两次，做出了决定。

哗啦一声，门开了，眼前的一切，让她震惊了。

那是一个穿着白色长裙的年轻女孩，学生气的发型，正坐在一张破旧的椅子上。她背对着门口，面朝一扇铁栏杆的窗户，麻木地用脚支起椅子的两条前腿，升起，落下，升起，再落下。椅子的两条前腿落在仿大理石板地面上，发出了咣当、咣当的声响。

"刁珺妮？"成奚蕊问道。

那女孩没有反应，依旧沉迷于摇晃身下的椅子，并用呆滞的目光望着铁栏杆外面那漆黑的夜空。

"你就是刁珺妮吧？"成奚蕊急切地又问了一遍。

女孩终于听到了。她回过头来，怯生生地盯着成奚蕊，眼睛里充满了恐惧和敌意。

成奚蕊往前走了两步，进入屋里。女孩却瞪大了眼睛，身体渐渐地缩成了一团，像是预感到攻击即将到来的模样。成奚蕊只好停止上前，思索着该如何减轻女孩对她的敌意。她用手机在屋里照了一圈，发现这个屋子空荡荡的，除了一张椅子之外，空无一物。

天哪，这么多天里，女孩是如何在这里睡觉的？

还有，女孩的手脚并没有被束缚住，房门也没有上锁，她为什么不逃跑？

成奚蕊用手机照了照女孩，她依旧保持着极度警惕的眼神。但是，此时的眼神已经跟刚刚不一样了，多了几分惊恐。

女孩看着突然闯入的女记者，缓缓摇动着脑袋，像是在说，不，不要！

成奚蕊并没有捕捉到女孩想要表达的意思，她的心被同情和疑惑占据，她的眼眶湿润了，再也控制不住自己的情绪，对女孩说道："你不用怕，我是——"

当！一道清脆的钢管敲击脑壳的声音。

没等说完嘴里的话，成奚蕊的脑袋嗡的一下，顿时眼前一黑，失去了知觉。

第一部分

安晓峰

一旦所有的命案杀人手法都完全一致，
那么将再无破案的可能。

第 1 章　失联的女记者

3月2日，早上7：30，安晓峰出了家门后，并没有到停车场取车去队里，而是步行走出小区，朝马路对面稍微老旧一些的小区走去。

相邻的两个小区都是市局的家属区，安晓峰参加工作晚，所以分配在较新一些的小区。而对面的老旧小区，房龄相差至少10年。

安晓峰走进小区，轻车熟路地穿行在红砖楼房之间，并热络地跟晨起遛弯的大爷大妈们打着招呼。居民们都认识他，说话时脸上都带着热情的笑容。

"小安，早啊！"一个头发花白的老大爷说道，"来看你师父呀？"

"昨天我还看见老两口出来遛弯了呢，"一个弓着腰的老大妈说道，"估摸着这会儿，也快出来了。"

"我早就跟我师父说，他这个病就得多出来运动，得多呼吸新鲜空气。"安晓峰说完，快步进入单元门。

叮咚、叮咚。门铃响了两遍，就有人来开门了。

"师娘，还没吃早饭呢？"安晓峰进入屋里。

"刚吃完，正收拾呢。"一个50多岁的妇女热情地招呼着，"快坐，我给你倒水。"

"我自己来吧，师娘。"

安晓峰熟悉家里的摆设，自行取了水杯，去饮水机旁接了水。

"没事老往我这儿跑啥？"卧室里走出一个同样50多岁的老头，步履缓慢地朝客厅的沙发挪去。

安晓峰赶紧搀扶了一把，却被老头推开。

"不用你扶。"老头倔强地说，"别把我当病号，手术后我恢复得不错。"

"那你就赶紧归队吧，我还等着俺们的'安全组合'重出江湖呢。"安晓峰笑着说。

"有你这样当徒弟的吗？"老头坐在沙发上，随手拿起昨天的《城市晚报》，"毕竟是切除了一片肺叶呀，多休息几天怎么了，你可倒好，天天来家里催。"

"我哪是催你，我这是关心你呀。"安晓峰语气轻松地道，"对了，你不打算做放化疗了吗？"

"不做。那玩意儿太折磨人。"

老妇从厨房走了出来："你师父是想着尽快恢复，好早点回刑警队上班。他那点心思，我都门儿清。"

"别瞎猜，你门儿清什么？我巴不得早点退休、一身轻松呢。"老头指着窗外辩解道，"像老李、老张他们，天天遛遛弯、打打牌、遛遛鸟，多滋润啊。"

老妇满脸的不服气："你就嘴硬吧，别以为我不知道，一天不当刑警，你的心里就直痒痒呢。"

"看你说的，干了一辈子刑警，我早就够够的了。"老头嘴硬道。

"小安哪，我跟你说个笑话。"老妇靠近安晓峰，说道，"你别听你师父嘴硬，他心里呀，是放不下干刑警这回事呢。你猜怎么着？就连晚上做梦都在抓贼呢。"

"真的呀？"

"你别听她瞎说。"

"就昨天晚上，我睡得好好的，猛地听见他喊了两声，"老妇绘声绘色地说着，"'不许动！举起手来！'我一听他说这个，还以为家里进了贼呢，吓得我赶紧起来。可我起来一看，好嘛，人家还睡着呢，说的梦话。"

"哈哈哈，师父太逗了！"

"稍微一分析就知道是假的。"老头极力辩解道，"'不许动，举起手来'，这都是哪年的口令啦？现在的警察都不这么喊了。"

"哎呀，就是那个意思嘛，差不多。"老妇嘲笑着，"就连做梦都在办案的人，还敢说你不想回去当刑警吗？"

看着老两口斗嘴，安晓峰忍不住打趣："就是，就是，师父是想早点归队，生怕我抢了他的位置。"

老头脸一红，赶紧辩解："安晓峰，你这臭小子，你说话不能昧良心。你现在已经是我们侦查一大队的副队长了，大队长的位置迟早是你的，我一个马上退休的人，我跟你争什么？"

"大队长可不能轻易换人，师父你还是赶紧回来吧，我还想跟着你多干几年，多破几个案子呢。"

"我不回。就算回去，我也不想在一线了，我要退居二线，给你们这些年轻人打打杂算了。"

安晓峰赶紧说道："那可不行。就算是干坐着喝茶看报纸，师父你也得坐在大队长的座位上。"

"凭什么呀？"

"就凭师父你的威名呀。"安晓峰坐在椅子上，语气夸张地说道，"就凭全树海这三个字，就能震慑那帮不法分子。在咱们锦绣市，一提起老全这老头，谁不知道？谁不竖起大拇指？"

"去去去，你别给我戴高帽了。"全树海翻阅着手里的报纸，"肺子都没了半扇的人，还跟你们这帮大小伙子一起抓贼，你也忍心？"

"都啥年代了，你怎么还看报纸呀？"安晓峰试着转移话题，"师父、师娘，我不是给你们的手机里安好应用程序了吗？这些新闻用手机就能看。"

"我用手机看，可你师父不喜欢，他是老古董嘛。"老妇笑眯眯地问道，"你跟成记者啥时候结婚？我看那姑娘不错，人长得水灵，报道写得也好。"

"再处处看呗。"安晓峰不好意思起来。

"时间也不短了。"老妇回想着，"处对象也有个大半年了。"

"哎哟，师娘，你怎么跟我妈似的，三句话准绕到这上面来。"

"所以我就说嘛，别老往我这儿跑。"全树海看了看手腕上戴的老式手表，"时间也不早了，赶紧上班去。你现在是一大队的负责人，责任你得担起来。"

丁零零，手机响了，来电显示为"成教授"，安晓峰赶紧接起。

"成叔叔，怎么这么早打电话呀？"

电话里的人语气明显有些反常："小蕊联系不上了，我预感……好像……出事了！"

"打电话她没接吗？"安晓峰赶紧问道。

"昨晚8：05的时候，通过一次电话，她说还有工作，晚点回家，结果一宿没回来，中间打她电话也没打通。我现在来报社了，可她昨晚根本没有加班，同事说她下班就走了。"

"成叔叔，你先别着急。这样，你先回家，我这就过去。"挂了电话，安晓峰赶紧往门口走去。

"出什么事了？"全树海问。

"小蕊联系不上了。"

全树海起身，朝安晓峰叮嘱道："遇事要冷静，越是你身边的人，越是不能乱。碰到解决不了的难题时，就想想以往我是怎么教你的。"

"知道了，师父。"

安晓峰快步跑出，去停车场取车。他一边跑，一边试着拨打了成奚蕊的手机，对方依旧关机。

安晓峰的心脏加速跳动起来，他也产生了不好的预感。他知道，就算出于职业习惯，成奚蕊也不会主动关机这么长时间。

一定是出事了。不要，千万不要！

安晓峰驾驶着越野车，飞快地朝成家驶去。

20多分钟以后，安晓峰抵达了理工大学教职工家属院的一个普通的两居室。

家里只有成母一个人在家，她一边抹着泪，一边把安晓峰迎进屋里。

"小蕊毕业那会儿非要干记者，当时我就不太同意。"成母满脸憔悴，像是一宿没睡。

安晓峰职业性地先到成奚蕊的房间扫视了几眼，出来以后问道："昨晚一宿没回家，也没通知家里一声吗？"

成母直摇头："我以为她说晚点回家，是跟你在一起，说还有工作要忙只是借口，就没催她。我跟她爸一直在客厅看电视，等到半夜，也不见回来，就开始打电话，结果一直提示关机。"

安晓峰再次检查了自己的手机，确认成奚蕊昨晚没有给他打过："我跟小蕊昨天确实见面来着。是在她下班的时间，我去报社附近的烤肉店见她，我们一起吃了晚饭。然后她说她还有事，我也要回队里加班，我们就在饭店门口分开了。"

"小蕊从来不在外面过夜，工作再晚都会回家睡觉的。"成母语气确凿地说，"她昨晚一宿没回来，手机又打不通，我跟他爸就感觉情况不太好了。"

"给亲朋好友打电话确认了吗？"

"昨天晚上因为时间太晚了，没敢轻易打扰别人。今天一大早，给亲戚朋友家挨个儿去了电话，都说不知道、没见着。"

正说着，门开了，成父回来了，脸色灰暗，眉头紧锁。

"报社的人说她昨天下班就走了，几个加班到深夜的同事也证实，小蕊昨晚走了之后再没回过报社。今早到现在，已经过了上班时间，她也没去。单位的领导反映，小蕊没有跟他们请假。"成父说道。

"情况确实很反常。"安晓峰又拨打了成奚蕊的手机，还是关机。

"小安啊，你看，这种情况，我们应该怎么办？"成父问道。

"是呀，遇到这种事，我们老两口只能指望你啦。"成母说道。

"叔叔、阿姨，你们先别太焦虑，我一定尽快帮你们把小蕊给找回来。"安晓峰说完，朝门口走去，"有什么新情况，直接给我打手机吧。"

成父送安晓峰出了家门，情绪激动地握住安晓峰的手，说道："全靠你了！"

安晓峰从未见过成父如此这般，以往的印象里，他都是沉稳自若的大学教授，今天的恳切语气，字字都透出他对女儿的担心。

"放心吧，成叔叔。小蕊是我的女朋友，我不会让她出事的。"

离开成家，安晓峰回到车里，先给侦查员刘坤打了过去。刘坤是一大队唯一的女刑警，年轻干练，做事细致，是公安大学毕业的高才生，对图侦等现代化刑事科学技术了解颇多。

"小刘，你马上跟交管部门联系一下，请他们协助，帮忙查一下成记者车辆的运行轨迹。"安晓峰语气急切地交代着任务。

"谁？成记者吗？安队，你女朋友的车怎么了？被盗了吗？"电话里，小刘一边吃着早餐，一边一头雾水地问道。

"还说不好，人好像失踪了，一直联系不上，我担心出什么状况。"

"明白了，根据车辆的最后运行轨迹找人。"

"重点查找一下，昨天下午 6:30 开始，从报社北街到正义路沿线的交通探头。"

"好的。放心吧，安队，嫂子的车我坐过好几回，对那车熟悉得很，中午之前我一定给你找到。"

挂了电话，安晓峰马上又给侦查员马俊杰打了过去。

"小马，记一下手机号，"安晓峰说完手机号码，补充道，"机主成奚蕊。"

"成记者怎么了，安队？"马俊杰出于职业敏感，已经意识到出事了。

"从昨晚起，一直联系不上。"

"失联了？天哪！"

"你马上请技术大队协助，拿到通信运营商的手机数据，查找手机关机之前信号最后消失的位置。"

"明白，两个小时之内办妥。"

"查到以后你就去帮小刘。"交代完，安晓峰驾车朝报社驶去。

《城市晚报》是锦绣市的传统主流媒体，古色古香的大院厚重得很有年代感。安晓峰对这里熟悉得很。平常经常跟报社合作，发布一些警民合作的讯息。自从跟成奚蕊谈恋爱以后，他来报社的次数就更多了。

这一大早，成记者的父亲和男友先后来到报社，已经引起了报社上下的轰动。报社领导对成奚蕊的失踪高度重视，社长带着副社长和主编，寸步不离地跟在安晓峰身后，随时配合他的调查。

安晓峰在众人注视之下，坐在成奚蕊工位的椅子上，逐一检查着每样办公用品。

"笔记本电脑是她拿走的吗？"安晓峰指着空荡荡的桌面问道。

一个女记者回忆道："我记得，小成昨天下班走的时候，是拎着电脑包走的。"

"昨天我跟她吃饭的时候，她手里没有拎电脑包。"安晓峰分析道，"应该是下楼以后，先把电脑扔在了车里，然后步行去了饭店。"

"只要是去了报社外面，电脑和手机总是带在身旁的，这是她的习惯。"主编说道。

"昨天有没有什么人来找过她？或是跟哪些人预约了见面？"安晓峰一边翻找着抽屉柜里的资料，一边问道。

"没有。"主编一边回忆，一边回答道，"昨天没有安排采访，她也没有外出，只是待在报社里写稿，还开了一个选题会。"

安晓峰注意到，成奚蕊的工位挡板上面，贴着一张选题计划表，上面手写着几条专题报道的撰写计划，分别是：时事报道、普法专题23、《失联》专题报道19。

看着看着，安晓峰的鼻子一酸。他突然想起，与成奚蕊当初认识，正是因为她为了做《失联》系列报道，前往刑警队做采访。那好像是两年前的事，如今想起，仍对当时成奚蕊的漂亮模样记忆深刻。

"我想起来了，她昨天好像有一个快递！"一个男记者突然说道。

"快递在哪儿？"安晓峰赶紧问道。

没过多久，负责前台接待的女孩抱着一个盒子走了过来："快递是昨天中午到的，我让他们帮我通知成记者来取。可能是昨天忙忘了，就没来取。"

安晓峰打开快递盒子，看到里面竟然是一副崭新的拳击手套，他的鼻子再次一酸，眼泪差点掉下来。

大约两个月前，成奚蕊突然问安晓峰，打算要什么生日礼物，安晓峰随口回答，要一副拳击手套。因为平时频繁训练的缘故，队里的手套和护具都被他打烂了，每次看到网上那些昂贵的名牌拳击手套，他都没舍得买。

看来成奚蕊早早地为安晓峰准备好了生日礼物，她对男朋友的用心却是在她发生事故以后才被知晓，这对安晓峰来说是件特别痛心的事。他意识到平时忙于办案，对女朋友的关心和了解是很不够的。

安晓峰强忍住自责的心情，把拳击手套装好，对主编说道："麻烦你配合一下。"

"安警官，您说。"

"小蕊所有做过的工作，她提交的选题、稿件，哪怕是没有通过的稿件，都给我提供一下。近三个月……不，近六个月的吧。"

"好的。原件都在我那儿保存着，我马上找给你。"

"还有，她过去半年以来所有外出采访的记录，去了哪里，见过什么人，对方的联系方式，也要找出来。"

"没问题，我马上安排人去办。"社长说道。

一个小时后，安晓峰捧着一个大纸箱从报社出来，里面装满了成奚蕊过去所有的稿件和相关的采访资料。他把纸箱装进越野车的后备厢里，突然又心疼了一下。因为，他看到了纸箱里的那个快递盒子，那里面，是女朋友给他准备的生日礼物。

他多么希望这礼物是她亲手交给他呀。而不是像现在这样，以证物的形式，由他带去队里。

安晓峰此时感到一丝丝无助，他没有想到，作为一名刑警，事情发生在自己身上时，既作为当事人又作为刑警的他，竟然会像普通市民那样，感到力不从心。

他突然想起师父的话，叫他遇事要冷静。于是在心中反复回想着，提醒着自己，给自己打气。

突然，手机响了，是刘坤打来的。安晓峰赶紧接电话："这么快就查到了？"

"报告安队，我和小马结合车辆监控和手机数据追逐的结果，基本上锁定了车辆的位置，在西郊一带。我们现在正在赶去的路上，我把定位发到你手机上。"

挂了电话，安晓峰赶紧上车，并在车顶放置了警灯，驾车冲出了报社大院。

第 2 章　失联的女友

安晓峰驾车从报社北街拐入正义路，一路向北，上了环城快速路，再往西，差不多跨越了大半个市区，最后驶入化工路，一直向西开出市区。

一路上，安晓峰不时地看着手机定位的位置，心中猜测着可能出现的最坏结果，车祸、抢劫、服刑出狱人员的报复等等。每一种可能在他的脑海里浮现的时候，他的心就痛一次，因为每一种都是他无法接受的结果。于是，从不信神的他开始小声祈祷，他对着某位不知名字的神明说，保佑她没事，找到她以后，他想向她求婚。

化工路是市区西北部的一条重要的城乡公路，由市区通往城外的数座大型工厂，穿过两个开发区，以及若干货运集散地，还承担着市区蔬菜瓜果的供应，所以每天往来的车辆特别多。尤其是后半夜，向市区的蔬菜批发市场供货的大卡车连成几十公里的长龙，络绎不绝，蔚为壮观。同时，这条路也是交通事故频发的榜首，基本上每年都会发生一两起严重的交通事故。

这也是安晓峰平时不爱走化工路的原因，行驶在那些货物装得老高的卡车旁边，总让他心里不踏实。今天再次走这条路，心里不踏实的感觉更加严重了。尤其是当距离市区越来越远，道路两旁越来越荒凉，不好的感觉也越来越重了。

她出市区做什么？真的是被人劫持了吗？

正在胡思乱想，手机响了，打来的还是刘坤。

"我们找到车辆了，我更新了精确的定位，现在发给你。"

"小刘，人怎么样？"没等安晓峰问完他想问的话，对方就急着挂断了。

安晓峰打开新收到的定位，从前方的出口进入辅路，又向前开了不到两公里，向右拐入了一条狭窄的沙石路。

安晓峰不得不放慢了速度，不时地左右张望着，发现已经来到了一个前不着村、后不着店的地方。

这里是哪儿？

安晓峰将定位地图放大，发现周围的地理标识有限，只有前方不远有个叫苇村的地方。

安晓峰将车停在了距离苇村还有四公里的地方，因为，他发现一辆警车正停在他的正前方。警车旁，侦查员刘坤和马俊杰正在向他招手。

安晓峰下了车，发现成奚蕊的轿车正停警车前面，赶紧走了过去。

"人不在车里。"马俊杰说道。

"我们到这儿的时候，车就这么放着。"刘坤说道，"车里没人，车门没锁，车钥匙还在车里插着，发动机处于熄火状态。"

安晓峰打量着轿车，车身非常光洁，车窗也无破损，并无交通事故的痕迹。透过车窗，车辆内部丝毫未乱，只有副驾驶座上扔着一个电脑包，还有一部手机。

安晓峰小心翼翼地拉开驾驶位的车门，一股淡淡的女士香水味儿进入鼻腔，这是成奚蕊身上的味道，他很熟悉。

安晓峰坐进车里，四下查看着。车钥匙正在钥匙孔里插着，挡位处于泊车挡，并无突然熄火的迹象。

"把车扔在这么偏僻的地方，人去哪儿了呢？"马俊杰的语气带着深深的疑惑。

"确实奇怪。车里车外我都检查过了，没有发现明显的搏斗痕迹，更无破坏痕迹。"刘坤补充道。

马俊杰四下张望着，一脸的茫然："这里方圆几公里内没有人家，到了晚上连个路灯都没有。成记者把车停在这儿，太反常了。"

刘坤点头说道："的确。在这么偏僻的郊外，还是半夜，如果是我，可能连下车都不敢。"

马俊杰猜测道："她会不会是把车借给别人了？或者，是偷车贼之类的把车开到了这里？"

刘坤摇头道："可是成记者的手机和电脑都在车里呢。"

安晓峰拿起扔在副驾驶座上的手机，按了几下，没有反应。

刘坤提醒道："刚才我检查过了，手机已经没电关机了。"

"通知技术大队的人，让他们过来提取指纹。"安晓峰拿着手机和电脑下了车，"手机和电脑现在是重要证物，得拿回去查一下。"

刘坤接过手机，装进证物袋里。连同电脑一起拿上，回了警车里。

"车辆的运行轨迹很奇怪。"安晓峰说道。

"这一带都没有道路监控，"马俊杰汇报道，"车辆最后一次被监控拍到，是在化工路上的一个路口。当时车辆正是沿着化工路一路往西来，时间是午夜的 1∶05。"

"从监控那里到这里需要多久？"

"以后半夜的路况，用不了 30 分钟。"

"也就是说，1∶30 的时候，车被开到了这里，然后把车和手机抛弃，人离开了。"

"是的。"

"这种奇怪的举动，不是小蕊能干出来的。"

刘坤从警车上下来，拿着充电宝和手机来到了安晓峰面前："手机能开机了。"

安晓峰赶紧接过被证物袋套着的手机，输入密码，打开了手机。他双击Home键，查看正在使用的应用程序，发现程序全被清空。他又打开了手机通话记录，逐个查看着。

"最后一个电话是家里打的，时间是8：05，应该是在晚饭以后。"安晓峰说道，"这与成叔叔提供的情况吻合。"

"成记者在通话时，有没有说过什么奇怪的话、暗语之类的，或是语气比较反常？"刘坤细心地问。

"没有。只是说她还有工作，要稍微晚一点回家。"

"真是奇怪了，"马俊杰说道，"从监控视频来看，成记者晚饭后回到报社取车，车辆开出报社的时间是8：00左右。她在8：05接听家里电话的时候，估计车辆正好在报社北街和正义路的路口等红灯。结合后来断断续续地在道路监控中出现的轨迹，她应该是没做什么停留，大致是朝着西郊这边驶来的。"

"可是最后被拍到的时间是1：05，到达这里的时间是1：30，从报社开到这里能用这么长的时间吗？"刘坤提出了质疑。

"的确。"安晓峰心中也对时间产生了最大的疑惑，"就算是堵车，也用不了这么久。刚才我从报社开车到这里，用了不到一个半小时。如果小蕊是8：00出发的话，9：30就会到达这里了。9：30到夜里1：30，这中间有四个小时的时间无法解释。"

马俊杰说道："8：05之后就没再通过话了，而手机的关机时间还不知道，是主动关机还是没电了自动关机，也不清楚。等回到队里，我让技术人员帮忙查查。"

安晓峰反复翻看着手机通话记录，越看越疑惑起来："不对呀。"

"怎么了？"

"你们看，按照小蕊以往使用手机的规律，即使是下班以后，即使是深夜，也都有很多电话打进打出，这是她的职业特殊性所决定的。她需要频繁地跟报社里的同事确认稿件的事，还会在晚上跟第二天的采访者反复确认时间和地点。"

刘坤和马俊杰歪着脑袋看着安晓峰手里翻动的通话记录，不停地点着头。

"这么看来，昨天晚上确实是奇怪呀，"刘坤说道，"昨天一整个晚上就只有家里这一个电话。"

"跟以往对比，确实少得离奇。"马俊杰说。

"手机的通话记录被人删过。"安晓峰判断。

"没事，这个不怕。"马俊杰拍着胸脯说。

安晓峰将手机交给马俊杰："去通信运营商那里把最近一个月的通话记录全部调出来，尤其是昨天晚上的。所有通话，必须查出对方机主是谁。"

"明白。"

"你们两个在这里等待技术人员检查车辆，我去附近转转。"

交代完，安晓峰回了车里，驾车继续前行，试着寻找其他蛛丝马迹。

车辆缓缓地在崎岖的小道上行驶着，道路两侧均是荒芜的田野，天气尚没有完全转暖，绿植并不多，只有远处道路两侧星星点点的几抹，像是四季常青的松树。

安晓峰一直开出几十里，并没有看到跟成奕蕊有关的任何线索。他知道他这么找只是徒劳，但他宁肯这么做，因为他不想坐在原地等候技术人员的到来。

安晓峰索性将车停在了路边，掏出手机，看着他跟成奕蕊的合影。那是上次他们一起出去游玩的自拍，本来说好去蹦极，可是刚一出发，成奕蕊就后悔了，说她不敢。后来他们去了游乐场，只玩了一个项目，就都不敢再尝试了。也是从那天起，他们发现了彼此之间的另一个共同点——恐高。

正看着相册，有电话打来了，是成教授。

"喂，成叔叔。"

"情况怎么样？"电话里，成教授语气焦急地问。

"车已经找到了，但人不在车里。"

"……"

对方的沉默让安晓峰很是担心，于是为了先安慰对方，安晓峰说："你们先别担心，情况也许没有想的那么糟，车辆可能只是被盗了。我一定会发动警力尽快寻人的。"

挂了电话，安晓峰掉转车头，回到发现成奕蕊轿车的地方。

马俊杰已经开着警车回去调查手机通话记录了，刘坤正带着技术人员提取车内的指纹和微量物证。安晓峰无法靠前，只好坐在车里等候。他努力思索着如何能够尽快找到成奕蕊，思索着她昨晚说过的每一句话，回想着她的每一个动作。可是一切都显得那么自然、那么寻常，丝毫找不到可以导致她失踪的细节。

安晓峰看着那些车里车外忙碌的技术人员，他预感，他们不会找到太关键的线索。因为连手机通话记录都被清理过了，车里的指纹、脚印很可能也被清理过。

现在的关键是成奚蕊的电脑和手机。安晓峰着重等待的，正是马俊杰那边的消息。在等待的时间里，萦绕在安晓峰心中的最大疑惑，是电脑和手机为什么被留在了车里，而没有被带走。

等待的时间里，安晓峰还做了一件事。这件事是在下意识里发生的，那就是他想起了与成奚蕊相识的经过。

那是在 2016 年，深秋时节，刑警队大院里落满了枯萎的黄叶，瑟瑟秋风尚未刺骨，偶尔透露着丝丝暖意。

安晓峰正端着盒饭蹲在台阶上吃着，一个身材纤细、气质出众的美女突然出现在他面前。

"你好！"美女打招呼的时候，脸上带着阳光般的笑容。

安晓峰记得很清楚，当时正好有一片落叶，砸在了美女的头顶。她还以为是虫子，吓得手忙脚乱。

叶子砸中美女的同时，也砸中了安晓峰的心。

"哈哈。"安晓峰会心地笑了。

花容失色的美女马上恢复了冷静，拿出她习惯性的职业口气，板起脸说道："不许笑！"

安晓峰忍着笑意，赶忙将剩下的几口饭吃完。

"不是说不许笑吗，你怎么还笑？"美女不依不饶。

安晓峰连忙点头，收起笑容。

"你怎么蹲这儿吃饭？"美女问。

"你谁啊？"

美女直接递出名片。

安晓峰接过名片，仔细看着："《城市晚报》法制版专栏记者，成奚蕊？"

"你怎么称呼？"

"侦查员安晓峰。"

"你还没回答我呢，怎么蹲这儿吃饭？受处分了？"

"成记者，怎么说话呢？你好好看看我，一脸正气的，受哪门子处分？"

"那你怎么不去食堂？"

"我搁这儿等我师父呢，你管得着吗？"

"你师父是谁？"

"我不告诉你。"

"我还不想知道了呢。"成奚蕊又问道，"一大队大队长全树海的办公室怎么走，你知道吗？"

"你找我师父？"

"全树海是你师父？"

"多新鲜啊。"安晓峰得意地说，"我姓安，我师父姓全，我们号称'安全组合'，你不会没听说过吧？"

"老全全树海我是如雷贯耳，至于什么'安全组合'嘛……"成奚蕊故意面露难色。

"哇，你们这些记者……"

"记者怎么了？"

"真是不好相处啊。"说完，安晓峰将成奚蕊的名片揣进兜里。

"不好相处，你还把我名片揣起来？"

"总不能扔了吧，多不环保啊。勉强，勉为其难，凑合着，先揣起来吧。"

"真难为你了。"

"你找我师父做什么？"

"采访呗。"

"回去吧。"安晓峰起身把饭盒扔进垃圾桶，伸了个大大的懒腰。

"嘿，你这人！"成奚蕊皱着眉头打量着眼前这位年轻的刑警，"不好相处的是你，好吗？！"

"你这姑娘，怎么不知好歹呀，让你回去是为你好。"

"强词夺理。干扰我工作，还说为我好？"

"我避免了你吃闭门羹，避免了你碰一鼻子灰，还避免了你浪费时间干等一下午。你自己说，我是不是为你好？"

"我凭什么吃闭门羹呀？我凭什么碰一鼻子灰？难不成，鼎鼎大名的全树海，比安警官你还要不好相处？"

"当然不是，我师父比我好相处。"安晓峰感觉哪里不对，又说道，"不是。我是说，我俩都挺好相处的。"

"那你带我进去见他。"

"你这姑娘，怎么听不明白我的话呢。刚才不是说了嘛，我搁这儿等我师父呢，意思就是他还没回来呢。"

"那好吧，我陪你一起等。"说着，成奚蕊竟然在台阶上坐了下来。

安晓峰歪着脑袋打量着成奚蕊,看着看着,他又笑了:"你还挺倔。"

说着,安晓峰也坐在了台阶上。

正值午饭时间,许多警员进进出出,往来于办公楼和食堂之间。他们看到安晓峰正和一个年轻的姑娘并排坐着,全都窃窃私语,有的还嘲笑几句。

"呦,安晓峰,你这个母胎原生光棍,终于找到女朋友啦?"一个说。

"长得还这么好看,是怎么骗到手的?"另一个说。

"姑娘,你可得擦亮眼,别被他给骗喽!"

众人一阵哄笑。

成奚蕊问:"你没有女朋友吗?"

"别瞎问。你不是法制版记者吗,怎么这么八卦?"

"要不我给你介绍一个?"

"去去去,赶紧走吧,我师父不会接受你的采访,他最烦你们这些记者。"

成奚蕊突然较真起来:"今天我还就不走了。你给我说清楚,我们记者怎么了?怎么就招人烦了?"

"我不是说你招人烦。我的意思是,我师父平时比较低调,不喜欢被采访,不喜欢出名。"

"宣传先进模范事迹,这是一种荣誉的体现。别跟我说,你们辛辛苦苦当刑警,不是为了荣誉。"

"我师父说过,荣誉藏在心里就行了,体现出来就不必了。"

"为什么呀?"

"这是我们的职业性质决定的。"安晓峰语气骄傲起来,"我们刑侦支队侦查一大队是什么?是重案大队。我们队处理的那都是重案、大案,我们的对手,基本上都是亡命徒。所以我们平时都尽量低调,尽量隐藏身份。要是公然接受你们采访,你们报社的影响力那么大,警员的个人资料全都暴露出去,罪犯前来报复是一方面,更会给以后抓捕罪犯带来麻烦。"

"谢谢你的肯定,我们的影响力确实很大。可我不会放弃采访老全的,我会使用一些技术手段,比如不曝光照片。"

"我说,你从小脾气就这么倔吗?"

"我倔吗?"

扑哧一声,两个人几乎同时乐了。

安晓峰看着眼前的美女记者,心脏扑通扑通地跳得更快了。

后来,全树海经不住安晓峰的软磨硬泡,终于答应了接受《城市晚报》的采访。数次采访，安晓峰都忙前忙后，俨然成记者的小助理。直到采访接近尾声，机智的老全才从安晓峰的嘴里，诈出了他对成记者的小心思。

后来，成记者的专题收到了非常好的反响，为了表达感谢，她提出邀请"安全组合"师徒二人吃饭。老全为了给徒弟制造机会，临时找了个理由没去，使得安晓峰与成奚蕊有了一次共进晚餐的机会。

这就是安晓峰与成奚蕊相识的经过。从那以后，他们成了朋友，经常来往。成奚蕊当时在做的系列专题报道叫《失联》，因为破获了发生在 2013 年夏天的一起新娘缪心田失踪案，安晓峰和全树海成了《失联》系列的主角。此后，几起典型的由人口失踪引发的血案更是让"安全组合"成为系列报道的常客，师徒二人在锦绣市几乎家喻户晓。可是，大家只知道名字，并没有见过二人的相貌。只知道，老全是一个拥有像老鹰一样锐利眼神的老头，而安晓峰则是一个有点呆萌的高个子帅哥。

丁零零，手机响了，安晓峰赶紧把记忆收起，推门下车，接听电话。

"手机通话记录确实被删除过！"电话里，马俊杰说道，"昨天晚上 8 点到 9 点之间，成记者曾频繁地与一个本地的手机号联络。"

"机主信息查到了吗？"

"查到了。机主是一个中年妇女，名叫李眉芸。"

"李眉芸？谁呀？"

第 3 章　最后联络人

李眉芸是一年前搬到本市的，与她的再婚丈夫于展军居住在一处老旧的民宅两居室。于展军是本市人，也是二婚，无子女，房子是他父母去世后留下的。于展军在本市一家大型超市当客服经理，处理客户投诉和纠纷之类的，收入不高，生活处于中下水平。李眉芸最近一年则干过很多工作，做家政、发传单、当婚托、卖保险等，工作不固定，收入更不固定。她是在超市兼职做促销员时跟于展军认识的，二人相识不久就产生好感，属于闪婚族。

以上信息，是安晓峰从辖区派出所了解到的。安晓峰抄下李眉芸的住址，正要走人，派出所民警叫住了他。

"得，你不用跑一趟了。"民警说。

"什么情况？"安晓峰问。

"人来了呗。"民警语气相当无奈地说，"每天这个点跑来闹一通，最近都成所里的固定节目了。"

"谁呀？"

民警指着门外一个停好电动自行车后走进来的妇女："你要找的人，李眉芸呗。"

"她来干吗？"

民警没有马上回答，示意安晓峰仔细看。

只见李眉芸进入派出所办事大厅，直奔三个当班民警中的一个，劈头盖脸就问："到底找着没有呀？"

"还没呢。找到我们会通知你的。"当班民警一脸苦恼地说。

"你天天在这儿坐着，也不出去找，能找着才怪呢！"李眉芸没好气地埋怨道。

"所里的民警每天三班倒，出去给你找去。辖区都找遍了，真的没有哇。"

"那就扩大搜索范围呀，全区、全市。这是你们的工作，你们可不能推卸责任！"

"肯定不会推卸责任的。既然已经立案了，我们警方肯定会负责到底的。"

谁知民警的话让李眉芸更加恼火了："负什么责了，你们？天天都是这一套说辞，这都过去几天了？合着丢的不是你闺女了！"

"你怎么说话呢？"民警有些压不住火了，"你女儿是在南城区走失的，南城刑侦大队已在侦办了。作为居住地派出所，我们只是辅助南城那边例行排查。你要是想问办案进度，去你报案的地方吧。"

"我不去南城，我住在这边，我就找你们！"

"你辱骂办案刑警被南城警方撵出来过，以为我不知道？"

"知道又能怎样？"

"你不敢去找南城刑警，就每天到我们这里闹，有意思吗？"

"知道没意思就赶快去给我找女儿！"

"你这人，我怎么跟你说不通啊……"

二人你来我往，争吵越来越大声。几个女民警过来，对双方进行着安抚和规劝。

安晓峰小声问身旁的民警："那就是李眉芸？"

"可不。我们辖区的民警就没有不认识她的。"

"她来问什么案子？"

"她有个女儿，是跟前夫生的，在市理工大学上大二。"民警言简意赅地向安晓峰介绍道，"小姑娘挺叛逆的，不知道什么原因，突然从学校跑了出来，也没请假，也没跟家里联系。"

"失踪了？"

"这都一个多星期了，南城刑侦大队始终没有找到人。她不敢去那边闹，就天天过来跟辖区派出所较劲。"

"今天我就顺手帮你们解除烦恼好了。"

"那敢情好。"

安晓峰直奔李眉芸走去，她正不依不饶，伸手要去抓那当值的民警。安晓峰手疾眼快，一把抓住李眉芸的手腕。

"你是李眉芸吧？"安晓峰严肃地问道。

李眉芸正要发怒，见抓住她的人没穿警服，立即心虚起来，赶紧收起气焰，把手抽了出去。

"是我。怎么了？"

最近经常跟刑警打交道，李眉芸知道，没穿警服的多是刑警。

"有一起案子需要你配合一下，跟我过来。"

安晓峰径直朝接待室走去。李眉芸犹豫了片刻，只好跟了过去。

接待室，民警送完两杯热水，就退出去把房门关上了。独自面对安晓峰的李眉芸收敛了许多，用手摆弄着她的挎包带，不时瞥安晓峰几眼。

"是……找到了吗？"李眉芸突然问。

"不是。我找你，是另一起案子。"

李眉芸突然紧张起来："我可是老实人！"

"你紧张什么？我又没说你不老实。"

李眉芸低头不语。

"认识成奚蕊吗？"安晓峰开门见山地问。

"不认识。"

"《城市晚报》的记者成奚蕊。"

"不认识。"

啪！安晓峰拍了一下桌子，不算太响，却吓了李眉芸一跳。

"真不认识吗？你想好了再说。我提醒你一下，昨天晚上，你们通过好几次电话。"

"知道你还问？"

"最好把你那一套给我收起来，我没时间跟你绕圈子。"安晓峰尽量不带太多情绪，"到底认不认识成奚蕊？"

"就是不认识嘛。"

"不认识会频繁通话吗？昨天晚上8点到9点间，你接听过她打来的两个电话，之后还有三个打入你没接。"

"是她骚扰我。"

"她为什么骚扰你？"

"说想采访我，我不答应，就一直缠着我。"

"采访你？"

"就是我女儿走失的事。"说这句的时候，李眉芸的声音明显小了许多。

"那你为什么不肯接受她的采访？"

"她报道的那都是命案，我又不是。"李眉芸强调道，"再说了，我天天急着找人，哪有时间跟她闲聊？她也忒没眼色，这个节骨眼儿上我能给她好脸色看嘛。"

安晓峰尽量让自己不发火，继续问道："她给你打那么多次电话，就只是为了采访的事吗？还有别的吗？"

"没别的。"李眉芸一口咬定，"昨晚第一个电话打进来时，我正在煮方便面。跑了一天，腿都跑断了，加上一天没吃饭，心情很不好。这几天，我在学校周围和我家周围贴了许多寻人启事，上面留了我的手机号码，所以8点多有陌生电话打来，我以为是提供线索的，非常兴奋地接起电话。谁知，对方说她是晚报的记者，我当时就烦了，直接把电话挂了。"

"那第二个呢？"

"她不死心，过一会儿又打进来，说很同情我的遭遇什么的，说要采访我。我严词拒绝了她，还警告她以后不要再打来。"

"随后她又打了三次？"

"可不。我不接，给按掉了，她就又打进来。我再按，她还打。最后我干脆把手机往抽屉里一扔，不管它了。"

安晓峰没说什么，只是打量着面前的中年妇女，把李眉芸看得有些不自在。

"警官，你怎么称呼呀？"

"市局刑侦支队侦查一大队副队长安晓峰。"

"呦，支队的呀。那南城大队归你们管喽？"

"你想说什么？"

"没，没什么。对了，安队，你刚才说的另一起案件，是啥案件？"

"别瞎打听。"

"那我能走了吗？我得忙我的去了。"说着，李眉芸站了起来。

"你跟成奚蕊见过面吗？"

"没，没有。"

"真没有吗？"

"真没见过。那我能走了吗？"

安晓峰摆了摆手，李眉芸赶紧推门离去。

等在门外的民警走进来："她这人，不太好沟通。"

"回答问题遮遮掩掩，说话的时候眼珠子左右乱看，估计没说实话。"

"最近天天跟她打交道，我快要烦死了。"民警抱怨道。

"把李眉芸一家人的户籍资料帮我调出来，我想查查这个人。"

安晓峰拿到户籍资料，回到队里，已经是晚上了。他召集一大队的全员十一人召开了临时专案会议，尽管他的心里一直很不情愿将他女朋友的失踪认定为案件。

"失踪时间马上快到 24 小时了，"他的语气中带着明显的担忧，"从种种迹象来看，咱们得当成失踪案子来对待了。"

队员们全都知晓成奚蕊和安晓峰的关系，所以都不敢贸然发言，只是认真听着。

安晓峰说："从以往的大数据来看，走失人口的最佳寻人时间是 72 小时。所以，接下来的时间就辛苦大家了。"

"安队，自己人你就别客气了。"马俊杰说。

"成记者手机的最后联络人李眉芸那里有什么线索？"刘坤问。

安晓峰把李眉芸一家的户籍资料扔给大家："这个女的，很难缠，我感觉她没跟我说实话。所以，给我重点查一查。"

"我明天一早就上她们家，去会一会这女的。"刘坤说。

"先别正面接触。你先从周边下手，走访一下社区，问问邻里和朋友。"

"好的。"

"小马，你负责调查她丈夫于展军。"

"好的。"

"其他人，继续调查报社通往西郊的沿线，扩大搜查范围，重点调查交通摄像头、行车记录仪，看看有没有拍到目标车辆。还有沿途的红绿灯、商铺等等都去找找，看有没有目击者。"

散了会，大家各自去忙了。刘坤和另外一个侦查员留下来，帮助安晓峰查看从报社带回来的那箱工作资料。主要是成奚蕊过去一段时间里所做的选题稿件，有刊登过的，也有作废的。由于法制版工作性质的关系，成奚蕊需要收集大量的刑事案件资料，虽然不像刑警的卷宗那么专业和全面，但是安晓峰看出，成奚蕊平日的工作一丝不苟，堪比队里档案室的专业人员。

案件资料和稿件都是针对已侦破案件的，所以并没有找到明显的可疑之处和矛盾关系。他们又仔细核查了每一个外出采访名单，也没发现可疑对象。一直工作到后半夜，一条有用的线索没找到，安晓峰却不得不被动地回忆起他与成奚蕊过去的点点滴滴来。尤其是那些采访稿件，有一部分是采访全树海和他的，当时的情景，当时说的话语，全都借由这些稿件和录音保留了下来，成为安晓峰此时心绪起伏的动因。

2016 年 5 月，二道岗村齐淑敏母子遇害案告破。

2016 年 2 月，赛车手李彤肇事逃逸引发的陶岚岚遇害案告破。

2013 年夏天，准新娘缪心田失踪遇害案告破。

甚至更早的，三江乡青年徐涛爆炸杀人潜逃案告破。

每一次轰动性的大案背后，除了有全树海和安晓峰风雨兼程的身影，背后，更有成奚蕊独到的解析和报道。有相当长一段时间，"安全组合"和成奚蕊之间形成了某种工作默契，一个，负责维护法律尊严，还受害人公道；另一个，负责教化世人，警示社会。

全树海能够从一个默默工作的老刑警，成为百姓心目中的神探、大英雄，幕后的推手便是妙笔生花的成奚蕊。就连全树海都经常开玩笑说，成奚蕊是刑警队在报社的"卧底"，说她的真实身份是市局宣传支队的宣传员。

往事历历在目，如今佳人不知何处去找，漫长的一天，安晓峰已经备受煎熬。

"马俊杰那边已经在破解成记者的笔记本电脑密码了。"刘坤接完电话，对安晓峰说道，"电脑所用的密码跟手机的不一样，比较复杂，所以多花了一点时间。"

"今天就到这里吧，"看完表，安晓峰起身对两位疲惫的侦查员说，"你们抓紧去睡一会儿，天亮还得去排查。"

三人快速收好资料，走去休息室睡了。

几个小时后，即 3 月 3 日早晨。

安晓峰从休息室走出来，坐进停车场的车里，一边吃着手里的面包，一边等待着手机响起。

他在休息室躺了几个小时，几乎没有睡着，因而现在双眼通红，喉咙干涩，每一口面包都难以下咽。

刘坤和马俊杰已经分头出发一个多小时了，他们二人已经成为安晓峰的得力部下，每次任务下达以后，二人都能又快又好地完成任务，从不失误。

丁零零，手机响了，就在安晓峰手里的面包剩下最后一口的时候。安晓峰扔下面包，赶紧接起电话，同时发动了汽车。

"我刚从于展军工作的超市出来，"马俊杰在电话里说，"他们超市早上挺忙的，我简单跟他聊了一会儿。"

"他知道什么吗？"

"说是没有听说过成奚蕊这个名字。"

"你觉得他这个人怎么样？"

"怎么说呢，自私自利的小市民一个吧。当然，这只是我的个人看法。他好像对李眉芸的感情并不深，对家里也不是很有责任心，就连李眉芸的女儿好几天没回家，他也一次都没帮忙出去找。不过也能理解，毕竟那女孩不是他亲生的。"

"没有什么可疑的地方？"

"有哇。南城区的刑警怀疑过他。"

"怀疑他？"

"李眉芸和她前夫生的女儿不是失踪了嘛，南城刑侦大队曾经把于展军作为嫌疑人调查过。"

"后来呢？"

"排除了。于展军每天工作时间都超过 12 个小时，而且超市里面到处都是监控，他没有作案时间。"

安晓峰思索了片刻，说道："这样，你先别走，我马上过去。我要见一下于展军。"

安晓峰挂了电话，驾车前往超市。

刚到停车场，就见到了早已等候在那里的马俊杰。马俊杰带着安晓峰由超市后门的员工通道进入，来到了位于货仓旁边的客户服务部。

于展军是超市的客服经理，与十几个同事坐在开阔的办公室一起办公。今天一大早，就先后有两名刑警找上门，同事们议论纷纷，于展军的脸色也越发难看起来。

"是在这儿谈，还是出去谈？"

"你们跟我来吧。"于展军把两名刑警带进了一间小会议室，"我去给你们倒水。"

"不用了，跟你了解几个问题，我们就走。"安晓峰示意于展军坐下。

于展军只好照做："是关于李眉芸女儿失踪的事吗？"

安晓峰坐在于展军面前，仔细打量着这个瘦高且皮肤黝黑的客服经理："你妻子李眉芸，这个人，你觉得怎么样？"

"她？怎么说呢，对付过吧。"

"闹矛盾了？"

"因为孩子的事，整天疯疯癫癫的，还经常拿我出气，怪我不帮她找。"于展军神情苦恼地说，"可我得上班呀，我哪有时间？要是经常请假，会被开除的。再说了，找人不是有警察吗？！"

短短几句交谈，安晓峰已经能够理解刚刚马俊杰电话里所说的关于于展军自私自利的评价。

"我听说南城警方还怀疑过你？"

"别提了，这叫什么事呀？！"于展军的情绪激动起来，"她女儿她没管教好，那么不听话，那么叛逆，还总是不着家，现在联系不上了，却怀疑起我来了！我天天在超市处理纠纷，哪有时间帮她看孩子。她女儿丢了不要紧，搞得我在同事的面前抬不起头来，你说这叫什么事呀？！"

"不是排除你的嫌疑了吗？"

"她整天跟精神病似的，我跟你们说，她女儿不回家，绝对是在躲着她！"

安晓峰不想听他继续抱怨，于是直奔主题问道："李眉芸平时都跟什么人来往？"

"我每天工作到很晚，休息也少，根本就不清楚李眉芸平时和什么人来往。"

"真的没有听她提及过成奚蕊这个名字吗？是个记者。"

"没有，真没有。刚刚这位警官已经问过了，百分之百没有听说过。"

安晓峰和马俊杰对视一眼，然后起身往外走。

"我送送你们。"

于展军将两位刑警送到停车场。

没想到安晓峰在上车之前，又问道："那你跟李眉芸再婚以后，没有要孩子吗？"

"没有。"于展军脱口而出，"赚钱本来就不多，满足自己的吃吃喝喝都略显勉强，要孩子那绝对是自找苦吃。"

"你跟李眉芸女儿的关系不是很亲近，是有原因的吧？"

面对安晓峰的犀利问话，于展军有些不知道如何回答，可是不回答，又怕警察再怀疑他什么。于是他把心一横，干脆说道："关系确实不好。我让她跟我姓，她也不愿意。加上那姑娘已经长大了，有自己的性格，我们之间几乎不怎么说话。"

"你认为她为什么不肯接受你？"

"不知道。她说她只有一个爸爸，对，她是亲口跟我这么说的，背着她妈说的。"

话音刚落，安晓峰的手机响了，是刘坤打来的。电话里，刘坤的语气略显急切："李眉芸说她跟成记者从来没见过面，对吧？"

"是呀，她亲口这么跟我说的。"安晓峰说道。

"她在撒谎！"刘坤斩钉截铁地说道，"据她的邻居反映，成记者至少到李眉芸家拜访过一次。"

"你原地待命，我跟小马这就过去！"

挂了电话，安晓峰驾车载着马俊杰，朝李眉芸家的方向驶去。

第4章　女大学生失踪案

安晓峰和马俊杰离开超市以后，超市里的同事又对于展军冷嘲热讽了一番。接连被警方找上门，让这个本就名声不佳的客服经理更加被同事看不起，还被顶头上司连瞪了好几眼。

于展军越想越气，走到厕所，给李眉芸打去电话，狠狠地抱怨了几句。

李眉芸得知安晓峰找她丈夫，立即紧张起来。听完于展军的责骂，她马上按照昨天安晓峰留给她的名片打了过去。

电话响起的时候，安晓峰正在驾车去找李眉芸的路上。

电话接通的一瞬间，安晓峰听到李眉芸说的是一句："对不起。"

"什么对不起？你是……李眉芸？"安晓峰看了一眼手机上的陌生号码，问道。

"是我。"电话里，李眉芸失去了往日的气焰，"对不起，安队，昨天……我骗了你。"

"我已经知道了。"

"果然，什么都瞒不过你们刑警。我向你坦白，成记者，我见过她一次。"

"你早点说出实话多好，非得等我们调查你和你丈夫。"

"求求你们，别再去找我丈夫了，行吗？"李眉芸语气恳切地说道，"我都说，我什么都告诉你们。"

"在家等着我们吧，马上到。"

30多分钟以后，当安晓峰带着马俊杰和刘坤出现在李眉芸家的时候，李眉芸已然没有了平时的臭脾气，变得温和了许多。安晓峰意识到，他去超市找她丈夫，好像击中了她的命门。于是，安晓峰打算以此入手，展开今天的问话。

"你为什么害怕我们去找你丈夫？"

"我怕他丢掉工作。"李眉芸眼神游离不安地说，"我最近没什么收入，要是他也这样的话，日子就真没法过了。"

马俊杰听了忍不住生气："你这叫什么话？配合我们警方工作，就会丢掉工作吗？"

"我不是这个意思。"李眉芸赶紧解释，"但总有警察找他，上司和同事难免会误会。"

安晓峰知道李眉芸没有说实话，他很清楚，这个女人不到万不得已，不会掏心掏肺。

"让我看一下你女儿的房间。"安晓峰突然说道。

李眉芸只好起身，将女儿的卧室门用钥匙打开。

安晓峰站在门口朝屋里扫了两眼，问道："东西怎么这么少？床上连被褥都没有，打扫过了？"

"没有。她平时住校，不在家里住。"

"是因为你丈夫吗？"安晓峰问完，暗中留意着李眉芸的表情。

果然，每每提到丈夫，李眉芸都显得很紧张："孩子大了，不喜欢被父母管着。"

"是不喜欢被管着？还是不喜欢被父母冷落？"刘坤突然插嘴道。

李眉芸更加紧张起来："哪有，看你说的。"

"家里连她睡觉的床铺都没准备好，窗户连个窗帘都没安，还有书桌上，连盏台灯都没有，木椅子也是折了一条腿的。这是一个女学生应该有的生活环境吗？你们真的希望女儿回家来吗？"

刘坤的话像是灵魂拷问，问得李眉芸哑口无言，只能退回客厅独自抹泪。

安晓峰回到客厅，坐在一张折叠椅上，见心理攻势差不多了，便说道："我知道你最近忙着寻找女儿，心力交瘁，但请你相信警方，并全力配合警方，这样才有助于我们帮助你。"

李眉芸点了点头。

"害怕我们去找你丈夫的原因，与你当初不接受成记者采访的原因，是相同的吧？"安晓峰问。

"是，是的。"

"你到底在害怕什么？"

"过去，"李眉芸的眼神里透着不安与悔恨，"过去的我，太不堪了，不能让他知道。"

"你到底对于展军隐瞒了什么？"安晓峰的语气变得急切起来。

"快点说，别等着我们查出来！"马俊杰早已按捺不住想发火。

李眉芸做了一次深呼吸，恳求道："你们可以帮我保密吗？这个，不能让他知道。"

"可以。我们会酌情帮你保密，在于展军面前。"安晓峰说道。

"我的前夫是一名绑架犯。"

三人听了为之一震。

"两年前，他绑架并且杀害了一名高中生，被警方当场击毙了。"李眉芸继续说道，"女儿是我跟前夫生的。"

"你担心于展军因为你前夫的事看不起你，所以对他隐瞒了？"安晓峰问道。

"是的。"李眉芸抹了一把委屈的泪水，说道，"前夫犯下罪孽，我和女儿无法抬起头做人，每天遭到邻里的谩骂，我勉强可以厚着脸皮忍受。但我女儿还是个正值青春期的孩子，她的内心非常脆弱，常常晚上蒙着被子哭。"

"所以你就搬到市里来了？"

"想离开乡下，到大城市里来，这里没人认得我们。"李眉芸看向了电视机旁她和于展军结婚时的合影，"打工的时候认识了于展军，他对我一见钟情，我急于在城市里落脚，就答应了他。"

"你女儿反对你嫁给于展军？"

"嗯。"李眉芸点了点头，"她说于展军对我不好，对她更不好。"

"那你女儿平时从来不在家里住吗？"

"平时都是住校的，周末的时候偶尔回来。"

"前夫的事，于展军完全不知道吗？"

"是的。直到我女儿失踪以后，成记者来找我，她缠着我，说要采访我。我担心前夫的事被记者挖出来，再给报道出去。那样的话，不光是于展军会更加看不起我，我和女儿说不定又得搬家。"

"你们只见过一次吗？"

"谁？成记者？是的，就一次。"

"详细描述一下那天见面的情形。"

"具体几号我忘了，就在前不久吧。那天我刚要出门，想去附近的街头巷尾贴一些寻人启事，成记者就突然登门了。"

"她自己吗？"

"只有她一个人。手里拎着个电脑包，很有礼貌，一见面，先递给我一张名片。"李眉芸从电视机下面的抽屉里取出名片，递给安晓峰，"她说她正在写一个什么报道，想采访我，让我把女儿失踪的经过跟她说一下。"

"你说了吗？"

"我只说了个大概。人是哪天开始联系不上的，我是如何报的警，之后都去哪里寻了人。但是，刚聊了没几句，我就发现不对劲了。"

"怎么不对劲？"

"她老是问跟失踪案无关的事情。她问我跟前夫是什么时候离婚的，为什么离婚，离婚以后还有没有联系，等等。这些问题让我很气愤，也很紧张，因为她还提出要采访我的现任丈夫。"

"你怕于展军知道你前夫的事，就拒绝了成记者的采访？"

李眉芸点头。

"之后再也没见过吗？"

"我把她撵走以后，第二天她又来过一次，还买了水果，说是来道歉。但是我没开门，打电话我也不接，她以为家里没人，就走了。"

"后来呢？通过话？"

"后来她给我打电话，还是说想采访我，说有助于帮我找到女儿。我不信，不肯见她，也不让她见我丈夫。我还警告她，说要是再骚扰我，我就去告她。"

"还有吗？"

"真没了，就这些。"

"你前夫叫什么？"

"刁文龙。"

安晓峰给刘坤和马俊杰使了个眼色，起身离去。

回到车里，安晓峰没有马上发动汽车，而是满脸担心地思索着什么。

"安队，怎么了？"坐在副驾驶座的刘坤细心地问。

"我现在特别担心一种状况。"

"你是说成记者的失踪跟李眉芸女儿的失踪案有关？"

安晓峰点了点头："我现在最担心的，是李眉芸女儿的案子不是简单的失踪，而小蕊的失踪，是因为她查到了什么。"

"成记者试图采访李眉芸，但是失败了。她应该知难而退吧，她不会查到什么有用的线索吧，毕竟南城警方也在极力侦办此案。"马俊杰猜测道。

"不，我了解小蕊。只要她想查，就一定能查到些什么。"

"嗯，我同意安队的预感，现在的状况可能已经很严重了。"刘坤说。

"哎呀，这个时候你就不要吓唬安队啦！"马俊杰责备道。

"小马，"安晓峰突然问道，"电脑密码破解了吗？"

"破解了，电脑在网安中心呢，我马上去取。"

"小刘，"安晓峰吩咐道，"尽快把两年前刁文龙的案卷调出来。"

"好的。"

一小时后，一大队办公室。

刘坤手里拿着一袋薄薄的案卷回来了，交给正在焦急等待的安晓峰。

安晓峰一边拆开档案袋，一边问道："这么薄？"

"我问过档案室的人了，他们说当时这个案子发案时间短，警方很快就到达了现场，与绑匪谈判失败后，绑匪被警方击毙，于是就结案了。"

安晓峰快速翻阅着仅有的几页案卷，还有当时警方拍摄的绑匪被击毙后的照片。看完，眉头紧锁："人质没救出来呀。"

"是的，很不幸，人质被绑匪打死了。当时绑匪的手里拿着自制土枪，不小心走了火，打中了人质。人质中枪的同时，警方的狙击手也打中了绑匪。绑匪被当场击毙，中枪的人质马上被送去了医院进行救治。但是，很可惜，没能救活。"

"这个刁文龙确实该死，害死了无辜的高中生。"

刘坤指着安晓峰手里的案卷照片说道："这就是受害人质的照片。遇害的时候，年仅 18 岁，正在读高三，是个品学兼优的好学生。"

安晓峰看着手中的照片，照片里的男孩五官精致，皮肤白皙，眼神清澈，透露着阳光的气息。

"唉。"安晓峰忍不住轻叹了一声。

"绑匪刁文龙是个惯犯。"刘坤指着一页案犯资料说道，"你看，在被警方击毙之前，就没干过什么正经工作，主要是帮高利贷公司暴力讨债为生。故意伤人被警方处理过两次，聚众赌博一次，寻衅滋事一次。"

"李眉芸很早以前就跟刁文龙离婚了。"安晓峰说道。

"是的。"刘坤指着刁文龙的资料，"可能是受不了刁文龙游手好闲、不务正业，女儿还很小，大概是在上小学的时候，夫妻二人就离了婚。"

"离婚之后，刁文龙在市里鬼混，李眉芸则带着女儿回乡下生活，二人应该没有什么交集了吧？"

"刁文龙曾经骚扰过李眉芸及其女儿，"刘坤指着案件资料，"就是这次，寻衅滋事这次。警方受理报案的，只有这一次。我估计，离婚以后，刁文龙骚扰的次数不止这一次，只不过李眉芸没有报案而已。"

安晓峰点了点头："饱受卑劣前夫骚扰的母女，即便离婚以后，仍旧没有彻底摆脱纠缠。一直到两年前，刁文龙被警方击毙，母女俩才恢复了正常生活。一年前，李眉芸终于再婚，本以为可以重新开始自己的人生。没想到，厄运再一次降临了，她的女儿失踪了。"

"安队，你是在怀疑，李眉芸女儿的失踪与他的前夫刁文龙有关？"

"有这个可能。"

"可是刁文龙死了已经两年了。"

"刁文龙不是什么好人，过去，他一定有很多仇家。"

"安队的意思是，刁文龙昔日的那些仇家，报复刁文龙没了机会，就转而报复他的女儿？"

"你觉得呢？"

"不太可能吧。这得多大的仇啊？人都死了，还不肯放过，还要继续报复人家的女儿？"

"至少，这种可能现在还不能排除。"

安晓峰话音刚落，马俊杰抱着笔记本电脑回来了。

他把电脑放在桌上，打开："电脑本身没有什么异常，上面也没有发现陌生人的指纹，只找到了成记者的指纹。电脑里都是工作产生的文档，还有大量的新闻摄影图片。"

安晓峰坐在电脑前，仔细查看着电脑里的文件。大致看了一遍之后，他打开了"最近使用"目录，连续打开了最新的三个文档。看完，他站起身，让刘坤坐下。

"你也看看。"

刘坤看着三份文档，一头雾水。

"看出什么了吗？"安晓峰问道。

"这是很正常的稿件，看不出什么异常。"她说。

"因为正常，才更能说明问题。"

刘坤看着看着，似乎体会到了安晓峰的意思："我好像知道了，这三份文稿都与李眉芸女儿的失踪案有关。"

"正是这样。"安晓峰指着电脑说道，"小蕊失踪前，正在撰写的报道，就是李眉芸女儿的失踪案。可是你们看，这三份文稿全都没有完成，这说明她的采访没有顺利开展，李眉芸拒绝采访，让小蕊的报道无法顺利进行下去。"

"没办法进行下去的话，应该没有危险才对呀。"马俊杰随口说道。

"这正是我最担心的地方。以小蕊的性格，她是不会知难而退的。一条路堵死了，她会去找第二条路。"

"那么，第二条路在哪儿呢？"

"在这儿！"安晓峰把刁文龙的案卷攥在手里，确信地说。

"成记者的失踪，真的会跟这个有关吗？"刘坤问道。

安晓峰没有回答，而是问了一个问题："李眉芸和刁文龙生的女儿，叫什么来着？"

"刁珺妮。"

"小刘，麻烦你跟南城区刑侦大队那边联系一下，把刁珺妮失踪案的资料要过来一份。"

"安队，你不会是想……"刘坤不安起来。

"小蕊失踪前正在走访女大学生刁珺妮的失踪案，或许，她真的发现了什么。要想知道她到底发现了什么，咱们就得先调查刁珺妮案。"

"安队是想把案子从南城那边接手过来吗？"马俊杰问道。

"我这就向上级打报告。"

马俊杰略显担心："刁珺妮的案子长时间悬而未破，难度很大。如果判断失误，成记者与刁珺妮案无关，那我们一大队很可能因为刁珺妮案耗费大量精力，会更不利于寻找成记者。"

"是呀，安队，你可要考虑清楚。"刘坤也说。

当天下午，安晓峰提交完转移案件的申请报告，就又带着刘坤和马俊杰风风火火地赶到了市理工大学。

一进教研楼大厅，就有一个略显年轻的男老师和一个穿着保安制服的中年男人迎了上来。

"是一大队的安队长吧？"男老师热情地自我介绍道，"我是计算机学院的副院长，姓蒲，蒲松龄的蒲。"

"安队长好，我是校保卫科的，姓孙。"

"蒲老师你好，孙老师你好。"安晓峰一一跟二人握手。

"物理学院的成教授是你岳父吗？"蒲老师问。

"还没结婚呢。"安晓峰有些尴尬。

"嗨，看我这嘴。"蒲老师递给安晓峰一份学籍档案，"这是刁珺妮的学籍资料，是复印件，你们可以带回去。"

"安队长放心，校方一定全力配合你们的调查。你们来之前，成教授特地交代好了。"孙老师说。

安晓峰接过资料，递给刘坤："刁珺妮失踪的事，校方一开始没有发现吗？"

"没发现。因为她是提前返校的，她回来时，学校还没开学呢，老师和学生都还没开始返校。"蒲老师回答道。

"去刁珺妮的宿舍看看。"

两位老师引导三位刑警朝女生宿舍楼走去。虽然没有穿警服，但是两位老师带着三个陌生人进入女生宿舍，还是引起了女生的关注。

尤其是一行五人进入225宿舍的时候，三名女大学生全都紧张地站了起来，脸上写满了疑问与紧张。

"你们都别紧张，这几位是市局刑侦支队的，过来了解一下刁珺妮的情况。"蒲老师安慰完三位女生，又转身对安晓峰说，"之前南城的刑警来过几次，几位室友对刁珺妮的情况都很担心。"

三位女生得知来的是刑警，全都自觉地站在自己床位的旁边，等候着被问话。

安晓峰扫视了一眼，问道："学校是几号开学的？"

"3 月 1 日。"蒲老师回答。

"刁珺妮是几号返校的？"

"她一整个寒假，可以说基本上就没回家。"孙老师回答，"别的学生都走了，就她没走。所以也就无所谓几号返校一说了。"

"那她是哪天离校失踪的呢？"

"具体的日期，我们校方也不好判断。"孙老师一脸为难地说，"开学之前，整个学校的监控系统升级改造，所以那些天全校范围内都没有监控视频可查。后来还是刁珺妮的家长报了案，校方才知道人失踪了。南城区的刑警询问了女生宿舍的管理员，据管理员回忆，她最后一次见到刁珺妮，距离现在得有两周了。"

"这么多天没见到人，校方为什么没有警觉呢？"

"刁珺妮家在本市，离学校不算远。据宿管员说，刁珺妮平时回家并没有什么规律，想回去了就回去住几天，再加上当时处于寒假期间，所以学生离校不会引起校方注意。"

"你们三个有谁在寒假期间见过刁珺妮吗？"安晓峰朝三个室友问道。

三人全部摇头。

"那你们放假期间都不联系吗？"安晓峰又问道。

一个女生想了想，说："我跟她发过一次微信，大概半个月之前。"

"都说了什么？"

"我问她还回家不。她说，不打算回。我就问她，离开学还有半个月呢，回家住几天呗，在学校自己一个人，多无聊哇。"

"她怎么回答？"

女生打开手机微信，递给安晓峰。

安晓峰看到了刁珺妮发的最后一条消息："过几天是个特殊的日子，有个地方，我必须得去一趟。"

"她这话说得云里雾里的，我没太明白是什么意思，就打电话给她，想问问她，可她一直没接电话。"女生说。

安晓峰把手机递给马俊杰，示意他拍照取证。

"你提供的这条信息很重要。"安晓峰又问道,"哪个是刁珺妮的床位?"

女生指给安晓峰。

安晓峰给刘坤使个眼色,刘坤开始检查刁珺妮的床铺。她的床头贴着许多用拍立得拍的自拍照,刘坤一一取下,放进证物袋,打算拿回去分析线索。

安晓峰看着那些自拍照里漂亮自信的样子,心中不免有些担心:"刁珺妮学习怎么样?"

"一般。"蒲老师回答,"在我们计算机系大二学生里,排名也就是中下等吧。长得挺漂亮的,也爱打扮。可惜对计算机明显没什么兴趣,上我课的时候,基本上都是在玩手机。"

"那她跟你们的关系怎么样?平时来往多吗?经常谈心什么的吗?"

三个女生互相看了看,全都摇着头。

"关系不好吗?"

"就是正常的室友关系。"女生小心翼翼地回答,"她平时挺自卑的,喜欢独来独往。性格嘛,挺倔的,挺不好接近的。我感觉她每天把自己打扮得漂漂亮亮的,是在掩饰她内心的脆弱。"

"怎么说?"

"听说她妈再婚了,她很反对这件事,但是她妈比她更倔,没有听她的意见。"女生说。

"因为这件事,她平时都在宿舍待着,放假也不回家去。除非是她妈催得紧了,才勉强回去住几天。"另一个女生说。

"她交男朋友了吗?"

三人再次集体摇头。

"确定没有吗?"

"她那种性格,连一个宿舍的女生都不能交心,更何况跟男生呢?"女生说。

安晓峰见刘坤检查得差不多了,正打算要走。

刘坤突然朝三个女生问道:"刁珺妮跟她母亲的关系很不好吗?"

"非常不好。每次打电话都在争吵,说的话都是特别伤人那种。"

"看来,是个问题少女呀。"说着,刘坤递给安晓峰一张照片。

照片里,李眉芸搂着刁珺妮站在市文化公园的喷泉前面,好像是高中时期的旧照,母亲二人的脸上都洋溢着轻松的笑容。但是,这张照片被刁珺妮用油笔给乱画了一气,在李眉芸身上。

第 5 章　第一起绞刑案

3 月 4 日清晨，一大队会议室，安晓峰与全体队员召开例会。

"上面已经同意把刁珺妮案移交到咱们一大队了。"安晓峰面容憔悴地说，"这个案子的资料都在内部系统里了，你们昨晚都看了吧，有什么想法？"

"种种迹象表明，成记者的失踪确实跟刁珺妮的案子具有某种关联。"刘坤语气坚定地说道，"虽然还没有直接的证据，但是，着力调查刁珺妮的案子应该很快就会找到线索了。"

"刁珺妮的案子既然咱们接手了，肯定会尽快把它给破掉。"马俊杰也信心满满地说。

"嗯，两起失踪案虽然没有可供串并案的直接证据，但是不妨先一起侦查。"安晓峰向其他侦查员问道，"先反馈一下昨天道路沿线的排查情况。"

一个侦查员说："通过对交通摄像头的排查，案发当晚，成记者的轿车行驶轨迹并无可疑，大体是由报社朝西郊的方向行驶的，没有明显的绕路或是偏航现象。最后出现在摄像头到发现轿车的地点，从时间和路线上看，也是没有疑点的，算是正常行驶。唯一的可疑发生在最后一个摄像头和倒数第二个摄像头之间，竟然用了四个小时左右，按照路程计算，绝对用不了这么久。"

"按照路程计算，确实有四个小时无法解释。这段时间，车辆一定是停在了某处，发生了什么。"安晓峰很不愿意进行这样的推断，"如果真的发生了什么，那么，最后出现在摄像头时的车辆，很可能不是车主本人驾驶的。"

"可惜最后一个摄像头距离车辆太远，又是后半夜，没有拍到车内的情况。"侦查员说，"倒数第二个摄像头到最后那个摄像头之间，是西郊特别广阔的一片地带，那里有数个大型工厂、开发区等，因为最近正在修路，那一带的摄像头数量非常有限。加上案发时间是深夜到后半夜之间，过路的车辆也很少，所以暂时还没找到可供调取行车记录仪的过路车辆。"

"继续重点排查这两个摄像头之间的区域，找不到过路车辆，就调查沿途的商店、工厂，查看他们的监控摄像头，盘问他们值班的人员。如果能找到目击者，就可以进一步缩小排查范围。"

"明白。"

安晓峰尽量把自己的情绪从成奚蕊失踪的悲伤中抽离出来，强迫自己站在刑警的视角来对待："说说刁珺妮的案子吧。"

刘坤第一个发言："刁珺妮为什么会失踪？这个疑问南城警方已经调查很多天了，还是没能弄明白。昨晚我跟那边的办案刑警特地交流了一下，那边的看法，更倾向于刁珺妮是自己离家出走。"

"离家出走？！"

"他们认为，刁珺妮在失踪以前，有极其厌世的情绪表露出来，而且已经很久了。"刘坤在投影仪上打出刁珺妮的许多自拍照片，多是造型另类的模样，"首先，她对母亲和继父的结合极为不满，曾多次因为此事跟她的母亲和继父发生争吵，这一点，无论是邻居还是大学同学都可以证明。"刘坤继续在投影仪上播放李眉芸和于展军的结婚照，"其次，母亲和继父结婚以后，在继父的影响下，二人开始对刁珺妮漠不关心，照顾明显少了，还不让她在家里住，这更加重了她被抛弃的感觉。"刘坤在投影仪上播放了那张被油笔画花了的刁珺妮和母亲的合影，"最后，刁珺妮从小性格孤僻，很不好相处，所以没有朋友。上大学以后，无心学业，不是上课玩游戏，就是无故缺勤，学校的社团活动概不参加，经常被老师叫去谈话。所以，无论是生活上还是学业上，刁珺妮都很不如意，这成为她最近极其厌世的根源。"

刘坤把投影仪的照片停在一张刁珺妮高中时期的照片上，照片里，她身穿校服，清纯可爱，一脸阳光，不失稚气。大家看着刁珺妮的照片，全都感慨不已，感到惋惜。

"尽管动机很充分，但是，缺乏支持刁珺妮离家出走的直接证据。"安晓峰理智地分析道。

"是的。"刘坤点头表示赞同，"加上成记者的失踪，使得刁珺妮离家出走的设想变得更加不可能了。"

"还有那句话，也十分可疑。"安晓峰提醒道。

刘坤会意，用投影仪播放了刁珺妮给室友发的最后一条微信消息截图："刁珺妮发的最后一条微信，确实很可疑。她说，过几天是个特殊的日子，有个地方，她必须得去一趟。我们现在还不清楚她说的特殊日子是哪天，她要去的地方是哪里，但是，说不定，这个线索与她的失踪是有关联的。"

"接下来重点查一下，与刁珺妮有关的特殊日子，比如她的生日，母亲、父亲还有其他亲人的生日，或是看看有没有其他纪念日什么的。"安晓峰吩咐道,"地点的话,只能从刁珺妮从小到大的成长轨迹调查,居所、学校等等。她的人生阅历有限,到过的地方也不多,能查到的都查出来吧。"

"好的。"

马俊杰突然灵机一动,说道:"她父亲不是已经死了吗?被警方击毙的。会不会……"

安晓峰一拍桌子:"哎呀,小马,你小子可以呀,关键时刻,提醒了我。"

"忌日?!"大家似乎明白了安晓峰的意思。

"对,忌日!"安晓峰兴奋地分析道,"刁珺妮极力反对她母亲跟于展军再婚,说明她心中对生父刁文龙仍有感情。尽管刁文龙是绑匪,恶名在外,但是,父女之间的血缘关系是没有那么容易剪断的。"

大家全都纷纷点头。

安晓峰继续分析道:"刁珺妮所说的特殊日子,很可能就是刁文龙的忌日或者是生日之类的日子。她所说的必须要去的地方,很可能是刁文龙的墓地或是家中的老宅之类的,与生父有关的地方。"

"还有两年前刁文龙被我们警方击毙的地点,她很有可能去敬献鲜花或是烧纸什么的。"马俊杰补充道。

"对,就沿着这个思路去调查看看吧。"安晓峰吩咐道。

"明白。"刘坤一边在本子上记录着,一边答应下来。

"如果她是在给她父亲上坟的时候被人劫走的,那么报复性绑架的可能性就很大了。"马俊杰满脸担忧地说道,"如果按照这个思路发展的话,这么多天过去了,刁珺妮生存的可能性……可能,已经不大了。"

大家兴奋之余,又不得不面对这个沉重的现实。

"这也是我最担心的地方。"安晓峰说。

话音刚落,手机响了,安晓峰一看来电显示,表情变得严肃起来。

"是刑侦支队长。"安晓峰拿起手机,迟疑着没有马上接听,"早上刚刚见过面,批准我接手刁珺妮的案子时还说很欣慰我可以顶住压力,不会这么快就反悔要收回去了吧?"

大家全都面面相觑,预感到了不好的消息即将到来,只不过,还不确定是什么样的消息。

安晓峰接了电话,他没有说话,只是默默听着。

所有队员的目光都集中在了安晓峰的脸上,注视着他表情的变化。只见安晓峰的表情由担心慢慢地变成了惊恐。没错,是惊恐。

"好的，把定位发过来吧，我马上带人过去。"安晓峰说了这么一句。

挂了电话，安晓峰表情不安地扫视了一圈在场的所有队员。

"发生什么事了，安队？"刘坤问道。

叮咚一声，定位的消息发了过来。

安晓峰打开手机看着定位，酝酿了一下，语气低沉地说道："发生了一起命案，就在化工路。"

"化工路？！"

所有人都惊讶起来，因为排查成记者的失踪，最近他们整天泡在化工路附近。

"被害的是一名年轻的女性，穿着，穿着……"安晓峰的语气有些哽咽。

"不会是……"刘坤不敢说出来。

"穿着一件米色风衣。"安晓峰强忍着心中的剧痛，将话说了出来。

"是成记者？"马俊杰紧张地问道。

"死者的身份还没确定，只从衣着上看，像是……"安晓峰的语气越来越微弱。

大家全都沉默了。

"辖区派出所已经把案发现场封锁起来，咱们的人马上得过去。出发吧。"安晓峰站了起来。

"安队，你别过去了，你留在队里等我们消息吧，我们先过去。"马俊杰提议道。

"是呀，安队，还是我们先过去吧，还不一定是成记者呢。"刘坤安慰道。

"不行，我得过去！"

"要不这样吧，"马俊杰一把抓起安晓峰面前桌上的车钥匙，说道，"我来开车，到了地方，你先别进现场，在车里等我们消息。"

安晓峰知道，队员们是怕安晓峰见到成奚蕊惨死的样子，情绪失控。他是成奚蕊的男朋友，但他更是一名专业的刑警，如果当场情绪失控，影响确实很大。

"那好吧。"他说。

众人迅速出发，以最快的速度奔向了楼下的停车场。在一片警笛的呼啸声中，数辆警车驶出了刑侦支队大院，朝他们熟悉的化工路开进。

一个小时以后，警车赶到了化工路中段的一座过街天桥下面。此时化工路主辅路双向车道，已经由交警进行了临时封路，来往的车辆被分流拐入两侧的小路。

侦查员们还没下车，就被眼前的景象惊呆了。只见高高的过街天桥下面，一根长长的绳索吊着一具女尸。女尸距离地面三米左右，穿着米色风衣，留着利落的中长学生发，虽然距离太远看不清样貌，但是纤细的身材和那件随风飘舞的风衣，让他们直观地联想到了成记者。

坐在副驾驶座的安晓峰情绪激动，解开安全带想要下车，被马俊杰一把按住："别下车，安队，等我们消息。"

安晓峰只好坐在车里，他的眼睛已经不敢再望向吊在空中的女尸，他只能紧握着拳头，煎熬地等待着，等待着队员们告诉他确切的消息。

马俊杰和刘坤下车以后，带着队员们迅速跑向了过街天桥。天桥周围已经被警方的隔离带封锁，辖区派出所的民警，将围观的人群阻隔在很远的地方，并禁止人们拍照。

马俊杰等人跑上天桥，见技术大队的人已经到了。痕检人员已经在现场周围展开了对痕迹的勘查、拍照和提取工作。等痕检人员忙完，法医进入，要对尸体进行初步勘验。马俊杰等人帮助法医将尸体拽回天桥上，拨开挡在脸上的头发，这才看清尸体的样貌。

"这是谁呀？"马俊杰疑惑起来。

"刁，刁珺妮！"刘坤通过照片认了出来。

"能确定是刁珺妮吗？"马俊杰急切地问。

"能确定。她的每张照片我都看了很久。"刘坤回答。

马俊杰的脸上浮现出一丝欣慰，转身朝桥下跑去。

安晓峰见马俊杰跑了回来，赶紧下了车，担心地问："是吗？"

"不是成记者！不是成记者！"

安晓峰一把抱住马俊杰，眼泪唰的一下掉了下来。

"安队，不是成记者。"

安晓峰将头埋在马俊杰的怀里，不让周围的民警看到他哭的样子。

"别难受了，安队，真的不是成记者。"

"我知道，我不难受，我就是，就是太压抑了。这种感觉，你知道吗？"

"我知道，我知道。"

安晓峰迅速擦掉脸上的泪水，让自己的情绪平静下来。

"不过，虽然死者不是成记者，但是，这起命案恐怕我们得接手了。"马俊杰提醒道，"因为，死者是……刁珺妮。"

"什么？！"

"是刁珺妮。"

安晓峰赶紧跑上了天桥，朝平躺在地上的女尸奔去。

"是刁珺妮，安队，是刁珺妮遇害了。"刘坤对安晓峰说道。

安晓峰蹲下来，仔细查看着女尸。虽然死者的脖子被拉得老长，双眼瞪圆凸出，面容十分恐怖，但他还是能够辨认出，死者就是刁珺妮。她的脖子上仍然系着那根绳索，风衣外套下面，穿着白色长裙，脚上则穿着一双极有个性的黑色带铆钉的皮靴。

"还不能说是遇害，"赵法医一边检查着尸表，一边跟刘坤辩论道，"死者尸表没有明显的外伤，符合缢死的特点。即便是缢死，也不能说明一定就是他杀，因为缢死多见于自杀。"

"真的是自杀吗？"安晓峰问道。

赵法医想了一下，慎重地说道："要等我们回去做一个详细的尸检，才能给出确定的答案。"

"我看是自杀。"一个身穿警察制服的中年男人走了过来，"刚才痕迹检验人员在现场周围没有提取到死者以外的足迹和指纹，说明这里没有外人来过。而且我查过了，死者是近期报了失踪的女学生，离家出走的可能性很大。叛逆少女，跟家长闹了矛盾，离家出走，上吊自杀，这不是很符合逻辑的推断吗？"

安晓峰起身，打量着中年男人："你是？"

"我是辖区派出所的所长，我姓李。"

"刁珺妮不是自杀。"安晓峰说。

"不可能。你们刑警不要总是疑神疑鬼的，见到死人就认为是命案。"李所长自信地说。

安晓峰不甘示弱，指着刁珺妮身上穿的风衣说："死者身上穿的风衣，不是她自己的。"

"不是她的吗？你怎么知道？"

"我当然知道。因为，这件衣服是我女朋友成奚蕊的。"

"成记者也失踪了。"刘坤对李所长补充道。

"一样的风衣有的是，你怎么肯定这件一定是成记者的呢？"李所长质疑道。

"因为这里，"说着，安晓峰蹲下来，指着风衣上两处墨水的痕迹说道，"小蕊是报社的记者，经常使用墨水钢笔写字，尤其喜欢用蓝黑色墨水。你们看，这两处墨水痕迹，是前不久留下的，我还因为此事调侃过她。"

"也许是成记者看这女学生冷，把衣服借给她穿也不一定呀。"李所长坚持己见。

安晓峰没心情继续辩论，改问道："是谁第一个发现尸体的？是谁报的案？"

李所长看了看手里拿着的手册，说道："凌晨3点多的时候，就有一辆过路的面包车看见了。也许是被头顶吊着的人给吓着了，他选择了开车迅速通过案发路段，并没有马上报警。等他回过味来打电话报警，已经是5点多了，那时已经有两人报了警。是4点多的时候，又先后有两辆轿车经过桥底下，突然看到车顶悬着人，他们也吓坏了，其中一辆还与道路中间的护栏发生了碰撞。"

"据我所知，化工路平时非常繁忙，尤其是晚上，拉货的卡车络绎不绝。可是为什么昨晚经过这里的车辆这么少呢？"安晓峰问道。

"这一点，我已经跟交管部门询问过了。"李所长回答，"前方大约一公里路段，有一座被卡车压坏的路桥，昨晚正在施工修复。凌晨3点，刚刚恢复通车了道路的一侧。完全恢复通车，是5点左右。"

"凶手对这条路的情况很熟悉呀，他好像知道昨晚这里过往的车辆很少。"安晓峰自言自语。

"哎哟，都跟你说了，是自杀嘛。"

等技术人员拍照、提取完毕，法医将拴在天桥栏杆上的绳索一端费力地解下来，又把尸体脖子一端的绳索解下来。

"哎哟，这个绳结有点意思！"经验丰富的赵法医忍不住惊叹道。

"有什么发现吗？"安晓峰问。

"你看，这个绳结。"赵法医将绳索递到安晓峰眼前，"这不是普通的绳结，这叫绞刑结。"

在场的警员们全部发出了惊呼："绞刑结？！"

"对，绞刑结。"赵法医简略地介绍道，"这是古代给死刑犯人施行绞刑的时候专用的绳结。这个绳结是可以活动的，可大可小，一旦把人头放到绳圈里面，然后抽去犯人脚底的椅子，或是把犯人置于高处推下去，在体重的作用下，绳结会迅速收紧，将人绞死。"

说完，赵法医将绳索装进了大号证物袋里。

安晓峰再次看向了刁珺妮脖子上深深的索沟，惊恐之情久久无法散去："那么，刁珺妮她，被人施用了绞刑吗？"

赵法医戴着手套摸了摸刁珺妮的脖颈，点头道："颈椎骨已经断了，脖颈也被拉得老长，符合绞刑的特点。"

"是被人套上了绞刑结，然后从桥上推下去的？"安晓峰问。

赵法医继续查看了死者的手脚，没有马上作答。

李所长仍不死心，插话道："也有可能是她自己戴上了绳套，然后自己从桥上跳下去的。"

赵法医直起腰，说道："的确，暂时还不能排除自杀的可能。还是那句话，到底是自杀还是他杀，要等我们回去做详细的尸检。"

说完，赵法医摆出欲言又止的模样。

"老赵，咱们打交道这么长时间了，有什么话，你就直说好了。"安晓峰说。

赵法医一副为难的神情，叹着气说："现场除了这具尸体，没有提取到其他有用的痕迹物证。希望像李所长说的，是自杀吧。如果是他杀，这个案子可能麻烦大了。"

"行，我知道了。"安晓峰对身后的刘坤吩咐道，"小刘，通知刁珺妮的母亲李眉芸，到——"

赵法医打断了安晓峰："先等等，稍微晚一点再通知家属。只从照片辨认，还不能百分之百确定死者就是刁珺妮。谨慎起见，还是等 DNA 比对的结果出来，确定了尸源再通知家属吧。"

"也好，免得给失踪人口家属造成不必要的伤害。"

第 6 章　初步鉴定结果——自缢

安晓峰端着早已冷掉的盒饭走出刑侦支队办公楼，坐在门口的台阶上吃着。多年来，他一直习惯性地重复这样的动作，在他有问题想不明白的时候，在他感到无助需要帮助的时候。

然而今天，他知道，他等不回能够指导他解开谜团的老全，更加等不来那个曾被落叶砸中的成记者。

然而疑问解不开，仍旧萦绕在心头。如同旧疾缠身，需要一剂猛药，否则终将被它们打败。

刁珺妮到底是自杀还是他杀？

刁珺妮的尸体上为何穿着成奚蕊的衣服？

成奚蕊的失踪跟刁珺妮到底有没有关系？

被这三个问题困扰着，安晓峰午饭没吃多少，就把饭盒扔进垃圾桶里。他看了一眼手表，时间显示已经是下午3:15，想不明白的问题仍旧想不明白。

安晓峰感到一阵胃痛，他一边揉着肚子，一边回想这一天他所经历的事情。上午，处置现场。下午，赶回队里向上级汇报案情，然后草草吃过饭。接下来，他需要去法医室，等待DNA比对结果出来，确定尸源，联系家属。

安晓峰让自己的精力集中在案件上面，刻意不去想胃痛的事，迈着大步，朝法医室走去。

经过一楼接待室门口的时候，安晓峰注意到，陆续来了几组家属。他们来了以后，熟练地坐在接待室里的椅子上，默默地等待着。

"什么情况？"安晓峰问门口正给家属接水的刑警。

"化工路那边不是发现了一具尸体吗？"刑警叹着气说道，"这些家属是听说了消息赶过来的。"

"这几位都是家里走失了人口吗？"

刑警点头道："这才哪儿到哪儿，现在是3点多，到DNA比对结果出来时，恐怕还会陆续赶来一大批人呢。"

"害怕惊动不必要的家属，咱们已经很低调了。"

"唉，没办法。毕竟尸体就吊在过街天桥上，警方再低调也没用，一上午的时间，恐怕全市的人都已经知道了。"

"我去看看DNA比对结果出来没有。"

安晓峰快步朝法医室走去。

刚到门口，就看到刘坤和马俊杰仍旧焦急地等待着。马俊杰正把脑袋伸进法医室的门里，朝里面张望。刘坤正看着几张现场的照片。

"还没出来？"安晓峰问。

"说是还得等一会儿。"刘坤回答。

"这是痕检那边的照片？"

刘坤表情失望地将照片递给安晓峰："现场除了死者的足迹和掌纹，并没有发现其他人的痕迹。说不定还真是自杀。"

安晓峰仔细看着手里的几张照片，确实没发现什么疑点："足迹单一不杂乱，与跨越护栏的位置也对得上，手掌抓住护栏所留下的掌纹方向，也符合自己跳下去的特点。"

马俊杰走了过来，接过照片看着："现场确实没有什么有价值的线索，除了死者身上那件疑似成记者的风衣之外。"

"我敢确定，那件风衣就是小蕊的。"安晓峰说，"当然，最终的答案要以待会儿技术人员的化验结果为准。"

"现在就等着确定尸源了。安队、小刘，我一个人在这里等待结果就行了，你们先去歇会儿吧。"马俊杰说。

安晓峰想了一下，对刘坤说道："你跟我来。"

说着，安晓峰领着刘坤朝接待室走去。

一进接待室，场面令安晓峰感到有些惊讶。因为这么一会儿工夫，屋子里又多了几组失踪人口的家属。而且，陆续仍有人不断地赶来。他们好像全都熟悉警方确定尸源的程序，来了以后各自找地方坐着，并不交流，只是等待着结果的公布。

安晓峰的心情更加沉重起来，他从这些失踪人口家属的脸上，看到了失去家人的悲痛，还看到了长时间等待的绝望与麻木。他突然想起老全过去曾经说过一段话。

"失踪人口现象，是会一直长期存在的。这些人口中，有的人也许一辈子都无法找到，而有的人会转化为命案的形式被发现。无论是哪一种，对于失踪人口的家属来说，都是极其痛苦的折磨。"

这也是这么多年来，老全所领导的侦察一大队，着力侦破失踪人口案件的主要原因。

尽管一大队十年如一日地上下齐心协力，破获了不少案件，也找回了不少人口，但是仍有很大一部分人从失踪那一刻起，就像是人间蒸发一样，再也没有踪迹可寻。

看着接待室里越来越多的家属，安晓峰的心中只盘旋着一句话：任重而道远。

"你去帮忙安抚一下家属的情绪。"安晓峰对刘坤说道。

刘坤身为女性，对这样的工作早已驾轻就熟。只见她穿梭在家属之间，时而倒水，时而鼓励，用她带有正义、阳光般的笑容，融化了不少家属脸上的麻木与冰冷。

安晓峰突然注意到，一个过去他所熟悉的老大爷，正由他家的保姆搀扶着，步履蹒跚地步入了接待室。

安晓峰迎了上去："夏大爷，你怎么来了？"

"化工路那边的事我听说了。"老头沧桑的脸上带着几丝顽强。

"那是个女的，而您家走失的是您孙子，这……"

"这么长时间了，只要警方这边一有什么消息，我就要过来。甭管是不是，听到最后的结果，心里就踏实了不是，回去就能睡着觉了不是。"老头说。

"您快回去吧，这次真的不是。"

"那几位我都认识了，"老头指着坐在椅子上的几位家属，"上次来就有他们。我过去陪他们坐着，一起待会儿也好哇。"

说完，老头倔强地走向空着的椅子，艰难地坐下，并跟身旁的人们点了点头，拍了拍肩膀，无声地打着招呼。

自己家的人都没找着，还能故作坚强地去鼓舞别人。安晓峰无奈地摇了摇头，心头又是一酸。

接待室的角落，靠近门口不远的位置，坐着一个中年妇女。她戴着破旧的黑色渔夫帽，把头压得很低，并不安地抖动着双腿。

安晓峰认出，那正是李眉芸。

安晓峰走了过去："你也来了？"

李眉芸没有抬头，也没有说话。她的双腿抖动得更加频繁了。

安晓峰正要再说点什么，听到了旁边两个妇女的小声交谈。

"这次发现的，好像是我们家的了。"一个说。

"不会的。你女儿不是才14岁吗？今天这个据说是成年人。"另一个说。

"3年零7个月又14天过去了，小女孩也应该长大长高了吧。"

"那也不是。你女儿不是长头发吗？这回据说是个学生发。弄不好，是我们家的才对。"

"头发是可以剪的，不是吗？"

"是啊，可不是嘛。头发是可以剪的，样子也会发生变化。只有DNA不会改变了吧。"

一个中年男人插嘴道："DNA也是可以发生改变的。你们没听说吗？有个做了骨髓移植的病人，DNA就发生了改变。"

两个妇女的脸上瞬间露出了深深的失望："那可怎么办？"

"我们还能找到女儿吗？"

刘坤也听到了交谈，赶紧走了过来，蹲在两位妇女面前，耐心地讲解道："骨髓移植的确是有可能改变DNA的。通常情况下可以改变造血系统、免疫系统的 DNA，但是其他部位一般情况下并不受影响。临床上进行骨髓移植的时候，通常是进行骨髓造血干细胞移植，这些造血干细胞可以重建患者的造血和免疫系统，从而有可能会导致移植者的 DNA 发生改变，但是其他各系的细胞，比如说肝脏、肺脏等等，通常是不会发生改变的。骨髓移植以后，病人有可能会发生移植物抗宿主病，有时候还有可能会发生感染。通常情况下，红细胞、白细胞在体内会有一定的代偿周期，所以进行骨髓移植的病人在三个月以后有可能 DNA 会发生改变，血型有可能会发生改变，通常仅限于造血系统。"

一大段专业知识的讲解，众人听得云里雾里。但是大家全都没有继续深究，因为他们知道，他们所需要的并不是专业的知识，而是有一个值得信任的人陪伴在他们的身边，跟他们说说话，弥补一些失去家人的失落感。

突然，接待室的门开了。这一次进来的并不是失踪人口家属，而是马俊杰和赵法医。

安晓峰注意到，赵法医的手里拿着一张单子。他知道，DNA 比对结果已经出来了，于是赶紧走到赵法医身旁，并朝刘坤示意，让她留在李眉芸身旁，随时做好安抚工作。

赵法医清了清喉咙，宣布道："今天早上在化工路中段天桥上发现的女尸，经过法医部门 DNA 比对，尸源已经能够确定了。"

家属们用疲惫的眼睛目不转睛地注视着赵法医，唯有李眉芸的头没有抬起来，而是压得更低了。刘坤在她身旁坐下，抱住了她的肩膀。

"尸体的 DNA 跟警方走失人口数据库里的报案家属留下的血样 DNA 比对上了，"赵法医继续宣布道，"死者为女性，今年 20 周岁，是正就读于市理工大学计算机系大二的学生，刁珺妮。"

话音刚落，聚集在接待室里的所有家属发出了哇的一声惊呼，随后，是号啕大哭。是全部家属，全在号啕大哭。

安晓峰和赵法医见状，赶紧挨个儿安慰着家属们。

"不是你们家的，你怎么也哭上了？"

"夏大爷，您就别哭了，早就跟您说了，不是您孙子。"

"这都怎么了？听到不是的消息，怎么也哭了呢？"

刑警们的劝说并没能止住大家的哭声，接待室瞬间乱成了一团。只有一个家属没哭，那就是刘坤怀中的李眉芸，因为她直接昏了过去。

安晓峰赶紧掏出手机，拨打了 120。

等待救护车到来的几分钟时间里，安晓峰还听到了赵法医跟家属们的一些断断续续的对话。

"不是你女儿，你怎么也跟着哭啊？"赵法医问。

"不是我女儿，就说明她可能还活着，我这是高兴地哭。"一个妇女说。

"那你呢，你是怎么回事？"赵法医问。

"虽说不是我女儿，但也是别人的女儿。看到别人痛失家人的情况，我也会感同身受，哭出来算是发泄一下吧。"另一个妇女说。

"夏大爷，您家走丢的是孙子，您就别跟着哭了吧，再哭坏了身子。"赵法医又劝道。

"你们不懂我们这些家属的心情，"夏大爷一边抹着老泪，一边语音含混地说道，"走丢了家人以后，心里会变得空荡荡的，听说哪里发现了尸体，听说哪里发生了案件，就会变得格外敏感，就会想去看一看。那种心情是既期待又害怕的。期待着找到的是自家的亲人，同时又特别担心找到的是尸体。有时候，宁愿没有找到人，因为只要没有找到尸体，就说明亲人有可能还活着。所以，心情是一阵一阵的，一会儿希望找到，一会儿又希望干脆不要找到。整个人哪，就是在这样的心情下变得精神错乱起来的。"

安晓峰早已控制不住泪水，一把抱住夏大爷，两人全都尽情地流着眼泪。

下午6：30，刑侦支队大会议室，刁珺妮案专案会议。

安晓峰带着刘坤、马俊杰进屋后，发现主持会议的刑侦支队长已经到了。

"咱们先开始吧，法医部门的人马上就到。"他转身对痕检部门的人说，"要不你们先说吧。"

一名痕迹检验师站了起来，走到幕布旁的幻灯机前，播放出一张现场照片。照片中，刁珺妮的尸体被吊在过街天桥下面，所有人再次为之震撼。

"发现尸体的位置如图所示，位于化工路中段的一个过街天桥。"痕检师说道，"条件所限，尸体下方的路面并没有提取到相关的痕迹物证。所以我们的提取工作主要集中在天桥上。"痕检师播放了下一张照片，是过街天桥上拴着绳索部位的照片，"绳索的一端系在过街天桥的栏杆上，尸体是被勒住颈部，悬吊于天桥下方的。尸体的脚部距离地面是 2.5 米，死者身高是 1.65 米，悬空部分绳索长度是 2.5 米，绳索的总长度是 3.75 米。"

"有什么特别的地方吗？"刑侦支队长问。

"需要引起注意的是绳索的材质，"痕检师播放了一张绳索的特写照片，"这不是普通的绳索，是一根非常专业的登山绳。"

"登山绳？！"众人发出惊叹声。

"对，是登山绳。"痕检师继续介绍道，"当然，登山绳只是一种泛称，它不一定只用于登山活动，也常用于牵引、逃生、救生、消防等领域，是一种非常专业的绳索，也有很多蜘蛛人和空调维修等高空作业的人用它来做安全绳。"

"这种绳索很难买到吗？"支队长又问。

"不难。"痕检师说道，"在所有的登山运动装备店、户外用品店，甚至是劳保用品店，都可以买到。需要特别说明的是，如果是作为登山绳使用的话，分为主绳和辅助绳两种。主绳直径需 10 毫米，每米重量要求在 0.08 公斤，抗拉力要求不小于 1800 公斤，材质是尼龙纤维。而本案所用的这根明显要细一些，是一种直径为 8 毫米，每米重 0.06 公斤，抗拉力为 1600 公斤，主要用于攀登岩壁等活动的绳索。"

"死者刁珺妮最近购买过这种绳索吗？"支队长向安晓峰问道。

"没有这方面的记录。"安晓峰回答，"而且很难去查。全市售卖这种绳索的实体店铺有数百家，还不一定是在本市购买的，几大购物网站也能买到这种东西。"

"痕迹物证呢？"支队长又问。

痕检师播放了两张现场的照片，一张是系着绳索的栏杆，一张是附近的桥面："在现场这个系着绳索的栏杆附近，我们提取到了几枚死者的足迹，虽然不是很清晰，但可以证实是死者的。在栏杆的扶手上面，我们提取到了两枚掌纹，也是死者的，抓握的方向，也符合翻越栏杆坠落的特点。除此之外，附近没有发现其他人的指纹、掌纹和足迹，也没有任何搏斗痕迹。"

支队长点了点头，又问另一位技术人员："生物检材方面呢？"

技术人员回答："我们从绳索上面进行了提取，然后进行了 DNA 检验，只发现了属于死者的皮屑。"

"死者是自己捆绑的绳索？"支队长问。

"不能排除。至少，她曾频繁并且用力接触过绳索，才能造成手部的表皮细胞大量脱落。"技术人员回答。

"不会是临死前的挣扎造成的吗？"安晓峰插嘴问道。

"可能性极低。"技术人员语气肯定地说，"从死者颈部拉扯的程度来看，她是在脖子上套好绳索以后，从桥上面跳下去的。巨大的重力作用下，她的颈椎会瞬间折断，她会马上失去意识，应该不会出现长时间挣扎的情况。"

"痕迹物证和生物物证都不支持他杀，是这意思吗？"支队长问道。

在场的几位技术人员全都点头。

"那就看法医怎么说了。"

支队话音刚落，赵法医就风尘仆仆地推门进来了。他把手中的报告放在支队长面前，说道："初步的尸检报告出来了，死者的尸表没有明显的外伤，我们法医常说的三伤，即约束伤、威逼伤和抵抗伤，并没有发现。死者死亡的原因，符合机械性窒息死亡，即缢死的各项特征。只不过，这一例缢死比较特殊，主要有两点。"

大家全都屏气凝神地听着。

"一是缢死的方式，不是常见的上吊，而是从高处坠下。"赵法医用投影仪播放了尸体吊在天桥上的照片和绳结的特写照片，"再就是从尸体颈部取下的绳结，大家注意看，这不是一般的绳结，而是手法非常专业的绞刑结。"

"绞刑结？！"大家再次发出惊讶。

"以前某些国家执行绞刑的时候，专门使用这种绳结。它的特点是越拽越紧，在自身重力下，即便不是从高空坠落下来，只要撤掉脚底下的支撑物，绳套这一端就会越来越紧，直至死亡，根本逃脱不了。"

说着，赵法医掏出一根细绳，熟练地给大家演示打结："我现在为大家演示一遍如何打绞刑结。"

看完演示，支队长问道："又是专业的登山绳索，又是绞刑结，是不是指向他杀的方向了呢？"

"支撑他杀的证据，还不充分。"赵法医说。

"你们法医的意见也是自杀吗？"

"虽然因为时间的关系，我们只进行了初步的尸检，"赵法医说，"但是，基本的死亡信息已经能够掌握了。根据尸僵、尸温、尸斑以及胃内容物等综合判断，死者的具体死亡时间是凌晨 2 点到 3 点之间。从脖颈处的索沟特点判断，具有明显的提空现象，符合缢亡的特征。死者的颈椎骨断裂，软组织拉扯变形严重，符合高空坠落的缢亡特征。另外，死者的指甲完整无破损，指甲内清洁干净，未发现属于他人的生物检材。死者的阴道内外，也未发现精斑和性侵的痕迹。最后补充一点，死者的处女膜完整，还是处女。"

"没有性侵，没有外伤，生前又有很明显的厌世情绪，跟家人的关系也很紧张。"支队长分析道，"难道真是自杀吗？"

"根据目前所掌握的信息来看，我们法医部门赞同自缢身亡的推断。"赵法医说，"初步推断，死者由于厌恶家庭等因素，擅自离开了学校，独自隐匿了几天以后，情绪走向崩溃的边缘，购买了专门用于自缢的绳索，在网上自学了绞刑结的打法，然后在凌晨2点多，走上了行人罕至的化工路的过街天桥。她先将绳索的一端绑在天桥的栏杆上，打有绞刑结的另一端套在自己的脖子上，然后翻越护栏，从天桥上跳了下去，实现了对自己的……绞刑。"

听完死者绝望凄惨的死法，大家忍不住小声议论起来。

突然，安晓峰情绪激动地站了起来："不，刁珺妮不是自杀，是他杀！"

"你这么说，是有什么其他证据吗？"支队长问。

"风衣，"安晓峰说，"刁珺妮身上穿着的米色风衣。"

大家全都陷入了沉思。

敲门声响起，又进来一位技术人员。他拿着一张化验单，交给负责技术的人员以后，转身离开。

技术人员看完化验单，朝安晓峰点头说道："风衣上提取到了皮屑和头发，经DNA比对，能够认定是成奚蕊的。"

"小蕊失踪前，正在调查刁珺妮失踪案。她一定是发现了什么，才导致她也失踪的。所以，刁珺妮的死绝对不是单纯的自杀，而是计划非常周密的谋杀。"安晓峰语气坚定地大声说道。

"可是目前的线索都不支持他杀。"支队长皱着眉说道。

"我会证明给你的。"

"小安啊，"支队长语重心长地说，"失踪的成记者是你女朋友吧，你是不是应该回避此案啊？要不，把案子移交给二大队进行侦办吧？"

"不，我要亲自侦办，我一定会向你证明我的推断！"

第7章　绝对不可能自杀

3月4日注定也是特别漫长的一天，太多悬而未决的事情，让这一天没有那么容易结束。

夜里11:00，刑警队闯进一个中年妇女。被门卫拦住以后，情绪异常激动的她竟然把门卫的脸给挠花了。

门卫大致知道她身上发生了什么，所以尽管心中有气，也没跟她计较。

接到门卫的电话时，安晓峰正带着队员们复盘刁珺妮失踪前后的所有线索，得知来者的身份后，他让其他侦查员继续工作，招呼刘坤和马俊杰跟他下楼。

来到大门门口，见到了正坐在地上哭泣的妇女，安晓峰首先问道："你不是晕倒以后被送去医院了吗？怎么半夜跑出来了？"

"我没事，我要见我女儿！"李眉芸抬起脸的时候，满脸都是泪水，让人忍不住同情。

"我随时都可以带你去见。但是，你的身体真的没问题吗？别待会儿又晕倒了。"安晓峰知道这么说没有任何意义。

"我要见，我必须见！"

安晓峰使了个眼色，刘坤和马俊杰会意，一边一个扶起李眉芸，朝法医室走去。

路上，安晓峰给赵法医打了电话，告诉他家长要见一眼孩子的事。赵法医让同事准备好尸体，自己则亲自到门口等候着。

安晓峰走在最前面，距离十多米时，就露出了担心的神色。长期的共事，赵法医马上就捕捉到了安晓峰担心的事，他是怕法医尸检要对刁珺妮开膛破肚，要是被李眉芸看到女儿这个样子，难免接受不了。

所以，赵法医赶紧抢先说道："尸体已经准备好了，带家属进去看吧。"

众人带着李眉芸进入法医室，刁珺妮年轻的尸体正躺在外间的一个停尸台上。她全身赤裸，盖着一块白布。李眉芸一个箭步上前，掀开白布的一角，结果用力过猛，连人头和半个胸膛全都露了出来。她看着女儿苍白的脸，抚摩着冰冷的身体，以及尸体胸口因为尸检而解剖后又缝合的长长伤口，竟然没有哭出来。

人在极度悲痛的时候是不会哭的，安晓峰知道。

李眉芸只是轻轻抚摩着女儿的身体，像是在用颤抖的手，设法传递给女儿最后一丝丝体温。最后，李眉芸的上半身干脆趴在了女儿身上，用她的脸紧紧地贴在了女儿的脸上。

赵法医想要上前制止，但被安晓峰拦住了。

良久，冰冷的尸体让李眉芸瞬间清醒了些，她猛地抬起头，说了一句："我要带女儿走。"

"现在还不行。"赵法医说。

"你们不是都检验完了吗？"

"初步的尸检确实完成了，死因和死亡的时间都已经查明了。"赵法医尽量语气和缓地解释道，"但是，仍旧存在一些疑点。比如，她为什么穿着别人的衣服，等等。办案的刑警也提出了他杀的质疑。所以，我们法医部门明天会对尸体进行更加详细的尸检。"

李眉芸听到还要尸检，赶紧抱紧女儿的尸体，脸上露出痛苦和不舍。

赵法医赶紧说："你放心，我们会尽量不破坏你女儿的身体，让她走得有尊严。重新尸检，也是对死者和家属负责，如果真的有冤情没有发现的话，那我们都对不起死者不是？"

李眉芸双腿一软，坐在了地上。她双手扶着停尸台，朝安晓峰问道："到底是不是被人害死的，难道还没搞清楚吗？"

"从我们目前掌握的证据分析，确实不像他杀，更偏向于自杀。但是，"安晓峰如实相告，"我们警方会继续调查下去的。你也看到了，这都半夜了，我们所有人都没休息，仍在通宵达旦地工作。所以，到底是自杀还是他杀，请你相信我们，一定会给你一个准确的答案。"

刘坤将李眉芸扶起。

李眉芸仍旧沉浸在极度的痛苦情绪中，思维不是很清晰，她有些慌乱，显得不知所措。良久，才又问了一句："那我什么时候能带走我女儿？"

安晓峰看了看赵法医。

赵法医回答道："重新尸检需要数个小时的时间。最快明天晚上，最晚后天，你等我电话吧。"

李眉芸重新抱住女儿，嘴上胡乱地说着："不不不，不是自杀，不可能自杀，绝对不可能自杀，肯定是被坏人害死的！"

安晓峰劝道："可以走了吧？法医们还得工作呢。"

谁知，李眉芸抱得更紧了："我都说了，不是自杀，是被人害死的！你们没听到吗？"

"这样吧，我们不要在这里讨论这个问题，你跟我去我们一大队的办公室，好吗？咱们不要影响法医们的工作。"

"不，我不走，我要待在这儿，一直陪着女儿。"

安晓峰与赵法医面面相觑，都感到束手无策。

"你还是去我们那儿吧，我们跟你好好聊聊，走吧。"刘坤耐心地劝道，"你也希望早点带女儿回家，不是吗？"

"你在这里一分钟，法医就一分钟不能工作，你带女儿回家就会晚一分钟。快走吧。"马俊杰也跟着劝说道。

就这样，在大家的合力劝说下，终于把李眉芸带离了法医室，带去了刑侦一大队的会议室里。

一开始，李眉芸只是呆坐着。思索着什么，也像什么都没思索。刘坤给她倒了热水，她也不喝。马俊杰特地给她定了消夜，她也不吃。安晓峰只好让队员们先去工作，他一个人坐在李眉芸的面前，陪她发呆。

安晓峰看了一眼手表，已经快要夜里1点了。为了尽快引导李眉芸说出心里想说的话，他只好透露一些细节，以刺激对方。

"你女儿死的时候，身上穿的是我女朋友的外衣。"他说。

李眉芸果然惊讶了一下，双眼瞪大了看着安晓峰。

"我女朋友叫成奚蕊，你见过的，就是成记者。"安晓峰继续说道，"她现在失踪了，我找了好几天了，可是一直没能找到她的下落。说心里话，我现在特别想念她，也特别担心她。我想，我的这种心情，你能够感同身受。"

"她跟我女儿的死……有关系吗？"李眉芸终于开口了。

"至少，有一点是已经得到了证实的。那就是你女儿身上穿的衣服是成奚蕊的。"安晓峰语气沉重地说着，"根据报社同事还有我的回忆，她失踪那天就是穿着那件风衣。"

"怎么会这样？"

"我也不知道。"安晓峰尽量选择一些他能够透露的信息，继续说道，"我怀疑这两起失踪案之间存在某种关联。至少，成奚蕊直接或间接接触过你女儿。"

"这不可能。"李眉芸语气确信地说，"我女儿失踪以后，连最了解她的我都丝毫找不到她的下落。成记者一个外人，怎么可能找到她呢？"

"小蕊的能力，其实超出你的想象，很多很多。"安晓峰小声说道。

李眉芸低着头，努力琢磨着什么。

"你先回去吧，有什么新的线索，我会通知你的。"

李眉芸没有起身，而是继续琢磨着。安晓峰预感到不妙。

果然，李眉芸突然说道："如果没有新的线索呢？那你们警方是不是要用自杀来结案了？"

安晓峰明知这是一个问题陷阱，无论怎么回答，都不是很合适。但他也只能先这么说："我刚才说了，目前的证据不支持他杀。但是……"

"不是自杀！"李眉芸突然叫喊起来，声音之大，震惊了所有一大队的队员，"我都跟你说几遍了，不是自杀！不是自杀！！"

"我能理解你的心情……

"你能理解个屁！我看你们就是想早点结案，你们就是图省事，所以你们全都巴不得是自杀呢！"

"我们没有。"

"什么没有？你们就是想推卸责任！一开始人丢的时候，就不好好找，一个大活人，找了那么多天，愣是没找到。现在人死了，你们就急着推卸责任，想用自杀赶紧结案。"

"我要是想结案，何必现在跟你在这里熬着？"安晓峰尽量压抑着心中不被谅解的怒火。

"熬着？你终于说实话了吧，这样的麻烦事让你们感到煎熬，所以你们巴不得赶紧解脱。"

"我说，你别无理取闹好吗？现在我是在帮你呀。"

"你是帮我吗？这是你的工作！"

"是我的工作，没错。"

"是你的工作，你还抱怨什么？"

"我抱怨什么了？"安晓峰快要被折磨疯了，"你这人怎么不讲理呀？你以前也这样吗？你平时就这样跟你的丈夫还有女儿相处吗？"

"你管我？"

"行行行，我不管你。你先回去吧，行吗？我要继续工作了。"

"你再说一次自杀试试！"

"我不说，我不说了，还不行吗？"

李眉芸站了起来。

"我派车送你。"

"不用。我自己会打车。"

说完，李眉芸扭头离去了。

安晓峰送她出了大门，再返回时，长长地吐出一口气来。

"我的妈呀！"

马俊杰早已忍不住，发起牢骚来："安队，你说李眉芸这人是不是缺心眼呀？咱们明显是在帮她，是站在她那边的，她怎么分不清好赖人呀？"

刘坤也说："之前我走访居委会的人，就说她疯疯癫癫的，好像精神不太正常。"

"我感觉没他们说得这么严重。"安晓峰心有余悸地说，"不过确实过于情绪化了些。"

"唉，这一宿，尽陪她闹了。"马俊杰说。

"为了不被她说咱们推卸责任，得，咱们还得加把劲才行。"刘坤说。

安晓峰知道大家抱怨归抱怨，但是谁都没有停止工作。因为所有人都跟他一样，绝不相信刁珺妮的死是自杀。大家虽然都没说出来，但是心里都跟安晓峰一样，憋着一股劲，想要尽快查出刁珺妮真正的死因，想要快点找到仍旧处于失联状态的成奚蕊的下落。

3月5日凌晨，从刑侦支队出来后，李眉芸并没有回家。

走在街边昏黄的路灯下，她掏出手机，先给丈夫于展军打了个电话。

她问他在做什么。他说他整晚加班，在紧急处理一批违规的库存。然后，没有多说，就把电话挂了。

她很生气。她想问他为什么没有请假，陪她去聆听警方的 DNA 比对尸源的结果。她还想问他为什么这么无情，连她晕倒去了医院都没去看她。她还想让他陪着一起去化工路走一趟。可是这些期望，瞬间都化为失望的泡影。

李眉芸一个人挪动着疲惫的脚步，终于找到了一家卖鲜花的门店。但是，天还没亮，店门仍旧紧闭着。

李眉芸坐在店门口，等待着，等待着。足足等待了两个多钟头，还是没有开门的迹象。她需要一些花，但是她现在想要放弃。直到她猛地抬头，看到远处路边花池子里，好像有几朵叫不出名字的花。她好像看到了沙漠中的绿洲，赶紧跑了过去，毫不犹豫地，一下下地，把那几朵有限的正在开放的花朵采了下来，紧紧握在手里，去路边拦了一辆出租车，朝化工路的方向驶去。

很快，当清晨的第一缕阳光透出云层，穿过楼宇和街道，也穿过化工路中段过街天桥的栏杆，最后照在李眉芸脸上的时候，她正好把路边采来的一把无名花，放在了女儿死去的地方。简陋的花束立在油漆脱落的栏杆下面，在晨风中轻轻地摇曳，就像是无依无靠的母女，连彼此关爱的余地都没有。

李眉芸坐在地上，上半身靠着栏杆，想要陪一会儿女儿的亡灵，但是，已经丝毫体会不到女儿的存在了。

女儿并不在这儿，她在停尸台上。李眉芸想。

几个行人经过，迈着急切的步伐，却投来短暂讶异的眼光。

李眉芸又感到一丝凄凉。对她来说，这是女儿的丧命之地。可对别人来说，只不过是踩在脚下的路。

李眉芸又看了看那束寒酸的花，她狠狠地捶打了几下自己的胸口，她恨她自己，连给女儿一束体面的祭奠都没有。她感到，女儿的生命就像是野花一样，在别人眼里一文不值。她后悔过去没能对女儿好一点，哪怕，只是一点点。

3月5日中午12点，李眉芸祭奠完女儿，乘坐公交车回到家中。

还没进门，在用钥匙开门的时候，她突然注意到，门口的脚垫底下，放着一个包裹。

她掀开垫子，将包裹拿在手上，是一个用黑色塑料袋包装的包裹，没有贴任何收件人信息。她掂了掂，并不重，又摸了摸，里面软绵绵的。

强烈的好奇心驱使她当即扯开了包装袋，拿出了里面的东西。

咣当一声，李眉芸重重地坐在了地上，在看到包裹里的东西后。

那是一件棒球服，XS码，黑白相间的颜色，毛呢和皮革拼接的面料，袖子上缝着几块额外的布贴，好像是某个摇滚乐队的标识，或是某种地下文化的符号。李眉芸记不清了。但是，她记得清清楚楚，这件衣服是她女儿的。

她女儿很喜欢这种看似很不协调的搭配，白色的裙子外面套着黑色的棒球服，还缝着花里胡哨的布帖。每次洗衣服的时候，她都很想把这些碍眼的东西撕下来，但是她没有，她忍住了。因为假如她那样做，女儿就更不爱回家了。

到底是谁呢？在女儿死后，把她的衣服送了回来。是凶手吗？假如是凶手的话，他杀完人还把衣服送回来，是为什么呢？

哇的一声，李眉芸捧着女儿的衣服哭了出来。她把衣服紧紧地捂在心口，狠狠地哭着。哭着哭着，也许是太久没吃东西的缘故，胃部产生了痉挛，一阵干呕以后，她满是泪水的脸憋得通红。

"不是自杀，不是自杀！"

她好像想到了什么，嘴上反复嘀咕着，努力站起身来，拿着衣服，朝刑侦支队的方向跑去。

3月5日的午后，刑侦支队一大队的会议室里，李眉芸再次坐在了她几个小时前坐过的位置上。

安晓峰拿着衣服和包装袋看了老半天，然后情绪略显激动地交给马俊杰："马上交给技术人员检验一下，着重看看袋子上的指纹。"

马俊杰赶紧拿起衣服走了出去。

"我说不是自杀吧，我说过不是自杀的，这回你该相信了吧？"李眉芸的情绪也很激动。

"的确，突然有人把衣服给送回来，确实很可疑。"安晓峰说，"这也更加印证了我的判断。我会马上派人去附近调查，调取周围的监控录像，走访一下有没有目击者，争取把送包裹的人找到。"

"是凶手，一定是凶手送的。他杀完人，还在用这种方式继续折磨我。"

"你放心好了，送这个神秘包裹的人，我一定会找出来的。"

"你相信是谋杀了吗？"

"我其实一直都相信。之前碍于身份的关系，碍于严谨性的关系，我不可能跟你一口咬定就是他杀。因为没有直接的证据，我不能信口开河。"安晓峰推断道，"现在看来，很可能是凶手在向你发出挑衅。他这么猖狂，只会加速他暴露的速度。所以请你一定要相信我，我一定会将送包裹的人抓住。"

李眉芸非常激动地抓住安晓峰的手："那你答应我了？你一定会抓住害死我女儿的凶手？"

"对，我答应你了，我一定会抓住他。我这么说不光是因为我想快点找到我女朋友，更因为我是一名刑警。"

李眉芸带着难以掩饰的哭腔说："我对不起女儿。为了让于展军接纳她，我故意冷落她，对她漠不关心。我以为，我摆出一副鄙视过去的卑贱态度，就能让于展军没那么介意我的过去，没那么对珺妮产生敌意，让他以为我跟他是一心一意的。"

"多么荒唐的表达方式。不过，我仍旧同情你，站在你这边。"

"既然你这么说，那我就全都告诉你。"李眉芸神神秘秘地说，"我知道是谁干的！"

"真的吗？"

"是刁文龙，我之前那段婚姻，他不是什么好人，他是个混混儿。"

"可他已经死了。"

"他得罪的人可太多了，一定是那些人干的！"

第 8 章　他杀的证据

一个已经被警方击毙了的绑架犯刁文龙，生前是个彻头彻尾的人渣，是个劣迹斑斑的流氓。这样的一个人拥有很多仇家不足为奇。即便是仇家，会在他死了两年以后还在记恨吗？即便要报复，刁文龙那些仍然在世的直系亲属，他的老父亲、他的兄弟和姐姐，难道不是更好的选择吗？干吗非要选择去报复他已经离异多年的前妻呢？干吗去报复已经很多年没有跟父亲来往的女儿呢？

这些疑问是安晓峰送走李眉芸后，与队员们召开专案会议时提出来的。

尽管李眉芸给出的方向，很符合安晓峰心中对本案的设想。但是，仍有这么多疑问需要解开。

"虽说多了一个收到衣服的线索，但是，"刘坤阐述了自己的观点，"还是不能作为他杀的直接证据。衣服是刁珺妮生前委托他人送的，也是有可能的。"

马俊杰点头道："嗯，确实。只有等衣服和包裹的检验结果出来了。"

安晓峰思索了一下，说道："接下来的工作，仍旧分为两个重心。一方面，继续排查小……喀，喀，排查成奚蕊失踪的路线，寻找目击者。另一方面，重新研究一遍两年前刁文龙绑架案的资料，看看跟本案是否存在某些隐秘的联系。我仍然坚信，成奚蕊一定是调查到了什么，才导致她失踪的。"

"放心吧，安队。已经在查了。"刘坤说。

"你们不用有太大的压力。"安晓峰明知道他此时说这样的话没有太大的说服力，但是他身在这个位置上，还是必须得说，"全队长现在不在，我们仍要像他在时一样，遇事冷静，坚信一定可以破案。"

"安队，我们累点其实没事。我们更担心的是你。"马俊杰开诚布公地说。

"这个时候，我不想回避，不想逃避。我知道这对我是个挑战，但我想试试。"

"我们支持你。"

"对，我们支持你。"

"大家对这个案子，还有什么想说的吗？"

"我的最大感觉是，这个案子越来越奇怪了。"刘坤说。

"你说说看。"

刘坤站起来，指着黑板上贴着的刁珺妮尸体上那件风衣的照片，以及另一张刁珺妮的棒球服照片，说道："之前的疑问还没解开，那就是为什么死者刁珺妮身上穿着成记者的风衣？现在又有了新的疑问，为什么刁珺妮死后有人将她的衣服送还给了她母亲？如果刁珺妮是他杀，那么这个凶手为什么老是跟衣服较劲呢？"

"是呀，这个凶手为什么老是折腾衣服呢？"马俊杰也说。

"刁珺妮的衣服，会不会是成记者送回来的呢？"一个侦查员大胆假设道，"成记者的衣服在刁珺妮那儿，她们俩说不定互换过衣服，所以刁珺妮的衣服会在成记者手上。"

"绝对不可能。"刘坤当即反驳道，"如果是这样的话，那成记者一定知道谁是凶手，她为什么不直接跟咱们联系呢？"

"也对。"

"是知情人送衣服的可能性微乎其微，八成是凶手所为。"刘坤断定，"而且很有可能，成记者也在凶手手上。"

安晓峰强忍住心中的疼痛和担心，尽量使自己保持冷静。

"如果真是谋杀案的话，"马俊杰看出了安晓峰的难受，赶紧说，"我们得赶紧抓住凶手才行。"

"挑衅一个并不太在意自己女儿的母亲没有什么成就感，"刘坤大胆地分析道，"凶手杀了人，把成记者的风衣穿在了刁珺妮的尸体上，又把刁珺妮的衣服送还给她母亲，这一系列行为更像是一种挑衅，对我们警方的挑衅。"

"嗯，我也有同感。"安晓峰问道，"那么以你的判断，本案侦破的关键是在哪里呢？"

"我们心里想的好像一样。"

"是什么呀？"马俊杰疑惑地问道。

安晓峰用力敲了敲黑板上贴着的那张刁文龙的照片。

大家全都会意，默默地展开了手边的两年前绑架案的案卷。

突然，座机响起，刘坤接了电话。

"喂，你好，一大队……您找安队，是吗？"刘坤将电话筒捂紧，小声对安晓峰说道，"是支队长，叫你过去一趟。"

安晓峰赶紧摇头。

刘坤会意，松开话筒，说道："安队刚刚出去了。要不，我去找他回来？"

"算了，明天再说吧。"对方在电话里说道。

挂了电话，刘坤问道："支队长叫你去是有什么事吗？"

安晓峰无奈地叹口气，说道："他叫我过去，肯定是劝我回避，劝我把案子交给二大队。怕我感情用事呗。"

"咱们一大队跟成记者感情都不错，要是害怕感情用事的话，咱们都得回避。"刘坤无奈地说道。

"所以先不能去见他。"安晓峰对刘坤和马俊杰说道，"现在最要紧的，是证明刁珺妮的死不是自杀，而是他杀。小刘、小马，你们两个跟我再去复勘一遍现场。还得叫上痕检部门的人，我总是感觉哪里不太对劲。"

3月5日下午，两辆闪着警笛的越野车来到了化工路中段的过街天桥下面。

安晓峰停好车，第一个跳下车，抬头望着天桥上过往的行人，脸上露出了担心的神情。

"现场有行人经过，可能已经遭到了破坏。"他自言自语地说。

"没事，"痕迹检验人员手里举着一个档案袋，乐观地说，"原始现场已经在第一时间拍照固定了，哪里不一样了，拿照片一比对就知道了。"

安晓峰见大家全都信心满满，脸上露出了笑容："好，让我们开始吧，今天要大干一场。"

说着，安晓峰带着刘坤、马俊杰以及两名痕检人员跑上了天桥。一到达现场，痕检人员就打开了勘查箱，细心地投入了工作。刘坤和马俊杰则在天桥两端较远的位置细心地观察。而安晓峰则忍不住陷入了沉思。因为他看到了栏杆下面，立着一束已经打蔫的野花。安晓峰猜到是李芸眉前来祭奠过了，看到那些因为缺失水分而渐渐枯萎的生命，他突然很不是滋味。

我一定要查出真相！他告诉自己。

突然，手机响了，安晓峰看了一眼来电显示，是技术大队打来的，他赶紧接起。

"包装袋上只有李眉芸的指纹，"电话里，技术人员开门见山地说，"没有发现其他人的指纹。"

安晓峰冷笑了一下，说："跟我想的一样，送包裹的人一定是戴了手套。"

"只能先这么解释了。"技术人员又说，"衣服上面也只提取到了刁珺妮的皮屑 DNA，没发现其他有价值的线索。"

"能查到包装袋是哪家快递公司的吗？"安晓峰追问道。

"查了一下，应该不属于任何一家快递公司。就是普通的大号垃圾袋，这种东西任何一家超市都可以买到。"技术人员最后补充了一句，"不好意思，安队，这个衣服包裹，可能我们这边帮不上什么忙了。"

安晓峰赶紧说："不，快别这么说，已经帮很大忙了。如果是谋杀案的话，那么光没有指纹的包裹这条线索价值就非常大了，说明凶手十分狡猾。"

挂了电话，安晓峰从勘查箱上拿起原始现场的照片，一张张地找到拍照的位置，细心地比对着。

比着比着，安晓峰突然眼睛一亮，赶紧又朝天桥的远端走去，细心地查看着每一根栏杆。

"有问题，这里不太对劲！"他转身对其他人说，"你们看，之前我总感觉哪里不对劲，现在终于被我找到了！"

大家全都聚拢过来。

"你们看，因为天桥所处的环境，是不断车来人往的地方。所以，也就容易产生灰尘。"安晓峰指着栏杆下的立柱说，"这里，这里，还有这里，全都会落上一层灰尘。"安晓峰又指着栏杆扶手说，"而栏杆的扶手，因为经常有行人触摸，还可能定期被清洁人员擦拭，所以，上面是很难用肉眼看到灰尘的。"安晓峰拿出一张原始现场的栏杆照片，对比着说，"你们看看照片里的这些栏杆，是不是没有灰尘？为什么同样的一座过街天桥上的栏杆，这边有灰尘，那边却没有呢？"

技术人员如梦初醒。

"被人打扫过了！"刘坤和马俊杰抢着说道。

安晓峰沿着栏杆往发现尸体处的栏杆走去，走着走着，停了下来："在这儿！这里有很明显的灰尘界限，此处到发现尸体的栏杆，有十多米的距离，都被打扫过了。"

大家围过来仔细查看，果然看到了明显的打扫痕迹界限。

"我之前感觉不太对劲的点，就在这里。"安晓峰对技术人员解释道，"如果是行人往来频繁的过街天桥，那么会发现许多除了死者之外的指纹、掌纹和足迹。可是在发现尸体的周围，我们的技术人员只提取到了属于死者的掌纹和足迹。"

"的确不太正常。"技术人员承认道。

"难道真的是精心伪装成自杀的谋杀？"刘坤惊叹道。

"先把这个重要线索取证下来。"两名技术人员开始忙碌起来。

"虽然还是不能直接证明就是他杀，但是，"安晓峰激动地说，"已经出现明显的苗头了。要知道，如果是自缢的话，刁珺妮临死前还自行擦除周围的痕迹实属多此一举。一定是有人在刁珺妮死后，故意擦掉了附近的灰尘，他的目的当然不是为了清洁，而是为了抹除自己的痕迹。"

"的确不太可能是刁珺妮自行擦除的。"刘坤也说道。

"大家再仔细看看。"

几人又对现场附近勘查了一番，没有再发现其他线索。只有一个技术人员，在栏杆上的毛刺上，提取到了一根细小的白色纺织物纤维。

技术人员指着发现纤维处相对清晰的摩擦痕迹，说出了他的大胆推测："你们看这处擦拭的痕迹，似乎可以看出是手指的形状。他当时是戴着手套的，根据纤维判断，应该是一双白色的棉线劳动手套，他是戴着手套直接在栏杆上进行擦拭的。"

"还是不能证明是他杀吗？"马俊杰问道。

技术人员回答："还是不能。因为不能排除是有清洁人员事先对部分栏杆进行了擦拭，结果碰巧，很快这里就有人自缢身亡。"

"凶手真的很狡猾，看来要想定为他杀，还是有很大难度的。"马俊杰叹息道。

突然，安晓峰手机又响了，是赵法医打来的。

电话接通以后，传来赵法医急切的声音："安队，你在队里吗？"

"我在现场呢，怎么了？"

"赶快回来，有新发现！"

挂了电话，安晓峰交代大家继续勘查，独自驾驶着越野车风驰电掣地赶回了刑侦支队。

下午5：30，法医室门口，赵法医手里拿着检验结果和打印出来的几张照片，焦急地等待着。

安晓峰跑了进来，还没开始交流，就已经在赵法医身上捕捉到了一些信息："很少看到你赵法医显露出急切的神色来，到底是发现了什么？"

"这是详细的尸检结果。"赵法医把手里的资料交给安晓峰，"我只能帮你到这儿了。能不能认定谋杀，就看你自己的了。"

安晓峰扫视了几眼尸检报告，又拿着照片仔细看着："什么意思？皮下瘀青？"

"是的。"赵法医解释道，"由于皮肤上没有显露出来，是处于皮下，所以第一次尸检的时候没有发现。"

"为什么说疑似约束伤？疑似是什么意思？不能确定吗？"

"不能直接确定，不能单独作为谋杀的证据。需要结合其他证据去论证。"

"根据这一点，可以怀疑刁珺妮生前被绑架过，是吗？"

"至少，曾经被约束过，或是自我伤残等行为。"赵法医指着照片，继续解释道，"我们在她的手腕和脚腕处，发现了多处软组织损伤和皮下出血。但是，都很轻微。我怀疑，只是受到了软布或指掐等轻微且短暂的约束。由于不确定是自杀还是他杀，所以法医也无法判断这种伤的成因，因为死者自己或他人都可能是成因，所以结论是疑似约束伤。"

"约束伤的出现，更加坚定了我对他杀的推断。一个已经成年的女性，被人控制了好几天，不可能不被一些手段约束吧。否则她一定会逃跑。"

"你真的认定是他杀吗？如果真的被绑架过，还拘禁了好几天的话，那么她身上的约束伤，可能不会这么轻微呀。"赵法医提出了自己疑惑，"而且，我还在她的一些脏器内，发现了少量的药物残留。"

"药物？"

"初步判断是精神类的药物。死者生前可能服用过抗抑郁或治疗精神分裂的药物。具体是哪种，暂时还不能化验出来。对了，死者母亲有没有说过，死者是否正在接受精神疾病的治疗？"

"没有。家里和校方提供的死者健康状况，都说是很正常。"

"如果是正常人，服用了精神类的药品后，会产生一定的副作用，比如心律失常，甚至是昏迷、精神萎靡。"

"赵法医，你仍旧认定是自杀的吗？你的意思是，刁珺妮是因为错服了精神类的药物，导致了精神失常，才做出了反常的举动，突然失踪，突然自缢了吗？"

"不，我不是这个意思。错服用了某些精神类的药品，即便造成副作用，一般也不会做出如此极端的行为。顶多是失去行为能力，体力不支，呼吸急促，心跳加速，昏厥，需要卧床治疗。"

安晓峰突然兴奋起来："太好了，赵法医！你也站在我这边，认为是他杀，对吗？"

赵法医没有正面回答，而是笑着点了点头。

"一开始我还纳闷，一个大姑娘，被人绑架，还囚禁了好几天，怎么可能不挣扎、不反抗、不逃跑呢？仅仅是拿软布条绑一会儿腿，仅仅是用手按住她的手腕，就能有效控制这么多天吗？不可能的。一定是使用了药物。"

"到底是不是他杀，到底是服用了哪种药物，得你自己去查证了。"

"这就够了！这已经帮了我大忙了！"

说着，安晓峰拿着尸检报告朝支队长的办公室跑去。

安晓峰一迈进支队长办公室，支队长就对他板起脸来。

"躲着我，是吧？知道我想劝你回避，是吧？老全那些优点你是一个都没学会，满肚子的歪心眼不知道是跟谁学的！"他语气严肃地说。

"是他杀！"

"什么？"

"我说，是他杀。刁珺妮的死，是他杀！"

"害怕我让二大队接手，你也不能胡说。"

"真的是他杀。"

"证据呢？"

"登山绳，死者并没有购买记录，是凶手准备的。"

"不成立。"

"小蕊失踪前正在调查刁珺妮失踪的案子，然后她也失踪了，然后刁珺妮就死了，还在刁珺妮的身上发现了小蕊的衣服。"

"构不成他杀。"

"刁珺妮死后，她的衣服被神秘人送了回来。而且李眉芸也说，是刁文龙昔日的那些仇家干的。"

"这也构不成。"

"发现刁珺妮尸体的地方，有被人刻意打扫过的痕迹。"说着，安晓峰拿出手机，给支队长看他拍摄的照片。

支队长的脸色凝重起来："是个疑点，但也构不成支持他杀的直接证据。"

安晓峰递出尸检报告："刁珺妮的身上发现了约束伤。而且，她的肝脏、肾脏等器官内，发现了少量疑似精神类药品的残留，说明她被人控制过。"

支队长没再反驳，陷入了沉思。

"这下可以认定是他杀了吧？"

支队长沉思片刻，摇头说道："证据还是不够直接。说实话，以你目前提供的这些线索，只能引起怀疑，可要认定他杀，还需要继续查实。"

"你这是较真，还有点官僚主义！"安晓峰随口说道。

"哎呀，你这臭小子，跟我来脾气是吧？"说着，支队长掏出手机来，"要不我现在给你师父打电话，咱们来问一问老全，以现在这些证据来看，到底能不能作为他杀的认定？"

支队长要拨打电话，安晓峰赶紧给拦了下来："哎呀，不能就不能，你这么激动干吗？"

支队长收起手机，安晓峰的手机却响了。

"找到了，安队！"电话里，传来刘坤难掩激动的声音。

挂了电话，安晓峰双眼冒光，神情笃定地看着支队长。

"干吗？你这是要吃了我啊？"

"他杀，可以认定了！"

"什么意思？"

"因为……目击证人，找到了！"

第9章　两年前的绑架案

安晓峰走进支队长的办公室之前，其实心中多少是有些把握的。他相信，在他回到队里的时间里，他的队员会把目击者找到。

这要从下午的时候，安晓峰带人复勘过街天桥现场的时候说起。

他突然接到了赵法医的电话，得知发现新线索的消息，急着赶回队里。他刚要走，发现天桥下面的垃圾桶旁，有两人争吵起来，互相揪着对方的衣服和手里的袋子不放。

见争执越来越激烈，安晓峰、刘坤、马俊杰只好下桥去查明情况。

"都别吵了！"安晓峰因为急着回队里，语气有些急迫，"都把手松开！"

衣衫褴褛的二人看着突然出现的三个人，一脸疑惑，但手上仍死死地揪着对方。

马俊杰只好亮出警察证："警察。别在这儿打架，赶紧松手！"

二人你看我，我看你，谁都不服气，谁都不想退让。安晓峰一阵无奈，冲马俊杰使了眼色。马俊杰果断出手，干脆利落地将二人分开。

"怎么回事？"安晓峰问道。

"他抢我的矿泉水瓶子！"有胡子的抢先说道。

"你别瞎说！哪儿写你名字了，就说是你的？那瓶子是我先发现的，是我在垃圾桶里找出来的，是我的。"没胡子的也不甘示弱。

安晓峰打量着二人的衣着，大致猜出是怎么一回事："你们都是拾荒者吗？"

"我是收废品的。"有胡子的强调道。

没胡子的笑了："都是大桥底下睡觉的，还说你是收废品的？哎哟喂，十多个流浪汉里，属你最能装！"

安晓峰摆手示意二人别吵："行行行，我知道怎么回事了。你们都无家可归，靠捡拾废品卖钱为生，对吧？"

二人点头。

"那也不能打架呀。"安晓峰训斥道，"就为了一个矿泉水瓶，值不值呀？"

没胡子的赶紧解释："警官，可不是我抢呀。瓶子是我捡到的，是他突然跑过来要抢走哇。"

"我可没抢，那瓶子本来就是我的，我是把它拿回来。"

安晓峰感到一阵头疼，只好将矿泉水瓶拿在手里，问道："好，你说这是你的，对吧？来来来，你给我证明这是你的！"

"大桥下有十几个乞丐。"有胡子的说。

"嗯，十几个，然后呢？"

"我们都是分好了地段的，不会互相抢生意。"

"你们管捡瓶子叫生意？好吧，好吧，你继续说。"

"他应该在大桥那边捡，可他今天跑我这边捡来了。"

安晓峰耐着性子问没胡子的："你为什么跑到人家这边捡了呢？"

"警官，你可别听他瞎说，这边根本不是他的地段。"

安晓峰的脑袋越来越疼了，又问有胡子的："弄了半天，这边不是你的地段？！嘿，你可真行，跟我掰扯了半天。"

"是呀，确实不是我的地段。"

"哎呀，你还理直气壮了？"马俊杰也听得生起气来。

"这边原来是瘸子的地段，但是他最近不上这边来捡了，他说把这边让给我了。"有胡子的说。

"你瞎掰，瘸子可没说过这话，至少我没听到。"

"他说过了，不信你问问他去。"

"我不问也知道，他不可能让给你。既然这边他不来，那就是谁都能来捡，以后谁捡到就归谁。"

"停停停，你们累不累呀？就为一个瓶子？"刘坤已按捺不住了。

谁知，两人全都不把女刑警放在眼里，继续争吵。

"就算瘸子没有让给我，你以后也不能过来捡。"有胡子的说，"他就是最近吓着了，不太敢过来。等他过了劲儿，就回来了。"

"他吓着也活该，谁叫他起那么早呢。"没胡子的说，"就怕有人抢走他的生意，好家伙，后半夜就出来了。"

安晓峰越听越不对劲，赶紧跟刘坤和马俊杰交换了一下眼神，三人都对刚才的话产生了警觉。

安晓峰赶紧看了一眼手表，吩咐道："小刘、小马，我急着回队里，剩下的交给你们了，务必把瘸子给我找到！"

3月5日晚上7点，刑侦支队一大队接待室，一个跛脚的男乞丐被刘坤、马俊杰带了回来。

安晓峰走进接待室，见乞丐正在大口大口地吃着面前的盒饭，就一边打量着他，一边用唠家常的语气问道："叫什么？"

"瘸子。"

安晓峰没忍住笑了一下，又问道："好吧。你多大？"

"31。"瘸子一边吞咽一边回答。

"你这么年轻，而且我看你跛脚也不是很严重，干吗当乞丐呀？你完全可以凭借自己的体力找一份工作。"

"没身份证。丢了好几年了。"

"怎么不去补办？"

"没户口本。"

"管你家里人要啊。"

"家里人都没了。十几年前就没有家里人了。"

"那你可以去找老家的社区居委会或是派出所帮忙补办一下吧？"

"老家都拆了，找不着了。"

"好家伙，你可真够懒的。"安晓峰忍不住感慨道，"宁可睡在大桥底下捡破烂，也不愿意找人补办身份证。"

瘸子只顾着傻笑，将最后几口盒饭吃完。

"还要吗？再给你来一盒？"

"饱了。"

"你最近怎么没出来？"安晓峰试探地问，"你的生意，也不做了？"

听到安晓峰的话，瘸子突然脸色大变，低着头，大气都不敢出。

"听说你吓着了？能告诉我，是被什么吓着了吗？"

瘸子仍没抬头，更不说话。

一旁的刘坤见状，劝道："你不用害怕。发生了什么，只管说出来，有我们警方保护你。"

"来之前我跟你怎么说的？你是怎么答应的？你赶快跟我们安队好好说。"马俊杰催促道。

瘸子稍微抬起头，打量了一会儿安晓峰，才轻声说道："杀，杀人……"

"什么杀人？"安晓峰给刘坤使了个眼色，示意她开始做笔录，"从头说，一五一十把你看到的都说出来。"

"昨，昨天，天还没亮，几点钟我也不知道，我没有表。当时风特别大，桥底下透风，我就起来了。"瘸子的脸上充满了恐惧，低着头，语气颤颤巍巍地说着，"我先把北边巷子里的垃圾桶都翻完以后，就往大马路上走。"

"你说的是化工路吗？"安晓峰确认道。

瘸子点头，酝酿了一会儿，说："我就顺着路边走，当时离大桥还挺远。"

"大桥是指过街天桥吗？"

"嗯，就那个大桥。一般桥上下来，都会有垃圾桶。就在桥底下的路边上。"

"你看见人了？"

"看见了，但不清楚。"

"到底看没看见？"

"看，看见了。"瘸子深呼吸了一下，说道，"好像是因为修路，路灯都没亮，挺黑的。"

"几个人？"

"两个。我当时在道南，他们在道北。我距离大桥还挺远的时候，看见一辆小蹦蹦开到桥底下停住了。"

"小蹦蹦？什么小蹦蹦？"

"就是那种小车。"

"三轮车？快递车？电瓶车？老年代步车？"

"差不多，就是那种。太远了，又有树挡着，反正是不太大。"

"车上下来两个人？"

"两个。一个男的搂着一个女的。他们往桥上走了。"

"他们多大年纪？穿什么衣服？看清楚长相了吗？"

"男的比那女的高一个头，戴着个帽子，有帽檐的那种，穿着的衣服好像是黑色的，或是蓝色的，反正是深色的。"

"女的短头发，学生头，穿着米色风衣？"

"对对对。我一开始以为是情侣或是两口子，就没太在意。等我又走近了几步，我一抬头，看见……看见……"

"到底看见什么了？"

"看见那个男的把女的从桥上推下去了。"

"你看清楚了吗？是男的推的，不是女的自己跳下去的？"

"看清楚了，千真万确，是男的推的。女的都没怎么反抗，好像喝醉似的，任由男的摆布。推下去之前，好像只是稍微求饶了几句。"

"她说了什么？"

"风太大，听不见，好像是哭了。"瘸子回忆着，脸上挂满了惊恐的神色，"大桥那么高，我当时心想，肯定是摔死了，就没敢看。等我再抬头时，乖乖，那女的没掉下去，在半空中悬着呢。"

"男的呢，在做什么？"

"在擦栏杆呢。"

"用什么擦的？"

"就是用手。戴着个白手套，在那里仔细地擦。擦完，就开着蹦蹦走了。"

"那你后来上桥看了吗？"

"我哪儿敢呀。我看见杀人了，都吓死了，就赶紧往回跑了。"

"再看见那男的，你能认出他来吗？"

瘸子猛摇头："认不出来。太远了，还那么黑，我连他是年轻人还是上了些年纪的人都分辨不出来。"

安晓峰等刘坤做完笔录，让瘸子签了字。

拿起笔录，安晓峰再次打量了一遍瘸子，忍不住叹了一口气，问道："你流浪十多年时间了？"

瘸子点头。

"当初为什么流浪？"

瘸子忍不住回想起了从前，鼻子一酸："我是多动症，小时候。我妈老早就死了，我爸又娶了后妈。因为我有多动症，一只脚还不好使，老惹祸，他们就老打我。"

"后来呢？"

"后来他们走了，去了南方打工。我就跟着我奶奶过了。我奶奶对我蛮好的，可她身体不好，老是生病，后来就死了。我没人管了，他们说要把我送去孤儿院。我当时挺大了，觉得自己不是孩子了，一赌气就跑了。"

"之后就一直流浪吗？"

瘸子抹了一把泪水，点了点头。

"想你的家人吗？"安晓峰问。

"不想。"瘸子感到不妥，赶紧补充道，"太多年没见了，早没感情了。就是，就是有点想我奶奶。"

"她对你好？"

"就她对我好。但是好人不长寿，她死得太早了。"

"我帮你补办身份证吧。有了身份证，你就不用流浪了。好好找份工作，过得好一些，我相信你奶奶她能看到的。"

"我真能有身份证吗？"

"我说能就一定能。"

"有身份证了，我不用流浪了……"瘸子一边抹泪，一边小声嘀咕着。

安晓峰对马俊杰交代道："帮忙跟属地派出所联系一下。"

说完，他拿起笔录去了支队长办公室。

安晓峰把笔录往支队长面前的办公桌上一放，沉重的脸上终于有了一些底气。

"我说到做到，现在已经证明了这个案子是他杀。"他说，"你还有什么话说？"

支队长扫了两眼笔录，脸上浮现出笑意："我没什么话说，你想怎么办，你说吧？"

"我要把刁珺妮遇害案和小蕊的失踪案并案侦查，并且，由我们一大队负责侦办，我任专案组组长。"

"行，我批准。"支队长补充道，"但是，我有个条件。"

"什么条件？"

"你要答应我，不能因为成奚蕊是你女朋友，就做出破格的事情来。你要严格遵守刑警条例，你要暂时忘记失踪者是你女朋友，你要客观、公正、清醒、理智地对待整个案件。要是被我发现你感情用事的话，我不但撤去你的办案资格，还会将你停职查办。"

"是！"

"去忙吧，我还有个电话要打。"

安晓峰拿起笔录，兴冲冲地跑回一大队。

15 分钟以后，一大队会议室，第一次正式的专案会议。

安晓峰站在大屏幕前面，大屏幕上打出了刁珺妮和成奚蕊的生活照片。

安晓峰郑重地宣布："上级已经正式同意我们将两起案件并案侦查。刁珺妮失踪遇害案，根据前期调查，综合现有线索，我现在将案件的性质定性为报复性绑架杀人案。成奚蕊失踪案，定性为跟刁珺妮案相关联的绑架案。"

队员们纷纷点头，表示赞同。

安晓峰继续说道："根据刁珺妮的尸体上穿着成奚蕊的衣服，结合成奚蕊失踪之前正在走访刁珺妮失踪案的线索，我们有理由怀疑，成奚蕊是在调查走访的过程中发现了刁珺妮案的关键线索，也有可能是见到了绑架刁珺妮的凶手，才导致她失踪的。成奚蕊目前仍然处于失联状态，基本上可以做出她已经被凶手绑架的推断。"

安晓峰停顿了一下，语气稍微缓和了一些，说道："我们必须尽快找到成奚蕊，因为，她随时有被凶手灭口的可能。凶手杀害刁珺妮时，将成奚蕊的外衣套在了刁珺妮身上，这基本上是多余的举动。凶手这么做，应该是一种警告。对报社的警告，对多管闲事者的警告，对警方介入的警告。凶手好像用这件风衣告诉我们，这是他的私仇，无须外人多管。凶手杀完人以后，又将死者的衣服送回给死者母亲的报复性举动，更加印证了我的推断，凶手杀害刁珺妮，是有针对性的报复。"

大家认真听着，也飞快地记录着。

安晓峰继续说道："接下来布置侦查方向。以女大学生刁珺妮遇害案为核心，重点排查刁珺妮及其母亲，还有生父刁文龙的矛盾关系。尤其是刁文龙，生前与什么人来往，与什么人结过仇，全部排查出来。小刘和小马，你们俩配合我，全力调查两年前的绑架案，查出刁文龙作案的动机，他为什么要实施绑架，绑架的是谁，之间有什么联系。"

刘坤看着两年前的案卷，说道："当年刁文龙的绑架案，因为对峙时间很短暂，加上绑匪被警方当场击毙了，所以没有任何交涉记录，也没有绑匪勒索人质家属的记录。不知道是因为他还没来得及勒索就被击毙了，还是什么。总之，是很反常的绑架案。既没有勒索钱财的过程，也没有明显的虐待人质的过程。人质之所以身亡，案卷上写的是由于自制的土枪走火。"

"这就是我们接下来重点调查的方向。如果不是勒索钱财，不是为了杀害人质进行报复，那就一定还有别的目的，只是我们还不知道。"安晓峰说，"我有强烈的预感，只要咱们死死地抓住刁文龙不放，就一定可以查到线索。"

刘坤提出了质疑："可是，安队，全队的人马都集中调查刁珺妮家的矛盾关系和两年前的绑架案了，会不会有点冒险？成记者失踪那条线就放弃排查了吗？凶手给李眉芸送衣服那条线也放弃了吗？"

"对，暂且放弃。"安晓峰判断道，"这个凶手不是一般人，他非常聪明，整个案子经过了他精心的部署和准备。这种人，是不会轻易留下太明显的线索被我们找到的。像指纹、监控录像这些常规的手段，只会让我们陷入没用的忙碌，耽误我们的时间。如今救人迫在眉睫，我打算不走常规路线，我要所有人拧成一股绳，形成一把锋利的单刀，直接插入问题的核心！"

"有点冒险。"刘坤说道。

"确实有点。"马俊杰也说，"但是，不试试怎么知道？"

刘坤点头说道："安队，我们相信你。"

"对一下表。"安晓峰看着手表，说道，"现在是3月5日晚上9∶05，天亮之前，给我找出有用的线索。"

"是！"

呼啦一声，全体队员都跑了出去，开始了各自的忙碌。

第 10 章　失联的嫌疑人

3月6日早上8∶00，安晓峰带着刘坤跑出刑侦支队大楼，上了越野车，朝老城区的一处民宅飞速驶去。

车上，坐在副驾驶座的刘坤向安晓峰做了简要汇报："刁文龙的矛盾关系还在排查，经过一整夜的摸排，找出的矛盾关系人有30多个。这还没找全呢，队员今早就撒出去了，估计今天摸排下来，人数还得增加。"

"这家伙生前都干吗了，怎么得罪这么多人？"安晓峰一边猛踩油门，一边问道。

"没什么正经工作，帮非法贷款公司搞暴力催收，还经常赌博、诈骗，恨他的人多了去了。"

"估计这条线不会找到太有价值的线索。就看咱们这边能不能有突破性进展了。"安晓峰说。

"两年前的绑架案，刁文龙绑架的人质名叫佟年。"刘坤介绍道，"他死时只有18岁，是高三毕业生。据说，那孩子品学兼优，学习成绩名列前茅，如果不出意外的话，现在不是在清华，就是在北大就读。"

"专心读书的高中生，是怎么惹上混混儿刁文龙的呢？"

"我调阅了当时警方做的笔录，据学校的师生反映，佟年性格内向，平时学校到家里，两点一线，从不与外人接触。在学校，他也非常老实，从来不跟同学打架，据说就连吵架都没有。"

"刁文龙是随意选择绑架对象吗？"

"有这种可能。"刘坤补充道，"佟年平时是跟爷爷奶奶一起生活的，资料显示，他奶奶是在佟年遇害前一年病逝的。病逝之后，佟年仍旧跟爷爷生活在一起。"

"他父母呢？"

"母亲是生他的时候难产死了。父亲好像一直在外做买卖，不怎么回家。"

"做什么买卖？"

"资料显示是电子配件。早前开过厂子，后来从事IT行业。"

"叫什么？"

"佟海建。"

"佟年……佟海建……"安晓峰一边嘀咕着，一边思索着什么，突然，眼睛一亮，说道，"查一下两年前佟海建有没有借贷的记录。"

刘坤早有准备，说道："咱俩想到一起去了。这种可能性我早就排查过了，佟海建并没有借高利贷的记录，所以因为贷款纠纷引发的绑架基本可以排除。"

"奇怪。"

"怎么了，安队？"

"说不上来，就是感觉很奇怪。"

佟老汉的家在老城区的一处平房区。这里道路狭窄，房屋老旧，而且私搭乱建现象严重，本地人与外来商贩混居，人员复杂。近几年，随着城市发展，周围的土地都被开发，盖起高楼大厦，唯独剩下了中间的一片区域，脏乱差的破旧感觉与周围的现代化小区格格不入，被人们称为城中村。

在当地居委会主任的带领下，安晓峰一行弃车步行了几百米，穿过数条狭窄的过道，才来到了佟老汉家中。

佟老汉独自在家，见居委会的人来，虽不明所以，但还算热情，忙着给大家找水杯，倒热水。

两个刑警出于职业习惯，都没落座，而是先在屋里转悠着，打量着家中的情况。

安晓峰一进门，就被贴得满墙的奖状吸引了。细看之下，全都是佟年得的，从小学到初中再到高中的都有。

"真是一个品学兼优的好孩子，可惜了。"安晓峰感叹道。

"那可不，"居委会主任也说，"佟年要是不死，绝对是清华的苗子。"

安晓峰注意到佟老汉的细微变化，他在倒水的时候听到这样的对话，双手不自觉地微微颤抖起来，但他并没有说什么。

安晓峰给刘坤使眼色，让她继续挨个儿屋子查看，他则接过佟老汉递来的一杯热水，坐在了木头椅子上："佟大爷，你自己在家？"

"就我自己。"

居委会主任让佟老汉坐在安晓峰的对面。

安晓峰面带着笑容，用唠家常的语气聊了起来："我们是来走访一下孤寡老人的，咱们随便聊聊吧。"

"谢谢政府关心。"佟老汉好像没有意识到来的人是刑警。

"您这么大岁数了，儿子怎么不在身边伺候您呀？您一个人生活，这能行吗？"安晓峰故意将话题往佟海建的身上引。

"他忙着在外边赚钱。"

"您儿子是做什么工作的？赚钱多吗？"

"干工程的，赚钱挺多的。"

"干工程的？这么厉害？什么工程？"

"就是电脑方面的，我也不懂，好像说是工程师。别人请他干活，他就去给人家干，经常去外地，一干就是几个月。"

"哎哟，那真是大工程呀。"

刘坤在里屋看了一圈出来，对安晓峰摇头，示意没发现什么情况，只是手里拿着一个相框，递给了安晓峰。

安晓峰看着相框，发现是一个中年男人和一个少年的合影，就问道："佟大爷，这是您儿子？"

"是我儿子，还有我孙子，刚考上高中那年照的。"

"照片里怎么没有您呀？"

"我不在那里面就对了，这照片是我照的呀。"

安晓峰仔细看着照片里的佟海建，嘴上说的却是："哎哟，您孙子长得可真好，白白净净的，还很有灵气。"

佟老汉的脸上明显露出了一丝悲痛之情："要是没出事，已经上大学了。"

"您心里一定很难受吧？"

"刚开始的时候，心想死了算了，活着没意思。后来居委会的人天天来陪我谈心，开导我。现在好多了。"

居委会主任插嘴道："那时候我们特别害怕老爷子做傻事，天天派人上家里来，跟他聊天，看着他。"

"绑匪叫刁文龙吧，您现在还恨他吗？"

这个问题好像戳中了佟老汉心中的痛处，他的嘴角不自觉地颤抖了几下，说道："恨，能不恨吗？但是恨有什么用？他也死了。"

安晓峰追问道："那天的事，您还有印象吗？是怎么发生的？"

"我在家看电视呢，"老人的声音提高了一些，情绪略显激动，"我孙子正在屋里写作业。门没锁，他就直接进来了。"

"谁进来了？刁文龙吗？"

"就是他，还能有谁？"

"他一个人吗？还有别人吗？"

佟老汉突然把眼睛从安晓峰的脸上移开，看了看顶棚，然后双眼紧闭，露出痛苦的表情。良久，才说："就他自己。"

"后来呢？进来以后，说了什么？"

佟老汉缓缓睁开眼睛，继续回忆道："他问我，海建呢？我说不在家。他二话不说，直奔屋里，揪住我孙子就往屋外拽。"

"您没阻拦吗？"

"我问他要干什么，他也不说。我喊他快放手，可他掏出了匕首，放在我孙子的脖子上，我就不敢阻拦了。"

"他没再说什么吗？比如，为什么抓您孙子？"

"没有。他抓着我孙子，就出去了。后来有人看见，帮忙报了警，警察就把他堵住了，然后就击毙了。"

老人说完，双手捂着脸，表情十分痛苦。

安晓峰反复在心中思量着佟老汉说过的话，突然问道："您刚刚说，刁文龙进屋以后说要找佟海建？他们两个之前认识吗？"

"认识。"

"是怎么认识的？"

"好像是刁文龙要找海建去干活，弄电脑，海建不乐意去，就老躲着他了。"

"两人认识这一点，居委会这边知道吗？"安晓峰朝居委会主任问道。

"并不知道。我们没听说两人之前有来往。"

"佟大爷，您确定刁文龙和您儿子认识吗？"安晓峰确认道。

"认识。有什么关系谈不上，就是见过两次。他来找过一次，但是没让他进门，海建跟他在外边谈了两句。"

"谈了什么？"

"就是不想给他干活，把他打发走了。"

安晓峰与刘坤对视了一眼，二人都对这个新情况引起了重视。

"那您感觉刁文龙这个人怎么样？"刘坤插嘴问道。

佟老汉回忆了片刻，说道："样子蛮凶的，尖嘴猴腮，一看就不是什么好人。"

安晓峰决定稍微给老头一点刺激，于是故意说道："您儿子会不会之前帮刁文龙干过活，只是您不知道？"

"不可能！那种人，怎么可能帮他干活！"佟老汉果然很生气，语气强硬地说，"刁是个臭流氓、臭无赖，他想让我儿子给他干活，还不想给钱，是个骗子。要是正常人，拒绝一次也就算了。他不行，拒绝了还来纠缠，这不是无赖是什么？"

"刁文龙纠缠你们，那你儿子呢？他什么反应？"

"我儿子可是好人。他老实本分，凭手艺干活吃饭，跟那种人可不一样。"佟老汉还补充了一句，"我们家的人就是太老实了，才会被他欺负。"

"可是，如果只是拒绝给他干活，也不至于绑架和杀害您孙子呀。"

"他是丧心病狂了，欺负老实人欺负惯了，眼里没了法律，以为没人敢管他了。"

这肯定是说不通的，安晓峰心中知道，刁文龙绑架佟年的真正目的，绝不仅仅是被拒绝后的恼怒，肯定还有别的什么。

会是什么呢？

这个问题，安晓峰没有想通。但是今天来，已经取得了重大突破，再继续谈下去，已经得不到更多线索，还会暴露身份。

安晓峰只好起身，笑着说道："谢谢您，佟大爷，跟我们唠了这么长时间家常。我们也该走了，祝您长寿。"

佟老汉起身相送。

安晓峰正要往外走，突然看到门口挂着佟年的遗像，下面供着香炉，还有一盘水果。香炉里已经积了很多香灰，说明老人平时经常想念孙子，给孙子烧香。安晓峰停住脚步，站在遗像前，相框的玻璃映照出安晓峰的脸，也映照出身后佟老汉的半张脸。安晓峰意识到，老汉对孙子的思念之情完全没有因为时间的流逝而减少，反而越发深刻。这一点，从被擦拭得光洁锃亮的遗像可见一斑。还有刚刚进门时墙上贴的那些奖状，虽然年代久远，却不曾破损和污染，那是极度重视的印证。

安晓峰看着遗像前的香炉，那里面满满的香灰，都是对孙子的思念之情。他假装看着相框，却在从玻璃的映照看着身后的佟老汉。那张充满沧桑的脸，不知道隐藏着多少没有述说的心事。

突然，他注意到香炉的下面，压着几张纸片，就伸手抽了出来。

是三张名片。最上面一张，是居委会主任的。第二张，是辖区派出所的人留下的。第三张，当看到第三张名片的时候，安晓峰的手开始颤抖了。

因为，那上面有熟悉的《城市晚报》的标识，那是成奚蕊的名片。

安晓峰举着手里的名片，转过身，朝佟老汉问道："成记者，这位成记者，她来过吗？"

老人眯起眼睛，看着那名片，看了老半天："那是成记者的名片吗？"

"是的。请问这名片是她给你留下的吗？她来过了吗？"

"成记者，来过，来过。"

"她什么时候来的？来做什么？"

"好像，有好几天了。"

"她都说了什么？"

"说想报道绑架的事，在她们报纸上。说想采访海建。"

"你们接受她的采访了吗？"

"没。留下名片就走了，急急忙忙的。"

"为什么？"

"海建不在家。"

"没别的了吗？她没说其他的吗？"安晓峰的情绪有些激动。

"没了。当时门都没进，在屋外问了几句，告诉她人不在，留下名片就走了。"

"您儿子呢？佟海建人在哪里？"

"具体在哪儿，我也不知道。"

"手机号，把他的手机号给我。"

安晓峰驾车载着刘坤往队里赶。

刘坤对安晓峰说："关于佟海建的信息，刚才我已经让小马开始调查了，那边查到什么有用的线索，随时会汇报过来。"

安晓峰点了点头，给支队长拨了电话。一接通，安晓峰就说："领导，跟你汇报一下，嫌疑人已经锁定了。"

刘坤投来诧异的眼光。

电话里，支队长也提出了质疑："什么情况？昨天刚同意你并案侦查，今天就锁定嫌疑人了？这也太快了吧？"

"真的锁定了。嫌疑人叫佟海建，现在是一名网络工程师。"

"可靠吗？"

"应该是他，现在人已经下落不明，估计是跑了。"

"你想怎么办？"

"我请求队里向市局发出通缉申请，必须赶紧抓到那家伙。"

电话那边的支队长沉思片刻，回道："通缉的话，还为时过早。我最多向全市公安系统发出协查通报，汽车、火车、飞机，身份证、银行卡，全面对他展开监控。"

"谢谢领导。"

挂了电话，刘坤赶紧问道："安队，凶手真的是佟海建吗？"

安晓峰没有马上回答，但是自信已经挂在了脸上。

"现在就锁定他，会不会太早了呀？"刘坤提出了质疑。

"虽然不能百分之百认定是他，但我心里已经有了很大把握。现在他手里还有人质，救人迫在眉睫，已经不允许我们按部就班去排查了。不走点捷径是不行了。"安晓峰说道。

"刁文龙绑架并导致了佟海建儿子的死亡，佟海建憎恨刁文龙，想要报复。可是刁文龙已被警方击毙，佟海建在两年之后将恨意转嫁到刁文龙的女儿刁珺妮身上。"刘坤试着接纳安晓峰的结论，"如果这么看的话，佟海建的犯罪动机还算说得通。可是，说实话，若要认定佟海建是凶手的话，证据还欠缺太多。"

正说着，刘坤的手机响了，她接起电话，听了两句，然后打开外放，把手机靠近正在开车的安晓峰。

"你说吧，安队听着呢。"她说。

电话里，马俊杰汇报了他那边的调查情况："佟海建的个人信息非常少，尤其是近几年的。我们暂时查到，他名下有一家电子制造工厂，叫海建电子，不过已经倒闭很久了。后来，他一直从事网络工程方面的工作，主要是帮助一些中小型公司搭建服务器和网络什么的。"

"有什么可疑的地方吗？"安晓峰问道。

"资料太少，没发现特别可疑的。唯一可以说是可疑的，应该就是他的经济来源方面了吧。"马俊杰接着汇报道，"我们查了他的财务情况，发现在他的工厂倒闭以后，负债情况是很严重的，几个有业务往来的公司都找他追债。奇怪的是，短短几年，他就还清了债务，而且经济条件不错，从他名下的银行卡收支情况来看，生活小康吧，存款不少。"

"消费情况超出他的网络工程师身份了吗？"

"应该是超出了一些。主要体现在他儿子死后，他买墓地、办葬礼，花了很多钱，可以算是风光大葬了。还有就是他父亲上次得病，从医疗记录来看，又是一笔不小的花费。他母亲过世也是。"

"他名下不动产情况怎么样？"

"这点也很可疑。他名下居然没有房子和汽车，也没有购买任何保险。"

安晓峰突然想到了什么，赶紧问道："有犯罪前科没有？"

"没有。但是，有过一次处置记录。"

"什么时候？关于什么？"

"时间是两年多以前了，有人向南城区警方报案，说是佟海建和刁文龙二人诈骗了他五万元钱。后来的处置结果是，证据不足，不予立案。就这些了，安队。"

"马上联系当年那个报案人，一定要设法找到他。"

"放心吧，安队，已经派人联系了。"

挂了电话，安晓峰更加确信了他的判断，他说："佟海建和刁文龙的关系绝对不一般，他们二人之间一定有我们没有查到的关系。"

"确实有点奇怪。"刘坤一边拨打电话一边说，"佟海建一直不露面，这让他的疑点更大了。"

"不接吗？"安晓峰问道。

刘坤用手机反复拨打了几次，失望地摇摇头："佟老汉提供的手机号码，根本打不通，已经停机了。"

"一切只能等我们找到佟海建再说了。"

第 11 章　嫌疑人的踪迹

3 月 6 日下午 1：00，一大队办公室，第二次专案会议。

"先汇总一下摸排情况，"安晓峰靠在一张办公桌旁，一边吃着盒饭，一边主持会议，"小马，你那边怎么样？"

马俊杰放下筷子，汇报道："当年报警说佟海建和刁文龙诈骗钱财的，是一个中年男人，名叫张志奇。后来南城警方专门调查过此事，但因为证据不足，事实不清，没有给予立案。后来此事不了了之了，张志奇没有再继续提供新的证据出来。本来我打算找他谈谈，结果联系不上了。"

"联系不上？"

"是我没表达清楚。我是说，已经联系不上了，因为他已经死了。"

"怎么死的？"

"感情纠纷。好像是他老婆出轨，被他发现了，老婆伙同奸夫把他给杀了。"

安晓峰稍微想了一下，说："那就继续查他老婆，问她知不知道当年张志奇报案的事。"

"好的。"

安晓峰转头问一名侦查员："刁文龙的矛盾关系查到什么没有？"

侦查员汇报道："由于刁文龙生前的社会关系复杂，我们集中调查了几起比较明显的纠纷，尤其是他受到处罚的几次。但是，当时的所有当事人都提供了不在场证据。刁珺妮遇害的时候，他们要么不在本市，要么有证人证明或是查到了监控录像作为证明。"

安晓峰点了点头，又问道："还有其他补充吗？"

一个侦查员说道："之前法医不是怀疑刁珺妮遇害前服用过精神类的药品吗？我这边调查了一下，药品应该不是凶手准备的，因为我查到了刁珺妮在失踪前购买药品的记录。刁珺妮当时一共买了三种药物，分别是治疗抑郁症、强迫症以及精神分裂的药物。而且有理由相信，她不是给自己买的，她应该是买给她母亲的。我查到了李眉芸的就医记录，几年前，她就有数次精神科的就诊记录。后来可能是好了，或是病情减轻了，就没再就诊了，她丈夫于展军也说没见过她买药。"

安晓峰回忆道："李眉芸那人，怎么说呢，确实是有点，一阵阵的。"

刘坤思索了片刻，说道："李眉芸应该没有完全康复，我推断，她再婚以后，对现任丈夫于展军隐瞒了精神病史。她一定是在偷偷服药，她没有自己买药，说明帮她买药的人是她女儿刁珺妮。"

安晓峰说道："刁珺妮买药之后肯定是打算回家交给她母亲的，可她不知怎么，就落入凶手手中了。"

"之前我们对刁文龙忌日的猜测是正确的，"马俊杰补充道，"在墓地外的监控视频里，我们确实发现过刁珺妮的身影。这是继她最后出现在学校以后，唯一一次捕捉到她身影的记录。她的失踪，应该就在她去墓地之后。"

"墓地的监控里，没发现可疑的人吗？"

马俊杰摇摇头："早就想到这一点了。扫墓的人不多，都一一排查过了，没有可疑的。"

"还有其他补充的吗？"

另一个侦查员说道："我调查了距离刁珺妮遇害天桥最近的交通摄像头，并没有拍到案发当晚有老年代步四轮电动车经过的画面。"

"我早就说过，凶手很聪明，而且非常熟悉环境，他是知道那边修路，才选择到那里杀人的。"安晓峰说。

刘坤点头认可："凶手没有选择用汽车运送被害人，可能也是怕被拍到。如果是电动车，许多都没有牌照，即使拍到也不好找。"

"还有一点需要注意，"安晓峰推断道，"凶手囚禁刁珺妮的地方，可能在电动车的电池所能达到的距离之内。"

刘坤皱起眉说道："那可不好查。首先，目击证人无法提供电动车是三个轮子的，还是四个轮子的，甚至什么颜色都没看清。其次，现在的电动车，续航里程基本都在五六十公里以上，甚至过百。即使是送快递那种电动三轮车，如果加装足够的电池，据说也可以跑出上百公里。"

"真的假的？那得多大电瓶？"马俊杰一脸诧异。

"我也是听快递员说的，没有亲测过。"

"凶手实在太狡猾了，"安晓峰说道，"他选择电动车作为交通工具，绝对是为了反侦查。近几年，社会上这种车泛滥成灾，许多都没有号牌，查起来实在太难了。"

马俊杰突发灵感，说道："我们可以在过街天桥方圆 10 公里范围内进行摸排，并逐步扩大摸排范围，重点寻找当晚看到该电动车的目击者。"

"可以试试。"安晓峰紧接着补充道，"但不要投入太大人力。咱们对佟海建的全面监控已经开启了，我们要随时保持机动，一发现动静，马上抓捕。"

"放心吧，安队，只要佟海建一露头，马上就能把他抓住。"马俊杰拍着胸脯说。

"他手里还有人质，一般不会选择外逃。如果我的判断正确，佟海建是为了给他儿子佟年报仇才杀死刁珺妮的话，就说明他这人对亲情有着极端的信念感，这种人是绝对不会轻易扔下他的老父亲的。咱们的人24小时蹲守在佟老汉家附近，他随时都有可能出现。而且，佟老汉也绝非我们看到的那么软弱，他跟他的儿子很像，内心十分坚强，而且心眼颇多。至少今天，他没有跟我们说实话。"

"这么看的话，他肯定知道他儿子在哪儿，知道他都做了什么。弄不好，是在给他儿子打掩护。"一个侦查员说。

"我们至少抓住了嫌疑人的弱点。有弱点就好办了，迟早能抓住他。"另一个侦查员说。

刘坤见大家全都信心满满，不免有些担心，犹豫了片刻，说道："安队，你有没有想过，凶手有可能不是佟海建。如果，我是说万一，凶手另有其人，那咱们可能浪费了调查其他线索的时间。"

"确实有一点冒险。但是，"安晓峰神情坚定地说，"我相信我的判断，我也相信这条路值得冒险。至少，今天结束之前，我还不打算改变调查方向。"

话音刚落，手机响了，安晓峰瞥了一眼，来电显示是"师父"，赶紧拿起手机："大家去忙吧，我接个电话。"

安晓峰一边接听电话，一边走开了。

电话里传出全树海关切的声音："听说你锁定嫌疑人了？"

"是支队长告诉你的吧？你俩通电话了？"

"这么快就锁定了？"

"凶手的手里还有人质，必须得快。"

"那我问你，以你现在掌握的情况，对嫌疑人了解多少？"

安晓峰被问得有点心虚，嘴上却说："虽然了解得不多，但是救人迫在眉睫，所以我打算直奔核心，杀他个措手不及。这么说吧，师父，这次我的推断，信心在百分之九十以上。我敢说就连凶手自己都想不到，能这么快就被警方锁定，有很大可能，他现在丝毫没有察觉。"

"出其不意攻其不备，确实是最理想的状态。但是，"电话里，全树海的语气仍旧充满了担心，"我还是担心你。"

"担心什么呢，师父？"

"太顺了。"

"太顺了还不好？"

"从案发到锁定嫌疑人，都太顺了。我感觉这个案子不会这么简单，我们的对手不会这么弱。所以我担心，如果太顺的话，会有风险。"

"现在最大的风险就是人质的风险，只要能把小蕊给救出来，哪怕受点伤我也是无所谓的。"

"我现在不在你身边，你记住，越是关键时刻，越是要冷静。遇事不能轻易决定，要多听听队友的意见，也可以随时给我打电话。"

"知道了，师父。你就等我的好消息吧，我会向你证明我的判断。"

下午4：30，安晓峰正忙着跟队员们核对最新线索。

刘坤拿着一沓通话记录单走到安晓峰面前："佟海建的名下只有这一个手机号，已经停机了。停机之前半年的通话记录很有规律，都是跟家里的，再有就是手机通信商的客服、银行客服、电费、水费的缴费电话等。居然没有其他联络人的记录。"

"很可能早就开始预谋作案了，生活痕迹极力伪装过。"安晓峰判断。

"嗯，他肯定还有其他号码。"

"也有可能借用了别人的电话，或是使用公用电话。"

马俊杰拿着资料走过来，递给安晓峰："银行卡最近居然没有使用记录，余额不少，但是没有动过。"

"他一定是在作案前准备了大量现金带在身上。"

"几个月前确实有几笔数万元的取现记录。"

"在哪儿取的？"

"就在佟老汉家附近那个营业点。"

安晓峰看着从银行调取的银行卡使用记录单，忍不住感叹道："这个人做事滴水不漏，是个可怕的对手。每了解他多一点，我就更坚信他就是凶手。"

"确实越来越可疑了。"马俊杰说。

"如果你是佟海建，身边带着一个女人质，你会躲藏在哪儿？"安晓峰突然问道。

马俊杰想了一下，说："如果是我的话，我不会轻易行动，动得多了，容易暴露自己的行踪。我会找个地方藏起来。"

刘坤说："如果是我，我不会去到陌生的地方，没有把握的事我不会干。我会在作案之前，就提前找好几个落脚点，并提前储存好生活物品，一定是我熟悉的地方，一定是能够长时间隐匿的地方。"

安晓峰点了点头，陷入了沉思。刘坤给马俊杰使了个眼色，二人出去忙了。

安晓峰走到黑板前，看着黑板上贴着的佟海建的照片，嘴上喃喃自语："佟海建，你到底在哪儿呢？是时候见面了，出来吧。"

照片里，佟海建面带隐约的笑容，好像在回应安晓峰的问话，也好像是在嘲笑他。

安晓峰走到窗户前，看着窗外已经发芽的树木，想念起成奚蕊来。

"小蕊，你到底在哪儿呢？你一向很聪明，你一定是向我传递了某种信息，只是我还没有接收到。"

想着想着，安晓峰的眼眶湿润了。他拿出手机，翻出成教授的号码，想要打过去安慰几句，犹豫了老半天，又将手机收了起来。

现在，他没有脸面去见他们，没有资格去安慰他们。

他提醒着自己，眼下应该做的只有全力破案。

突然，刘坤和马俊杰神情紧张地跑了回来。

"发现行踪了，安队！"刘坤喊道。

安晓峰迅速将心事收起，吩咐道："所有队员马上集合，检查装备，准备出动！"

队员们全都准备好手铐、手枪等装备，穿上防弹衣，朝楼下的停车场跑去。

不到 10 分钟，一辆辆警车响着警笛，呼啸着出动了。

安晓峰一边驾车，一边看着刚刚收到的共享位置，脸上露出深深的疑惑："这个位置，有点奇怪呀。"

"确实奇怪，这里离佟老汉家不远。"刘坤看着定位说道，"根据对佟海建那张银行卡的监控，好几个月没用的卡，刚刚突然产生了消费记录。可能是他身上的现金花完了，不得不用卡了。"

"按理说，他不应该出现在父亲家附近，那边容易暴露。"马俊杰也说。

"只能解释为，我们的动作太快了，他还没察觉已经被警方锁定了。"

安晓峰猛踩油门，冲在了最前面，朝佟老汉家那边飞速驶去。

很快，刑警们就从四个不同的方向将一栋商业楼包围起来。这里地处城中村外围，是拆迁后新建的商业区，由于一些设施尚未完善，所以入驻的商家不是很多，行人也很稀少。

安晓峰带着队员们下了车，与其他区域赶来增援的刑警们会合。他见到了南城区刑侦大队的一名副大队长，姓李，之前打过交道，算是熟人。

"什么情况？"安晓峰向早已赶到现场的老李问道。

"我们离这儿近，接到增援命令就第一个赶来了。"老李指着面前的几栋商业楼介绍道，"嫌疑人刚才先是进了一家面包店，买了几样吃的，出来后在附近转悠了一大圈，似乎在找提款机，但没找到，就又去一家快餐店吃了饭，吃完饭，又钻进了商场里。据跟进去的侦查员报告，目标现在进了一家品牌服装店，正在看衣服呢。"

"够悠闲的。"安晓峰又问道，"里面客人多吗？能不能抓？"

"为了避免伤及无辜，我建议还是等他出来再实施抓捕。"

安晓峰扫视了一眼现场的环境，指挥手下道："小刘、小马，你俩伪装成客人，守在出口的内外，等候抓捕命令。其他人分散在广场两侧，没有命令不许乱动。"

"也不知道嫌疑人手里有没有家伙？"老李担心起来。

"我们没查到他有枪支的记录，他作案用的是绳子，控制人质使用的是药物。待会儿应该不会用武器。"

听安晓峰这么一说，老李放心许多："惭愧呀，刁珺妮这个案子压在我们手里，那么多天都毫无进展。没想到，把案子移交给你，这么短时间内就要抓住凶手了。一大队就是一大队，全树海没在就这么厉害了。"

"要是没有你们之前的排查基础，我们也不可能这么快。"

突然，安晓峰手里的对讲机响起了商场里的侦查员的声音："注意注意，嫌疑人往外走了。"

"描述一下嫌疑人的体貌特征。"安晓峰说道。

"大家注意，嫌疑人是一名中年男性，身高一米六五左右，体形偏胖，秃顶。上身穿一件蓝色运动服，下身穿灰色卫裤，脚上穿蓝黄相间的跑鞋。嫌疑人手里拎着一个面包店的购物袋……注意，注意，嫌疑人马上就要走出大门了。"

安晓峰朝对讲机命令道："小刘、小马，先不要抓捕，里面人多，放他出来，到广场上再抓。外面的人注意，准备抓捕。"

安晓峰和老李躲在路边的广告牌后面，密切注视着门口的动静。几十秒钟后，走出来一个大腹便便的中年男人，手里拎着面包袋。此人貌不惊人，满脸油光，眼神涣散，让广场周围注视的刑警们大跌眼镜。安晓峰的心中也隐隐预感到不妙，产生了些许迟疑。但是，对讲机里传出刘坤迫切的声音。

"安队，广场周围没人了，抓不抓？"她问。

安晓峰见中年男人朝他这边走来，越走越近，只好下令："抓！"

一声令下，广场四周埋伏的刑警全部冲出。刘坤和马俊杰也从商场里跑了出来，直奔中年男人而去。安晓峰麻利地塞起对讲机，一个箭步冲在了前面，迎面扑了上去。中年男人见状，先是吓了一跳，赶紧环顾四周，见众人都朝他包围过来，脸色当即煞白，朝安晓峰扔出手里的面包袋，转身而逃。

刚跑了没几步，中年男人发现后路已被阻断，一男一女正朝他追来。情急之下，越过旁边的隔离带，又踩过一片绿化带，朝小路跑去。

"站住！"安晓峰奋力直追，还向对方发出了警告，"再跑开枪了！"

中年男人回头看了一眼，只见身后正有十多人追击自己，越发慌张，铆足了劲朝前奔跑，并利用熟悉地形的优势，时而翻越护栏，时而钻进小路，一路朝着城中村的方向跑去。

安晓峰越追越感觉这人的相貌和身形不像佟海建，可他见到警方就跑，而且特别熟悉周围的地形，又很可疑。追着追着，疲惫之余，安晓峰的心中不免担心起来，因为一旦进入城中村，抓捕就更加困难了。

果然，狭窄曲折的小路给警方的追捕带来了麻烦，密集的居民区让抓捕的过程变得束手束脚。中年男人像是一条老泥鳅，在安晓峰的面前肆意游走，让人心中火冒三丈。安晓峰回头望了一眼，身后的刑警就只剩下刘坤和马俊杰了，老李早已跑不动掉队了。

安晓峰大口大口地喘着气，感觉肺部快要爆炸了。他不断在脑海里回想着成奚蕊的音容笑貌，用这样的方式给自己增添动力，让自己咬牙坚持追捕。

中年男人的速度也明显慢了许多，安晓峰的信心多了起来。他拼命地狂喊："站住！站住！"

一个路边摆摊的商贩，好像看出是怎么一回事，当中年男人跑过他身旁的时候，他故意伸腿绊了一下。中年男人脚下一个趔趄，摔在地上。巨大的惯性让他在地上滚了两圈，他来不及追究，爬起身继续奔逃。

安晓峰抓住机会，一把抓住男人的外套，刺啦一声，运动服的腋下撕开一个大口子，中年男人再次摔倒在地。

安晓峰赶紧扑了上去，骑在男人身上，将他按住。

刘坤和马俊杰追了上来，给中年男人戴上手铐。

众人合力将男人拽起，仔细看了一眼正脸，所有人顿时都傻眼了。因为，这个中年男人并不是佟海建。

第 12 章 嫌疑人的诡计

3 月 6 日晚上 7：00，刑侦支队审讯室。

安晓峰站在观察室里，隔着单向玻璃注视着审讯室的情况。他的脸上带着几分恼火。

刘坤和马俊杰正在对刚刚抓捕回来的中年男人进行审问。安晓峰已经知道，此人没有深入审问的必要，所以他有点不想进去，不想承认此次抓捕任务的失败，不想面对投入大批警力抓回来的嫌疑人不是佟海建这样的局面。

可是，不想面对也得面对。因为他不得不在脑海里快速思索打草惊蛇之后的补救措施。因为，留给警方的时间真的不多了。

想到这里，安晓峰猛地推门进入，朝两个侦查员摆了摆手，示意他们出去。

等人都走了，安晓峰在中年男人面前坐了下来。他没有说话，也没有看对方一眼，只是抓起审讯笔录看着。看完，他往面前的桌子上一扔，长叹了一口气。

中年男人见安晓峰面色凝重，心中更加紧张起来，低着头看着面前的桌面，不敢与安晓峰对视。

安晓峰皱着眉头，盯着中年男人已经冒油的额头，仍不开口说话。

中年男人有些绷不住了，抬起头想要主动说些什么，又被安晓峰那凶狠的目光吓到，赶紧又把头耷拉下去。

"叫孙剑雨，是吧？"安晓峰冷冷地问。

孙剑雨赶紧点头答话："是，是，是！"

"干什么工作的？"安晓峰没好气地问。

"无，无业。"

"靠什么营生？哼，无业，喝西北风能长这么胖吗？"

"前年失业了，后来一直没找着工作。去年把老家的房子卖了，今年老本也吃完了。"孙剑雨唯唯诺诺地说。

"那你在城里晃悠什么？没憋好屁吧？"

孙剑雨赶紧解释："没，没有！违法的事我连想都没想过。就，就偷过一次外卖车里的盒饭。"

"再问你一遍，"安晓峰敲了敲桌面上放着的银行卡，"这张银行卡哪儿来的？是不是谁交给你的？"

"不是，不是。"

"那是你偷的？"

"不是，真不是！"

"老实交代！"

"是，是我捡的。"孙剑雨小声说道。

安晓峰狠狠拍了一下桌子，大声呵道："不老实是吧？你知不知道我们一大队是干吗的？是重案大队。知道为什么抓你吗？这张银行卡牵扯到了命案。你要是不给我老实交代的话，我保证让你牢底坐穿！"

"别别别！我配合，我交代。"孙剑雨赶紧说道，"银行卡真的是我捡的。"

"在哪儿捡的？"

"就在广场南边，不远，路边有个绿化带，我经常从那里走。这几天，我特别想吃羊角蜜，可是太贵，我舍不得钱买。今天中午，我打算出来买两个尝尝，就走到了那儿。我看到一张长椅上有个纸包，出于好奇，就捡起来看了。"

"纸包？"

孙剑雨从兜里掏出一张折叠起来的纸，交给安晓峰，继续说道："当时银行卡就是用这张白纸包着的。我打开一看，是银行卡，纸上还写着六个数字，我想，肯定是密码。"

安晓峰仔细查看着白纸，还有上面写的六个数字。

孙剑雨继续交代道："我猜，可能是谁掉下的。我见周围没人，就赶紧揣进兜里，离开了那里。"

"后来呢？"

"后来我就去了附近的商场。我想试试那组数字是不是密码，就先进了一家面包店。我随便挑了几样，就去结账。结果一刷卡，我一输入密码，居然消费成功了。"

安晓峰使劲揉按太阳穴，越听越觉得头疼。

孙剑雨继续说道："本来我打算找个 ATM 提款机，把卡里的钱取出来，结果转悠了一大圈，没有找到提款机。正好我饿了，就拿着银行卡，在快餐店吃了饭。吃完饭，我又进商场的品牌服装店逛了逛。正要出去寻找提款机，就被你们抓了。"

"没了？"

"没了。"孙剑雨十分懊悔地说，"我当时心里挺虚的。我知道，捡到别人的银行卡应该还给人家，不应该花里面的钱。所以看见有人追我，我一害怕，就开始跑。我也挺佩服你们的，从捡到银行卡，到被你们抓住，一共也没多长时间。像做梦似的。"

安晓峰拿起银行卡，包在白纸里，又抓起审讯笔录，站起身，最后问道："捡到银行卡前后，或是在消费过程中，你有没有在你身边注意到一个中年男人？"

孙剑雨摇摇头。

安晓峰走出审讯室，将手里的东西交给在观察室等候的刘坤。刘坤见安晓峰一脸丧气，没敢多话。

马俊杰则说了一句："我看这小子应该跟案子没关系。"

安晓峰又叹了一口气，指着包裹银行卡的纸包说道："咱们上了佟海建的当了。"

"什么意思，安队？"马俊杰问。

"你是说，今天这一幕，是佟海建故意设计的？"刘坤问道。

"银行卡是佟海建故意丢在那里的。"安晓峰推测道，"他不但丢下银行卡，还留了密码，就是想被人捡到，然后拿去消费。"

"他是在试探我们？"刘坤问道。

"他的意图很明显。"安晓峰点头说道，"他想了解我们警方对案件的侦破到了什么程度，或许是他想进行下一步计划，想探探我们警方有没有怀疑他。"

"哎呀，那坏了！"刘坤气得直跺脚，懊恼地说道，"银行卡被人捡到，很快我们警方就做出了反应，我们的抓捕动静太大了，他一定看到了。"

"没错。我们抓捕孙剑雨的时候，佟海建一定就在现场。他一定就藏在附近的某个地方，偷偷看着我们。"

马俊杰感叹道："太可怕了。佟海建这家伙，真是个可怕的对手啊。"

"我们在明，佟海建在暗。"安晓峰分析道，"这场较量，我们从一开始就处在不利的处境。现在情况变得更糟糕了，佟海建通过今天的事，已经完全知晓我们已经锁定他了。接下来，他会更加谨慎，不会轻易露面。说不定，还会杀死人质。"

刘坤吓得心惊肉跳："坏了，成记者危险了。"

"安队，我们该怎么办？"马俊杰也慌了。

"已经到破釜沉舟的地步了，必须马上抓住佟海建！"

晚上 9：00，一大队办公室。

安晓峰坐在工位上，焦急不安地看着手表，还不时地抬眼朝门口看着。

一阵急切的脚步声传来，安晓峰赶紧站了起来。门开了，是刘坤和马俊杰跑了回来。

"怎么样？"安晓峰赶紧问道，"人回来了吗？"

刘坤汇报道："回来了。已经上车了，还有不到一个小时到达锦绣站。"

"不等了，走，直接去火车站接人。"

三人跑了出去，驾车朝火车站驶去。

车上，安晓峰略显不安："能不能打开突破口，就看待会儿那伙计的了。"

刘坤听出安晓峰的情绪波动，试着安抚道："还是安队有先见之明，暗中留了这么一条线索在跟进。否则，咱们惊动嫌疑人以后，真的就彻底被动了。"

坐在后排座位的马俊杰一头雾水，把脑袋伸到了前排，问道："到底是怎么回事？什么线索？现在总该跟我透露一下了吧？"

安晓峰说道："不是不告诉你，当时大家手头都有一堆事要忙，是真没空跟你解释。"

马俊杰看向刘坤。

刘坤见距离火车站还有段距离，就说："好好好，告诉你。是这么回事，当时成记者失踪的第二天，咱们不是找到了她的手机吗，然后调取了手机的通话记录。"

"对呀，我知道。"

"我在分析通话记录的时候，只关注到了最后一次通话的可疑，就把注意力集中在了李眉芸身上。"刘坤带着佩服的语气说道，"还是安队厉害，也是因为他对成记者太了解了。他在研究通话记录的时候，发现了别的疑点。"

"什么疑点？跟今天要接的这个人有关？"

"安队发现，成记者失踪前一天，有一个通话记录很可疑。那是一个短暂的拨出电话，只响了两下，对方并没有接听。排除打错电话，只有两种可能。

一、可能是某种暗示，提醒，暗语。"

马俊杰抢答道："还有一种可能，那就是新认识的人之间，让对方给自己打过来，目的是为了互相留存彼此的号码，方便以后联系。"

"聪明。成记者的这个电话，就属于你说的第二种情况。于是安队让我调查这条线索，结果，真的有收获。"

"你说对方是一名电工，对吧？"

"不是电工，是电力公司的业务员，负责收款、维修反馈等工作。姓孙，男，27岁，本市人。"

"这个小孙在案发以后突然跑到外地去了，确实很可疑。"马俊杰说。

"没有，你误会了。"刘坤解释道，"如果他真有问题，咱们肯定联系不上，而且也不可能配合咱们赶回来。"

"那倒是。"

"他是请了年假，带他父亲去外地找专家看病去了。他父亲得了肺癌，好像挺严重的。"

"那他跟成记者通话是怎么回事？"

"是在成记者失踪前一天，他正在自己负责的片区催缴电费。因为开发区那边有很多大型工厂，用电量比较大，情况比较复杂，所以很多不是智能电表提前购电的，而是采取老式电表先用再收费的形式。"刘坤见快到火车站了，就加快了语速，说道，"小孙把该收的电费收完，返回之前，顺道去检查了一处废旧工厂。据他说，那个工厂已经倒闭很久了，可是最近发现产生了电费。他怀疑，可能是有人私搭电线在偷电，可是检查了一圈，没有发现问题出在哪里，就骑着电动自行车回去了。"

"这跟成记者有什么关系呢？"

"据我跟小孙电话沟通，他说，那天成记者正好在那边采访，就在路上遇上了小孙。成记者当时是想向小孙问路，于是表明了身份，等问完后，小孙告诉成记者，他是《城市晚报》法制版的忠实读者，二人寒暄了几句。闲聊中，小孙就把倒闭工厂产生电费、他怀疑有人偷电的事无意间透露给了成记者。"

"这里面发现了什么吗？"

"小孙的本意是想跟成记者反映一下偷电的情况，看看能不能通过媒体报道一下，警告一下那些不法分子。可是在小孙提供的情况里，成记者好像发现了疑点。于是成记者主动提出，希望跟小孙互留电话号码，以便之后沟通。就这样，小孙报了自己的手机号，成记者拨打了一下，把号码打在了小孙的手机里。"

"成记者敏锐的洞察力果然惊人。但是，她到底发现了什么呢？"马俊杰仍旧不解。

"快到了，接上人就知道了。"安晓峰突然说道。

晚上 9：35，复兴号列车减速驶入锦绣站。

随后，疲惫的人群走出车厢，拥入出站通道。

出站口，安晓峰带着刘坤、马俊杰焦急地等着。刘坤时而看着出站旅客从身旁拥过，时而留意着自己的手机。

很快，手机响了，刘坤接起："出来了吗……我们就在出站口……是哪个？你挥挥手……"

安晓峰第一个注意到了人群里正在挥手的男青年，赶紧走上前去："你好，小孙是吧？我是安晓峰。"

"安队，你好。"

二人握手。

三人带着小孙上了路边的越野车，朝西郊方向驶去。

车里，安晓峰一边驾车，一边对坐在副驾驶座的小孙说道："情况紧急，就辛苦你一下，带我们过去查看一下，你再回家休息。"

小孙客气地说道："行，没问题，安队不用客气，应该的。"

"成记者那天，有什么不对劲的地方吗？"安晓峰问道。

"她好像正在找什么人，又不熟悉地形，就迷了路。跟我问路的时候，紧皱着眉，我感觉她这个人对待工作还是挺执着的。"小孙回忆道。

"她没说她要找的是谁吗？"安晓峰又问道。

"没有。问了好多开发区那边的情况，比如什么时候开始建设的，都有哪些工厂入驻，附近的道路什么时候能够架设路灯，等等。问得可详细了。我正好对开发区很熟悉，就回答了一些。"

"那她有没有提过一个叫刁珺妮的女孩？"

"没有。"小孙突然说道，"对了，她给我看了她手机里的一张照片，就是一个女孩的照片，样子很清秀。"

"是不是这张？"刘坤赶紧用手机找出刁珺妮的照片，拿给小孙看。

小孙仔细看着，然后惊呼道："哎呀，对对对，就是她。"

"她为什么给你看照片？"安晓峰继续问道。

"成记者问我有没有在附近见过照片里的女孩，我看了老半天，回答说，我肯定没见过。"

安晓峰思索片刻，对坐在后排的两名侦查员说道："当时她正在寻找刁珺妮。可她为什么会去开发区找呢？"

"发现刁珺妮的过街天桥距离开发区不是很远，只有几公里。还有发现轿车的地点，距离开发区不到10公里。"刘坤判断道，"看来，案件的核心，就在那一带。"

"她一定是发现了什么。"安晓峰自言自语地说完，将车辆驶入化工路，然后对身旁的小孙说道，"你指路，先带我们去你遇见成记者的地方。"

"好的，先一直往前开。"

在小孙的指引下，安晓峰一行来到了锦绣市西郊工业开发区的西北角，一个架设了路灯但是还没有通电的十字路口。

安晓峰停了车，众人下了车。

小孙指着路边说道："当时我骑着电动车到了这里，遇见成记者的车停在路边。她下了车，向我问路。"

三个刑警打量着周围的环境，昏暗的光线，空旷的新建厂区，宽敞的新铺柏油路，让人感觉空荡荡的。

刘坤打开手机地图，与现实环境比对着。

安晓峰向小孙问道："你们分开以后，她开车朝哪个方向走了？"

小孙指着右边的道路说："那边。道路的尽头再右拐，有一个废弃的工厂。就是我说怀疑有人偷电的地方，她说她过去转转，想看一看。"

"上车。"

众人上了车，沿着成奚蕊当日的行走路线，朝地处开发区边缘的、更加昏暗的地带走去。

10分钟以后，越野车停在了没有架设路灯的马路边。马路对面就是工厂的大门。门旁挂着牌匾的地方，如今只有几根钉子，早已没有了牌匾的踪迹。

安晓峰坐在车里，降下车窗玻璃，看着那扇锈迹斑斑、紧闭着的大铁门，心中竟然产生了一丝恐惧。并不是由于环境产生的恐惧，而是因为想到成奚蕊当时可能面临的危险产生了恐惧。安晓峰深深地了解成奚蕊，他能够知晓，她当时来这里的目的，是为了寻找刁珺妮，是为了弄清楚她心中的疑惑。虽然并不知道这里跟她的失踪是否有关，但是安晓峰已经体会到了成奚蕊当时的心情。那是一种十分迫切又夹杂着万分恐惧的心情。

"成记者失踪前一天到过这里。"刘坤说道，"可这里早已废弃了，她怎么可能找到刁珺妮呢？"

"就是这里产生电费了吗？"安晓峰朝小孙问道。

"对。"小孙指着厂区四周说道，"我围着厂区转了一圈，并没有找到私人架设的电线。"

"小马，"安晓峰指着厂区大门，突然吩咐道，"马上查一下这个工厂的情况，越详细越好。"

"好的。"

安晓峰重新发动了越野车，说道："我们围着厂区走一圈看看。"

第 13 章　嫌疑人的身影

从工业开发区勘查完回到队里，已经是午夜时分了。

除了捕捉到成奚蕊失踪前一天的一些活动轨迹，并没有发现什么有用的线索。但是，这让安晓峰更加坚定了心中的判断——成奚蕊是在调查和寻找刁珺妮的过程中失踪的，她一定是落入凶手手里了。

只要抓住佟海建，就能救出小蕊。安晓峰在心中反复提醒着自己。

而且，他相信，他已经离成奚蕊很近了。最晚到明天日落之前，他一定要见到成奚蕊。

不，准确地说，是今天日落之前。因为安晓峰回到办公室以后看了一眼手表，已经是 3 月 7 日的凌晨了。

安晓峰知道，今天注定又是一个不眠之夜。自从成奚蕊失踪后，他几乎没睡过一个安稳觉，只要一合眼，很快就会被噩梦惊醒。好在目前侦破的方向已经明确，今夜，他只需等待。等待各种线索的落实和汇总，等待一个他想要的结论。

在那之前，他感到极其不安。他像是个初学者，静静地坐在椅子上，思索着自己这几天以来，有没有疏忽什么。这个习惯是师父全树海教他养成的，静思己过，尤其在跟犯罪高手对决的时候，比的往往只是谁的失误少。

他特地把所有案件的资料都堆在了面前，一项项反复梳理着。时间飞快地流逝着，甚至第一缕阳光照射进来，他都没察觉到。

安晓峰疲惫的脸上渐渐浮现出一丝胜利的欲望，现在，他有点迫不及待地想要与佟海建见面了。

门开了，刘坤捧着一沓资料快步走了进来。

"四轮电动车的行踪找到了！"一进门，她就迫不及待地说，"虽然花费不少时间，动用不少技术人员，但还是找到了！"

说着，刘坤将手中的资料夹打开，从里面抽出几张打印的交通监控照片，递给安晓峰："这几张是3月4日上午，位于刁珺妮遇害的过街天桥以东大约2.5公里处的交通摄像头拍到的。当时已经是上班高峰时间，过往的这种车辆很多，从大约几百辆中，锁定了这一辆。白色的，天马牌电动车，是一款专门为老年代步设计的四轮车。车况大概八成新以上，没有号牌。"

安晓峰仔细看着几张照片，问道："锁定这辆车的理由是？"

"因为它随后出现在了李眉芸家小区的外面。"

安晓峰听完，眼睛一亮。

刘坤赶紧又抽出几张监控照片："这是大约一个小时后，在李眉芸家小区外面拍到的。从这辆车的行程轨迹分析，是从刁珺妮遇害地附近直奔李眉芸家的方向，并且很熟练地选择了小路、近路。"

"凶手是杀完人后，去李眉芸家送那个装着刁珺妮衣服的包裹。"安晓峰判断道。

"没错。"刘坤也说，"而且从时间来看，凶手杀人是在凌晨，杀完人后，他并没有走远，而是一直在附近，看到了发案的过程，也许还看到了警方出警的过程，才离开现场去送包裹的。"

"该死的家伙！"

"这还不算，技术人员还发现了更早以前这辆车的踪迹。"刘坤拿出最后几张照片，"你看，这是2月1日的，这张则是2月7日的，另一张是2月15日的，最后一张是2月19日的，之后再没出现过。地点，是在墓地正门外的十字路口。"

"果然是同一辆电动车，可惜没拍到车里的情况。"

"凶手应该是看到了摄像头，在不可避免被拍到的情况下，选择了尽量远离摄像头的位置。"

安晓峰指着最后一张照片上的时间，说道："刁珺妮的失踪时间，应该就在这附近。"

"是的。2月19日这天，是刁珺妮的父亲刁文龙的忌日。刁珺妮应该是独自去扫墓，之后被凶手绑架的。"刘坤分析道。

"那么之前被拍到的三次，应该是凶手过去踩点的。"

刘坤点头认可。

"现在，我们基本查明了刁珺妮是如何失踪的，以及凶手是如何带刁珺妮进入案发现场的。剩下的，只需要找到这辆车了。"

刘坤赶紧汇报道："车辆的信息基本已经查到了，怀疑这是一辆在三个月前丢失的车辆。车主是一个姓汪的老汉，和他老伴住在城中村，离佟老汉家直线距离不到800米。"

"这么近。"

"咱们的人专门去跑了一趟。这个车主家里一共有两辆这样的老年代步车，一辆黑色的，比较破旧。一辆白色的，是新买的，怀疑就是监控里拍到的这辆。大约三个月前，汪老汉遛弯时把脚崴了，去医院一拍片子，脚踝骨裂了，于是卧床养了很久。就在老汉腿脚不便、外出减少的这段时间，他的车丢了。他向我们提供了购车的票据，我们拿到了车辆的编号，等我们找到视频监控里的车，就知道是不是同一辆了。"

"都说兔子不吃窝边草，佟海建果然不太按照常理出牌呀。"安晓峰感叹道。

"车辆如果真的是佟海建偷的，目的是用于作案的话，那他的心思也太缜密了，也说明他预谋了很久。"刘坤又补充道，"对了，技术人员还掌握了一个奇怪的线索。那就是半年前，佟海建给他的父亲佟老汉购买过一辆同款的老年代步车，但是不知道出于什么原因，没开两个月，就把车给卖了。"

"我早就说过，凶手非常聪明。"安晓峰分析道，"佟海建半年前买车，并不是给他父亲用的，真实目的是为了当成作案工具。两个月后，他熟悉了车辆的性能，尤其是电池的续航里程后，精明的他又把车卖了，因为他的父亲家拥有这样的车，会很快被警方查到。把车卖掉后，他又在附近物色了一辆同款的电动车，并在作案三个月前，将车辆盗窃到手。"

"太狡猾了，这一着儿使我们到现在才排查到作案车辆。"

"从半年前就已经开始策划作案的细节了，这是蓄谋已久的报复性作案。"

"如果真的是佟海建为儿子佟年报仇才报复刁家的话，那他可能从佟年遇害的那一刻起就已经开始预谋作案了。"刘坤也说。

"等抓到佟海建，找到那辆车，谜底就可以揭晓了。"安晓峰看了一眼手表，"现在，就看小马那边了。"

话音刚落，门外又传来了急切的脚步声。片刻，马俊杰拿着一张纸大步进来，将纸往安晓峰面前一拍，满脸兴奋的表情。

"查到了，正是佟海建！"他说。

安晓峰抓起那张打印纸，那是废弃工厂的注册信息，法人一栏，清晰地写着"佟海建"三个字。

"那个废弃的工厂就是佟海建开的。已经倒闭好几年了，过去是个电子制造厂。"马俊杰说。

"海建电子制造厂？"安晓峰看着注册信息，满眼冒光。

"对。据说工厂开办没多久，就因为经营不善倒闭了。主要原因是佟海建欠缺经验，一下子把工厂办得过大，贷款数目不小，后期因为资金链断裂导致了倒闭。"

"现在是谁接盘？"安晓峰问道。

"没人接手。因为开发区厂区众多，很多都还空着没有入驻，加上佟海建的工厂地段偏僻，所以没能找到人接手。从开发区办公室了解到，佟海建为了得到更多优惠政策，当初一口气缴纳了好几年的使用费。所以直到现在，厂区的使用权仍在佟海建手里，一直没被人接手。"

"奇怪……"

"确实很奇怪。"马俊杰继续介绍道，"一开始，开发区办公室的人很负责，主动帮助倒闭的工厂寻找接盘的下家。可是近一年多，他们再联系佟海建，他就不接电话了。尤其是最近，两边几乎都不联系了。"

"那是因为佟海建不希望有人打工厂的主意，因为他的工厂另有他用。"

"安队，你是说？"马俊杰似乎猜到了答案。

"小蕊当时得知了废弃工厂突然产生了电费，一定也怀疑到了。第二天，她一定也查到了废弃工厂是佟海建的，联想佟海建和刁文龙的关系，她不难推测出失踪的刁珺妮可能被佟海建囚禁在了废弃的工厂里。"安晓峰语气坚定地说道，"小蕊的失踪是因为他发现了刁珺妮案的秘密，她发现的秘密一定就是工厂的秘密。"

马俊杰也说："如果囚禁人质的地点是废弃工厂的话，那一切就都说得通了。"

"那个工厂，最近几个月突然产生的电费，是佟海建在为四轮车充电。"安晓峰说。

刘坤面露惊恐神色："我的妈呀，昨天半夜我们还围着那里转，竟然没发现可疑。看来，咱们得进去搜查了。"

安晓峰又看了一眼手表，说道："我就是在等天亮，等领导们上班。"

突然，一个侦查员跑了回来，跑到门口，一个跟跄差点摔倒。嘴里喊了一句："报告安队，批，批下来了！"

安晓峰一个箭步上前，接过侦查员手里的公文，扫视了一眼，转身对刘坤和马俊杰大声命令道："搜查令批下来了。马上集结队伍，检查装备，15分钟后出发，去抓佟海建！"

"是！"

"等等！"

队员们刚要出发，另一个侦查员匆匆忙忙跑了回来，神色慌张地喊道："等等，安队，有情况！"

"怎么回事？"

侦查员上气不接下气地汇报道："着，着火了，工厂着火了。海建电子制造厂，今天早上突然冒出浓烟，消防队接到报警，现在已经出动了。"

"什么？！"

说完，安晓峰抓起手枪，赶紧往外跑去。

商业中心一层的商铺新开了一家水果店，3月6日下午4:30，店里进来一个男顾客，他就是穿着深色防风衣、戴着棒球帽的佟海建。

店员热情地打着招呼："欢迎光临，请随意挑选！"

客人却明显提不起购物的兴趣，他只是草草地看着，时而朝四壁张望两眼，再朝店外张望两眼。

这是他的习惯性动作，到哪里都会先确定摄像头的位置。

佟海建走到摄像头的死角，他面前摆着一堆羊角蜜。他先是看了看手表，然后胡乱装了几个。

"帮我称一下。"他说。

递出水果的同时，他还附上一张百元的现金。

过了片刻，店员拎着结好账的水果和零钱交给客人。

客人却指着一沓用来包装水果的白纸，问道："可以给我一张吗？"

店员一头雾水，没太听明白。

"我用来记个号码。"客人补充道。

店员赶紧抽出一张白纸交给客人，又把自己兜里的油笔递出。客人等店员转身去忙别的，赶紧用左手在白纸上写下六个数字，然后扔下油笔离开了。

佟海建沿着商业区南侧的街边行走着，他的步伐很慢很慢，并不时地看着手表。

走着走着，路边有个垃圾桶，佟海建随手将新买的水果丢弃，继续向前踱步，直到走到一张长椅旁边，缓缓坐了下来。

他左右张望了一下，没什么人。于是掏出写好数字的白纸，又从兜里掏出一张银行卡，用纸包好，攥在了手里。

佟海建将帽檐压低，又坐了一会儿。直到看见一个身材微胖的中年男人从远处走来，他的手突然一松，纸包掉在了长椅上，然后站起身，大步走开了。

包着银行卡的白纸在太阳的照射下格外惹眼，果然，从长椅前经过的中年男人注意到了它的存在。中年男人先是左右张望了一下，然后假装坐了下来，拿起纸包，得到了银行卡。

这一切，都被藏在不远处的佟海建看在眼里。

他远远地跟在中年男人的身后，朝附近的商业区走去。直到中年男人进了一家面包店，他才离去。

佟海建并没有走远，而是上了附近的过街天桥，他从兜里掏出一只小型单筒望远镜，注视着面包店里的中年男人。

望远镜里，中年男人走到结款台前，刷了卡，输入密码，交易成功。佟海建赶紧看了一眼手表，在心中记住了这个时间。

中年男人出了面包店，在商业区转悠了一大圈，寻找提款机未果，就又去一家快餐店吃了饭，吃完饭，又钻进了商场里。佟海建一边用望远镜监视着商场大门进出的行人，一边留意着手表的时间。

大约40分钟过去了，中年男人还没有出来，可是，商场外围的街道边出现了许多警车。虽然那些警车都没有打开警笛和警灯，来得格外低调，但是佟海建第一时间就注意到了它们的到来。尤其是一辆越野车，从它出现的那一刻，佟海建的视线就再也没有移开。

他最后看了一眼手表上的时间，嘴上自言自语地说了一句："来得真快。"

接下来的事情，他已无心再看。中年男人从商场走出来，埋伏在附近的刑警就对他展开了抓捕。安晓峰高喊"站住"的时候，佟海建正从过街天桥另外一侧的阶梯走下去。

佟海建快步拐入右侧的小道，上了停在那里的一辆白色四轮电动车，匀速朝小道的深处驶去。

开着开着，他的呼吸开始急促起来，握着方向盘的手也开始微微颤抖。

已经锁定了。他在心里这样告诉自己。

是的，他现在已经被警方锁定了。只要他一露面，只要他用身份证出行、开房，或接受检查，只要他使用银行卡或手机，很快他就会被警察包围。

没有逃跑的可能了。他从一开始就知道。

留给他的时间不多了。他通过银行卡试探警方后才知道。

最快就在今晚，最晚，明晚之前，他的时间的确不多了，他知道。

想到这里，佟海建将油门踩到底，用电动车能够行驶的最大速度，朝开发区方向驶去。

3月6日晚上7：00，佟海建开着电动车回到工厂，锁好大门，将电动车停在院子里的一堆木头包装箱旁边，然后掏出手机，扔在车里。

佟海建大步跑进一个废弃的小仓库，从里面拎出两桶汽油。一桶，放在了电动车里；另外一桶，他一直拎在手里，回了厂房三楼的办公区。

在一间废弃的办公室里，他放下汽油桶，一边揉了揉酸痛的手，一边打开了笔记本电脑。

他登录了一个奇怪的网站，发现有十一条新消息。他逐个打开，逐个回复了同一句话："我把视频发给你。"

临时偷偷接入的网络有些慢，看着同时正在上传的十一份视频文件，佟海建有些着急。他一边盯着手表，一边看着电脑上的进度条，时而朝窗外张望几眼。

落日的余晖金灿灿的，透过窗户上厚厚的一层灰尘，再透过泛黄的窗帘，照进室内以后，屋内的气氛格外诡异。像是昆汀·塔伦蒂诺的电影，充斥着暴力与血腥的味道。佟海建感到自己就像那位挥舞着武士刀的黄衣服、黄头发女人，马上，他也要用他的"武士刀"，挥舞出属于自己的那一抹血色。

不，更准确地说，是好几抹血色。

想着想着，他的嘴角露出了一丝笑意。

他把身体靠在椅背上，将双腿抬起，搭在桌角上。他闭起眼睛，静静地等待着。

叮咚——叮咚——叮咚——叮咚——

不断完成的文件传输提示音，就像武士刀的磨刀声音，就像手枪上子弹的声音。加上时而飘进鼻孔里的淡淡汽油味，整部"电影"的感觉棒极了。

佟海建静静地闭着眼睛，等待着。

直到夕阳的余晖散尽，直到夜幕降临，直到黎明前的黑暗，直到第一缕曙光将他唤醒。

他这才突然睁开眼睛，站起身，拎起汽油桶，拧开盖子，将汽油倒在笔记本电脑上，倒在屋子里，倒在走廊，以及一切可以引燃的物体上。

他最后看了一眼手表，3月7日早上7:30，刑警队上班的时间。他的嘴角又一次露出了微笑，他缓缓掏出打火机，凝视着那一缕可以杀死自己的火苗……

第14章　嫌疑人落网

3月7日早上8:19。

警车一开进开发区，就看见了冲天的浓烟。顺着浓烟的方向，安晓峰率领的抓捕队伍再次来到了废弃工厂，曾经的海建电子制造厂。

大门已经被强行打开，消防车一到，就有消防员拿着专门的破门工具打开了锁链。安晓峰驾驶着警车直接驶入厂区，直奔第一个起火点前停下。

"快，灭火器！"

消防员已经接好灭火管道，安晓峰抱着车内的灭火器冲上前，他从面前熊熊燃烧着的火焰中依稀看出，那是一辆正在燃烧的四轮电动车。随着更多消防员的加入，火势很快得到了控制，火焰逐渐被压制。

"这就是咱们要找的那辆电动车！"安晓峰扔下灭火器罐子，抬头望着远处正在起火的高楼，朝身旁的侦查员命令道："你们跟我来！"

安晓峰率领着刑警们朝最高的主厂房大楼狂奔过去。消防人员也已经赶到，他们正架起数个长长的水龙。安晓峰抬头朝楼顶仰望，信心突然被眼前的火势吓退了不少。

只见火势是从三楼开始燃烧起来的，三楼的几个窗户正往外蹿出长长的火苗。二楼的窗户也开始有阵阵浓烟冒出，估计火势已经烧到了二楼。

"你们跟我进去！"安晓峰故意提高了嗓音，给自己鼓劲。

一个侦查员赶紧劝道："等消防人员把火势灭一灭，咱们再进去吧！"

安晓峰看着三楼那几个为数不多没有冒出火苗的窗户，那正被窗帘挡住的房间内，也许不光有佟海建，还可能有成奚蕊。

想到这儿，安晓峰顿时热血沸腾了，他掏出手枪，跨越了消防安全栏，一脚踹开一楼的大门，冲了进去。

刘坤和马俊杰见状，对视一眼，带着几名侦查员也跟着冲了进去。

一楼只有少许烟雾，很快，侦查员们就摸清了环境，只留下两名刑警把守逃生通道，其他刑警快速冲向二楼。

二楼已经布满浓烟，楼梯和几处吊顶开始起火。

安晓峰赶紧用左臂的衣袖捂住口鼻，大喊道："大家捂住口鼻！"

很快，二楼也摸清了环境，依旧留下两名刑警把守通道。

安晓峰第一个冲上了三楼。刚上三楼，就被一团烈火堵住了去路。

"安队，别进去，危险！"刘坤提醒道。

突然，一阵水滴泼洒过来。安晓峰一看，原来是消防员正在从楼下向窗户里喷射水柱。凉水打在烈火上，发出滋啦滋啦的响声，冒出滚滚白雾。

隔着火焰与烟雾，安晓峰隐约看到走廊里站着一个人，他正用冷漠的眼光注视着安晓峰。

"佟海建！"安晓峰大喊了一声。

佟海建转身朝远处一个没有起火的房间走去，他的手里拎着一个汽油桶。

安晓峰的斗志立即被激起，他掀起外衣，用水打湿，蒙在头上，快步穿过火焰。

"不许动！"安晓峰举起手枪，瞄准走廊尽头的背影，"再动就开枪了！"

佟海建停下脚步，回头看了一眼，脸上露出一丝淡淡的微笑。然后，消失在浓烟里。

"发现佟海建了，他手上有危险品，大家注意安全！"安晓峰一边提醒大家，一边举枪去追佟海建。

其他刑警逐个房间排查，寻找成奚蕊的身影。

水柱穿过窗户，源源不断地喷洒进来，很快，到处都是湿漉漉的。火势小了，但是烟雾更加浓重起来，视线变得模糊不清。

紧紧跟随着安晓峰的刘坤赶紧提醒大家："烟雾太大，大家不要轻易开枪，注意辨认身份！"

话音刚落，乒的一声枪响，从众刑警前方传来。

是安晓峰，他见佟海建已经无路可逃，朝顶棚开了一枪。

"把油桶放下！快把桶放下！"安晓峰大声喊道。

佟海建回过身来，隔着地上的一团火焰，打量着安晓峰。

"我让你把桶放下，举起手来！"

佟海建把左手举起，但是右手仍旧拎着油桶。

"把桶放下！"这是后续赶到的刘坤的警告。

佟海建的脸上又一次浮现出笑意，他缓缓放下左手，拧开了油桶的盖子。

"不许动！再动一下，我真的开枪了！"安晓峰大声地警告着。

佟海建像是没有听到警告一样，将手里的油桶举起，将汽油倒在自己的身上。倒完，他掏出打火机。

"住手！"安晓峰赶紧收起手枪，一个箭步跨越面前的火堆，朝佟海建扑去。

"不要！"刘坤被安晓峰的举动惊呆了，下意识地大喊道，"安队，危险！"

佟海建手里的打火机已经点燃。安晓峰将佟海建扑倒，抱住他在地上继续翻滚，直到把他身上的火苗扑灭。

随即，马俊杰一把夺过侦查员手中的灭火器，对准佟海建仍在着火的头发猛喷。

安晓峰将头深深埋起，并在灭火器白色泡沫四处喷溅的情况下，熟练地给佟海建铐上了手铐。

马俊杰扔掉灭火器，将满头雪白的佟海建拽起。

"赶紧找人！"

安晓峰从地上爬起，踹开附近的几个房间，寻找成奚蕊的下落。

"小蕊！小蕊！！小蕊——"

刘坤和侦查员们也开始了焦急的寻找："成记者！成记者——"

火势很快就被扑灭了。不到 10：00，消防人员离场，警方封锁现场，进行细致的现场勘验工作，目的主要是寻找成奚蕊的下落。

安晓峰站在院子当中的警车旁，喘着粗气，看着撤离的消防员，心中顿生茫然。

刘坤拿着手机走了过来，给安晓峰看了一眼手机拍摄的照片："四轮电动车的车辆编号没有烧毁，你看，就是之前咱们查到的那辆丢失的车。"

安晓峰点了点头。

"可惜的是，在现场发现的一台笔记本电脑被严重烧毁了，估计很难从里面抢救出数据了。"刘坤说。

马俊杰押着面部烧伤的佟海建，交给其他刑警，并押上了警车。

"安队？"马俊杰问了一句。

安晓峰看了一眼坐在警车里的佟海建，正闭目养神，脸上异常平静。

"你和小马先回去审讯，我带人继续搜查现场。"他对刘坤说道。

刘坤领命，坐上警车，由马俊杰开车，驶出了工厂大院。

安晓峰将手下的刑警们召集到了一起，又按照厂区的分布，给大家分配了搜查区域。

接下来的一整天时间，安晓峰都在带领着队员们在工厂里寻找成奚蕊的身影。他们寻遍了每一个房间、每一只货箱，就连下水道、烟道都找了好几遍，仍然没能找到成奚蕊。

下午的时候，安晓峰调来了几只警犬，依旧没能找到成奚蕊。

眼看着太阳西沉，天色逐渐暗淡下来，安晓峰的脸上也由茫然转为阴暗。

原本以为找到佟海建的藏身地点，抓住佟海建，就能救出成奚蕊。现实情况总是超出原本的预期，不知道是哪个环节出了问题。

小蕊，你在哪里？

看着一队队刑警又一次完成了搜查任务，已经不知道搜查了多少遍的安晓峰望着天空的暮色，不得不发出收队的命令。

安晓峰坐进警车的副驾驶座，让队员开车。他闭起眼睛，不愿意接受现实。

"安队，"开车的侦查员关切地说道，"回去睡一觉吧，你都累坏了。而且我看你的手也烧伤了。"

安晓峰这才注意到，两只手背烧起了一片片的水泡，此时正在火辣辣地疼着。

他嘴上却说："不，我得赶回队里，抓紧审讯。得尽快审出人质的下落。"

警车载着疲惫不堪的刑警们马不停蹄地朝刑警队的方向赶去。

晚上7:00，刑侦支队审讯室。

安晓峰走进观察室，看到刘坤和马俊杰正坐在已经包扎完头部的佟海建面前，神情愤怒地进行着审讯。

"我劝你赶紧说出来，"马俊杰敲着桌子，大声提醒着，"早晚都得交代，你自己犯了什么罪，你自己不清楚吗？"

佟海建依旧嘴巴紧闭，一个字都不肯吐露。

"你不说，我们一样可以定你的罪！"刘坤大声说道。

佟海建微微点了点头，像是在说，我知道了。

两个侦查员束手无策，气得满脸通红。

安晓峰推门进入："你们出去吧。"

刘坤和马俊杰站起身，却不肯走，他们有点担心安晓峰情绪收不住，对嫌疑人动手。

安晓峰又说了一遍："我让你们出去！"

二人只好退出审讯室，来到观察室紧张地观望着。

"要不赶紧向上级报告一声吧，别闹出纪律问题。"马俊杰担心地说。

"不行，你不能走开。你走了，我一个人处理不了。"刘坤也担心安晓峰会动手。

安晓峰神情凝重，一双眼睛怒视着佟海建，似乎马上就要冒出火来。

佟海建知道安晓峰正盯着他看，但是他完全不理会，只是低着头，反复掐着手背被火烧伤的水泡。

安晓峰坐了下来，仍旧不说话，只是盯着对方看。

墙上的时钟嘀嗒嘀嗒地走着，屋子里安静得可怕。

佟海建抬头瞥了一眼，见安晓峰仍在注视着他，他的嘴角浮现出一丝冷笑。

7：30，安晓峰足足看了 30 分钟。

安晓峰面前的审讯笔录上，仍旧是一片空白。可他仍旧没有要开口的意思。

观察室里，两个侦查员已经坐不住了。

马俊杰说："要不把安队叫出来吧？"

"你觉得可能吗？"刘坤指着玻璃说道，"眼睛里面还带着火呢。"

突然，佟海建挪动了一下屁股，清了清嗓子，先开口说话了："人，是我杀的。"

安晓峰拿起笔，在审讯笔录上面写下一行字，仍不说话。

佟海建接着说道："刁珺妮，是我杀的。是我，在她的脖子上套上绳子，然后从桥上推了下去。"

安晓峰冷着脸，又记录了几笔。

"衣服也是我送的。就这样，你们可以结案了。"

说完，佟海建把眼睛一闭，向后靠着。

啪！安晓峰狠狠地把手里的笔砸在桌面上。

"成奚蕊在哪儿？"

"谁？"佟海建睁开眼睛，一脸疑惑的表情。

"别跟我装！"安晓峰狠狠地说道，"我问你，成奚蕊在哪儿？你把她藏到哪儿了？"

"我没见过你说的这个人。工厂你们都检查了，我也认罪了。"佟海建语气坚定地说道。

"成奚蕊发现了你在工厂里绑架并囚禁刁珺妮的秘密，你能不对她下手吗？"

"我真的没见过这个人。"

"少跟我来这套！刁珺妮死的时候，明明穿着成奚蕊的风衣！"

佟海建继续装出一脸无辜的样子："什么风衣？你说刁珺妮穿的衣服不是她自己的吗？那我怎么知道，我又不是她爹。"

"浑蛋！"

说着，安晓峰猛地站了起来，一把揪住佟海建的衣领。

观察室的二人见状，赶紧冲进审讯室，将安晓峰拽住。

"我最后问你一遍，风衣到底是怎么回事？是不是你给刁珺妮穿上的？"安晓峰死死拽住佟海建，大声问道。

佟海建冷笑了一声，并不作答。

"成奚蕊的轿车，是不是你开去偏僻小路丢弃的？"安晓峰继续大声质问着。

但是，佟海建始终不为所动。

"不说是吧？行，你给我等着，我有办法让你说！"

安晓峰气愤地甩开刘坤和马俊杰，转身走出审讯室。

晚上9：30，第二审讯室。

刘坤带着佟海建的父亲佟老汉坐了进来，与马俊杰一起展开了审问。

"我们以故意杀人罪对你儿子进行了抓捕，现在，他就在隔壁审讯室。"刘坤陈述道。

佟老汉突然问道："你们有证据吗，就胡乱抓人？"

马俊杰没好气地说："没证据我们能乱抓人吗？我告诉你，现在已经是铁证如山了！你儿子再也走不出去了，知道吗？"

佟老汉的神情露出了些许沮丧。

刘坤接着说道："我们连夜对你进行传讯，是想确认你这边有没有犯包庇罪。"

"包，包庇？"

"之前我们去你家找你询问案情，你可没跟我们说实话。"马俊杰提醒道。

"我也不知道海建在外面干了什么呀。"老汉马上说道。

"行，你可以跟我们打马虎眼。但是，"马俊杰警告道，"如果让我们查出来你对你儿子杀人的事情知晓，并给予了帮助的话，那么你的包庇罪就跑不了了。"

"最好你自己坦白。"刘坤提醒道，"自己坦白和被我们查出来是完全不同的性质。"

"我知道，我知道……"佟老汉嘴里小声嘟囔着。

晚上10:00，安晓峰拿着笔记本电脑，再次进入佟海建所在的审讯室。

他坐下以后，二话不说，直接打开电脑，给佟海建看第二审讯室里的监控画面。

虽然没有声音，但是，当佟海建看到正被审讯的是他父亲时，脸上的肌肉开始不自觉地抽搐着。

安晓峰知道，佟海建生气了。在他心里，产生了很大很大的气愤之情。

"你自己犯罪就算了，还把自己年迈的老父亲给拖下水，真不孝啊！"安晓峰故意刺激对方。

佟海建瞪着安晓峰，这一次，是他的眼里在冒火。

"你父亲为了替你打掩护，跟我们警方不说实话。要是证据确凿，他就是包庇罪。你知道包庇罪判几年吗？"安晓峰故意问道。

佟海建气得双手颤抖。

"你不了解法律的话，我可以告诉你——"

"我说！"佟海建摆出一副视死如归的架势，"你赢了，我交代就是了。把我父亲放了，这件事跟他没关系。"

安晓峰合上电脑，等着佟海建招供。

与此同时，第二审讯室里，佟老汉也在向刘坤和马俊杰述说着他所知道的。

"工厂倒闭以后，海建的性情发生了很大变化。"老汉说，"本来心气很高的一个人，突然变得低沉下来，不爱说话了，脾气也不好了。"

"跟谁脾气不好？朋友？还是家人？"刘坤仔细问道。

"他没有朋友。工厂倒闭以后，全都成了债主，躲还躲不过来。我说他脾气不好，是对我、对他儿子都不好。海建这人哪儿都好，就是太在意儿子了，也不喜欢心平气和地说话。儿子缺乏独立生活经验，弄伤了手指，写不了作业，他明明很心疼，却用打骂的方式责怪孩子。他买给我的膏药，我舍不得用，他见我腰疼，明明很心疼，却对我破口大骂，还气得把膏药给扔了。之前，还没有这么明显。是厂子倒闭了之后，他才变得更爱怒的。他的事业没搞好，觉得在儿子面前很丢脸，很对不起儿子。儿子从小没有母亲，他就越想弥补，越想在儿子面前表现好，偏偏越是搞砸了。他儿子其实很怕他。"

老汉低着头，用极其低沉的语气缓缓述说着："你们说他杀人，那也是对方的错。要不是姓刁的杀害了我们佟年，一切的悲剧就都不会发生了。"

刘坤和马俊杰对视一眼，心中有万语千言，在这一刻却都说不出来了。

另一边，佟海建的审讯正在进行着。

"他妈走得早，我跟爷爷都很爱护他。"佟海建语气平和地说着，"我记得有一回，他还在上小学，被学校的一个高年级男生欺负了，被对方扇了两个巴掌。我知道以后，找到对方家里，闹得很凶。他们都劝我交给学校处理，或者报警处理。我偏不。我打了对方父亲两个巴掌，我必须替我儿子找回来。可是，后来我才知道儿子并没有感到欣慰。相反，他觉得我这样做很暴力、很丢脸。"

"说重点！"安晓峰提醒道。

"是刁文龙先来找我的，"佟海建交代道，"我从一开始就跟他表明了我的态度，我拒绝跟他合伙。可是，他那个人很无赖，完全不可理喻。我不答应跟他联手，他就纠缠我，还纠缠我的家人。我很在乎我的家人，尤其是儿子。所以，我非常厌恶他。"

"他想跟你联手做什么？"

"就是他那些见不得人的事情。暴力催款，曝光别人隐私，进行敲诈勒索。总之，就是这些事情。"说着说着，佟海建的脸上浮现出明显的愤恨之情，"为了知道我家在哪儿，他就去学校堵我儿子。都怪我，我从小太重视这个儿子了，生怕他受欺负，总是不许他跟别人来往，总是不许他外出玩耍，以至于佟年的性格极其单纯。然后，不知道刁文龙他们用了什么办法，从佟年那里套出了我家的地址。现在我才知道，我自以为的为他好，其实会对他造成伤害。"

"你不答应入伙，刁文龙就绑架你儿子？"

"是的。当然，我也把他刺激得够呛。因为我警告他，如果再纠缠我的家人，我就报警，把他的那些丑事都曝光出去。就在绑架案发生前，我们还动手打了一架。我忍了他很久，直到他纠缠我儿子，他彻底把我激怒了，我们就在一座过街天桥上面厮打起来。"

"因此，你就选择在过街天桥上面杀害刁文龙的女儿吗？"

"是的。我要让他记住，我身上的每一次伤害，我都会加倍奉还，即使他死了。"

"两年前，刁文龙绑架你儿子后，是否以此要挟你什么？他有没有提出什么要求？"

"没有。只是绑架。他无须提什么，他只要那么做了，我就能明白他的用意了。"

"你是什么时候到达现场的？"

"我得知以后，赶去现场，已经到了尾声。没等我跟刁文龙交涉，枪声就响了。"

"所以你绑架并杀害刁珺妮，只是为了报复两年前刁文龙害死了你儿子佟年，对吗？"

"是的。"

"为了报复刁文龙，你足足酝酿了两年？"

"是的。"

"为什么这么久？"

"两年里，我无数次想过放弃。但是，也无数次坚定了这样的想法。我想过很多种办法，每一种办法，我都做了很多次试验。为了报复，我足足计划了两年。"

"你是怎么绑架刁珺妮的？"

"刁文龙的忌日，我知道她肯定会去祭拜，因为我一直在跟踪她，发现她有这方面的计划。但是，在墓地外面，我没有机会下手。后来，她又去了另外一个墓地。"

"另外一个墓地？"

"因为同一天，不但是刁文龙的忌日，也是我儿子佟年的忌日，两个人是同一天死去的。"

"刁珺妮去祭拜你儿子了？"

"是的。也许是想替她父亲赔罪吧。我是在她祭拜完佟年后下的手，从身后把她打晕，用电动车拉走的。"

"你又是如何控制刁珺妮的？"

"正好她买了药，精神方面的，吃了以后会精神错乱，身体出现很激烈的反应。我就把她锁在工厂的一间空屋子里，并且不怎么给她饭吃，让她始终保持饥饿无力的状态。"

"浑蛋！"安晓峰气得直拍桌子，大声训斥道，"你就不怕她死掉？"

佟海建看着安晓峰，脸上露出一丝诧异的坏笑："我就是想让她死掉啊。"

"禽兽！"

"囚禁刁珺妮期间，我跟她聊过一次，在她还算清醒的时候。"佟海建的表情变得柔和许多，"我跟她说，我儿子死了，是你爸爸害死的。她对我说，对不起。我还跟她说，我打算杀了你，你要是恨的话，别恨我，去恨你的爸爸。她却说，她已经不恨她爸爸了，她恨的是她妈妈。她从小就被她妈灌输，爸爸是个坏人，是毁了她母女人生的人，甚至去痛恨世界上所有的男性。直到刁珺妮长大，受这种思想的影响，她无法建立正常的社交关系，无法与男生交流，无法接受她的继父。直到临死前，她都非常苦恼。她也希望她的母亲再婚能够幸福，但是骨子里对继父的无法接受，使家中三人的关系处于水火不容的状态。"

第 15 章　杀人回忆

3 月 8 日夜里 1：00，安晓峰拖着疲惫的身体走出审讯室。

回到办公室，他拿起马克杯走到饮水机旁，想要冲一杯速溶咖啡提提神。刘坤走了过来，拿走安晓峰手中的咖啡，递给他一杯热茶。是茉莉花茶，升腾的水蒸气中带着丝丝花香，让人神清气爽。

可是安晓峰的心情始终处于压抑中："你们也审完了？"

马俊杰捧着审讯笔录走了回来，一把抢过刘坤手中的咖啡："累死我了，可算让那老头倒干净了。"

"真能倒干净就好了。"刘坤话里有话地说。

"先放他回去。"安晓峰冷冷地说。

刘坤见安晓峰神情压抑，问道："你那边审得不顺利吗？"

"佟海建对绑架杀害刁珺妮的事实供认不讳。犯罪动机，怎么谋划作案，怎么绑架人质，怎么控制人质，都交代得很清楚。但是，"安晓峰端着茶杯走到黑板前，看着黑板上贴着的佟海建的照片，又看看仍处于失踪状态的成奘蕊的照片，急切的心情再次占据了整个心房，"仍有两个很大的疑点没有弄清楚。"

"什么？"刘坤和马俊杰同时问道。

"首先，是佟海建拒不交代小蕊的下落。他始终坚持没有见过小蕊。疑点是，刁珺妮尸体上的风衣明明就是小蕊的。他一定见过小蕊，否则风衣是哪儿来的呢？"

刘坤分析道："刁珺妮的外套被他给脱下以后，送回李眉芸家中。而刁珺妮死亡前后，都穿着成记者的风衣。从时间上分析，应该是成记者失踪以后，有人拿走她的风衣，并在刁珺妮遇害前给她穿上了。这个人应该就是佟海建。"

"那他是怎么辩解的？"马俊杰问道。

"他说，他绑架刁珺妮的时候，身上就是穿着风衣的，风衣里面还穿着棒球服。"

"这不可能！"刘坤马上反驳道，"刁珺妮是好多天之前失踪的，那个时候成记者还没失踪呢。刁珺妮一直被他囚禁着，怎么可能穿上成记者失踪那天穿的风衣呢？唯一的可能，就是囚禁刁珺妮的过程中，佟海建见过成记者并拿到了风衣。"

"这个浑蛋！"马俊杰骂道，"明明就是在抵赖。他的话难以自圆其说，明摆着就是在撒谎！"

"他肯定也知道这个漏洞很难解释得通，但他就是这么嚣张地胡说八道，他是在欺负咱们没有证据。"

"咱们要想让佟海建这种老奸巨猾的人认罪，必须拿出证据才行。"马俊杰也说。

安晓峰轻叹了一口气，继续说道："第二个疑点，就是杀完刁珺妮以后，他明明有时间逃跑，可为什么不逃？"

"对呀，为什么不逃呢？"马俊杰问道。

"他说是放心不下家中年迈的老父亲。"

"嘁！"马俊杰嗤之以鼻，"信他的才怪！"

"确实不太可信。"刘坤也说道。

"杀人动机是报复刁文龙，杀完刁珺妮后，明明目的已经达成了，可他居然没有逃跑。甚至，整个如此严密的报复计划中，竟然没有提前设计逃跑环节。这太不正常了。"安晓峰一边喝着茶水，一边盯着佟海建的照片，萦绕在心中的迷雾无法抹去。

"他会不会还有别的计划？"刘坤猜测道。

"如果有，他为什么不实施呢？"安晓峰反问道，"咱们抓获他之前，他完全有机会去干别的呀。"

"确实，太奇怪了。"马俊杰感叹道，"就好像他只是待在工厂里等着咱们去抓他，别的什么也没干。"

"也干了一样。就是故意丢掉银行卡，试探咱们去不去抓他。"刘坤补充道。

马俊杰使劲挠着头发："这孙子，真不老实。都落网了，还不交代清楚！"

"佟海建杀害刁珺妮的动机是为了报刁文龙杀死佟年之仇。现在，他已经完成了他的报复性杀人计划。不管成记者是不是发现了他的报复计划，他绑架成记者的目的，只是出于防止成记者对他的计划搞破坏。那么，既然报复已经完成了，就没必要继续囚禁成记者了，他为什么还不放人呢？他还想干什么呢？"刘坤试着分析着。

"要解开以上两个疑点，就必须撬开佟海建的嘴。"安晓峰放下茶杯，语气坚定地说道，"天亮以后，我决定对工厂进行复勘。因为，只有证据，才能让佟海建张嘴！"

仅仅休息了三个小时，安晓峰又带着一大队的侦查员出发了。

城市仍旧沉寂在浓浓的夜色中，尽管曙光即将来临。越野车飞快地行驶在柏油路面上，警笛声划破了晓色，像一道闪电钻入罪恶的深渊中。

清晨5:30，刑警们再次回到了海建电子制造厂。

被消防用水浸泡的地方已经渐渐干涸，只留下一片片被烧焦的黑斑。院子当中的木头箱子大部分被烧毁，主厂区大楼一楼尚好，二楼、三楼基本烧毁，只剩下漆黑的水泥墙体，屋内的设施多数也已面目全非，无法分辨原本的样貌。

安晓峰给队员们划分了搜查区域后，亲自带着两名痕迹检验人员直奔三楼。此时对现场的复勘工作跟上次不同，上次主要是寻找成奚蕊，而这次是寻找细微的物证或痕迹物证，以证明佟海建曾经囚禁过成奚蕊。

首先，安晓峰让队员们先将适合用于囚禁人质的房间全部找出来。要想用于囚禁，需要符合以下特征。一是门上有锁，且能够正常使用。二是房间狭小，室内没有可供逃生的管道。三是没有窗户，或是窗户外面加装了防护栏。最后一点，室内没有多余的设备，人质无法获取敲窗或敲门的工具。

很快，侦查员们在痕检人员的帮助下，光是在三楼就找出了七个符合条件的房间。大家以这七个房间为重点，逐一展开细致勘查。

上午10:00，七个房间均已勘查完毕，没有发现有价值线索。

队员们开始去其他房间勘查，唯有安晓峰不肯离去。他反复在七个房间里游走，总感觉自己遗漏了什么。

10:30，刘坤结束二楼的勘查，来到三楼，见安晓峰站在一间研发室里发呆，于是走上前去。

"怎么了，安队？"她问。

"到底漏了什么呢？"安晓峰嘴里小声嘀咕着。

"漏了什么？"

"佟海建肯定在这里囚禁过小蕊，"安晓峰语气确定地说道，"她那么聪明，即使逃不出去，也会尽量给我们留下线索。她是绝对不可能什么都不做的。"

"嗯，这点我完全赞同。"

"到底漏掉了什么呢？"安晓峰一边嘀咕着，一边在研发室里转悠着。

"成记者的手机和电脑都扔在了车里，她当时想跟外界联系，可是没有工具。"刘坤一边查看着室内的环境，一边分析道，"即便是叫喊，外面是空旷的厂区，没人经过，也不会被人发现。"

"在这种情况下，她不会求救，她只会自救。到底是什么呢？"

"这么看来，成记者的手机不带在身边，这一点很反常。"刘坤说道。

"到了晚上，这里十分黑暗，她当时肯定是拿着手机的，因为她需要用手机照明。"安晓峰推断道，"我们却在偏僻的地方找到了车辆，还在车里找到了手机。这说明很可能是佟海建绑架小蕊以后，为了引开我们警方的注意，故意将手机扔回车里，将车开远丢弃。"

"这样全都解释得通了。"

"到底给我们留下了什么呢？"

安晓峰走到一面墙前面，用手指在满是黑灰的墙面划了几下。

刘坤见状，说道："都被火烧黑了，又被水冲过，很多痕迹都破坏了。"

安晓峰好像突然想到了什么，快步朝研发室的一个内间走去。

刘坤赶紧跟了进去。只见安晓峰沿着四壁检查着，不时地用手将墙上的黑灰抹去。突然，他停住了，指着墙上的几道凹痕，露出兴奋的神情。

"你看，这是什么！"

细看之下，刘坤发现墙壁上有几道破损，像是被工具刮掉了墙皮，留下了几条深深的凹痕。

安晓峰将被烟熏黑的地方擦干净，划痕更加清晰地显露出来。

"这应该是被什么东西刮过的痕迹。"刘坤判断道。

"是小蕊。"

"不一定吧。不能排除是消防人员灭火的时候刮到的。"

"不，不会的。"安晓峰指着墙上的黑灰说道，"如果是消防人员刮到了，那应该是墙上先被火烧、再被烟给熏黑，然后消防人员进来灭火，剐蹭到墙壁，留下划痕，那么有划痕的地方应该露出新鲜的墙壁，而不应该被烟灰覆盖。"

"对呀，有个先后顺序问题。"

"这里的划痕明显是先剐蹭，后经过火烧烟熏而形成的。"安晓峰赶紧命令道，"去叫痕检人员！"

刘坤快步跑出，很快，两名痕检人员都被叫了过来。

"你们看看这几处划痕是怎么回事？"

两名痕迹检验师打开勘查灯，仔细检查了一会儿，全都面露惊喜。

"确实是人为形成的划痕，"一个说道，"从划痕形成的力道分析，应该是使用了钥匙、刀具或起子之类的坚硬物体。"

另一个补充道："墙壁上有两种划痕。应该是先用比较细的坚硬物体在墙上划过，然后又用稍微粗一些的坚硬物体覆盖地划乱了。"

"我知道了，"安晓峰眼睛一亮，说道，"肯定是小蕊，她用发卡之类的东西在墙上刻了字，想给我们留下什么线索。后来一定是被佟海建给发现了，又把这里的字给划掉了。"

"有这个可能。"经验丰富的痕检师接着说道，"从前后两个划痕的轨迹分析，都是左边粗且深，右边细且浅，他们应该都是右利手，习惯从左往右划。"

安晓峰看着痕检师指着的那条划痕，又看看右边摆着的铁柜子，突然喊道："帮我一把。"

几人合力，将立在墙边被火烧黑的大铁柜给挪开，露出一大片没有被火烧黑的雪白墙壁，以及覆盖着厚厚一层灰尘的瓷砖地面。在那厚厚的灰尘上面，摆着一颗闪闪发亮的铜纽扣。

"找到了！"安晓峰指着地上的纽扣，欣喜地大声说，"小蕊留给我们的线索，就是它！"

痕检师拿着镊子小心翼翼地将纽扣拾起，对着阳光仔细打量着："太好了，纽扣上面应该能够提取到指纹。"

"这纽扣是……"刘坤面带疑惑，仍不敢确认。

"是小蕊风衣上的扣子。你忘了，她的风衣上面缺了一枚扣子。"

"她的扣子是在暴力撕扯过程中掉落的？"刘坤问痕检师。

"还不能确认。"

安晓峰推断道："是小蕊自己揪掉这枚扣子，藏到柜子底下的。她在墙上明显的位置刻字，是故意让佟海建发现的。因为那么明显的地方，是藏不住任何信息的。她成功地吸引了佟海建的注意力，使他没有对屋里的其他地方详细检查，从而保住了柜子底下的扣子。"

"哇，成记者这智商！这么看来，这里就是囚禁人质的房间了。"刘坤说道。

"没错。刁珺妮，还有小蕊，都应该在这里被囚禁过。而且很有可能，佟海建是在这个房间里，扒掉了刁珺妮的棒球服，给她穿上了小蕊的风衣。"

"太好了。这回看佟海建还怎么抵赖！"

安晓峰对痕检师们说："我这就赶回去对佟海建进行再次审讯。辛苦你们一下，尽快将纽扣的认定给做出来。要是能采集到指纹，就更好了。"

"放心吧。这次一定会让佟海建张嘴！"

安晓峰把三张打印的照片摆在佟海建面前的桌上。他看了一眼墙上的时钟，时间是下午 1：35。

佟海建看着面前的几张照片。一张是工厂三楼研发室内间的整体照片；另一张是内间墙壁上的划痕照片；最后一张，则是柜子挪开以后地上纽扣的照片。看完，脸上浮现出丝丝笑意。

"还敢说你没见过成奚蕊吗？"安晓峰敲打着桌面上的照片，严厉地说道，"在这间屋子里，你分明囚禁过刁珺妮和成奚蕊两人！"

佟海建并没有马上招供，而是冷笑了一下，狡辩道："就凭这小小的扣子，就想额外给我增加罪名？"

"这还不能说明问题吗？！"

"我都认罪了，我也承认我在这间屋子里囚禁过刁珺妮。可是，我真没见过成奚蕊。这扣子，说不定是谁的。"

"这是从成奚蕊的风衣上掉下来的！"

"你说是就是？这扣子上面写她的名字了？"

"行，嘴硬是吧？你以为我们的技术人员是吃干饭的？我马上就用检验结果打你的脸，你等着！"

佟海建放肆地笑着，在安晓峰面前，极力地用挑衅的笑容掩饰着内心的不安。

安晓峰火冒三丈，拳头紧握，但在狠狠地克制。

五分钟以后，门开了，刘坤进入，直接将手中的检验结果拍在佟海建的面前："纽扣与成记者风衣上的纽扣认定是一致的。并且，纽扣上面提取到了成记者的指纹。可以证实，纽扣就是成记者风衣上的，你在工厂里囚禁过她！"

佟海建脸上的笑容消失了。

安晓峰用手掌在佟海建脸上轻拍了两下："告诉我，人在哪儿？"

佟海建长长叹了一口气，说道："你们很厉害，比我预想的速度快很多。"

"我问你，人在哪儿？"安晓峰怒吼道。

佟海建依旧不急不缓地说："我不知道她在哪儿。"

"你还不承认绑架了成记者吗？"刘坤追问道。

"不，我承认。"佟海建语气和缓地说，"我承认，我绑架过成记者。就在你们发现的那间屋子里，我囚禁过她。但是，我真的不知道她在哪里。"

"你他妈还想玩花样，是吧？"安晓峰猛地站起，一把揪住佟海建的领子。

"安警官，安队，你好像很在意成记者。"佟海建小声说。

"找死！"说着，安晓峰举起拳头朝佟海建的脸上打去。

幸好被刘坤及时拦住，刘坤警告佟海建道："你最好不要挑衅。成记者是安队的女朋友，你知道她在哪儿的话，我劝你赶紧说出来。"

"我真不知道。因为，我杀完刁珺妮回去，成记者人已经不在了。"

刘坤感觉佟海建不像是在撒谎："你老实交代，一五一十把详情经过说清楚！"

"应该是1号那天晚上吧，"佟海建坐在椅子上，回忆道，"她莫名其妙地闯进工厂里来。那时候我已经绑架了刁珺妮，我原本不打算跟记者纠缠，所以，听我父亲告诉我，有个《城市晚报》的记者想找我的时候，我极力地躲着她。可是，我怎么都没想到，她会很快找到我。当看到她出现在我的工厂里的时候，我第一反应是吓傻了。"

"你还会被吓傻呢？"刘坤反问道。

佟海建没有理会刘坤的问题，继续回忆道："当然，我并不知道她就是成记者。当她突然摸进厂里来以后，我故意没有锁囚禁刁珺妮的房门，我拿了一根钢管，躲了起来。"

安晓峰心头一阵刺痛，握紧了拳头。

佟海建盯着安晓峰的拳头，接着说道："她发现了刁珺妮，并试图想要救走她。我趁她不备，在身后打了她一下。"

"用钢管打的？打了哪里？"刘坤追问道。

"打了后脑。"佟海建强调道，"但我没使劲，我只是轻轻地敲了一下。因为我的目标是刁珺妮，与其他人没有深仇大恨。"

"你把成记者给打晕了？"

"她晕倒以后，我看了她兜里的工作证，才知道她叫成奚蕊，正是《城市晚报》的记者。"

"后来呢？"

"我把她跟刁珺妮锁在一起，不给她们吃的，故意把她们饿得没有力气。我还拿走成记者的手机，扔回了她的车里。我开着成记者的车，将车丢到了偏僻的小路上。清理掉痕迹以后，我就回到工厂，一直守在那里。到了作案之前，我把刁珺妮穿的外套给脱了下来，打算送给她母亲。我不想报复李眉芸，我的目的只是要让刁文龙也断后，所以，我只是想把衣服送回去，刺激一下李眉芸。"

"那成记者的风衣是怎么回事？"

"我抢走刁珺妮的衣服时，成记者帮忙反抗来着。我一生气，打了她一巴掌。当晚，我把成记者独自锁在房间里，带着刁珺妮去了化工路那里的天桥。"

"等等，你还是没说清楚风衣的事。"刘坤提醒道。

"带走刁珺妮的时候，我顺手抢下了成记者的风衣。我把风衣给刁珺妮穿上了，我的目的是想警告报社和你们警方。"

"警告我们什么？"安晓峰突然张口问道。

"警告你们不要插手我和刁家的仇恨。刁文龙杀死我儿子，我也要杀死他女儿，一命还一命。我不希望报社还有你们警方的人介入，不希望你们寻找刁珺妮。因为，我觉得刁文龙杀害我儿子在先，我才是受害者。而你们这些无关紧要的人介入，只会坏事。就像当年的绑架案一样，如果没有你们，如果是我自己来处理的话，我儿子一定不会死。"

"把成记者的风衣穿在刁珺妮身上，只是想警告？"刘坤确认道。

"是的。"

"那成记者人呢？"

"杀完刁珺妮以后，我并没有马上离开，而是站在远处，静静地等待着尸体被人发现。"佟海建好像很享受地回忆着，"前后有三辆车路过，一辆面包车，两辆轿车，其中一辆轿车还与道路中间的护栏发生了碰撞。轿车司机报了警，你们警方来了，在桥上做勘查。我等你们来了以后，才离开那里。"

"你去了哪里？"

"我去了李眉芸家，送刁珺妮的衣服。"

"果然是你。那后来呢？"

"后来我就回了工厂。可我回去的时候，发现成记者已经不在了。"

"不在了？"

"对，不在了。"

"人不是被你锁着吗？"

"我反锁了房门以后，没有拔走钥匙，钥匙还在门锁上插着。当时刁珺妮的药劲好像过了，恢复了点意识，问我带她去哪里。我骗她说送她回家。当时我着急将她带走，就没拔掉钥匙。我想，反正从里面也打不开门锁，拔不拔无所谓。可我回去的时候，钥匙还插着，门也还是锁着的，打开门以后，人却不见了。"

"是真的吗？"

"我当时也很纳闷。不过，我敢确定的是，成记者是无法从屋里打开门锁的。我怀疑，是有人来过，是成记者的同伙救走了她。"

"后来你确认过这一点吗？"

"一开始没敢。我担心，成记者逃脱以后会马上报警，会带人来抓我。可是藏了一段时间以后，我发现并没有人来抓我。我觉得越来越奇怪了，难道成记者没有报警吗？我有点想要确认一下，于是我就故意丢掉了银行卡，让一个路人捡到，想试探你们警方是不是在抓捕我。结果确实如此，你们已经锁定了我。我只要稍微露出一点踪迹，你们的人马上就到了。于是，我开始不敢回工厂，多数时候，我都躲在外面，四处闲逛。"

"那我们搜查工厂的时候，你为什么放火？"安晓峰问道。

"那时我正好回去，想要销毁一切。我点燃了汽油，是想消除一切作案证据，同时结束自己的生命。"

"最后一个问题，你为什么不逃跑？"刘坤问道。

"从一开始我就没有想过要逃跑。"佟海建说，"我的报复计划里压根儿就没有逃跑这一条。因为我知道，你们是命案必破的。因为我知道，我跑也没用，你们很快就会抓住我。"

佟海建所描述的作案经过听起来无懈可击，与所掌握的时间和线索全都对得上。听完以后，刘坤没有找到漏洞，不得不对安晓峰点了点头。

安晓峰对这样的结果仍旧很恼火，毕竟，过程交代得再完整，也没有找到成奚蕊。他转身离开审讯室，走回到办公室，习惯性地站在贴满线索的黑板前，重新核对着每一条线索。

刘坤走了过来:"有什么疑点吗?"

安晓峰摇了摇头:"如果佟海建刚才说的都是真的,那么,是谁带走了小蕊呢?"

"这个案子,真是越来越奇怪了。"

突然,门被推开了。马俊杰神色慌张地从外面跑了进来。

"不好了,安队,"他说,"又,又发生一起绞刑案!死的,据说,据说……"

"据说什么?你赶紧说呀!"刘坤催促道。

"据当地派出所通报的案情显示,死的……是一名年轻女性。"

"什么?!"

安晓峰的脑袋嗡地一阵眩晕,惊恐之中,他下意识地看了一眼墙上的时钟,时间是 3 月 8 日下午 4∶45。

第 16 章　第二起绞刑案

"我先带人过去吧,安队?"马俊杰对神色慌张的安晓峰建议道,"等我先去确认一下是否跟本案有关,你再去也不迟。"

刘坤看出安晓峰是在担心成奚蕊,也说:"是啊,安队,我跟小马先过去就行了。"

安晓峰点了点头。因为他越来越害怕,害怕他是通过这种方式找到成奚蕊。

刘坤、马俊杰带着法医和痕检师们开着警车去了案发现场。

十多分钟以后,安晓峰改变了主意,抓起办公桌上的车钥匙,也追了过去。因为,等待的煎熬比看到不好结果的疼痛轻不了多少。

很快,急速行驶的前后两批警车几乎同时赶到了位于锦绣市东北郊外的石门村。

一进村,就看到村中唯一一条主路的尽头聚集了许多人。警车低速穿过围观人群,停在了一座破旧仓库的大门口。从大门口开始就有警方设置的隔离带,并有当地派出所的人严格把守,现场保护得十分到位。

见市里来的警车到了,派出所的人赶紧迎了上来。

"你们可真快！"一个身材微胖的中年男人直奔安晓峰面前，"两个半小时的路程，你们一个多小时就到了。"

安晓峰认得此人，之前到市局开会时，有过一面之缘。为了掩饰忘记对方名字的尴尬，安晓峰赶紧握住对方的手寒暄了一句："好久不见，齐所。"

"戚，戚继光的戚。一声，不是二声。"戚所长笑着纠正道。

安晓峰站在大门口，环顾四周，见此处是一片被高墙围起来的大院，大院里盖起数座仓库。只不过，因为年久失修，已经显得破烂不堪。

"这里是干什么的？"安晓峰问道。

"让村支书给你介绍。"戚所长从身后拉出一位略显年轻的村干部，说道，"你来说吧。这位是咱们市局刑侦支队重案大队的安副队长。"

"安队，你好。"村支书跟安晓峰握了手，马上介绍道，"这里原先是用来储存粮食的仓库，现在荒废了。村里计划把这里改建成公园，但是还在等批示。"

"平时这里就是没有大门的吗？"安晓峰指着门口光秃秃的水泥门柱子问道。

"大门拆除了，方便进出车辆。"村支书继续介绍道，"这里平时基本没人来，主要是提供给村民们晾晒谷物。"

安晓峰带着队员们往最高的一座仓库走去，一边走一边问道："这些仓库平时都不上锁吗？"

村支书跟在身后介绍道："仓库里面都是空的，锁不锁已经无所谓了。有的是上锁的，有的是没上锁的。没上锁的也是为了村民下雨时转移谷物的需要。不过，现在种地的越来越少了。"

"说说案发情况吧。"安晓峰看见远处最高的那座仓库，已经被警戒线围起，知道那里就是案发地，心中的担心更加强烈起来。

戚所长指着面前那座足有三层楼高的仓库说道："今天晌午过后，1点半多点吧，不到2点，有一群村里的孩子进入中心广场踢足球。喏，就是那里。"戚所长指了指广场的位置，又指了指仓库的方向，"玩了不到半个小时，说是有个年龄稍微大点的孩子，一脚就把足球给踢飞了，球滚到仓库的东墙边去了。他们当时就让一个年龄稍微小一点的孩子跑过去捡球。那孩子跑过去，捡起球，刚要往回走，结果一抬头，看见头顶吊着一个死人。"

村支书接着说道："几个孩子都看到了，把他们吓坏了，都跑回各自家里去了。后来就把这个事跟家长说了，家长就跑到派出所报了案。"

安晓峰下意识地看了一眼手表，时间是下午6:45。

"死者是女性，对吗？是长头发还是短头发？"刘坤这么问，只是想确认一下是不是成奚蕊。

安晓峰停住了脚步。望着面前的巨大仓库，望向东墙边的方向，那里有几个民警守卫，他不敢靠前。

"女性。看样子挺年轻的。是长头发，"戚所长介绍道，"染了颜色的长头发，披散着，样子很恐怖，你们做好心理准备。"

得知不是成奚蕊，队员们的心情稍微缓和了一些。大家全都朝东墙边跑了过去，当看到眼前的一幕时，他们全都愣在了原地。众人仰着头，望着从房顶吊在半空中的女尸，全都不自觉地回想起了不久前化工路过街天桥的那一幕。

"我的天哪！"刘坤忍不住发出了这么一句惊呼。

"又，又来一起！"马俊杰直感觉脊背发凉。

安晓峰朝落日的方向望了一眼，大声命令道："开始干活吧。抓紧时间，天色马上就要黑了。"

痕检师和法医马上投入了现场勘查工作。

安晓峰转身对村支书问道："村里有没有大型照明设备？"

"村委会有两组探照灯，但发电机是个问题。"村支书面露难色。

戚所长赶紧说道："发电机我给你解决，一个小时之内保证到位。"

说着，戚所长走到一边，掏出手机打电话去了。

"我这边半个小时就能到位！"说着，村支书转身往回跑。

安晓峰赶紧叫住他："还有一件事，待会儿痕迹人员固定完现场，法医会把尸体放下来进行尸表检验。我需要你这边组织一些村里的老人，对尸体进行辨认，看看是不是本村的村民。"

"好的，没问题。"

由于刚刚处置过刁珺妮遇害案的现场，所以这次的仓库房顶吊尸案有条不紊地展开着。

很快，随着几盏大型探照灯架设起来，痕迹部分的工作顺利完成了。

安晓峰看到，几名痕检师陆续从通往房顶的梯子上下来，各个脸上都带着沮丧。

"怎么样？"他赶紧问。

"没什么收获。"一个摇着脑袋说道，"绳子就绑在房顶，可以确定，人是从上面坠下来的。奇怪的是，房顶没有提取到任何足迹和指纹，就连死者的足迹都没有，而且上面有明显的打扫痕迹，我怀疑很可能是他杀。"

另一个指着身后的楼梯补充道，"落满灰尘的楼梯本应该最容易留下足迹和指纹，但是也被人擦拭过了，除了几根纺织物纤维，什么都没提取到。"

"跟刁珺妮案一样，凶手戴着手套擦除了现场的痕迹。"安晓峰猜测道。

"有这个可能。不过要确定是他杀，光凭这点证据可不行，结合法医的意见吧。我们接下来会对外围扩大排查，看看能不能找到足迹。"

赵法医带着手下走了过来："咱们先把尸体放下来吧。"

安晓峰示意刘坤和马俊杰帮忙，众人分成两组，一组登上房顶，用绳索往下缓缓放尸体，一组在地面接应。

很快，尸体被放在了仓库的东墙边，脖子上系着一根长长的绳索，绳索打着奇怪的绳结，把女尸的脖颈勒得严重变形。

"绞刑结！"安晓峰忍不住随口说出，"又是绞刑结？"

赵法医蹲在尸体旁，缓缓松开绳结，取下绳索，脸色变得凝重起来："坏了，我最担心的事还是发生了。又是绞刑结，而且跟刁珺妮案的绳结打法完全一致，就连打绳结时缠绕的圈数都一样。"

"质地呢？"

赵法医拿出一根标尺，测量完绳索的直径，脸色更加难看了："也跟刁珺妮身上发现的一样，都是直径8毫米的专业登山绳。"说着，他又测量了绳索的整体长度，"绳索的总长度也是3.75米。天哪，两案惊人地一致，这恐怕不是巧合了。"

马俊杰跑上前，插嘴问道："又是模仿绞刑的手法进行杀人的吗？"

赵法医忙着对尸体进行初步尸表检验，没有回答。安晓峰把马俊杰和刘坤叫到身边，朝能够登上房顶的梯子走去。

安晓峰指着梯子说道："如果是一个正常的年轻女性，怎样才能让她顺着这么陡峭的梯子往上爬？"

说完，安晓峰看着刘坤。

刘坤想了一下，说道："如果是我的话，怎样我都不会上去。脏不说，还很危险。这明显就是年久失修的梯子，上去一半坏了掉下来怎么办？再说了，上面有什么？上去干吗？有金子吗？"

马俊杰也说："正常人肯定不会爬这么高、这么陡的梯子。就连来这边玩的孩子也不上去。人都有最起码的安全意识，除非死者是个精神病。"

安晓峰突然说："如果是弄晕了以后扛上去的呢？"

马俊杰突然眼睛一亮："等等，我问一下，死者大概有多重？"

刘坤回答："肉眼观察身高大概160厘米，体形偏瘦，体重不会超过85斤。"

"那一名成年男人扛起她简直太轻松了。"说着，马俊杰抓住梯子往上爬了两节，说道，"扛一个人的话，梯子的宽度没问题。只需要一只手抓着梯子，一只手抓着死者，体力好的人是能够独自完成搬运的。"

"上去！"

安晓峰与刘坤、马俊杰顺着梯子爬上了房顶。三人拿出手机，打开手电筒，大致查看了一圈，然后来到悬吊尸体的地方。

"如果是扛着被害者上来的话，上来以后，先把人放下，然后把绳子绑在这里。"安晓峰指着曾经捆绑过绳子的地方，"再把打好绞刑结的一端套在被害人的脖子上，最后把被害人从这里推下去。"

刘坤点头说："嗯，这种犯罪过程的还原基本成立。"

"你是说，死者在被从房顶推下去之前，可能还没死？"马俊杰问道。

安晓峰点了点头。他站在房顶边缘，俯瞰着下方正在忙着尸检的赵法医："只是，最让我感到疑惑的是，为什么又出来一起绞刑案。"

马俊杰也说："对呀，佟海建明明被我们抓了呀，他没有作案可能。"

"难道他还有同伙？"刘坤猜测道。

"可能性不大。"安晓峰说，"如果他有一名跟他作案风格这么一致的同伙，说明关系绝对不一般。咱们之前对佟海建进行调查的时候，不可能完全没有发现这个人的存在。"

"也是。"马俊杰说。

"真是越来越奇怪了。"刘坤说。

"更像是另一种可能。"安晓峰说。

"什么？"二人几乎同时问道。

"模仿作案。"

话音刚落，安晓峰注意到，下面的赵法医正在向他招手，让他下去。

安晓峰赶紧下到地面，来到尸体旁边。

赵法医揉了揉腰，说道："死者还很年轻，看样子也就20岁出头，可惜了。"

"有什么发现吗？能确定是他杀吗？"安晓峰问道。

"基本上能确定，是他杀。"赵法医指着尸体说道，"死者的尸表没有发现可以导致死亡的外伤，也没有明显的三伤，眼睑有明显的出血点，颈椎骨断裂，索沟也符合高空坠落缢死的特点。虽然死者可以自行套住绳索从房顶跳下来，但是结合现场被打扫过这条线索，基本可以断定，又是一起模仿绞刑手法杀人的命案。"

"对啊。人死了是不可能自己打扫现场的。"马俊杰说道。

"还有一点，可以证明是他杀。"说着，赵法医蹲了下来，指着死者的后脑说道，"你们看，这里有一处很明显的外伤，都已经水肿了，这应该是生前遭受钝器击打造成的。这个部位受到这么严重的击打，会使死者当即晕厥的。"

"死者果然是被人打晕后扛到仓库的房顶、绑上绳索以后推下来的，安队简直是神推测呀！"马俊杰对安晓峰竖起大拇指。

安晓峰却一点也得意不起来："那死亡时间呢？"

赵法医看了一眼手表，时间已经是晚上 9：00 了："当地派出所是几点接到村民报案的？"

"不到 2：00。"刘坤回答道。

"尸僵已经扩散到全身，死亡至少六个小时了，但是还没有达到峰值。"赵法医一边计算着一边说道，"再结合尸温下降的情况推算，大致的死亡时间是中午 12 点以后、2 点以前。根据我的经验判断，应该是在 1 点左右。准确的时间，等我尸检完就能确定。不过，结果不会有太大出入。"

马俊杰听完忍不住感慨道："1 点死的，那么凶手也许中午 12 点就开始进入现场准备了。他作完案撤出现场应该是 1 点多钟。孩子们进来踢足球是在 1 点半到 2 点之间。我的天哪，孩子们差一点就跟凶手遭遇上了。"

"确实够险的。"刘坤也感叹道。

赵法医重新直起腰，说道："我要带着尸体回去尸检了。打晕死者的凶器还没有找到，估计已被凶手带离现场，能不能找到靠运气了。尸体身上也没有发现身份证什么的，回去还得做 DNA 比对寻找尸源。"

"稍等一下，村民们已经到了。"安晓峰说完，赶紧朝正在外围等候的戚所长招手。

戚所长和村支书带着几个年纪稍大点的村民走了过来，围在尸体周边观察着。

"你们好好看看，是不是咱们村的。"村支书对村民们说道，"我新分配过来没多久，我看她是没有什么印象的。"

"现在的年轻人都跑去城里打工了，没见过也正常。"戚所长对村民们说道，"你们都是村里的老人了，都仔细看看。"

几个村民仔细看了一会儿，突然，一个眼尖的大婶说道："像是任叔家的二丫头。"

另一个中年大汉也说："是任老哥家的老二，就是她。"

"真的是本村的吗？知道她叫什么吗？"安晓峰追问道。

大汉努力回想着："以前还真知道来着。叫……任……春霞……不是！任春霞是老大。老二是叫什么来着？任春……"

"任春丽！"不知道谁喊了一声。

众人回头，寻找喊话的人。

安晓峰的目光锁定了一个举着挎包跑过来的痕检师。

"找到了。"痕检师跑了过来，他带着橡胶手套，在一个很小的女式挎包里拿出一张身份证，对安晓峰说道，"死者名叫任春丽，女，今年22岁，是石门村本地人。"

安晓峰朝痕检师手里的身份证看了一眼，照片也与死者相吻合。

"包里的钱还在。"痕检师补充道，"可能是凶手杀完人以后，将死者的包扔去了那边的树林。但是我们仍然没能找到脚印。这个凶手很聪明，专门挑干的地方走的。"

"打晕死者的钝器呢？"赵法医追问道。

"只能等天亮以后复勘现场了。"

"通知死者家属过来辨认尸体。"安晓峰小声对身旁的戚所长说道。

戚所长示意村支书带着村民们撤离，然后急匆匆地赶去了任家。

安晓峰又对马俊杰吩咐道："你留下来，等任家人辨认完尸体，就帮着赵法医把尸体运回队里，连夜进行尸体检验。"

说完，又对刘坤吩咐道："你跟我一起，再带上几名队员，到村里进行走访，排查一下死者任春丽的情况。明天上午，痕检人员会对现场进行复勘，咱们还有一上午时间进行排查，争取把石门村排查个大概出来。明天午饭过后，收队回刑警队，下午召开专案会议。"

"是！"众人领了命令，各自去忙了。

第 17 章　神秘的微笑

3月9日下午1:30。市局刑侦支队大会议室内，石门村命案专案会议由支队长亲自主持。

安晓峰带着队员们刚刚赶回队里，就准时出现在了会议室。支队长见安晓峰短短几天瘦了一圈，心中一阵心疼："赶紧开会吧。开完会，你们一大队的人赶紧回去休息一下，最近连轴转，太辛苦了。"

安晓峰摆了摆手，示意自己没事。

"都到齐了吗？"支队长问。

门被人推开了，赵法医风尘仆仆地赶到，将尸检报告交到安晓峰手里，拍了拍他的肩膀，坐在了一旁，直揉眼睛。

"连夜尸检，又是一宿没睡吧。辛苦，辛苦。"关心完赵法医，支队长宣布道，"行，那咱们开始吧。安队长，你先做一下案情汇报吧。"

安晓峰快速看完尸检报告，走到大屏幕前面，示意刘坤关闭室内的灯光，打开投影仪。

大屏幕上，出现了一张案发现场的全局照片。安晓峰说道："昨天下午，位于我市东北郊的石门村派出所接到村民报案，村内的旧粮库内发现一具女尸。死者为一名年轻女性，吊死在一座旧仓库的房顶。"

刘坤在大屏幕上配合打出了仓库上吊着女尸的照片。

安晓峰继续说道："目前，现场的勘查和尸检工作均已完成。尸检结果与现场进行的初步尸表勘验结论基本一致，死者的死亡时间为昨天下午1点左右，死因是高空坠落后的缢死。"

支队长的脸色骤然变得严肃起来。

"没错，与刁珺妮案的死法一致。"安晓峰补充道。

刘坤在大屏幕上同时打出本案与刁珺妮被吊死在天桥上的对比照片。

支队长狠狠地揉了揉太阳穴。

安晓峰继续说道："与刁珺妮案不同的是，这次的死者是先被人用钝器击打后脑，昏厥以后，通过仓房墙边的梯子再被扛到了房顶。凶手将绳索系在死者脖子上，另一端固定在房顶，最后将死者推了下去，完成对死者的绞杀。"

刘坤在大屏幕上播放出相应的现场照片。

"确实跟刁珺妮案很相似。但是，"支队长提问道，"你能够确认这次也是他杀吗？"

"能够确认。"安晓峰指着照片中的位置介绍道，"在年久失修、尘土堆积的旧仓库，无论是地面、梯子还是房顶，都会有厚厚的尘土层。死者如果自行登上房顶，必定留下清晰的痕迹。但是，本案的现场有明显的被人打扫过的痕迹。死者死后是无法自行完成打扫的，结合死者被打晕这条线索，可以认定他杀的结论。"

"嗯，同意认定。你继续吧。"

安晓峰示意刘坤切回本案与刁珺妮案的对比照片："不但可以认定是他杀，而且本案与刁珺妮案有着惊人的相似。其作案手法，都是模拟了以前一些地方执行绞刑的方法。先将人的脖子套上绞刑结，然后从高处推下去，利用死者自身的重力，使得绞刑结在绳索下降到极限长度的时候瞬间收紧，使死者颈椎骨完全断裂，供气供氧也完全被阻断。"

"你说两案惊人一致的证据呢？"

"不但都模仿了绞刑的方法杀人，而且绞刑结的打结方法完全一致，就连打绳结时缠绕的圈数都相同。"安晓峰指着两起案件中打着绞刑结的绳索特写照片说道，"还有，作案所用的绳索都是直径8毫米的专业登山绳，总长度也都是3.75米。这些数据两案是惊人地一致。"

大家忍不住都在默默地数着照片里绞刑结的缠绕圈数。

安晓峰继续介绍道："两案的现场都被凶手打扫过。杀人以后，凶手戴着白色手套擦除了现场的脚印和指纹。我们在两案的现场都提取到了白色手套上的纤维物质。"

刘坤在大屏幕播放了白色纤维的放大照片。

安晓峰提高音量，正色说道："绞刑的作案手法、相似的绳索、相似的现场处理，基于以上，两案可能具有极强的关联性。我正式申请，将刁珺妮案和石门村案并案调查。"

"同意并案。"这一次，支队长的批示非常果断，"那么，死者的情况呢？"

大屏幕上播放出一张死者的生活照。照片里，死者穿着极具个性，神情充满不屑。

安晓峰介绍道："这是死者父母提供的，是死者生前留在家里为数不多的生活照。死者任春丽，女，现年22岁，未婚，身高160厘米，体重42公斤。死者为石门村村民，家中排行老二。她上面还有一个姐姐，叫任春霞，已婚，在本市市区定居多年，因为性格不合，婚后与家人少有来往。任春丽的父母是石门村的菜农，家中生活条件较差。"

"这个任春丽，是做什么工作的？"支队长问。

"任春丽从小就是个问题青年。"安晓峰接续介绍道，"因为贪玩，家中又疏于管教，导致她早早辍学，初中都没念完。辍学以后，因为不喜欢干农活，就跟村里一群无业青年混迹网吧、舞厅等场所。后来，在父母的一再要求下，在姐姐的介绍下，开始进城打工。收银员、打字员、前台接待员，她都干过，但是都干不长。来锦绣市里打工以后，任春丽就很少回家了，也很少跟家人联系，常年在外边，具体在干什么，连家人都不清楚。"

"那她为什么会突然回到石门村，还死在了那里？"

"昨天一早，父母突然接到任春丽打来的电话，说她当天会回家看望父母。当时，父母以为任春丽跟往常一样，只是随口一说，他们并没有当真。所以，到了昨天下午，任春丽还没回家，父母也没有感到意外。"

"这么看来，任春丽回到石门村，还没来得及回家，就已经被害了。"

"是的。在任春丽的身上和现场找到的包里，都没有发现她的手机，也没有找到打晕她的钝器。我怀疑，可能被凶手带走了。"

"查一下任春丽名下登记的手机号。"

"已经去查了。"

支队长点了点头，又琢磨了一会儿，说道："既然任春丽案与刁珺妮案存在惊人的相似，我们还是应该重点怀疑杀害刁珺妮的佟海建，他在外面还有一名同伙。"

"也不能排除模仿作案的可能。"安晓峰补充道。

"模仿犯罪能够模仿得这么精细吗？"支队长摇着头说，"还是重点先对佟海建展开审讯吧，争取问出同伙的线索。"

"是！"

安晓峰坐在审讯室的椅子上，面色沉重地等待着他即将要重新审讯的犯人。他心里对这次的审讯并没有什么把握。

门开了，刘坤和马俊杰将佟海建带到了安晓峰面前。为了防止安晓峰动手，两位侦查员并没有离开，而是分别站在了安晓峰左右。

佟海建打量着面容憔悴的安晓峰，露出了一丝神秘的笑容："怎么，还没找到你的女朋友吗，安警官？"

面对佟海建的挑衅，安晓峰极力压抑着心中的火气："你应该知道我今天找你干吗。"

佟海建摇了摇头，说道："该交代的我都交代了，罪我也认了，实在是不知道还有什么可谈的了。"

"真没有吗？"

"我知道，你恨我。你的心里肯定特别恨我，巴不得把我给枪毙呢。对吧？"佟海建使劲往后一靠，大声说道，"那就快点把我定罪审判吧！现在是证据也有了，犯人也抓了，你们可以结案了。你们的程序我不是很懂，接下来是什么来着？你们警方要对我提起公诉吗？那就快点吧，把我送上法庭，让法官判我死刑。这样的结果，你安警官的心里能够好受些。"

"想解脱？有这么容易吗？"安晓峰狠狠地说，"还有一名被你绑架的人质没找到呢，可能放过你吗？"

"那我就帮不了你了。"佟海建耸耸肩，说道，"我不知道成记者的下落，我跟你说过了。不信也没办法，不信你去查好了。"

"认识任春丽吗？"

佟海建微微一愣："谁？"

"任春丽。"

佟海建使劲摇头："不认识。没听过这个名字。"

"昨天，她被人杀了。"

佟海建又是一愣，然后说道："跟我有什么关系？我一直被你们关着。"

"使用绞刑手法杀死的。"安晓峰一边说一边观察着对方的微表情，"所用绳索、绞刑结打法以及绳索长度，都跟你杀害刁珺妮的一模一样。这你怎么解释？"

"居然有这么巧的事？"

"巧吗？"

"巧！"

"你还有一名同伙，对吗？"

佟海建笑了："你的推测很大胆。"

"他是谁？"

"可惜，你的推测是错的。"

"你不承认有同伙吗？"

"有同伙的话，你们会什么都没查到吗？"

"你怎么知道我们没查到？"

"查到还会来问我吗？"

"佟海建！"刘坤实在看不下去了，用警告的口吻说道，"既然你认了罪，就交代干净，别拖泥带水的。你这样遮遮掩掩的没有任何意义，你还是为你的老父亲着想一下吧，天天被人监视，天天被人盘问，你不感到自责吗？"

"可我说的都是实话！你们不相信，我有什么办法？！"佟海建突然气急败坏起来，"成记者的下落我就是不知道！我也不知道那个任春丽是谁杀的！"

"那凶手的作案手法为什么跟你的作案手法惊人地一致？"安晓峰敲着桌子，大声问道。

"我哪儿知道。可能……可能，是有人模仿我吧？"

"哼，模仿犯。"

"对，就是模仿犯。"

"你杀害刁珺妮的时候是在后半夜，唯一的目击者已经被我们找到了，还有谁看见了？"

"没人看见吗？那个目击者，可能就是模仿犯。"

"不可能。他当时离得特别远，而且天色黑暗，根本看不清作案细节。发案以后，即便有围观群众，也都被隔在封锁线以外，对作案手法不可能掌握得如此精细。能够达到丝毫不差的地步，只能是你言传身教过的同伙，不可能是模仿犯。"

"天底下没有不可能的事情，安警官。"

安晓峰看着面前一脸得意的佟海建，竟然无言以对。

"你说过的话你得负责，知道吗？"马俊杰追问了一句，"任春丽被杀案，你说跟你没有关系，对吗？"

"对，跟我毫不相干。我杀死刁珺妮，他杀死任春丽，这是毫不相干的两个案子。只不过，他模仿了我的手法，成功地迷惑了你们，仅此而已。"说完，他的脸上又一次浮现出一丝神秘的微笑。

走出审讯室，三人直奔刑警队附近的面馆吃饭。

因为心情都不佳，三人只顾闷头吃饭，很快就都把面前的一大碗面条吃光了。

马俊杰一抹嘴，感叹了一句："真是化悲愤为食量啊。"

刘坤给二人拿来餐巾纸，说道："佟海建估计又没说实话。咱们怎么办呢？"

安晓峰思索着什么，没回话。

马俊杰说道："任春丽这个案子，要么是佟海建有同伙，要么是模仿犯，就这两种可能。"

"任春丽案肯定与刁珺妮案有关系。"安晓峰突然说道，"作案手法太像了，像是复制的一样。"

"同意。"刘坤说。

"可是前期我们完全没找到任春丽与佟海建有什么关联。"马俊杰说。

"佟海建杀害刁珺妮的动机是报复刁文龙的杀子之仇。所以,"说着,安晓峰站起身来,目光变得坚定了许多,"若要证明任春丽的死与佟海建有关的话,可以换个思路,试试找到任春丽与刁文龙有关不就行了。"

"哎呀,对呀!"

"接下来咱们分头调查。小刘,"安晓峰命令道,"你带一队,请求技术部门介入,继续深入调查死者任春丽的社会关系,务必查到她死前都做了什么,跟哪些人来往。尤其注意寻找她与刁文龙的交集。"

"是!"

"小马,你去召集队员,跟我走。"

"咱们去哪儿呀,安队?用不用带家伙?"

"带什么家伙,带脑袋就行。"安晓峰轻轻打了马俊杰一拳,"全队长在的时候是怎么教导咱们的了,忘了?"

刘坤抢着说道:"全队说过,刑事案件侦破过程中,最有利的武器是头脑,不是手枪。大部分犯人靠智慧都能够抓获。一旦出现开枪的局面,就说明你的侦破手段是失败的。"

说完,她还得意地朝马俊杰挤了挤眼。

马俊杰红着脸感慨道:"谁能跟全队比呀,他就是警界的传奇。一生抓获了那么多凶手,却没开过几枪。要是全队在就好喽!"

"就你话多,赶紧走吧。"

"到底去哪儿呀,安队?"

"全市各区所有的户外用品店、劳保用品店。"

"查登山绳的线索,是吧?"马俊杰一脸苦相,"刁珺妮死后,咱们不是查了吗?网店、实体店都有。"

"还剩下几十家实体店,必须全部查完。"

"销售量那么大,这不是大海捞针吗?"

"至少要拿到一年内,销售到本市的8毫米登山绳所有买家的信息。"

"所有?"

"所有!"

马俊杰抱怨完,安晓峰带着他和一大队的八名侦查员分成四组,一直排查到深夜,才走访了20多家贩卖登山绳的实体店。每个人手里都拿着厚厚一沓销售记录和刷卡小票,每一张小票背后,都将是一个或一群购买者。一想到有可能需要到这些人家里去核实登山绳的使用情况，每个人的脑袋瞬间都大了好几圈。茫茫人海、大海捞针、希望渺茫，一个个词语飘荡在脑海里，回荡在疲惫的身体里。

午夜时分，某居民区大门外的 24 小时便利店门口，安晓峰带着侦查员们正坐在台阶上吃着大碗泡面。

吃着吃着，随着热乎乎的面条进肚，原本一张张沮丧的脸都变得轻松起来。

"嘿，咱们几个坐一排在台阶上，身上都没着装，兜里要是再不揣着证件，真像是影视城门口等活儿跑龙套的。"马俊杰唠叨起来。

一个侦查员打趣道："得了吧，你长那么丑，还想当演员？就你现在这灰头土脸的气质，更像是农贸市场外面蹲活儿的那些刮大白的。"

"嘴里再叼上一根烟卷，就更像了。"

说着，另一个侦查员把手里的烟卷往马俊杰的嘴里一塞，众人见了全都喷饭了。

"还是刘坤好，"马俊杰叼着烟卷继续唠叨着，"可以用技术手段排查，不用跑断腿。"

"你小子，一到晚上就想人家！"

"咦，你是不是喜欢人家小刘？"

众人正闲聊着，安晓峰的手机响了，正是刘坤打来的。

安晓峰示意大伙闭嘴，接起电话："是不是查到什么线索了？"

"让你猜中了，安队，"电话里，刘坤用急切的语气说道，"任春丽跟刁文龙过去是同事！"

"同事？！"

"他们曾经在同一家金融服务公司干过。其实就是一家高利贷公司，已经倒闭了，老板也早就跑路了。"

"任春丽负责哪方面业务？"

"她只是一般的放贷业务员。刁文龙是负责催收的。所以，二人至少是同事关系。"

"可能不只。任春丽一定与刁文龙有更加紧密的关系，才会成为佟海建报复的目标。"安晓峰稍微思索片刻，问道，"你可以试探一下佟海建的口风。"

"我已经问过他了。"

"他怎么说？"

"他还是不肯配合，还非常奇怪地笑了几下，只说了一句话。他说'你很快就知道了'。"

"你很快就知道了？"

"对。"刘坤继续汇报道，"其他线索暂时还没查到。明天，我打算去走访一下任春丽的姐姐任春霞。"

"明天我跟你一起去。"

第 18 章　第三起绞刑案

3 月 10 日一早，马俊杰继续带领一大队的侦查员们排查登山绳的线索。安晓峰则开车接上刘坤，二人去任春霞家进行走访。

昨天，刘坤已经与任春霞取得了联系，说明了想就其妹妹遇害一事了解点情况，二人便将走访的时间定在了今早。

停好车，上楼之前，刘坤简要向安晓峰介绍了任春霞的情况。

她说："任春霞今年 24 岁，丈夫是一家油漆涂料企业的销售，常年出差。两年多以前，任春霞生下一个儿子，于是辞了职，专心在家照顾孩子。大约从去年的 2 月份，任春霞开始利用在家的空闲时间做微商，卖婴儿用品。后来摸到了门道，专门代理几个品牌，在网上直播卖货。"

安晓峰抬头看着破旧的单元门，突然说了一句："表面上，任春丽跟刁文龙只是同事关系，但是从她的遇害，我敢断定他们之间的关系很可能更加密切一些。"

"安队，你怀疑任春丽跟刁文龙可能是情人关系？"

安晓峰没有回答，而是说："刁文龙过去曾是高利贷公司的催缴人员，主要靠威逼、恐吓、骚扰等手段对逾期借款人员进行暴力催收。所以，他不可能单打独斗，他们不敢独自上门，一般都是一群人团伙行动。"

"对。刁文龙肯定不止任春丽这一个同事。但是高利贷公司已经被依法查处，公司老板也跑路了，加上时间过去太久，目前只能查到刁文龙这一个催收人员。"

"高利贷公司不会养一个催收团队，一般都是临时合作。刁文龙应该是跟其他专门干催收的团伙合作，按照催缴上来的金额跟他们分成。"

"嗯。得找到跟刁文龙固定合作的催收团伙。"

"对。他们后来很可能继续勾结，从事不法活动。"

说完，二人上楼，来到了任春霞家门口，按下了门铃。

很快，就有一位穿着得体的年轻女子开了门，将二人请进客厅，坐在沙发上。任春霞自己则搬了个凳子，坐在沙发对面。

刘坤见任春霞不但穿戴整齐，还化了妆，就寒暄了一句，作为开场："呦，在家还穿得这么职业？"

"中午要直播，稍微打扮了一下。"

"你儿子呢？"

"送幼儿园去了。"

"丈夫不在家吗？"

"他出差都两个多月了，说是顶多再有半个月就可以回来了。"

"真够辛苦的。"刘坤寒暄完，看向了安晓峰。

安晓峰问道："你妹妹遇害，家人都很难过吧？"

任春霞点了点头，眼圈瞬间湿润了："别看二妹平时跟家里不太来往，但是家里对她还是很关心的。平时说她甚至是骂她，也都是因为怕她在外面吃亏。"

"任春丽为什么不爱回家？"

"嫌家里穷，嫌家里破，不愿意干农活，怕被别人看不起。后来我把她介绍到市里打工，她就更不爱回去了。"

"你们姐妹俩关系怎么样？"

"还不错。二妹不愿意跟父母相处，但是跟我还行。我偶尔训斥她几句，她也没跟我红过脸，最多不耐烦地反驳几句。"

"你最后一次见到她，是什么时候？"

任春霞想了一下，说道："很长时间了，得有半年了。"

"她的手机，你知道是什么款式的吗？"

"我知道，是我给她买的。半年前吧，是华为的。"

"我们了解到，你们最近有过通话。都说了什么？"

"我见她没有工作，在社会上混，就劝她跟我一起做微商，做直播。她答应得好好的，我还专门给她买了手机。结果，半年都没露面。我就打电话问她，最近在干什么，跟什么人混在一起。"

"她怎么说？"

"她说，什么也没干。我问她生活费从哪儿来的。她说，她男朋友养她。"

安晓峰立即警觉起来，赶忙问道："任春丽有男朋友吗？叫什么？"

"她没说，支支吾吾的。她这样的反应，我心里大概能猜到是谁。"

"是谁？"

"就是过去在贷款公司干的时候认识的一个搞催收的，叫党永。"

"党永？"安晓峰看向了刘坤。

刘坤也是第一次听到这个名字："你见过党永吗？"

"见过一次。之前二妹有次在我家住，半夜正在睡觉呢，他就来了，把二妹接走了。"

"是个什么样的人？"安晓峰问道。

"30岁出头，不爱说话，看样子城府挺深的。他跟二妹好了以后，还说请我吃饭，但是我看他不像好人，就没去。"

"关于党永，你还知道些什么？"

"他是帮二妹的公司催款的过程中，跟二妹认识的。他好像挺厉害的，谁都敢打，是个混混儿，身上常常都是带着刀的。二妹跟他好了以后，他也没说过娶二妹的话。两个人就那么好着，也不提结婚的事，更没跟家里来往过。后来高利贷公司倒闭了，家里劝二妹跟党永断掉，二妹嘴上答应着，背地里两人还在来往。"

"党永对你妹妹好吗？"

"说是不错，说是还把二妹的名字文在了身上。但都是二妹说的，我没看见文身。"

"你有党永的联系方式吗？"

"没有。对了，党永有个小弟，平时跟他寸步不离，我听见二妹喊他白子明。他的正脸我没看见，当时他开车，坐在车里，我看了个大概。年纪跟二妹差不多，20多岁吧，瘦长脸。"

"党永、白子明……"安晓峰又问道，"那你听说过刁文龙这个名字吗？"

任春霞用力摇了摇头。

这个结果令安晓峰感到一丝意外。

刘坤走去一旁，拿起电话，给队里的技术人员打了过去："马上查两个人，党永、白子明……"

安晓峰给任春霞留了名片，示意刘坤离去。

二人回到车里，安晓峰的脸上终于浮现出一丝欣慰。

"没白来。"他说。

"希望查党永和白子明能有收获。"刘坤说。

安晓峰推断道："党永应该就是跟刁文龙合作搞暴力催收的团伙头目。这个党永的能力应该是挺强的，刁文龙很信任党永，才会跟他合作。"

"可还是没搞清楚，佟海建为什么要杀任春丽。如果任春丽的死真的与佟海建有关的话，由于佟海建的动机是报复刁文龙，那么，任春丽势必得与刁文龙有着某种密切的关系才会导致被害。可从目前来看，佟海建跟党永没什么瓜葛，跟党永的女朋友任春丽也没有瓜葛的样子。难不成，任春丽背着党永跟刁文龙有一腿？"

"不像呀。都在身上文了对方名字了，感情应该挺深的。任春丽如果真的跟刁文龙有什么，刁文龙和党永之间还能彼此信任吗？"

"也对。"刘坤突然说道，"那是不是关于模仿作案的设想可以排除了呢？既然查到任春丽、党永、刁文龙之间是有关联的，那么任春丽的死还是与佟海建有关的可能性大一些。"

安晓峰点了点头，缓缓说道："佟海建与刁文龙有杀子之仇，他报复刁文龙的心情很可能非常强烈。在杀死刁文龙的女儿以后，他很可能没有得到满足，想要继续杀害刁文龙身边最亲近的人。那么任春丽的死，印证了任春丽与刁文龙之间关系密切，只是我们还没完全查清楚。现在基本可以断定，佟海建在外面还有一名同伙，这个杀害任春丽的真凶，到底是谁？这个人太神秘了，我们居然没有关于他的任何线索。"

"最憎恨刁文龙的人，除了佟海建，还有一个。"刘坤一边说一边摇着头，"我甚至怀疑过佟海建的父亲佟老汉。"

"他是无法把任春丽扛上仓库的房顶的，他自己上去都费劲。"

"佟海建那么狡猾，我们都能抓住，一个同伙却抓不住，这不正常。"

"我越来越想会一会这个神秘的同伙了，想看看他是不是比佟海建还要难对付！"

丁零零，手机响了。

是支队长打来的，安晓峰赶紧接起，摁了免提。

"马上去趟西沟镇。"电话里，支队长直接冒出这么一句。

"西沟镇？那么远，去那儿干吗？"

"那边有起案子，得过去支援一下。"支队长说。

"可我正在办任春丽的案子，哪有时间？"

"没时间也得去。"支队长继续说道，"昨天，200多公里外的西沟镇，有人离奇死亡。他们怀疑是命案，但是镇派出所能力有限，就向市局请求援助。

市局派我们马上过去，协助侦办。"

"那我手里的案子还办不办了？"

"当然要办。就是因为感觉可能与你的案子有关，才派你去的。"

"跟我的案子有关？"

"我已经把你的手机号发给西沟镇派出所那边了，你等他们跟你联系吧。"

说完，支队长直接把电话挂了。

安晓峰启动了越野车，双手抓着方向盘，还没发动，就听见叮咚一声，来了一条短信。

安晓峰打开短信，是个陌生号码发来的，内容是："安队，你好，我是西沟镇派出所所长刘强。这是我的号码，找不到路可以打电话问我。"

"真让咱们去呀？200多公里，好家伙！"刘坤忍不住发起了牢骚。

"咱们得抓紧查党永这条线。先回队里，我去跟支队长请示一下，派二大队过去支援。"

说完，安晓峰挂了挡，刚要发动，又听见叮咚一声短信音。

"没完了。"

安晓峰摘除挡位，打开手机，见刘强又给他发了一条短信。打开一看，是一张照片。

看到这张照片，安晓峰的脸色立即僵硬了，眼睛瞪得老大，手也开始颤抖。

"坏了，出大事了。"

听见安晓峰嘀咕，又见到安晓峰的脸色突变，刘坤赶紧侧着身子朝安晓峰的手机屏幕看了一眼。这一看，她的脸色也变得僵硬了。

"完了，失控了。"她说。

那是一张现场照片。照片里拍的是一座巨大的水塔，水塔的顶上垂下来一根绳子，绳子的一端吊着一具男尸。那悬在半空中的男尸，让安晓峰和刘坤马上联想到了刁珺妮，联想到了任春丽。

是的，这又是一起绞刑案。第三起绞刑案。

西沟镇位于锦绣市东南200多公里，交通不便，仅有少半可走高速，大部分路程需走国道。

安晓峰一行人一共三辆车，除了安晓峰、刘坤、马俊杰这个铁三角之外，还带了三名侦查员、四名痕迹检验师和两名法医。

尽管采用道路许可的最高车速行驶，但是高速出口处和一个旅游景点路段出现了常规拥堵，安晓峰到达西沟镇所用的时间还是比预期的长了一些。两个多小时的车程，所有人居然没说过一句话，因为他们心里都意识到，今天以后，将彻底推翻他们之前的所有判断，案情将朝着一个不可控的方向发展。

安晓峰按照导航将车开到西沟镇派出所大门口，一个矮个子、皮肤黝黑的中年男人带着几个民警焦急地等候着，见车来了，赶紧跑上前。

安晓峰降下车窗："刘所吧？"

刘强直接把手伸进车窗里，跟安晓峰握手："进去喝口水歇会儿吧？"

"先去现场看看。"

刘强赶紧指挥民警发动警车，带安晓峰一行朝镇子东北侧驶去。

大约开了 15 分钟，一座巨大的蓄水塔出现在面前。

刑警们下了车，望向水塔，面色沉重。水塔周身用水泥砌的外墙已经颜色乌黑，说明年代久远。塔侧有架钢筋焊接的梯子，可以直通塔顶。周围还围着警戒线，但是吊在塔上的尸体和绳索已经由当地警方取走了。

刑警们进入隔离带，围着水塔查看着。

"我们对现场保护得很好，请放心。"刘强介绍道，"只有一个维修工接近过水塔，报案以后，我们马上对这里实施了封锁。"

现场应该不会留下有用的痕迹线索，安晓峰心想。但是，他仍旧将马俊杰与三名侦查员及四名痕迹检验师留下，对现场进行彻底的勘查。

"尸体在哪儿？"

"在殡仪馆。"

"去殡仪馆。"

安晓峰带着其余的警员跟随刘强，赶往位于镇子东边的殡仪馆。

很快，尸体被取出来，呈现在安晓峰等人面前。

看着尸体，所有警员的面色更加沉重了。因为，这具男尸的死法跟前面两起绞刑案如出一辙。

"死者是本镇的人吗？"安晓峰下意识地问道。

刘强摇摇头："不是。死者的身上发现了身份证，手机也在，所以身份已经确定了。"

这一点让安晓峰略感意外，因为，上一案任春丽的身上并没有发现手机。

"死者叫什么？"他问。

"白子明，今年 25 岁。"

"叫什么？"

"白子明。"

"我的天哪！"刘坤赶紧仔细打量男尸，果然跟任春霞描述的一致。

安晓峰和赵法医对视一眼，心中都已经有数了。

"给我几个小时时间。"说着，赵法医准备开始尸检。

安晓峰对刘强说："咱们回所里吧。"

刘强带着其余的人赶回了镇派出所，与当地的民警召开了临时专案会议。

会上，首先由刘强做了案情汇报。

"昨天最先看见尸体的，是咱们镇上的一名水塔工的儿子。"刘强一边拿出现场放大照片，一边介绍道，"水塔平时没人去，就一名维护工人，隔几天去检查一回。昨天一大早，水塔工老毛病犯了，就叫他儿子帮忙照例巡查，结果就看见水塔顶上悬吊着一具男尸。一开始，以为是自杀，就通过死者的身份证联系他的户籍所在地，想联系他的家人，结果没联系上，说是这家人搬走好多年了。"

"那怎么怀疑是他杀的呢？"安晓峰问道。

"后来那个水塔我上去看了一下，发现那上面的灰尘被打扫过，没有留下任何脚印和手印。我就感觉不对了，人都死了，还怎么打扫？"刘强指着身旁一位年轻的民警说道，"正好昨天晚上，我们这位民警从市里办事回来，他听说了化工路吊了一具女尸的案子。昨天我们连夜紧急开了个会，觉得这个可能也是个案子。就这样，今天一早我就紧急报告了市局，请求援助。"

说完，刘强把死者白子明的身份证、手机和一把零钱交给安晓峰。

一个民警走了进来，捧着一个用证物袋装着的绳索，放在安晓峰的面前。

安晓峰看了一眼那绳索，立即感到一阵头疼："这个案子由我们接手了。"

"确实是命案，对吗，安队？"

安晓峰点头："我可以十分肯定地告诉你，是命案，而且跟之前那两起是系列案件。"

民警们一阵哗然。

"刘所长，从现在开始，我们要征用这里作为临时专案办公室。"

"没问题。"

"还有，待会儿我会发给你一个身份证信息，你要尽快组织警力在全镇范围内做排查，看一个叫党永的人是否出现过。"

"我把全所的民警都叫回来。"

散会后，刘强立即去召集民警了。安晓峰简要向支队长进行了汇报。刘坤则打开电脑，连入市局网络，接收到了技术人员调查到的党永的户籍信息。

打完电话，安晓峰看着电脑屏幕上党永的身份信息，问道："确认了吗？"

刘坤回答："咱们的人已经让任春霞辨认过了，是他。"

"白子明已经死了，这个党永去哪儿了呢？"

"会不会是党永杀了白子明？"

"找不到动机呀。"安晓峰贴近屏幕，仔细看了一会儿党永的证件照，将他的容貌记在心里，然后吩咐道，"赶紧发给刘强吧，希望能尽快找到党永的行踪。"

几个小时后，日头已经西垂，马俊杰带着侦查员及痕检师们首先赶了回来。

一进会议室，还没等坐下，安晓峰就指着桌上放的身份证、手机和绳索，示意他们一并查验。

痕检师们马上又投入了工作中。

"现场那边怎么样？"安晓峰问道。

"现场明显打扫过了，没有留下指纹和足迹。跟前两起案子一样。"马俊杰回答。

"跟我想的一样。"安晓峰说。

"不过，也有不同的地方。"一名痕检师说道，"这次，在水塔旁边的楼梯上，我们提取到了几滴滴落状的血迹。回头如果验出不是死者的，那就可能是凶手留下的。"

刘坤摇了摇头，从一堆现场照片里找出一张尸体的照片，说道："应该是死者的。你们看，死者的胸口、肩膀、小臂上面，都有细小的锐器伤口。"

众人看完照片，纷纷点头。

"绳索呢？"安晓峰问道。

正在检查绳索的痕检师测量完毕，说道："专业登山绳，直径8毫米，总长度3.75米。跟前面的两起案件完全一致，就连绞刑结打结的绳圈数都一样。"

意识到案件的严重性，大家你看看我、我看看你，全都陷入了沉默。

赵法医带着助手推门进入。

"怎么了，都垂头丧气的？"他明知故问地说了一句。

"又是一起绞刑案。"安晓峰言简意赅地说道。

"嗯，猜到了。"赵法医一屁股坐在椅子上，拧开一瓶矿泉水，"又来一起，谁都不愿意看到。但是案件既然发生了，咱们就得着手破案。案件变得再复杂、再恶劣，咱们也不能退缩，因为咱们是刑警，咱们吃的就是这碗饭。"

说完，咕咚咕咚，一瓶矿泉水被他喝下去大半瓶。

安晓峰见大家士气不高，赶紧鼓舞道："咱们肯定能破案。等破了案，师父就回来了，到时候让师父看看，咱们也不是吃素的。"

"咱们就跟这个案子死磕到底了！"刘坤字字铿锵地说道。

"来吧，我们继续。"

安晓峰把大家重新召集到一起，继续开会。

赵法医介绍道："死者的死亡时间，为前天，也就是3月8日的下午3点左右。"

"啊？！"众人发出充满疑惑的惊叹。

赵法医继续说道："致死原因，仍然是高空坠落后的缢亡。是在活着的时候，被人套上绞刑结，从水塔上面推下去的。身上没有其他致命外伤。但是，在死者的胸口、肩膀、小臂上面，有明显的锐器留下的威逼伤。这一点与前面两起绞刑案明显不同。"

"刁珺妮是用药物导致了行为失常带到桥上去的。任春丽是被打晕以后扛到仓库房顶的。而这回的白子明，明显是被人用匕首逼着上了水塔，然后套上绳索推下去的。"安晓峰判断道。

"没错，就是这么回事。"赵法医问道，"现场找到匕首了吗？"

侦查员们摇头。

"估计还是被凶手带走了。"赵法医判断道。

"这三起绞刑案，凶手都不太注意掩饰死者身份。"刘坤判断道，"但是关于凶手的痕迹和作案工具，都隐藏得很好。"

一直闷着没出声的马俊杰突然冒出来一句："这个白子明，突然来西沟镇干吗？"

"是啊，很奇怪。"刘坤说道，"任春丽回石门村，是因为回家探亲。可是白子明明显不是这里的人呀。"

"会不会是杀死任春丽的凶手，也在追杀白子明，他把白子明给追到这里来了。"马俊杰猜测道。

"不可能！"安晓峰判断道，"任春丽和白子明的死亡时间一个是8号的下午1点，一个是3点，相差只有两个小时。可是从石门村到西沟镇，就算一路超速行驶，也要三个多小时。"

"的确，按照路程计算，杀害任春丽的凶手根本来不及再杀白子明。两案根本就不是同一个人干的。"刘坤附和道。

马俊杰气得直拍桌子："佟海建这个老狐狸，居然有两个同伙？！"

第 19 章　消失的手机

3 月 11 日早上 7：30，西沟镇派出所会议室，所长刘强向"系列绞刑案"专案组组长安晓峰汇报了前一天的排查情况。

"经过昨天连夜排查，没有发现党永和死者白子明在本镇的行踪。"刘强介绍道，"所有的长途车、私家车、出租车均未发现二人的乘坐记录。所有的旅店、招待所、客栈也均未发现二人的入住记录。"

"白子明是怎么来到这儿的？来了以后住在哪儿？还有，党永到底来没来过？这些问题我们仍然没有确定答案。"安晓峰说。

"是的。"刘强拍着胸脯保证道，"不过我们不会放弃排查的。接下来，我们会继续对本镇的出租房屋、民宅进行地毯式排查。另外，本镇所有的主干道摄像头、各个店铺的监控录像，甚至行车记录仪都会进行彻底排查。"

"这样做工作量会很大。"安晓峰担心地说。

"没办法，不能留死角，就算不睡觉也得查。"刘强一副倔强的模样，说道。

"这样吧，我今天会先回市里，我把马俊杰和另外三名侦查员留下，帮你们继续排查那二人的行踪轨迹。"

散会后，马俊杰率领三名侦查员和派出所民警们又出发了。

安晓峰则带着刘坤、法医、痕检人员驾驶着两辆警车启程返回市里。

车上，坐在副驾驶座的刘坤跟队里的技术人员联系完，对安晓峰报告道："党永这家伙真够神秘的，咱们的人没有查到他的任何行踪，最近半年像是消失了一样。"

"只要人还活着，不可能没有痕迹吧？"坐在后排座位正在打盹的赵法医插嘴道。

刘坤补充道："据查，党永名下没有任何财产，没有登记手机，父母均已亡故，就连亲戚都常年不来往。"

"肯定是在有意隐藏自己，越是这样的人，越不容易找到。"安晓峰推测道，

"他名下没有财产，肯定在隐秘的地方藏着现金。没有手机，肯定是使用别人的手机。他是干暴力催债的，后来还干过敲诈勒索等勾当，他极力隐藏自己，是想逃避警方的抓捕。"

"真够狡猾的。"刘坤一边看着党永的户籍照片，一边说道，"这家伙到底有没有出现在石门村或者西沟镇，还是个疑问。"

赵法医睁开眼睛，满脸疑惑地说："我还是想不通。佟海建杀死刁珺妮是为了报复刁文龙，这我可以理解。但是任春丽和白子明的遇害我就理解不了了。按理说，他们不是刁文龙的直系亲属，只不过是有偏门业务的往来，至于连他们也杀死吗？怎么？为民除害吗？"

刘坤解释道："安队的分析，是怀疑刁文龙与党永、任春丽等人有着某种我们还没有查到的联系，是一种特别紧密的联系。"

赵法医点了点头，又闭起了眼睛。

"目前可以肯定的是，佟海建还有两名同伙正在逍遥法外。他们的目的是报复刁文龙及其同伙。白子明是党永的亲信，任春丽是党永的女友，这二人几乎同时遇害，我们有理由推测，党永很可能也是报复的目标，他很可能也会成为下一起命案的受害者。党永现在很可能也处于失踪的状态，很可能已经被控制或是已经遇害。"安晓峰停顿了一下，极不情愿地又补充了一句，"小蕊很可能也在凶手手上。"

赵法医又睁开眼睛，心情沉重地说："原本以为只有刁珺妮一个死者，现在死者变成了三个；原本只有刁珺妮一个人失踪，现在失踪的还有两个，成记者、党永；原本也以为只有一个凶手，佟海建，现在，还有两名同伙。感觉越查案子越严重、越不可控了。"

"安队分析得没错，以现在的状况，随时可能还会发案。"刘坤满脸担心地说道，"成记者和党永随时都有生命危险。我们必须赶紧抓住凶手，尽快救出人质。"

安晓峰目光坚定地看着前方，心底却在翻江倒海。他无法面对成奚蕊遇害的结果，对女友的担心以及面对棘手案件带来的困境让他此时心乱如麻。他紧握方向盘，格外用力，导致手背上青筋暴出，在阳光下十分明显。

过了一会儿，赵法医突然问道："对了，安队，其实我们自己开车回去就行了，你们干吗不在西沟镇多待两天？说不定能查到什么线索呢。"

"马俊杰足以完成任务了，如果那边真有线索的话。"安晓峰回答道，"我必须回去，因为另一个线索迫在眉睫。"

"你是说？"

"任春丽的手机。"安晓峰语气坚定地说，"第二起绞刑案的死者任春丽是刚刚回到石门村探亲就遇害了，连她家人都不确定她要回来，凶手竟然提前知晓了她的行程。而且在案发现场，死者的手机不见了。消失的手机就是破案的关键，任春丽很可能是通过手机把行程泄露给了凶手。"

"有道理。"赵法医说。

"按照安队的吩咐，来西沟镇之前，我已经让技术人员跟通信运营商调取资料了，"刘坤说道，"通过任春丽名下登记的手机号，就可以查到她的通话记录，找出她在回家之前都跟谁联系了。现在这条线的调查已经完成了，安队和我急着赶回去，就是为了这个。"

"果然是全树海的高徒，依我看，没有你师父，这个案子你也能破。"说完，赵法医又闭起眼睛继续打盹了。

安晓峰知道，赵法医的这句话纯属鼓励，是在给他信心。他从大伙儿的脸上都能看得出，其实现在每个人都在担心，担心破不了案，担心人质的安危，甚至担心给一大队的声誉抹黑。

中午，一大队办公室，安晓峰一边吃盒饭，一边跟队员们商议着案情。

刘坤走了回来，手里拿着长长的两张通话记录单，一边用记号笔画着，一边对安晓峰汇报道："任春丽的手机虽然没找到，但是该手机号的通话记录已经拿到了，结合白子明的手机通话记录这么一对比，还真挺奇怪的。"

"怎么个奇怪法？"

刘坤画完，将一张单子交给安晓峰，说道："除了有限的几次任春霞电话的打入记录，其他的都是跟白子明的通话。记号笔划掉的是任春霞的手机，其他全部是跟白子明的。"

说完，刘坤把另一张递给安晓峰："这是白子明的。除了几起公共电话打入记录，其他几乎都是跟任春丽的通话。"

"这俩人联系这么紧密？！"安晓峰看着通话单子感叹道。

"二人的手机更像是专线，只用于彼此的联系。"刘坤分析道，"而且经常是半夜通话，每次通话时间都不短，经常有一两个小时的通话。这不太正常。"

"是呀。"一个侦查员说道，"任春丽是党永的女人，而白子明是党永的小弟。小弟怎么可能跟大嫂有染，这不符合白子明与党永互相信任的情况。"

"白子明的手机，是白子明与党永共用的。"安晓峰判断道，"党永的名下没有手机号，说明他为了躲避警方的追查，一直使用的是别人的手机。而白子明是他最亲近的人，他一定是用了白子明的手机。跟任春丽频繁通话的，一定不是白子明，而是党永。"

"完全有可能。"刘坤说。

安晓峰仔细看着任春丽的通话记录单说道："在任春丽遇害的前后，白子明的手机号都有拨打记录。而白子明当时人在西沟镇，党永很可能跟白子明在一起，这些电话很可能是党永打的。这说明，党永当时很可能不知道任春丽遇害的事，直到案发后，他可能才听说。加上白子明的相继遇害，党永肯定也被追杀了。他现在可能逃跑了，也可能已经被凶手控制了。"

刘坤推测道："按照该系列案件的规律，死者都是被使用了绞刑的手法遇害。我认为党永很可能还活着，被凶手控制的可能性很小，因为他一旦已经遇害，会很快发案。毕竟吊着一具尸体的场面，是藏不了太久的。"

"死者的人际关系排查得怎么样了？"安晓峰点头后问道。

一名侦查员回答："两名死者的人际关系非常隐秘，几乎查不到他们最近都在干什么，应该是有意躲藏起来了。我们只能查到，过去跟他们有过业务接触的人，就是曾经在高利贷公司任职过的人。但是这些人都表示，近一年时间里，双方都没有过任何联系。"

"嗯。我同意党永、任春丽、白子明三人在有意隐藏自己的踪迹，像是在躲避什么人一样。"刘坤说道。

"不会是干了什么违法的事，怕被调查吧？"一个侦查员猜测道。

"有这个可能，毕竟党永和白子明不是什么好人。"

刘坤话音刚落，进来一名警员，捧着一只小纸盒，直奔安晓峰而来。

"安队，有你个同城快递。"警员说道，"在门卫那里，我帮你拿上来了。"

安晓峰拿起盒子，一脸疑惑。只见盒子用胶带缠着，没有贴任何快递信息。盒子的侧面边缘，用粗黑记号笔写着"安晓峰收"四个字。

安晓峰越看那字迹越熟悉。

"安队，先别打开，还是小心点好。"刘坤提醒道。

"不用，"安晓峰确信地说，"我好像知道是谁送来的。"

"谁呀？"

安晓峰没有回答，而是拿钥匙划开了胶带，打开盒子。盒子里是一团报纸，缓缓展开报纸，里面有一部手机。

"是一部旧手机。谁的？"刘坤一头雾水。

安晓峰把手机开机，滑开屏幕，居然没有设置密码。当手机屏保上面的照片出现在围观刑警们的眼前时，所有人都发出了一声惊呼。

"任春丽？！"

手机屏保是任春丽的自拍照。

"你试着拨打一下。"安晓峰赶紧对刘坤说。

刘坤会意，拿出自己的手机，按照之前查到的任春丽的手机号拨打。果然，安晓峰手里的手机响了。

"是任春丽的手机！"安晓峰大声说道。

"天哪，我们找了那么久，任春丽的手机怎么会送到这儿来？"刘坤简直不敢相信眼前发生的事，"是谁给你送过来的，安队？"

安晓峰把手机交给刘坤，然后展开包裹手机的报纸，发现那正是一份《城市晚报》。他激动地说："可能是小蕊。"

"啊？成记者？你确定吗，安队？"

安晓峰指着快递盒说："这上面的字迹，跟小蕊的很像。"说完，他又指着报纸说道，"这份报纸，也是在向我暗示身份。"

刘坤拿起报纸，仔细查看着："确实是《城市晚报》，而且这上面还刊登了任春丽遇害的新闻，是3月9日的报纸。"

"用刊有任春丽死讯的报纸包裹任春丽的手机送给我，很可能是小蕊。"安晓峰赶紧问送来快递盒子的警员，"送快递的人呢？"

"早就走了。"警员一边说着，一边赶紧往外跑去，"我去给你问问门卫那边。"

"如果真是成记者送的，她怎么会有任春丽的手机呢？"刘坤不解地问道。

"这一点还不得而知。我也不能百分百确定是小蕊送的，也有别人假装小蕊送的可能。"

刘坤一边翻看手机里的通话记录，一边说道："通话记录咱们已经掌握了，没有什么新线索。"突然，刘坤停住了，因为，她打开了手机相册，"这是什么？"

"怎么了？"

"我把手机投屏。"说着，刘坤把手机接通Wi-Fi网络，将手机屏幕投在办公室的大屏幕电视上，"你们看，这是任春丽的手机相册。这里面仅有少量几张自拍照，环境都是室内，应该是卧室，看不出是在哪里。"

"回头让技术人员看看，能不能查出图片的定位信息。"安晓峰问道，"你刚才问这是什么？"

"就是这个。"刘坤滑到相册里的两张照片，并在两张照片之间来回滑动，"你们看这两张照片，是最新拍摄的。这是什么？"

众人盯着屏幕反复看着，只见一张照片拍的是一个室内，有许多陈旧的货架，摆着各种零食。远处仿佛还有一截玻璃柜台。另一张是室内的墙角，墙上除了贴着零食的海报，最明显的就是墙角安装着一个监控摄像头。

"这好像是小卖部。"一个侦查员说道。

"对，应该是一家小卖部。另一张是小卖部墙上的摄像头。"另一个侦查员说道。

"任春丽拍这个干吗？"安晓峰不解地问。

"可能是随手瞎拍的吧。"一个侦查员说道。

"有情况！"刘坤查看了照片的拍摄时间，突然大声说道，"这两张照片是在任春丽和白子明死亡以后拍摄的！"

众人一阵议论。

"会不会是凶手拍的？"一人猜测道，"任春丽遇害以后，凶手拿走了她的手机。"

"有这个可能，"安晓峰推断道，"但是可能性比较小。凶手既然选择拿走手机，就不会主动把手机交给我们。"

"可能是某个知情人，得到了任春丽的手机以后，知道可能对破案有帮助，所以给我们送来了。"刘坤判断道。

"有可能。但是，"安晓峰指着屏幕上的照片问道，"他为什么要拍摄这两张照片呢？"

"会不会是想向我们传达什么信息？"

安晓峰盯着屏幕上的照片，看不出个所以然来："这就是一家很普通的小卖部，很难看出是在哪里拍的。"

"只能交给技术部门，试试能不能查到照片的定位信息。如果能查到是在哪里拍的，说不定店员对拍摄者会有印象。而且这家店里明显安装了摄像头，说不定录到了拍摄照片的人。"

刘坤拿着手机刚要走，被安晓峰叫住了。

"等等！"他交代道，"也让图侦专家看看这两张照片，能不能把排查范围尽量缩小。另外，让技术部门好好检查一下这部手机，因为很可能任春丽是用这部手机把她将要回家探亲的行程泄露给凶手的。"

下午，刘坤跟技术部门紧急调查手机的线索。安晓峰则开车去了一趟成教授家。

安慰完成教授夫妇，安晓峰心情沉重地回到车里，手机突然响了，是石门村打来的。

安晓峰赶紧接起："喂，你好，戚所长。"

电话里，热情的戚所长向安晓峰反映了一个情况："有这么个情况，我们查到，就在任春丽遇害当天，村里出现过一辆白色的老款捷达车。因为这辆车挂的是锦绣市区的牌照，而且在仓库附近出现过，所以被村民看到了。"

"车里的情况看到了吗？"

"那没有。说是车没有停，所以没看见有人上下车。而且车窗户贴着黑色的遮光膜，所以看不见车里的情况。"戚所长继续介绍道，"得知这个情况以后，我立即组织人手全面排查了一遍，并没有发现这辆捷达车。我估摸着，肯定早已经离开我这儿了。"

"行，我会跟交通部门联合调查这辆车的行踪。多谢。"

挂了电话，安晓峰开车直奔长途车客运站。进站以后，他直奔客运站派出所，亮明身份，请求配合。

在客运站派出所的帮助下，安晓峰很快找到了锦绣市通往石门村的客车，并在司机的帮助下，拿到了行车记录仪的内存卡。

众人回到客运站派出所，安晓峰在电脑上打开了内存卡里的行车视频，找到了 3 月 8 日中午 12 点前后的几段视频，逐条看完，果然，有一条拍到了任春丽下车的经过。

视频里，任春丽独自一人，跟随客流下车以后，左顾右盼，像在等待什么人，很久都没有离去。直到一辆贴着黑色车窗膜的白色捷达车出现，司机好像把车窗降下一条缝隙打了招呼，任春丽笑着上了车。

驾驶捷达车的人很聪明，自始至终没有下车，所以没有被大客车的行车记录仪拍到。但是，在捷达车拉着任春丽朝着仓库的方向驶去的时候，还是拍到了捷达车的车牌号码。果然，如戚所长说的，是锦绣市区的号码。

安晓峰记下车牌号，打给交管部门的朋友。

不到半个小时，对方就查到了捷达车的情况，那是一辆汽车租赁公司注册的车辆。

安晓峰谢过客运站派出所的民警，赶紧驾车赶往汽车租赁公司。

在汽车租赁公司总店，安晓峰在店长的帮助下，查到了白色捷达车的租赁记录。

那是在 3 月 8 日早晨，西城分店，一个名叫徐冰的本市男居民租下了这辆车。3 月 8 日下午，徐冰用完车后将车辆送还至西城分店。

安晓峰还拿到了徐冰的身份证复印件以及他的手机号码。

安晓峰将徐冰的信息发给刘坤，刚要给她拨打过去，刘坤的电话就打了进来。

"我正要给你打呢，"安晓峰急切地说，"发给你的身份信息收到了吗？杀害任春丽的嫌疑人找到了，叫徐冰。你马上根据他的身份信息查一下他在本市的住址。"

谁知，电话那头的刘坤语气比安晓峰还要急切，她说："我这边也锁定嫌疑人了。我们查到，在任春丽的手机里，有一个经常玩的短视频 APP，在里面发现了任春丽跟别人发过私信。任春丽就是在私信聊天的时候把她回家探亲的信息透露出去的。对方是一个叫冰河世纪的网友。"

"冰河世纪？徐冰？"安晓峰似乎找到了一丝关联。

"从聊天记录来看，这个冰河世纪自称是任春丽在石门村小学上学时的同学，还自称是石门村人，说他现在是个很成功的生意人。二人是 3 月 6 日的后半夜才开始联系上的，是冰河世纪主动的。"刘坤语速极快地介绍着，"而且，冰河世纪得知了任春丽回家探亲的事以后，主动说要开车去接她，任春丽以害怕男友怀疑她为由拒绝了。但二人还是相约，由冰河世纪开车在石门村村口接任春丽。"

"冰河世纪就是徐冰，是他开着捷达车接走了任春丽！"

"我已经查到了冰河世纪注册短视频 APP 所用的手机号，那是一个属于本市退休居民王老汉的手机号。据王老汉反映，前段时间，他去家附近的二手手机店卖过一部旧手机，当时手机店老板为了防止手机是赃物，收手机时按照程序索要了王老汉的身份证复印件。但是王老汉当时只有身份证原件，没有复印件，手机店里又没有复印机，所以卖完手机，王老汉就把身份证留在店里了，说等老板有空拿去复印店复印完，王老汉再来取走。"

"查到手机店的位置了吗？"安晓峰问。

"通过王老汉，已经查到了。店主就叫徐冰，我马上把定位发给你。"

"叫兄弟们带上家伙立即出动，抓捕徐冰！"

第 20 章 模仿杀人任务

数辆闪着警灯的警车驶出刑侦支队大院，前往位于西城区的某手机店抓捕犯罪嫌疑人徐冰。可是，警车刚刚拐入环城快速路，就发现堵车严重，长达数公里的车龙走走停停，平均时速连 10 公里都不到。

坐在头车副驾驶座的刘坤面色焦急起来，降下车窗，不断地往前面张望。

"坏了，赶上晚高峰，我这边大塞车，你那边怎么样？"刘坤打给安晓峰，问道。

电话那边，安晓峰同样焦急万分："比你好不了多少。"

挂了电话，安晓峰查看了一眼地图，按照距离和车速计算，他可能比刘坤他们先到。可现在已经是夕阳西下了，要是手机店已经下班，或是徐冰不在店里，那就难办了。

得尽快赶到才行。想到这儿，安晓峰拿出警笛，放置在车顶，并不断按下喇叭，催促前面的车辆注意避让。

幸好，锦绣市的市民素质都很高。司机们见有警车紧急亮起了警灯，知道事态严重，纷纷采取了 45 度紧急避让法。顷刻间，一条通道出现在了安晓峰面前，他快速驾车通过，并降下车窗，向两旁的让路车辆敬礼。

3 月 11 日下午 6:45，安晓峰成功抵达了手机店。

如果再晚到一分钟，徐冰就逃走了。

安晓峰见徐冰一脸慌张，正在店外锁门打算离去。他来不及多想，驾驶越野车直接冲了上去，成功地将徐冰顶在了门上。

徐冰见是警车，慌张地将身体从缝隙中抽离，打算逃窜。安晓峰赶紧下车，奋起直追。

徐冰刚跑出 20 多米，就被前方突然驶来的几辆警车逼停了。打头的警车副驾驶座跳下一名女警，手里拿着手枪，对准了徐冰。

"不许动！"刘坤大声喝道。

徐冰回头望去，突然眼前一黑，被安晓峰一记重拳砸中眼眶，直接栽倒在地。

几名刑警按住徐冰，给他戴上手铐。

"徐冰，你涉嫌故意杀人，现在将你逮捕。"刘坤收起手枪，拽起嫌疑人，脸上终于露出一丝压抑已久的快意。

晚上9：00，刑侦支队第一审讯室。

安晓峰坐在徐冰面前，面带杀气。徐冰则略显怯懦，但仍咬紧牙关，自始至终都没有开口说出半个字来。

"徐冰，网名叫冰河世纪，对吧，我再问你一遍，"安晓峰用极具侵略性的口吻问道，"你认罪吗？"

徐冰仍不开口，脑袋也更加低垂了。

"任春丽就是你杀的，现在证据确凿，你不说话我们也照样定你的罪！"

徐冰仍不为所动，但是，他的双腿已在不自觉地微微颤抖。

门开了，刘坤走了进来，将证物逐一摆在徐冰面前的桌上。

徐冰抬起头，看到面前那些熟悉的东西，双手也跟着颤抖起来。

安晓峰指着一号证物大声说道："这把带血的扳手，是在你手机店里搜出来的。上面有你的指纹，而且经过血迹 DNA 检验，可以证实是任春丽的血。你就是用这把扳手先将任春丽打晕，然后扛上仓库的房顶的，对吗？"

徐冰勉强点了点头，没有说话。

安晓峰又指着二号证物说道："这是直径为 8 毫米的专业登山绳，也是在你店里搜到的，长度是 1.25 米。我们查到了你购买登山绳的销售记录，你一共购买了 5 米，除去没用的这 1.25 米，还有 3.75 米，你用来作案了。吊死任春丽的绳索，正好是 3.75 米，经过绳索纤维物质检验，两段绳索为同一根。你有什么话说？"

徐冰仍旧没有张口，只是伸出戴着手铐的右手，竖起了仍在微微颤抖的大拇指。

安晓峰拿起三号证物，是徐冰的手机："这是你用来作案的手机，你是用之前到你店里卖旧手机的一个客户的身份证偷着办的手机卡。你使用短视频软件的私信跟任春丽联系，你是死者曾经的小学同学，相认以后，骗取了她的信任，然后将她杀害。"

徐冰终于绷不住了，接连猛烈点头承认，他的脸上，已经布满了恐惧。

"我认罪，我认罪！"他说。

安晓峰最后拿起四号证物，是一张照片。照片拍摄的是一个黑色的塑料袋，里面装着满满的现金。他问道："这是在你店里搜到的现金，一共是 50 万。这些钱是怎么回事？"

"奖金。"

"什么奖金？"

"就是完成任务的奖金。"

"什么任务？说清楚点！"

"就是……杀任春丽。"

"什么？杀害任春丽是任务？是谁交给你的任务？是佟海建吗？佟海建出资 50 万雇用你杀害任春丽，对吗？"

"我不认识什么佟海建，你说的人我没听说过。"

安晓峰见徐冰语气恳切，并不像是撒谎，于是又问："那是谁花钱雇你作案？"

"不是谁雇我。"

"你给我老实点！"安晓峰狠狠地拍着桌子，喝道。

"真不是谁雇我。我刚才说了，是奖励。"

安晓峰快要疯了，感觉跟徐冰完全没办法交流。

刘坤早已看不下去了，插嘴问道："那么，你的杀人动机是什么？"

"动机？"

"对。就是你为什么要杀害任春丽？你们之间有什么仇什么怨？"

徐冰苦笑了一下，摇着头，说道："无仇无怨。就是……我需要那笔钱。"

"杀死任春丽，就可以得到那笔钱？"刘坤继续问道。

"是的。因为我欠了很多债。"

"欠谁的？欠多少？"刘坤尽量耐着性子质问着。

"就是手机上的那些网贷软件，加起来的话，一共欠了 40 多万吧。"

"为什么欠这么多钱？"

"我就是沉迷于买彩票，两年多了，每期我都买很多，每天都要去彩票站泡上几个小时。看见别人中大奖，我就更想买了。看到自己老不中奖，我不甘心，也更想买了。"

"手机店不赚钱吗？"刘坤问。

"这几年不行了。年轻人都在网上购物，来实体店的都是不会上网的老年人。"

"为了买彩票，就杀人？"安晓峰实在无法理解。

"一开始只是在一个网贷平台借了钱，后来到期了还不上，就又从其他平台借钱，以贷养贷。结果，利滚利，平台越借越多，欠债金额越来越大。"

"那奖金又是怎么回事？"安晓峰问道。

"欠债多了，上不了岸，经常有人来催债，到店里捣乱，还到我父母家里去，搞得我觉得活着都没有什么意思了，很想买一捆炸药点了，跟那些催债的人同归于尽。我听说暗网上什么都有，就想在那上面买点炸药。但是很快，我就放弃了。"

"为什么？"

"因为我找到了更好的方式。"

"是什么？"

"有人发布了一项模仿杀人的任务，只要按照他指定的手法杀一个人，就有 50 万的奖励。我很需要这笔钱，就申请领取任务。"

"模仿杀人任务？"安晓峰感到十分意外。

"是谁发布的？"刘坤问道。

"我不知道，通常发布这种任务都属于高度加密，所以是看不到发帖人的。"徐冰一五一十地供述道，"申请成功以后，我看到了任务清单。那里面详细讲解了模仿古时候绞刑手法杀人的实施细节。包括使用什么样的绳索，如何打绞刑结，如何打扫现场，等等。那是一整套标准化执行程序，只有严格按照上面的方法去做，才能拿到酬金。"

安晓峰指着照片追问道："是谁把这笔酬金交给你的？"

"我不知道，我甚至不确定能拿到这笔钱。"徐冰的脸上充满后怕，他说，"杀完任春丽之后，我忐忑不安地等着。我很害怕，担心作案的过程被人看到，警察很快会来抓我。直到今天中午，我在里间的休息室迷迷糊糊地睡醒，想把店里面的垃圾桶倒掉，然后关店回家。突然，在垃圾桶里，发现一个黑色塑料袋，里面装满了钱。我赶紧数了一下，正好是 50 万。我知道，这笔钱就是杀死任春丽的酬金。但我不知道是谁送的，店里没安装监控，我没看到人，也不知道是什么时候放的。"

"你能对你说的话负责吗？"安晓峰质问道。

"能。"

"你用什么上的暗网？"刘坤问道。

"店里有台笔记本电脑。"

刘坤拿出手机，给技术部门打了过去："喂，我，刘坤。重点检查一下徐冰的笔记本电脑，里面有他登录暗网的记录。"

等刘坤打完电话，安晓峰又问道："杀人目标呢？你是怎么获取的？"

"一共有十一个网友成功领取到了模仿杀人任务，然后发布任务的人给我们每人传输了一段视频。视频里一共有七个人，是五男二女，配有他们的身份信息。这七个人就是我们十一个的暗杀目标，每成功绞杀一个，就有50万的奖励。"

"都有哪十一个人？视频呢？"安晓峰问。

"我只看到过十一个网友的ID列表，但是没有保存。发过来的目标视频，由于杀完人之后太害怕，被我删除了。"

"就是说……没有任何证据了吗？"刘坤问。

徐冰点点头："我想销毁证据来着。"

"你跟发布任务的人交流过吗？他对你说过为什么要杀害视频里的七人吗？"刘坤又问。

徐冰摇摇头："本来我没打算真的接受杀人任务，是因为后来看了那个视频，里面正好有个目标，就是任春丽，我认出她是我小学时的同学。那会儿我家还没从石门村搬到市里，我家离她们家还挺近的。"

"你是怎么想到利用短视频软件联系她的呢？"刘坤好奇地问。

"我先是托别的老乡假借买菜，去跟任春丽她爸套近乎，取得了任春丽的手机号。我没敢直接打她手机，一是怕暴露我自己，二是得知任春丽在跟一个混混儿交往。任春丽没什么本事，平时游手好闲，好吃懒做，她主要是靠男人养着。我深知，女人一旦依靠有钱的男人，就失去了独立生活的能力和信心。而党永近年一直没干正经买卖，经济上已是穷困潦倒，所以任春丽和他的关系肯定已经因为金钱问题产生了裂痕。于是我就把自己伪装成生意成功的大老板，先是通过用手机号注册的娱乐性质手机软件跟她巧遇。经过不断尝试，我终于发现她经常刷一个短视频软件，于是就跟她联系上了。"

"你以金钱为诱饵骗取了她的信任？"

"不，没有。我只是在聊天时有意无意地炫富，比如提到我买了几栋别墅，我的哪辆豪车坏了，或是提到想去三亚开着游艇出海，等等。任春丽是专门依靠男人养着过生活的人，跟着党永一开始还行，有吃有喝，无拘无束。一旦党永开始四处漂泊，手头越来越紧，任春丽就开始不满，整天抱怨，脾气也变得很大。在这样的心态下，当她知晓我是有钱人以后，就主动跟我亲近了。"

"那她为什么不同意你去接她？"

"她是怕党永杀了她。她知道党永太多事了，也花了党永太多钱，党永好像要跑路，任春丽其实不想再跟着他了，但是她不敢拒绝。任春丽担心这一走再也没机会见到父母了，于是临时决定，跑回石门村一趟，在逃亡之前看父母最后一眼。我得知她要回石门的消息，提出开车去接她，可她拒绝了，因为她害怕被党永看见。于是我跟她约定，在石门村口接她。"

"接上她以后，你就打晕了她？"

"其实她本来是有意跟我走的，我给她的感觉太有钱了，她不想回到党永身边了。她同意回家前见我一面，其实正是跟我商量这个事。可当我接上她以后，她的态度就变了，变得特别现实。因为我当时租的是一辆老款的捷达车，她一上车，脸色就开始不对了。她用质问的口吻问我，为什么开这么破的车接她，是不是骗她。"

"那你怎么说的？"

"我没解释，看到她嫌贫爱富的嘴脸，我连多跟她说一句话都觉得恶心。我猛踩油门，她让我停车，我不停，她就开始对我厮打。我吓唬她，她完全不害怕，还说她男朋友是黑社会，杀人都不眨眼。我开车往预定的杀人地点行驶，她见我神色不对劲，就猛拉车门想要跳车。我掏出扳手，打了她一下，她就晕了。"

午夜 11：30，技术大队，灯火通明，所有科室的组员都在加班，忙着系列绞刑案的事。

安晓峰和刘坤快步走进一间技术室，两位电脑高手正在忙着检查徐冰的电脑。

"怎么样了？关于暗网的事，可信吗？"安晓峰问道。

一名年轻的网络专家停下手里的活，回答道："徐冰电脑里的东西都被他删除了，而且硬盘格式化过，很难从里面抢救出有效数据了。"

"会不会是骗我们的呢？"

"不排除这个可能。"网络专家说，"但是，电脑格式化以后，徐冰后来又登录过国外的暗网。我特地上去查找过了，你说的那个关于模仿杀人的帖子，我没找到。也许有吧，删除了也说不定。也许根本就没有。"

"也就是说，徐冰的供述虽然能够完美地解释他犯罪的动机和经过，但还不能辨别是真是假。"刘坤用力揉着太阳穴，感到非常头疼。

"说实话，"安晓峰毫不掩饰地说，"听完徐冰的供述，刷新了我很多认知。

我以前都不知道，暗网还能用来犯罪。不管是真是假吧，我得承认，他把我说得一愣一愣的。最厉害的是，他的话能够自圆其说。"

网络专家笑着说："以后安队多往我屋里跑几回，最新的玩意儿就都了解了。"

"不得不说，徐冰的供述太顺了。"刘坤苦笑着说，"我得好好想一想。首先，佟海建为了报复刁文龙，杀死了刁珺妮。他知道，杀人以后很快就会被我们警方锁定并抓获，也就等于是没有机会再去报复刁文龙的同伙了。所以，佟海建特地在被捕之前，在暗网上发布了模仿杀人的任务，用高额的奖金引诱网友们作案，替他报复刁文龙的同伙。哇，这听起来确实离奇，但是又说得通。"

"也是有很多疑点的。"安晓峰指出，"首先，佟海建发布的为什么是模仿杀人任务？其实只要帮他杀了就行了，为什么非要模仿绞刑杀人，而且实施细节必须丝毫不差呢？第二，说有十一个网友领取了这项模仿杀人任务，但是名单我们并没有看到。第三，报复的目标，说是有一个视频，里面有七个人。我们也没有拿到视频，除了任春丽和白子明，其他目标又是谁？有没有党永？第四、任春丽、白子明甚至是党永若遇害，我们勉强可以认为他们曾经是刁文龙的合伙人，但是其他目标呢？和刁文龙又是什么关系？据我们的调查，刁文龙行踪隐蔽，身边可没有这么多关系紧密的人呀。"

"是啊。刁珺妮的死我最能理解，但是说实话，后来的任春丽、白子明甚至党永，我真的看不出他们有什么需要被报复的必要。"刘坤直言道。

安晓峰又补充道："还有呢。最后一个疑问，是关于50万的奖金，是如何交付的。佟海建是如何把钱交给徐冰等完成任务的人的？"

"是呀。"刘坤越发疑惑起来，"之前我们的推断，是佟海建有两名同伙，分别杀害了任春丽和白子明。如果按照徐冰的供述，那就无须什么同伙了，而是十一个网友。"

"可是，即便有十一个网友帮佟海建杀人，也需要有人帮忙交付奖金呀。佟海建人在监狱里，他肯定无法给钱。50万可不是小数目，如果真是七个目标的话，奖金总额会达到350万。这么多钱，得是十分信得过的人吧。"

网络专家也听迷糊了，只好说道："总之，暗网上的模仿杀人任务，我这边是什么也没查到，所以暂时无法断定真假。"

"这条线是死胡同，那就先放一放。"安晓峰又问道，"任春丽的手机呢？查到什么新线索没有？之前不是看到有两张奇怪的照片吗？"

"查到了。"正在忙着的一位电脑专家指着电脑屏幕回答道："可以断定，照片的拍摄地点是某食杂店内部，从店内环境和商品陈列情况来看，应该不是连锁店，更像是个体经营的小店。店内装修不算陈旧，开业时间不会太久。另外一张照片，是店内安装的监控摄像头，从新旧程度和型号分析，应该是最新的，肯定是最近才安装的。照片拍摄的时间确实是在第三起绞刑案发生以后，这一点确实很可疑。"

"能定位吗？"

"幸好手机开启了拍照定位的设置，这两张照片都有位置信息。这一点也很奇怪，该手机内的其他照片在拍摄的时候都没有开启该功能，唯独最新的这两张照片开启了，可能具有某种用意。你们看，"电脑专家打开定位地图，"这就是照片的拍摄地点。"

"这不是……"

安晓峰和刘坤盯着地图上的坐标，有些难以置信。

"就在西沟镇，位置偏北，这里有一条小巷子，你们看，食杂店就在这条小巷子中部。"

刘坤瞪大了眼睛，仍旧满脸不解："任春丽是在石门村遇害的，前面我们已经推测过了，凶手杀完她以后时间上是来不及赶到西沟镇的呀。"

"这就更加印证了，凶手不止一个，至少有两个。"安晓峰推断道，"而且，任春丽死的时候，手机根本不在她身上。换句话说，任春丽回石门村探亲的时候，身上压根儿就没带手机。"

"这个情况很反常。"

"有人在任春丽回家前，就获得了她的手机，并用她的手机拍了食杂店内的照片，然后把手机交给了我们。"安晓峰拿起桌上的任春丽的手机，说。

"送手机的人会是成记者吗？"

"还不能确定。送手机的人已经查过了，是个男的，自称是同城快递的，放在大门门卫处就走了。据门卫回忆，那人并没有穿制服，估计是伪装的。"

"奇怪，会是谁呢？"

"可以断定的是，送手机的人与凶手不是同伙。"

刘坤指着屏幕上的定位，问："那这个食杂店怎么办？我们过去查查吗？"

"马俊杰正好留在那边调查，我让他先过去，把现场保护好。"

说着，安晓峰拿出手机，刚要拨给马俊杰，马俊杰的电话竟然打了进来。

电话里，马俊杰的语气略显激动："报告安队，今天下午我们在案发现场水塔附近一个杂乱的木头堆里，找到了一盒新买的还没有拆封的香烟。"

"香烟？"

"那里平时很少有人去，出现这么新的香烟，再结合发案的时间，我怀疑，是死者白子明或凶手遗落在现场的。"

"这个线索很重要，只要提取烟盒上的指纹和白子明的指纹比对一下就知道了。"

"不用比对了，基本上可以断定是白子明遗落的。"马俊杰继续汇报道，"我带人把水塔周边所有卖烟的商店都排查了一遍，在一条偏僻的巷子中间，找到了白子明买烟的地方。我把死者白子明的照片给食杂店老板看了，基本可以确定。据店老板回忆，案发当天，确实有个人到他店里买过一包香烟，因为看那人脸生，不是本地人，所以对他有些印象。"

"也就是说，白子明独自买烟之后，被凶手用匕首劫持，到水塔上杀害。"

"没错，是这样。"

安晓峰看着电脑屏幕上任春丽手机拍摄的那张内景照片，突然问道："你现在马上去食杂店。"

"我现在就在这儿呢，刚刚跟店主询问完。"

"那你马上看一下，店内柜台上方的墙角，是否安装着一个新的监控摄像头，型号是 HD-S17A。"

电话那边，马俊杰马上进行了确认，片刻，带着难以置信的语气问道："你怎么知道的？神了！"

安晓峰激动起来，赶紧又问："监控摄像头是什么时候安的？安装以后，有没有人拿着手机拍照？"

"你稍等，安队，我问问店主。"

安晓峰把手机打开免提，众人紧张地等候着。

过了几分钟，手机扬声器里传出马俊杰兴奋的声音："喂，安队，问完了。据店主反映，摄像头是 3 月 7 号那天安的。"

"7 号？白子明遇害的前一天！"

"对。至于有没有人拍照的事，店主没有注意。他说，原本考虑到食杂店不大，一个人完全可以打理，没想过安装监控。后来是店主的一个朋友，那人经常来买东西，见店里没有监控，就提出免费给安装。因为认识，又是免费，所以店主就答应了。"

"那个朋友是哪天提的？"安晓峰追问。

"也是 7 号。7 号早上提的免费给安，没等多久，上午就真的给安上了。"

"提出安装摄像头的人具体是谁？"

"是镇上生猪屠宰场的一个伙计，店主管他叫小赵。他以前就是安装监控的，后来被他二叔叫到屠宰场帮忙。"

听完马俊杰汇报的情况，安晓峰果断命令道："马上找到小赵的下落，先把他控制起来。我马上赶过去！"

"是！"

第 21 章　致命监控

3 月 12 日清晨 4：00，天还没亮，安晓峰率领刘坤等侦查员驱车赶到了西沟镇。

在镇子上的一处砖瓦平房的周围，马俊杰和刘强已经带人将房子严密监控起来。安晓峰一到，马俊杰首先报告了最新情况。

他说道："可以确定，赵利伟独自在家。他晚上回家之后就再也没出来，现在估计还没起床呢。我们没敢打草惊蛇，他现在估计不知道已经被围了。"

"他是杀害白子明的第一嫌疑人，身上很可能有匕首或是其他凶器，大家一定要注意安全。"安晓峰看了一眼手表，命令道，"对一下表。现在是 4：15，五分钟后，突进去抓人。准备破门设备！"

"是！"

众人掏出手枪，朝房前摸了过去。

天色尚未有一丝丝亮意，天边隐约可见的一条白边也并不能照亮这普通的乡镇小院。刑警们看不清房门前铺的红砖甬道，只听到脚踩在风化严重的甬道上面沙沙作响。

4：19，房前布满了警察。有的猫着腰，蹲在拉着窗帘的窗户外面。有的举着手枪，就位在房门两侧。

远处传来一阵狗叫。安晓峰注意到，一位早起的邻居正牵着绳子出来遛狗，邻居明显被眼前的阵势惊呆了，愣在原地的他与身旁躁动不安的田园犬形成动静鲜明的对比。

安晓峰朝那人摆手，示意他退回去。邻居看到了手势，也看到了路旁停着的一排警车，大致明白了状况，赶紧拽着狗退回了自家院子。

时间到了，安晓峰示意破门。随着哗啦一声巨响，房门被破开，安晓峰与马俊杰率先冲进房里，直奔卧房，将蒙在被子里酣睡的年轻小伙按住。

小伙子穿着短裤，赤裸着上身，一阵挣扎："你们谁呀？你们怎么进来的？"

"我们是警察！"马俊杰一边给嫌疑人戴上手铐，一边大声说道，"你叫什么？"

"你们为什么抓我？"

"问你话呢，叫什么？"马俊杰用更加激烈的语气问道。

"赵利伟。"

"抓的就是你！靠着墙边蹲下！"

马俊杰把赵利伟按在墙边，安晓峰将灯打开，带着刘坤等侦查员进行室内搜查。

只见屋里设施简陋，一张单人铁床，一张旧电脑桌，上面摆着一台台式机。电脑桌上摆着吃剩的方便面纸筒，还有火腿肠的包装皮。床底下胡乱塞满了包装盒子，打开来看，都是一些坏掉的监控设备。

刘坤检查着监控设备，小声问身旁的安晓峰："安队，你把赵利伟锁定为嫌疑人的依据是？"

"其实我也不能十分肯定是他。"安晓峰回头瞥了赵利伟一眼，小声说道，"有人给我送回了任春丽的手机，这样的关键性物证让我们顺利抓获了杀害任春丽的凶手。我只是赌了一把，看看手机里拍摄的食杂店内监控设备的照片，能不能帮我们破案。如果能，那么就可以确认，送手机的人是在故意向我提供破案线索。"

刘坤听了点点头，放下监控设备，掏出手机，走到赵利伟面前："赵利伟，把头抬起来。"

赵利伟仰起仍带着深深疑惑与惊吓的脸。

"食杂店的监控摄像头，是不是你安的？"刘坤大声问道。

赵利伟快速扫视了照片一眼："是我。"

"哪天安的？"

赵利伟稍微想了一下："7号上午。"

"收了多少钱？"

"没收钱。免费给安的。"

"这是最新型号的监控设备，为什么这么大方？是不是别有企图？"

"我不清楚。是我们老板让我去的。"

"你们老板？"

"就是我二叔。"

"你老板是你二叔？"

赵利伟点头。

刘坤看向了安晓峰。安晓峰朝门口的刘强招手，示意他过来。

"你二叔叫什么？"安晓峰问赵利伟。

"赵恒涛。"

"你认识这个人吗？"安晓峰朝刘强问道。

刘强点了点头："知道这个人，开生猪屠宰场的小老板。"

安晓峰又问赵利伟："赵恒涛为什么让你去给食杂店免费安装监控设备？"

"我也不知道。"赵利伟一脸无辜地说，"我以前就是干监控的，镇上的监控大多是我安的。赚了点钱，但是玩网游都花了，我只好到屠宰场上班了。"

"网游玩好了不是能赚钱吗？"刘坤插嘴问道。

"我给游戏主播打赏花了。"

刘坤感到一阵头疼："接着说！"

"我二叔让我给他帮忙，帮他管理厂子，就是当他的副手。说是比我干监控赚得多。"

"不要避重就轻！"安晓峰提醒道。

"我是年后才跟着二叔干的，没多长时间。他老不在厂里，所以我最近挺累的。白天在厂里，偶尔替他跑跑腿。晚上回家通宵打游戏，边打游戏边看直播。"

"别说你跟游戏主播的事了，问你监控的事呢！"刘坤提醒道。

"就是 6 号晚上吧，不，是后半夜，快要天亮的时候。我正准备下机要睡觉，二叔给我打电话了。"赵利伟回忆道。

"你怎么记那么清楚是几号？"安晓峰问道。

"6 号那天是我喜欢的游戏主播开播两周年庆典。"

"什么？游戏主播还庆典？她们不就是在家上网，然后拿着摄像头对着自己吗？这还需要庆典吗？"安晓峰感到十分不解，"语音聊天早就有了，我上大学那会儿网吧里比比皆是，为什么还要庆典？"

"现在漂亮的游戏主播都靠这个赚钱，什么生日啊，开播周年庆啊，其实都是名头，目的是让我们这些粉丝给她们刷礼物。"

"你刷了多少？"安晓峰仍不能理解赵利伟的行为。

"那天晚上刷了有十多万吧。"

"疯了！"安晓峰无法理解眼前的年轻人。

刘坤也摇了摇头，追问道："继续交代。6号晚上，不，是7号凌晨，赵恒涛打电话说了什么？"

"他就说他谈妥了几家食杂店，让我准备些新款的监控设备，去给安一下，还说不用收钱，钱由他出。"

"为什么不收钱？"刘坤问道。

"这我不知道。我当时也想不通。但是我都照办了。7号一上午时间，我都给安完了。"

"有什么可疑的吗？你好好想想！"安晓峰问道。

"没了。"

"我可提醒你，这件事很严重，涉及命案，你最好想清楚再说。"安晓峰提示道。

"水塔那个案子，你肯定听说了吧？"刘坤提示道。

赵利伟琢磨了一会儿，有些后怕，赶紧补充道："他让我在安装监控设备的时候，偷着在那些电脑里安装了后台程序。"

"赵恒涛让你安了什么后台程序？"安晓峰立即警觉地问道。

"就是一个可以共享摄像头的程序。"赵利伟解释道，"安了以后，我们这边就可以在电脑上操作，实时地看到那些店内的情况，也能对电脑里存储的监控视频随时调取和比对。"

"比对什么？"安晓峰不解地问道。

"就像一些大城市的车站、医院，进门的时候在摄像头前面扫一下面部，就能测量体温，知道有没有疾病。还能面部识别，看看是不是逃犯。只要有一个面部识别的基础数据，就能从行人当中辨别出来。"

"赵恒涛为什么要这么干？他是在找什么人吗？"

"我也不知道。问他也没说。我还以为他是在搞什么实验，想涉足人脸识别生意也说不定。"

"你刚才说的那台可以看到店内情况的电脑，在哪里？"

"后台程序安装在了他的手提电脑里，电脑他随身带着。"

"拿纸和笔，"安晓峰交代道，"把你安装过监控的所有商店的店名和地址都写下来。"

写完，赵利伟被带回当地派出所进行临时关押和审讯。

安晓峰看了一眼手表，对刘强说道："以最快的速度查到赵恒涛的地址。一是屠宰场，二是他的住所。拟定 15 分钟以后出发，兵分两路，对赵恒涛实施抓捕。"

刘强领命出去打电话了。

侦查员们继续对屋子内外进行勘查，寻找作案工具。

刘坤打开了赵利伟的电脑，在里面发现了大量游戏主播的直播截图。

"这个赵利伟应该没有撒谎，他不像是杀害白子明的凶手。"她说。

安晓峰点了点头，推断道："屠宰场老板赵恒涛有重大杀人嫌疑。他在各处安装监控，并进行后台监视和比对，很可能是以此查找白子明的踪迹。白子明就是在食杂店买完烟以后遇害的，他万万没想到，当他走进食杂店的那一刻，就已经落入了赵恒涛的视线。"

"哇，这个赵恒涛很可怕呀。"

刘强跑了回来，急切地向安晓峰汇报道："赵恒涛最近一直没回家，他老婆说他最近一直联系不上，以为他在厂子里。为了谨慎起见，我已经派人去他家搜查了。"

"屠宰场地址查到了吗？"

"查到了。在镇子外面。"

"去屠宰场抓人！"

早上 5: 19，警方抵达了位于西沟镇东北不到 20 里的生猪屠宰场。偌大的厂区大院，所有出口都被警方严密围堵。

安晓峰驾车直达厂区中心的主厂房门前，看见已有几个工人正在打扫卫生，清洗厂房内外水泥地上的血污，隔着玻璃，已能闻到浓重的血腥味。

安晓峰下了车，四下打量着。这座生猪屠宰场的规模超出了安晓峰的心理预期，他没想到距离锦绣市区如此遥远的小小西沟镇，竟然拥有如此大型的工厂。新建的厂房，穿着制服有序劳动的工人，都让人无法怀疑这里有什么不法活动。

刘强叫过来一个伙计，问道："你们老板赵恒涛呢？"

伙计回答："他没来呢。今天来不来还不知道呢，昨天就没来。"

"他经常不来吗？"

"也不是。就是最近几天老不来。"

"安队，赵恒涛会不会已经跑了？"刘坤问道。

安晓峰的脸上露出一丝迷茫。

"要不你们去他办公室等他？"伙计随口说道。

"他办公室在哪儿？"

伙计指了指前面的一排二层楼房，安晓峰立即带人围了上去。

这是厂区里最新建设的一栋建筑，与那些满地血迹或散发着猪粪味的地方不同，这里更像城里的写字楼。

大门开着，并没有上锁，一个保洁员正在顺着楼梯往上擦拭着。

安晓峰轻轻地走进一层大厅，四下打量完，问那保洁员："赵恒涛办公室在哪儿？"

保洁员指了指一楼最里侧的一间屋子。

"他来了吗？"安晓峰亮出警察证，低声问道。

保洁员摇摇头："昨天就没来。"

安晓峰示意刑警们把守出口，带马俊杰和刘坤朝办公室走去。

赵恒涛办公室的房门与其他房间不同，并不是普通的实木门，而是铁质的防盗门。安晓峰听了听屋里的动静，然后用手试着拽了拽房门，令他意外的是，哗啦一声，门居然被打开了。

安晓峰来不及诧异，赶紧掏出手枪第一个冲了进去。马俊杰与刘坤见状，也掏出手枪跟了进去。

只见偌大的办公室，装修豪华气派。会客区与办公区用屏风隔着，还有专用的洗手间和茶水间。室内名人字画挂满了墙，各种陶瓷器皿和石雕摆件陈列在红木的柜子里，真皮的沙发仍散发着皮质的清香。

检查完毕，赵恒涛不在。

"门怎么没锁？"刘坤疑惑地问。

安晓峰叫来保洁员，问道："你们老板平时都不锁房门吗？"

保洁员摇摇头："平时经常上锁，就连中午出去吃个饭都要锁呢。"

"那为什么今天没锁？"

"不对呀。昨天下午我过来拖地的时候，这门还是锁着的呀。"

"都谁有钥匙？"

"只有他有。"

"赵恒涛昨晚回来过。"安晓峰思索片刻，对门口的侦查员说道，"加强屠宰场外围的把守，任何人不许进出。让所有工人停止工作，原地待命，禁止在厂区内走动。刘强？"

刘强跑了过来。

安晓峰交代道："想办法尽快弄一份厂区内所有建筑的施工设计图。"

刘强应声出去了。

马俊杰不解地问："要设计图纸做什么？"

安晓峰没有回答，而是走出办公室，在其他房间检查起来。

刘坤大致猜出安晓峰的意图，对马俊杰解释道："弄不好就藏身在厂子某处。"

25分钟以后，刘强从镇政府专管土地规划和城乡建设的朋友手里要来了屠宰场申报厂房建设时的规划图纸，是几张手机拍摄的照片，刘强第一时间发给了安晓峰。

安晓峰看了半天没看出门道，于是又发回给了技术大队的专家。

又过了15分钟，安晓峰接到了技术专家的电话，对方是这么说的："新盖的办公楼最可疑，设计有些不合常理的地方。重点检查一下楼梯东侧到厂长办公室的区域，尤其是检查一下有没有地下室之类的设计，或是暗阁之类的。"

刚挂电话，一个侦查员跑了回来："停车场发现了赵恒涛的汽车，用车衣盖着。车里发现一个装着50万现金的黑色塑料袋！"

"什么？！"安晓峰顿时感到一阵眩晕。他来不及细想徐冰所说的关于50万奖金的事情，只想尽快抓住赵恒涛再说，"他可能就在厂里藏着，给我搜！"

安晓峰带领侦查员们开始了地毯式的搜查，将一楼重点区域仔仔细细搜查个遍，就连有的地砖都撬起来看了，仍没发现可疑之处。

就在大家面露失望的时候，安晓峰突然想起什么，又跑进了厂长办公室里，来到工作台附近，仔细查看着。

"这个老板办公桌是纯实木的，好像挺重的，要不要叫人把它搬开？"刘坤走过来问道。

"不用，"安晓峰说道，"咱们搬不动，赵恒涛同样搬不动。"

安晓峰绕着办公座椅走了两圈，最后干脆坐在老板椅上。突然，他感到脚下的地毯有些异样，赶紧站起来。

"把椅子挪开，把下面的地毯掀起来。"他说。

众人合力照办。当地毯掀开的一刹那，众人露出了惊讶的神情。

"你怎么知道在这儿，安队？"马俊杰兴奋地问道。

安晓峰示意众人不要出声，然后掏出手枪。

马俊杰会意，用力将地毯下一处活动的地板拉起，露出了一个地下室的入口。刘坤打开手电筒朝下面照着，一段陡峭的楼梯出现在众人眼前。

安晓峰示意下面可能有人，于是众人做好抓捕准备。刘坤拿着手电筒想要第一个下去，被安晓峰一把拽住，抢先冲在了前面。

众人跟着安晓峰逐一下到了地下室。地下的空间很宽阔，大致与地上的办公室等大，只是几乎没有什么装修，清一色的水泥墙壁以及水泥地面。昏暗潮湿的环境让大家汗毛直立，时不时地飘来阵阵机油味，更让人疑惑不安。

刘坤找到了电灯的开关，打开的那一刻，众人都被震惊了。

只见偌大的地下室由于没有任何隔断的缘故，显得异常开阔。一侧的墙面上，挂满了各式各样的刀具、斧头、电锯等器具。另一侧的墙边摆着一张铁案台，上面摆放着一台笔记本电脑，以及数台监视器等监控设备。监视器开着，上面可以看到安装了监控摄像头的几个食杂店内的情况。而死者白子明最后出现在食杂店的画面，正被定格在一台监视器上面。

众人没有发现赵恒涛的身影，全都看向了安晓峰。

安晓峰环顾四周，目光最后落在了最里侧墙边的一排大铁柜上面。

安晓峰一边示意大家注意安全，一边拿着手枪缓缓向那些铁柜靠近着。刘坤和马俊杰跟在后面，紧握着手枪的手由于紧张一直在冒汗。只见安晓峰缓缓地将铁柜的门逐一拉开，每拉开一个，众人的心脏就猛跳一回。

因为，在一个铁柜里，大家看到了一把特别长的匕首。在紧挨着的铁柜里，看到了一长两短共三根登山绳索。

直到剩下最后一个柜子时，大家全都不敢喘气，高度紧张，绷紧神经。安晓峰停顿了一会儿，并没有急于去开，他握紧手里的枪，对准柜门，深呼吸三次。

"赵恒涛，我知道你藏在里面。再不出来，我就开枪了！"他说。

良久，柜子里没有动静。室内异常安静，每个人都能听见自己的呼吸声。

安晓峰猛地拉了一下枪栓，给手枪上膛。众人会意，全都拉动枪栓，咔嗒咔嗒，一阵上膛的声响在地下室里回荡着。

过了几秒，最后一个柜门缓缓打开了。众人看到，赵恒涛正一脸害怕地蜷缩在柜子里。

"别开枪，我有罪！"他用颤颤巍巍的语气说道。

第 22 章　暗杀视频

3 月 12 日早上 8∶30，刚吃过早饭，安晓峰在西沟镇派出所对犯罪嫌疑人赵恒涛进行了紧急审讯。

"你好啊，**饕餮少女**。"这是安晓峰的开场白。

赵恒涛早已放弃了抵抗，此时他脸上开始有一丝解脱和悔意："我认罪，我杀了人。水塔上吊死的那个，就是我干的。"

"杀人动机是什么？"安晓峰问。

"你们不是都找到了吗，在我的车里，50 万。"赵恒涛一脸沮丧地说。

"你是想说，是为了这 50 万奖金而去杀人，是吗？"

赵恒涛点头。

"你跟徐冰事先串供了，是吧？回答得完全一致。"

赵恒涛摇摇头："谁是徐冰？"

"就是杀害任春丽的那个。网名叫冰河世纪。"

"冰河世纪，我知道他。"

"你们认识？"

"不，"赵恒涛再次摇摇头，"我跟他并不认识。"

"那你怎么知道他？"

"他是我们十一个领取了模仿杀人任务的杀手之一，我有名单。"

站在一旁的刘坤将赵恒涛的手提电脑放在桌子上，打开。

"是这份名单吗？"她问。

赵恒涛看了一眼，点头。

"那你认识佟海建吗？"安晓峰问。

"不认识。从来没听说过。"

"你老实交代！到底认不认识佟海建和徐冰？"安晓峰狠狠地拍着桌子，问道。

"真不认识。"

安晓峰有些泄气，因为，他从心底不愿意承认暗网上关于模仿杀人的事情。

但是，目前种种证据表明，徐冰和赵恒涛这两个新抓获的凶手，并不是佟海建的同伙，他们之间最多是网友关系。

刘坤见安晓峰正在纠结，于是插嘴问道："赵恒涛，你车里的50万是谁给你的？"

"我也不知道。按照暗网上的任务执行清单，我杀完白子明之后，就一直在等着这笔奖金。昨天晚上吧，我突然发现我的车里多了一个黑色塑料袋，里面有50万现金。我知道，这肯定就是那笔奖金了。但是我真没看到是谁送的。我的车也没有撬开的痕迹，我怀疑，有人拿万能钥匙打开了车门。"

安晓峰稍微缓和了一点，继续问道："你说你是在暗网上看到有人发布了模仿杀人任务，是吧？"

"是的。"

"你是按照暗网上的杀人手法模仿作案的，对吧？"

"是的，绞刑杀人。"

"你是怎么把白子明带到水塔上去的？"

"他买完烟，我就跟踪着他。到了没人的地方，我就拿匕首抵住了他。他一开始反抗来着，后来被我刺了几下，就不再反抗了。我把他逼到水塔顶上，之后的事，你们都知道了。"

"是地下室铁柜里的那把匕首？"

赵恒涛点头。

"那登山绳呢？为什么还剩有三根？"

"我本来买了10米，从中间割成两根5米的。任务清单上要求是3.75米，我就又割了一下，得到两根3.75米的，剩下两根1.25米的。"

"你杀白子明时用掉一根3.75米的，那么剩下的呢？"

"还剩下一根3.75米的，我本打算再做一次任务。可惜还没找到下一个目标，你们就抓住了我。"

"我还是不明白，"安晓峰一头雾水地问，"你是怎么知道白子明会来西沟镇的呢？要是他不来，你那些监控不是白安了吗？"

"我们这些经常玩暗网的，有一个小群，经常共享一些数据。白子明的下落就是我在监控共享群里买的数据。在附近的几个城市，有很多拥有监控共享数据的网友，只要我出钱，就能共享他们手里的监控数据。白子明的行踪我就是这么得到的，好像他不是一个人来的，身边应该有好几个人。为了得到他在这里的行踪，我临时在镇子上安装了一批监控设备。"

刘坤打开赵恒涛笔记本电脑里的一张截图，给安晓峰看。

"这就是他电脑里保存的截图，应该是他当初在暗网上看到的那个模仿杀人任务清单。"她说。

安晓峰看完，问道："这个暗网的任务不是早已经删除了吗，为什么你还保存着？"

"这个任务一开始令我很兴奋，我保留了所有东西，想作为收藏。任务截图、杀手名单、作案时的匕首、绳索、监控，统统保留着。这些都是我的战绩。"

刘坤打开另一张截图，问赵恒涛："这就是领取过模仿杀人任务的十一个网友的 ID 列表？"

"是的。"

安晓峰逐一看着这份网络杀手名单，上面的 ID 让人既陌生又害怕：

凝望的深渊

冰河世纪

饕餮少女

Hidden killer

人体贩卖机

0x00000035

钢丝茧

format c

氰毒牛奶

IPC$

蜜罐 3344

刘坤指着杀手名单对安晓峰说："目前，冰河世纪可以确定就是手机店老板徐冰，饕餮少女就是这位屠宰场老板赵恒涛。其他的九名暗网杀手，咱们还不知道他们的身份。"

"你知道吗？"安晓峰问赵恒涛。

赵恒涛摇摇头："这些人可能来自各地，互相都不认识，是谁都有可能。"

安晓峰指着其中一个 ID 又问道："这几个汉字的网名我大致能明白，这个英文是什么意思？"

赵恒涛看了一眼，回答道："Hidden killer 是英文，翻译为隐形杀手的意思。"

"这个呢？"

"0x00000035 是蓝屏代码，网络路径找不到。这个人取这样的网名，可能是个电脑高手。"

"那这个呢？"

"format c 也是电脑术语，格式化 C 盘的意思。"

安晓峰又指了指最后两个。

赵恒涛回答道："IPC\$ 是共享命名管道的资源。蜜罐 3344 是黑客用语，意思是引诱别人攻击的假目标。暗网上就是这样，人们喜欢标榜自己是黑客，技术好，所以经常起这种电脑黑客术语。这样的人其实并不一定是真黑客，也许跟我一样，只是一般的生意人。"

"你的网名为什么叫饕餮少女？"安晓峰好奇地问道。

"我的名字里有个涛字，和饕餮的餮同音。而且我是干生猪屠宰生意的，每天为人们提供猪肉，做成美味佳肴，所以叫饕餮。至于少女嘛，只是为了迷惑别人，我是男的，我叫饕餮少女，让人意想不到。"

"你是开厂子的，家里也不缺钱，至于为了 50 万杀人吗？"

"是不至于。"赵恒涛苦笑着说，"其实我并不是真的为了这笔奖金，我主要是追求刺激。"

"你是说，地下室里的那些刀具什么的吗？"

"开了厂子以后，杀戮变得稀松平常了。我开始不满足，喜欢起各式各样的凶器。各种刀具、电锯，我都有收藏，这比收集那些古董和字画有意思多了，我甚至在建设办公楼的时候特地建了一个地下室，专门作为我收集爱好的隐秘空间。再后来，我为了购买一些禁止销售的凶器，开始接触暗网。暗网上什么都有，是冒险者的乐园，只要你胆大，只要你有钱……"

"你让你的侄子赵利伟帮你免费给一些商店安装监控设备，还暗中在人家的电脑里安装了共享程序端，你的目的是想监视并搜索白子明的行踪，对吧？"

"大致是这样的。"赵恒涛带有一丝丝得意地说，"确切点说，不只是搜寻白子明的行踪，而是搜寻七个目标的行踪。"

"你是说，暗网发布的模仿杀人任务，要求你们暗杀的对象，一共有七个？"

"是的。就是视频里的七人。"

"视频在哪里？"安晓峰追问道。

"隐藏起来了。"

"找出来！"

刘坤将电脑交给赵恒涛，赵恒涛一番操作，输入密码，找出一个加密的视频文件，播放。

安晓峰注意到，这是一段监控视频的画面。画面中的环境有些熟悉，当看到佟老汉出现在画面里时，安晓峰立即认了出来："这是佟老汉家的监控？"

刘坤赶忙点头："是的。"

"可是咱们去他家时，他家并没有安装监控设备。"

"这段监控视频拍摄的时间显示，是两年前。"刘坤仔细看着视频说道，"可能是后来把监控拆除了吧。"

视频里，佟年从外面回来了，背着书包。

"这个时候佟年还没有死，应该是在绑架案之前拍的。"安晓峰说。

突然，视频里出现了成奚蕊，她先是跟佟老汉说着什么，然后走去里屋跟佟年交流。由于视频没有声音，所以听不到说了什么。

"成记者！她怎么会在佟家？她两年前就去过佟家！"刘坤简直不敢相信自己的眼睛。

话音刚落，视频里成奚蕊再出现的时候，下方出现了一行后期合成上去的字幕，写着成奚蕊的身份，还有电话号码等信息。字幕短暂出现了一下就消失了，需要暂停才能看见，紧接着，出现了数字1的字幕闪现。

"这个数字1是什么意思？"安晓峰下意识地问道。

赵恒涛回答："意思就是，她是1号暗杀目标。"

"什么？！"

"成记者是暗杀目标？！"

"是的。这样的暗杀目标，视频里一共出现了七个。"

很快，安晓峰看到，刁文龙出现在了视频。他进屋以后，先是质问佟老汉什么，然后冲进里屋，抓住佟年，要往外拖。成奚蕊想跟出来阻止，被刁文龙一把推了回去，并用锁头反锁，将成奚蕊锁在了里屋。随即，佟老汉上前，阻止刁文龙带走孙子，刁文龙推开佟老汉，并用匕首抵住了佟年的脖子。门口处出现了另外六个人，他们有的拿着刀，帮助刁文龙一起挟持着佟年离去。奇怪的是，刁文龙出现的时候，并没有出现暗杀数字。可当刁文龙的同伙六人出现时，接连出现了暗杀数字，还用定格画面将每个同伙都标注了暗杀数字，而且用字幕的形式提供了身份信息。

安晓峰将视频定格，问道："这就是你说的七个暗杀目标？"

"是的。"赵恒涛说，"那个叫成奚蕊的女记者是1号目标，可惜我没有找到她的行踪。那个叫党永的是2号目标，我也没找到。3号目标任春丽我找到了，她出现在了西沟，但是后来不知道为什么，突然离开了。于是我只好对4号目标白子明下手了。"

刘坤一脸震惊，快速用纸和笔记下了七个目标的列表：

1号：成奚蕊

2号：党永

3号：任春丽

4号：白子明

5号：李立彬

6号：苗旭

7号：刑翔东

安晓峰仍旧沉浸在对视频的震惊里，良久，他才说："原来两年前的绑架案，并不是刁文龙独立干的，他还有六名同伙。当时小蕊也在场。这个情况，佟海建和佟老汉都对我们隐瞒了。而且，这六名绑架同伙并没有在刁文龙被击毙的现场出现，加上佟家人没有举报，所以警方都不知道这个情况。"

"他们对所有人隐瞒了刁文龙存在同伙的秘密，甚至拆除了家里的摄像头，看来，早就打算对绑架案的凶手们展开报复了。"刘坤判断道。

安晓峰将视频倒回去，重新看着："1号目标，小蕊，为什么会成为目标，目前是个谜。2号目标，党永，他的身份以及与刁文龙的关系，我们之前推断可能具有某种隐秘的关联。现在，我们基本可以确定了，他们的关联就是绑架案的同伙。是因为他们共同对佟年实施了绑架，并导致了佟年的死亡，所以成为佟海建的报复目标。"

"是这样的。"

"3号目标任春丽，已经遇害了。还有4号目标白子明，也遇害身亡了。那么，现在仍然活着的，并且仍是网络杀手们的目标，除了2号党永，就还有5号李立彬、6号苗旭和7号刑翔东。"

刘坤一边看着自己的记事本，一边核对着视频上的字幕信息，说道："党永，男，33 岁，是任春丽的男朋友。李立彬，男，27 岁。苗旭，男，今年 35 岁，这里面他年纪最大。刑翔东，男，今年只有 23 岁。"

"这四人实际上都是两年前绑架案的在逃犯，党永可能还是他们的头头。他们四个躲到西沟镇以后，相继发现任春丽和白子明遇害身亡，可能已经知道了正被佟海建追杀的事，目前可能已经逃离西沟镇了。"

"这四个逃犯的身边，可能还带着成记者。"刘坤提示道。

"还有九名网络杀手，正在追杀这五个目标！"安晓峰意识到了事态的严重性。

审讯室里的空气瞬间凝结了。

赵恒涛突然插嘴问道："警官，你看，我都已经全部交代了，能不能宽大处理呢？我家里还有老婆孩子，我厂子里还有几十口工人靠我吃饭。"

"把厂子交给你老婆吧，至于你……"安晓峰站起身来，脸上露出冰冷的神情，转身离开了审讯室。

中午，结束审讯，草草吃过午饭，安晓峰命令所有侦查员收队，押上赵恒涛及其侄子赵利伟，启程返回锦绣市。

路上，众人没有一丝抓获凶手的喜悦，而是感到了更大的压力。

因为，关于暗网上模仿杀人的事已经得到证实，目前，仍有九名网络杀手磨刀霍霍，正在追杀包括成奚蕊在内的五名目标。原本的失踪案，已经演变成了三起连环绞刑案，而且随时有可能变成四起、五起……

安晓峰驾驶着越野车行驶在国道上，压抑的气氛让他透不过气来。他降下车窗，又狠狠地拍打了一下方向盘，吓得坐在后排座位的马俊杰大气都不敢出。

"安队，咱们接下来应该怎么办？"刘坤小心地问道。

安晓峰深呼吸好几次，努力地尝试控住自己的情绪。他甚至不敢看身旁的刘坤，因为他正努力地把她想象成全树海，想象此时坐在副驾驶座的人是他的顶头上司兼师父。如此，他的心便能静下来许多，便有了依靠的感觉，便能够正常地进行思考。

安晓峰清了清喉咙，故作镇定地说道："现在可以肯定的是，佟海建在暗网发布模仿杀人任务，目的是报复刁文龙及其同伙。而那些网络杀手疯狂搜寻视频里的目标进行杀戮，大致可以归为是为了得到 50 万的奖金。那么整个案子基本上是可以说得通的，目前还有两个比较大的疑点，仍然没有答案。"

"哪两点？"刘坤心中其实已有答案，她故意问出来，是怕坐在后排的人不清楚。

安晓峰继续说道："第一点疑问，就是小蕊。很明显，她并不是两年前绑架佟年的同案犯，为什么会成为佟海建报复的目标之一？"

"对呀。"刘坤故意解释给马俊杰听，"只要佟海建回家看到监控视频，只要询问过他父亲，就应该能够知道，当天是刁文龙一伙绑架了佟年，跟成记者没关系。"

马俊杰听了直点头："可不。为什么把成记者看成刁文龙的绑架同伙，以及成记者被佟海建控制期间，怎么就无故从佟海建手上消失了，这都是未解之谜。"

"第二点疑问，"安晓峰强行将对成奚蕊的担心收起，继续说道，"就是那50万奖金。佟海建人在看守所里，是怎么把奖金交给徐冰和赵恒涛的？"

"他本人肯定是无法亲自送钱的，应该是有人帮他去送的。"马俊杰说。

"可是我们已经基本证实了暗网发布杀人任务的真实性，"刘坤分析道，"也就是说，领取了杀人任务的十二个人是来自各地的网友，他们彼此压根儿就不知道对方的身份，他们是单打独斗的，佟海建也不认识这些人。而且也基本否定了佟海建还有同伙。那么，究竟是谁在帮他送钱呢？"

"佟老汉？"马俊杰猜测道。

"有可能，但不太像。"刘坤判断道，"如果那老头能在我们的人24小时的监控下完成送钱的动作，那我真的太佩服他了。"

"也是。"马俊杰的表情变得茫然起来。

"这两个疑问，只有佟海建能告诉我们答案。"说着，安晓峰猛踩油门，提高了车速，"尽快赶回队里，我要再次提审佟海建。"

第23章　你以为案子破了

3月12日下午3:00，刑侦支队第一审讯室。

刘坤和马俊杰将佟海建带到了安晓峰面前，安晓峰特地将两名侦查员支开，他想独自审讯。

坐定以后，佟海建打量了一下安晓峰疲惫的脸，竟然露出一丝关心的神色。

"抓住几个了？"佟海建问。

"两个。"安晓峰此时的气势已经不自觉地弱了几分。

佟海建冲安晓峰竖起了大拇指："还是比我想的要快。安队，你很厉害，侦办案件的效率已经非常惊人了，不愧是全树海的徒弟。"

"你心里的仇恨真有这么大吗？"安晓峰试着问道，"大到杀死刁文龙的女儿还不够？"

"不够。"佟海建目光坚定地说，"你不是抓住两个了吗，这说明我的计划你已经很清楚了。"

"你是说，暗网发布模仿杀人任务的事，你认罪了？"

"认罪，是我干的。"

安晓峰感到一阵头疼："什么时候发布的任务？"

"整个计划，是从儿子去世以后就开始设计了。至于暗网的任务，是在杀死刁珺妮之后。就在你们抓住我的那天早上，我不是没逃跑吗？其实在那之前的一整个晚上，我都在忙着给网上领取了任务的杀手传输视频。"

安晓峰的脑袋嗡的一下，瞬间被极度的眩晕占据。他的双手紧紧抓着面前的桌子，努力使自己镇定下来："我们在抓捕你的现场找到了电脑，也发现了网线，但我以为你只是针对刁珺妮作案。我没想到，丧子之痛让你的内心变得这么阴暗。"

"他们难道不该死吗？"

"该死。"

"那不就得了。"

"可你不是执法者，更无权夺去别人的生命。"

佟海建低着头，微微摇晃着脑袋，没有接话。

"既然认罪，就把罪行交代清楚，别藏着掖着。"

"我尽量吧。"

"那好，我有两个问题要问你，"安晓峰打算直接一点，"希望你对我坦白。"

"你问。"

"第一个问题，你是怎么把50万的杀人酬金交给那些杀手的？"

"我没有给过。"

"你少跟我扯淡，新抓获的两人都得到了酬金。"

"也就是说，已经有两个目标死了？是哪两个？"佟海建露出一丝兴奋。

"回答我的问题。"

"还回答什么？我真没给过他们钱。我人在监牢里，我倒是想给，我给得了吗？"

"你还有同伙吧？"

"你又来了，安队。我还是那句话，如果我有同伙，以你这么专业的排查力度，会没有查到吗？"

安晓峰有些郁闷："没有同伙，钱是自己飞过去的吗？"

"本来我是打算每个目标支付50万奖金的，但是我太快就被你们抓住了，导致我没有时间兑现。如果你说已经有人得到了钱，那么我想唯一的解释就是事态已经失控了。"佟海建的嗓音变得低沉，将气氛渲染得有些恐怖。

"失控？"

"可能是我发布在暗网上的信息泄露了，有人知晓了一切，主动参与了进来。或者是领取了任务的人中的一个。我不确定，反正，有人替我支付了奖金。"

安晓峰笑了："你觉得我会相信吗？"

"信不信由你。不信的话，你就去调查。"佟海建把身体往后一靠，"第二个问题是什么？"

安晓峰忍住心中的火气："第二个问题，是关于成奚蕊。"

"我记得，她是你的女朋友。"

安晓峰更加恼火了："她又不是刁文龙的同伙，并没有参与两年前绑架佟年，你为什么把她定为暗杀目标？"

"你觉得呢？"佟海建也变得恼火起来，"她不是同伙吗？她没杀人吗？"

"她是在帮你，还是她报的警——"

"不是在帮我！"佟海建突然用爆裂的嗓音喊道，"她绝对不是在帮我，她是在害我！就是她，害死了我儿子！"

安晓峰猛地站起，也大声喊道："害死你儿子的是刁文龙！是党永那些人！"

"还有成奚蕊！如果不是她报警，刁文龙就不会逃窜，事态就不会失控，我就可以说服他放人！如果不是她自以为是，激化了警方和刁文龙的谈判，刁文龙就不会开枪！"

"刁文龙没有开枪，他的枪是走火！"

"少他妈跟我来这套！这是你们警方为了掩饰营救人质失败编的谎言！"

安晓峰累得气喘吁吁。

佟海建深呼吸了好几次，语气依旧强硬地说："因为她多管闲事，因为她自以为是，害死了我儿子。所以，她就是刁文龙的同伙，她也应该付出代价。"

安晓峰一把揪住佟海建："那你为什么不亲手杀了她？你把她囚禁在工厂里时，你有杀她的机会。"

"我下不了手。"佟海建的眼眶瞬间红了，"我曾经两次试图亲手杀了她，但最后都放弃了。"

安晓峰一愣。

"第二次的时候，是我距离成功最接近的一次。"佟海建脸上的泪水掉在了安晓峰手上，暴怒过后的脆弱让他显得虚弱了很多，"那次，我用绳索反绑了她的双手，用一个塑料袋罩住了她的脑袋，并用胶带绕着脖子缠紧。她的呼吸开始变得困难，身体开始挣扎。我不敢看她的脸，只好站在她身后。"

安晓峰发疯一样将佟海建拎起："你这个浑蛋！"

"她马上就快要憋死了，可是，我割开了她头上的袋子。"

"什么？"

"因为她拼尽力气说了一句话。"

"什么话？"

"她说，我儿子被刁文龙抓走的时候，拼命叫喊着成记者。她说，是我儿子叫她陪着他的。刁文龙绑架了我儿子，是我儿子叫上了成记者，才导致他们两人都被刁文龙控制住的。成记者本来是可以躲开的。"

"什么？！"安晓峰第一次知道成奚蕊当年被刁文龙控制的原因，感到相当意外。他不自觉地松开抓着佟海建的手，退后了半步。

"也许是出于内疚吧，我没亲手杀死成记者。那几天，我的心里一直在挣扎，我没有想好要怎么处置成记者。我就先关着她，至少在杀了刁珺妮之前，我不能放她。后来的事，你就知道了，我杀完刁珺妮回到工厂，发现她人已经不见了。我一气之下，就把暗杀目标的视频发给领取了任务的杀手们。我当时想，反正我会马上落网，我自己不敢杀的人，那些杀手也许敢。"

安晓峰有些不知所措，两个疑问问完，既得到了答案，又好像没得到。因为佟海建说的话，轻易地左右着他的情绪，让他极度不能镇定。

佟海建重新坐好，脸上竟然恢复了平静。他用戴着手铐的手背擦了擦脸上的泪痕，问道："两个问题我都回答完了，你满意了吗，安队？"

安晓峰有些不知所措。尽管抓住了两名网络杀手，但是此时，安晓峰不得不承认事态已经不在他的控制中了。他有些不敢看佟海建满是胜利的表情，他想尽快将他带走，再也不要见到他。

安晓峰按下桌子上的按钮："进来吧。"

刘坤和马俊杰进来，将佟海建架起，带离审讯室。

走到门口的时候，佟海建突然停住脚步，回头说了一句："你以为抓住我，案子就破了？"

"什么？"

"不。没有。"

下午 6：30，一大队会议室。

全体队员都到齐了，支队长也出席了会议，大家等待着安晓峰主持专案会议。可是安晓峰始终坐在椅子上，一副心事重重的样子，好像在想着什么，又好像什么都没想。

刘坤见状，小声提醒了一声："安队，咱们开始吧？"

"今天的专案会议，"安晓峰一脸疲惫地说，"由你来主持吧。我歇会儿。"

"好的。"刘坤站起身，走到大屏幕前，说道，"从第一起命案发生至今，本市范围内一共发生了三起绞刑杀人案，死者分别为刁珺妮、任春丽、白子明。目前，杀害三名死者的凶手已经全部落网，分别是佟海建、徐冰、赵恒涛。"

刘坤示意马俊杰播放了三名凶手的照片，继续说道："从审讯和掌握的线索，已经证实了三起系列绞刑案的主谋是佟海建，其目的是报复刁文龙及其团伙成员。"

大屏幕上打出佟海建和刁文龙的照片，刘坤继续介绍道："佟海建与刁文龙原本是敲诈勒索团伙内部成员，因产生矛盾，于两年前引发了一起绑架案。而如今的三起绞刑案的导火索，正是发生在两年前的那起绑架案。"

大屏幕上打出了佟年的照片，大家看着面容青涩的孩子，感到一阵惋惜。刘坤的语气也变得柔和了许多："大约两年前，刁文龙及其同伙绑架了佟海建的儿子佟年，并在与警方对峙的过程中，自制的土枪走火，导致了人质佟年的死亡。佟年当时年仅18岁，是个正在读高中三年级的学生。"

"儿子的死对佟海建的打击很大，"刘坤提高了嗓音，继续说道，"之后长达两年的时间里，尽管当时的主犯刁文龙已经被警方击毙，但是佟海建的恨意完全没有消失，他在暗中策划了实施报复的详细步骤。"

大屏幕打出刁珺妮的照片。

"首先，佟海建对刁文龙的女儿刁珺妮进行了跟踪和暗访，掌握了她的生活规律和家庭情况。佟海建是在刁文龙的忌日那天，对刁珺妮实施了绑架，并囚禁于已经倒闭的海建电子制造厂内。"刘坤指着大屏幕上刁珺妮的案发现场照片说道，"3月4日凌晨，佟海建将刁珺妮带到化工路的天桥，用模仿绞刑的手法对刁珺妮实施了杀害。杀人以后，佟海建用故意丢失银行卡的方式对警方进行了试探，使他确信，警方已经对他进行了锁定和布控，他不久就将落网。于是，在确定了无法继续对刁文龙的绑架案同伙进行报复后，他便在暗网上发布了一则模仿杀人任务，用高额奖金作为诱饵，征集网络杀手，按照他公布的作案手法进行绞刑杀人。直到3月6日晚上，一共有十一人领取了模仿杀人任务。当晚，佟海建与这十一人进行了联络，给他们发送了包含有暗杀目标身份信息的视频。3月7日早上，我们在工厂内逮捕了企图自焚的佟海建。"

支队长听完案情简报，气得直摇头，脸上的神色也变得越来越凝重了。

"播放一下暗杀目标的视频。"

马俊杰照做。

随着视频播放，刘坤继续介绍着："这就是佟海建给十一名网络杀手发送的视频。经技术分析，该视频是由安装在佟老汉家客厅的监控摄像头拍摄的，时间正是两年前佟年绑架案发生的那天。"

大家看完视频以后，心情更加沉重了。

"视频里，被佟海建标注为暗杀目标的一共有七人。其中，有六人为包括党永在内的刁文龙的同伙，另有一名是我们熟悉的记者成奚蕊。至于成记者为什么会出现在绑架案的现场，我们尚在深入调查中。"

"佟海建知道自己很快就会落网，所以发布了模仿杀人任务，想让网络杀手们帮他继续对刁文龙当年的同伙进行报复？"支队长问。

"是的。"刘坤指着视频定格画面回答道，"从当年的监控视频可以看出，当时去佟家绑架佟年的不止刁文龙一个，还有党永及其同伙共六人。这六人中，只有任春丽一名女性。"

"佟海建这个网络高手真的很可怕呀！"支队长感叹道，"人都已经落网了，但是仍有十一名杀手在帮他对七名目标进行追杀。"

"确切地说，直到目前，是仍有九名杀手正在对包括成记者在内的五名目标进行追杀。"刘坤说完，下意识地看了安晓峰一眼。

而此时的安晓峰，并没有在听刘坤的案情简报。他的耳畔正在不断地响起佟海建的那句话，那句话不断地敲打着安晓峰的内心。

你以为抓住我，案子就破了？

佟海建这句极具挑衅的反问，让安晓峰意识到，摆在他面前的是一个即使抓住凶手也无法破案的局面。

"也就是说，绞刑案很可能不止三起，还有继续发案的可能。"支队长说。

"是的。"刘坤回到座位，"只要剩下的九名网络杀手和五名目标没有全部找到，就有随时发案的可能。"

"事态严重了，我们这次面对的很可能是有史以来最为严峻的挑战。"面对着巨大压力的刑警们，支队长不得不承认这个事实。

"事态确实非常棘手，"刘坤的判断，也是说给身旁的安晓峰听的，"因为所有绞刑案的杀人手法都高度一致，所以很难侦破。之后若再发现类似案件，我们很难分清是自杀还是他杀，也很难判断是不是同一人所为。随着模仿犯罪的蔓延，不但那九个网络杀手具有作案可能，社会上其他命案的凶手也可以模仿这种绞刑杀人法，警方肯定首先怀疑是那九人做的，使得真正的罪犯达到脱罪的目的。随着破案的时间拉长，绞刑案件的增多，大量杀人细节的暴露于众，其结果就是，杀戮会变成全社会肆无忌惮的狂欢！"

刘坤说完，在场的人全都沉默了。那是无助与无奈，那是灰心与失望，是疲惫过后更加黑暗的深渊，是浑身是劲却无处去使的气馁。

会议室里的气氛异常安静，大家都望着支队长，期待着他对接下来的工作做出批示。而支队长此时一直注视着始终没有开口的安晓峰。

安晓峰用手掌使劲搓了搓脸，跟支队长短暂地四目相对。

支队长清了清喉咙，说道："现在的形势非常严峻。很明显，案情几乎已经失控了。虽然我们前期做了大量的工作，也抓获了三名人犯，但是，目前仍有九名神秘的杀手，我们没有找到。他们是谁？他们藏在哪里？我们对他们可以说完全不了解。更可怕的是，仍有五人是他们追杀的目标。本案已经造成三人死亡了，已经引起省厅的高度关注，如果继续发生命案，可我们仍不能破案，就不光是我这个支队长引咎辞职能够解决的了，我们也没法跟全市的百姓交代。维护社会治安是我们的使命，如果让老百姓天天生活在恐慌中，晚上都不敢出门，那还要我们这些刑警做什么？"

安晓峰点了点头，欲言又止。

支队长见状，故意问道："安队长，你是专案组的组长，现在我问你，你手上还有没有侦破此案的办法？你必须跟我说实话，如果你最后一张牌已经打完了，必须如实告诉我，我可以指派二大队、三大队支援你。甚至，我可以请示省厅，由省厅直接派人侦办此案。"

"不！"安晓峰的回答非常坚决，"不用别人。我还有最后一张底牌没有打出。"

"你是说，你们一大队能够破案吗？"

"是的。一定能。"

"你说的底牌是？"

"明天早上你就知道了。"

第 24 章　隐秘的帮手

3月13日一早，锦绣市公安局刑侦支队侦查一大队的办公室，走进来一个貌不惊人的老者。他一出现，包括安晓峰在内的所有等候着的刑警全体起立，齐刷刷地向老者敬礼。

老者只是笑了笑，摆了摆手："哈哈，我又没有壮烈，你们少给我来这套。"

安晓峰走上前，面带愧色地说："对不起，师父，害你带病回来主持工作。"

老者拍了拍安晓峰的肩膀，语气豪迈地说："有人质疑我一大队不能破案，质疑我的兵不行，那绝对不行！我今天就要带着你们把这个案子破掉！"

全体队员热烈鼓掌，有些人眼里甚至带着激动的泪水。

老者不是别人，正是一大队的大队长全树海。

安晓峰所说的最后一张底牌就是全树海。昨晚下班以后，安晓峰亲自赶到全树海家，求他回来主持大局。

当时安晓峰一进屋，只说了一句话："师父，我遇到困难了，请你帮帮我。"

全树海深知，他这个徒弟脾气倔强，爱面子，从不向人低头，也从不服软。安晓峰这么说，全树海就已经知道，案情失控了，已经到了无法解决的地步。

为了帮助这唯一的弟子，还在术后康复阶段的全树海不顾医嘱，毅然提前结束了病假，回到了工作岗位上。

而他，也不是突然就有了回来主持侦破工作的想法。原来，在第一起绞刑案发生后，全树海就意识到了案件的不寻常。于是，他与支队长在暗地里联系，背着安晓峰取得了案件的资料，正是支队长一直在暗中向全树海同步案情进展，才使得待在家中的老刑警如同身在一线的侦查员那样，掌握了该案的全部一手资料。

之前，他一直按兵不动，是因为安晓峰的侦查工作没有问题。安晓峰是他的得意弟子，是他视为接班人的人，其破案思路和工作作风，也越来越接近全树海。可以说，即便是全树海亲自侦办该案，所采取的侦破手法也不会有什么区别。案发以来，安晓峰进行了细致全面的排查工作，这些工作也完全在全树海的料想中，如同亲自在场。直到暗网上模仿杀人任务的证实，直到事态真的超出了想象，全树海才不得不亲自出马。

全树海其实并没有百分之百的把握破案，但是他知道，只要有他在，一大队队员的心气就会不一样。他深信，只要有这种态度在，就能给破案带来不一样的结果。

全树海来到每一位队员面前，轻轻地拍着他们的肩膀，在看过了每一位队员以后，他宣布："全体去会议室，开一个简短的专案会议。"

8：00，一大队会议室。

全树海坐在他熟悉的位置，重新看着亲切的队员们，感到如获新生。

"所有的案件资料我已经掌握了，废话就不多说了。"他说，"目前，这个案件看似进入了瓶颈，没有头绪，还有可能彻底失控。但是，我之前就教过你们，越是到了这样的时刻，就越是不能乱。我们要认清自己的方向，不能被对手的迷惑行为扰乱。所有的困难，就像你面对着一棵长满柿子的柿子树，猛地一看，仅靠你一个人想要把树上的柿子都摘下来，你无从下手。你想过用扫帚打，用力去摇，甚至是锯断树干，就是没有想过一个个地去摘。也就是说，困难并不复杂，只要你一个个地去摘，没一会儿工夫你就能摘一筐。摘掉几筐以后，你再去看那柿子树，已经不算是什么困难了。而我们面前的困难，哼，树上的柿子也不是很多，只有两个而已。只不过，这两个柿子长得有点高。"

"两个？"众人嘀咕起来。

"是哪两个呢？"全树海继续说道，"一个柿子是酬金，即佟海建是如何向杀手支付酬金的。"

众人纷纷点头。

"他肯定不只是在网上发布模仿杀人任务这么简单。任务要想顺利地执行下去，肯定有着严密的运行机制。这种严密的运行机制，可不是靠他一个身陷囹圄的囚犯能够完成的。我们已知，暗杀目标为党永在内的七人，按照每人50万酬金计算，酬金总额高达350万。这么多现金如何存放，如何运送，都是一个难度不小的问题。所以有理由怀疑，佟海建事先把350万酬金准备好，放在了某人那里，由此人来监督任务的执行和酬金的派发。也就是说，佟海建至少有一个同伙！"

"可他说没有同伙。"安晓峰说。

"他在撒谎！"

众人又是纷纷点头。

"第二个柿子，"停顿了片刻，全树海继续说道，"就是成奚蕊。成记者被佟海建认定是绑匪刁文龙的同伙而成了追杀目标，她是被囚禁在佟海建的工厂里时被人带走的，那么，是谁带走了她？肯定不可能是那些领取了杀人任务的网络杀手吧，因为是杀手的话，成记者就已经遇害了，肯定又出现绞刑案了。实际情况是，并没有。特殊的杀人方式就注定了发案的时间会很快，一旦出现新的绞刑死者，会很快被发现。也就是说，没有新发案，成记者就肯定没死。既然没死，她在哪儿？一直处于失联状态的成记者，将是本案的关键所在，必须找到她才能破案。"

"她已经失踪13天了。"刘坤说道。

全树海突然说出一个秘密，原来昨天晚上在支队长的安排下，他已经对三名案犯佟海建、徐冰以及赵恒涛进行了秘密审讯。初次正面接触，虽然没有获取太有价值的线索，但是已能确信心中的判断了。

他继续说道："实不相瞒，我已经秘密地接触过三名人犯了。佟海建非常狡猾，他目前绝对不会配合我们，要想突破他的防线，必须捣毁他计划的核心。不过，他口口声声说，绝对不清楚成记者的下落。这一点，有可能是真的。成记者也很聪明，她能够发现刁珺妮的失踪与佟海建有关，还能找到佟海建囚禁刁珺妮的地点是废弃工厂，单凭这一点就已经比许多警员还厉害。她能够找到刁珺妮，就说明她掌握了本案的关键性线索，她所知道的可能比我们警方还要多、还要早。"

"他们的确不像是见过小蕊，三名人犯关于这一点的口供基本一致。"安晓峰说。

"是的。徐冰和赵恒涛也说，他们杀死任春丽和白子明时，并没有看见成记者，也不知道成记者被佟海建囚禁的事。这个供述虽然无法证实，但是基本可信。因为他们如果见过成记者，就不会费劲地又是短视频聊天又是安装监控去对任春丽和白子明下手了。现在我们基本可以认定，成记者正躲在一个杀手们无法轻易找到的地方，有可能与其他暗杀目标在一起。"

安晓峰的表情很复杂。因为，关于成奚蕊与其他在逃的绑匪在一起这个推断，他也有过。只不过，他无法轻易相信。

"徐冰和赵恒涛不像佟海建那么顽固，这二人基本已经放弃了防备。"全树海突然提高了嗓音说道，"所以我从他们二人的供述里获取了重要的启示。我们知道，十一名领取了任务的网络杀手，都是有一定经济条件、具备一定反侦查能力的人，他们的智商非常高。从他们轻易利用一定的手段捕捉到目标并杀害来看，党永及其同伙更像是弱小的猎物，在食物链的底端。造成这种现象的原因是，党永这些人知识水平有限，经济能力不足。用徐冰和赵恒涛的话来说，党永这些人都是乌合之众，是一群低智商的混混儿。那么问题来了，这样一群智商不高的混混儿，是怎么得知他们正被网络杀手追杀，还提前逃走了呢？要知道，他们发现任春丽和白子明相继遇害之后，就马上做出了反应，第一时间从西沟镇消失了，就连监控严密的摄像头网络都没有再捕捉到他们的任何踪迹。"

"是呀，太厉害了，普通人很难做到这一点。"马俊杰感叹道。

"对。普通人遇到被追杀的情况就会彻底蒙了，会马上进行逃窜，甚至会慌不择路。这样一来，会更加容易暴露在杀手们的监控中，会马上遭到杀害，不会没有新的死者出现。"刘坤也说道。

"五名被追杀的目标能够一次性成功逃脱，这已经很难以置信了。"全树海看向了安晓峰，继续说道，"而且，两名高度隐秘的网络杀手徐冰和赵恒涛相继轻易落网，也是不同寻常的。如果不是有人暗地里为我们警方提供了关键线索，这二人是不会这么快就落网的。"

安晓峰深知，全树海所说的关键线索，是指任春丽的手机。

"有人正在暗地里帮助我们破案。"全树海判断道，"这个向我们提供线索的隐秘的帮手，我怀疑，就是成奚蕊。"

"是的，任春丽的手机送到我手上后，我也有过这样的怀疑。"安晓峰说，"但是，一直没能找到证据确认是她。"

"是成记者为我们送回了任春丽的手机。"全树海语气十分确信地说，"成记者掌握了任春丽利用手机软件跟凶手取得联系的线索，拿到任春丽的手机后，她还特地拍摄了食杂店里新安装的监控设备，她将带有破案线索的手机送回，就是在帮助我们破案。"

大家全都默不作声。

全树海知道，大家是因为没有拿到证据，所以不敢接受这样的推断。紧接着，全树海拿出了让大家具备信心的东西："我有证据！"

"什么？师父，你有证据证明手机是小蕊送的？"

"是的，我有证据证明。"说着，老全从兜里掏出一张技术鉴定报告，扔给安晓峰，"你看看这个鉴定报告。"

安晓峰看完报告，眼里立即充满了光亮，脸上也露出了难以掩饰的激动。

原来，全树海得知有人给安晓峰送回了任春丽的手机以后，特地嘱托队里的技术人员，对手机进行了彻底的拆解和检验，结果，在小小的手机 SIM 卡上，发现了成奚蕊右手的拇指及食指的指纹。安晓峰手里拿着的报告，就是指纹的同一认定报告。

"师父，你怎么会想到拆开手机寻找指纹呢？"安晓峰满脸疑惑地问道。

这个疑问，也是所有队员的疑问。

"很简单，你们只不过是当局者迷而已。"全树海笑着说，"既然怀疑是成记者给我们送回了手机，可是手机上面没有提取到成记者的指纹，这正常吗？"

众人摇头："不正常。"

"这说明什么？说明成记者是在非正常的情况下送回的手机，说明有人正在控制着她，既允许她送手机，又不允许她暴露身份。所以，手机上的指纹才会被人擦除了。"

众人点头。

全树海继续推断道："成记者可不是吃素的，多年跟我们刑警打交道，使她具备了很高的刑侦素质。在手机上面的指纹被彻底擦除的情况下，她仍旧成功地在手机的 SIM 卡上留下了指纹。这个举动实在太高明了，那些人虽然拼命擦除了手机表面的指纹，但是完全没有防备这一举动。所以我判断，成记者正被人控制着，而且，双方的关系也发生了微妙的变化。由一开始单纯的控制，变成了有条件的控制，甚至双方已经开始有条件地展开合作了。"

"这么说，发现了关键线索并及时向我们提供线索的人，正是小蕊。"

"同时也证明了，成记者曾经与任春丽等绑架案的逃犯在一起过，并且，受到了他们的控制。也就是说，从佟海建工厂里劫走成记者的人，是党永及其同伙。只不过，我们尚不知道党永这帮人为什么要从佟海建手中劫走成记者。或许，他们自有他们必须这么做的原因；或许，成记者的手上掌握着什么重要的线索。"

话音刚落，敲门声响起，进来一个技术部门的刑警。他向全树海敬完礼，直奔安晓峰，交给安晓峰一张照片。

安晓峰看完照片，点了点头，刑警转身离去。

"你也找到证据了，对吗？"全树海笑着问道。

安晓峰举着照片，为大家解释道："是的，我也找到了证据。这是一张西沟镇那家食杂店内的监控截图。这个画面非常短暂，所以很难被发现，技术人员在我的要求下，看完了案发前好几天的监控视频才找到了这张图片。你们看，监控拍到了这样的画面，有一只女性的手从门外伸进了食杂店内，用任春丽的手机拍摄了店内的照片以及墙角监控设备的照片。而女性手腕上戴着的手表，正是小蕊戴的款式。而时间，正是白子明遇害后的第二天，也就是3月9日上午。"

"我们两个的证据合并起来，就可以证明拍摄监控设备的人就是成记者，送回任春丽手机的人也是成记者。成记者当时仍与党永等人在一起，他们七人当时就躲藏在西沟镇，在得知任春丽回家探亲遇害、白子明也遇害的消息以后，他们逃离了西沟镇。并在逃离之前，用任春丽的手机拍摄了食杂店内的监控设备。"

全树海说完，已经累得气喘吁吁。他一边喝着水，一边歇歇气。

"小蕊还活着。"安晓峰既兴奋又担心。

"她不但活着，还在努力用尽一切办法，为我们提供着线索。"刘坤激动地说道。

"难为成记者了，"全树海感叹道，"原本这个案子与她无关。她被卷进来，我相信实属无奈。"

"师父，你是说，小蕊在两年前出现在佟年绑架案的现场，是出于偶然？"

"虽然还没有证据，但我相信是这样的。要证明我的推断，其实也不难。接下来，我们要将两年前的绑架案彻底揭开，复原每一条隐秘的线索，就能够找到成记者当时在场的原因。因为，在当时，佟海建与刁文龙是同伙，二人出现内部矛盾，狗咬狗，才会导致绑架案。而成记者当时去找佟海建，一定是发现了佟海建跟刁文龙不一样，一定是抱着什么目的去的。只不过，她的目的还没达成，就遭遇了刁文龙绑架佟年这个突发事件。虽然佟海建和他父亲都不老实，对我们都没有说实话，甚至在绑架案之后，拆除了家中的监控设备，企图私自报复，但是，活人能够说谎，死人绝对不会。佟海建拒绝坦白，我们通过深挖刁文龙过去的罪行，就一定能够找出成记者去找佟海建的真相。"

队员们听了全树海的分析，已经摩拳擦掌、跃跃欲试，打算大干一场了。

安晓峰也早已重新振作起来，大声说道："接下来怎么干，师父，你就下命令吧。"

"接下来的侦破重点，兵分两路：一是寻找350万酬金的去向，要么找到钱，要么找到拿着钱的人。如果杀人任务的运行机制被我们破坏的话，那么就不会新增命案出来。二是寻找成记者的下落。找到成记者，其他四名在逃的绑架案犯就找到了。失去了作案目标，杀人任务也就进行不下去了，困扰我们的许多问题，也许就能迎刃而解。现在，我来给你们每一个人布置详细的任务……"

第二部分

成奚蕊

逃跑就意味着死亡。
而生存的唯一机会，便是设法将所有逃犯安全地
带到刑警的面前。

第 25 章　特殊的采访

3 月 9 日上午 10：49，西沟镇以南 50 公里的省道上，一辆黑色老款本田雅阁轿车正以每小时 79 公里的车速向南行驶着。

坐在后排座位的成奚蕊降下车窗，呼吸着车外新鲜的空气。

可是没过多久，就遭到了坐在副驾驶的党永的训斥："别开窗户，小心让人看见！"

正在驾驶车辆的苗旭刚要去按按钮升起车窗，就被成奚蕊制止了："你们别在车里抽烟，我就不开窗户。"

苗旭打了一个哈欠，极不情愿地将手里的烟头掐灭。

"你这车本来就是黑色的，你又贴了一个特别黑的窗户膜，这样反而会引起别人的关注，知道吗？这是心理学。"成奚蕊打趣道。

"是吗？"苗旭满脸胡楂儿，顶着多日未加梳理的乱发，又打了一个哈欠。

坐在苗旭后面的刑翔东只是冷哼了一下，对他人的谈话完全不感兴趣，只沉浸在手中的一台 PSV 游戏机上面。而坐在后排座位中间的李立彬正歪着脑袋依靠在刑翔东身上熟睡，时而传出轻微的呼噜声。

"越是大大方方的，越是没人注意你。相反，越是遮遮掩掩的，越是引人怀疑。"成奚蕊此时虽然是素面朝天，依旧不失侃侃而谈的个性。

党永回头瞪了成奚蕊一眼，没好气地说道："把嘴闭上。再婆婆妈妈，就把你扔到后备厢里！"

"你这人，太没劲了吧。要不是我，你们现在肯定被警察扣在西沟镇了。能在警方封锁之前跑出来，你还不好好谢谢我？"成奚蕊有点害怕党永，但是表面上没有显露出来。因为她知道，身为人质，如果选择做一个弱者，只会加速她的死亡。

果然，党永恶狠狠地说道："我不杀你就不错了，我还谢你？想得美。"

"是，我不是你们要找的刁珺妮，但是你们也不用杀了我吧？"成奚蕊的手中紧紧攥着一张小字条，一路上，她都在思索着如何将字条传递出去，"最起码，多个人多一份力气，尤其是在出谋划策这方面，我能帮不少忙呢。"

党永没再理会。

苗旭突然把车停在了路边，吓了党永一跳。

"你他妈干什么？"

"我撒尿。"说着，苗旭下了车。

"妈的，有病。30多分钟就要上一次厕所，你这是肾不行还是前列腺不行？"

短暂几天的相处，成奚蕊早已掌握了苗旭有尿频的毛病。她也在等这样的机会，于是，成奚蕊也下了车。

可是，这个动作立即引起了党永的警觉，他慌张地打开车门，一个箭步来到成奚蕊面前，抓住她的胳膊。

"你想干吗？"他问。

"我腿麻了，下车活动活动。"

"我警告你，要是敢耍花招的话，马上弄死你！"

"你可真抬举我，这前不着村后不着店的地方，我怎么耍花招？"

党永放开成奚蕊，走到苗旭身旁，开始撒尿。

成奚蕊的手心直冒汗，因为刚刚被党永抓着的手里，正握着那张字条。她朝车里瞥了一眼，刑翔东仍在玩游戏，完全没有盯着她的意思。而李立彬仍然处于熟睡中，他的头依靠着刑翔东，睡得口水直流。

成奚蕊此时面临的环境，真的如她刚刚所说，前不着村后不着店。笔直光秃的省道，看不见行人，也看不见过路的车辆。她想把手中的字条传递出去，因为那上面写着重要的线索，但是此刻，她找不到太好的办法。

更要命的是，正在撒尿的苗旭说了这么一句话："那女的好像扔了东西，在上车之前。"

党永立即警觉起来，赶紧问道："扔了什么？"

"细长的东西，好像是圆珠笔之类的。当时着急开车走，我就没理会。"

党永赶紧提上裤子，转身朝成奚蕊走过来。

成奚蕊意识到传递字条的计划已经彻底落空了，如果不能马上把字条销毁，她将面临灭顶之灾。于是，来不及多想，她把手里的字条往嘴里一塞，咽了下去。

党永一把抓住成奚蕊的头发，另一只手抓住成奚蕊的下巴，语气凶狠地问道："你吃了什么？"

"没，没吃什么。"成奚蕊艰难地说着。

"你往嘴里塞了什么？吐出来！"说着，党永试着掰开成奚蕊的嘴巴。

成奚蕊奋力将党永推开："什么也没塞。你别老是疑神疑鬼的，我就是打了个哈欠。"

说着，成奚蕊摊开手掌，又张大嘴巴，给党永看。

党永气得够呛，脸色十分难看，一只手已经本能地伸向了腰间，握住了别在那里的一把匕首。可是看着一脸无辜的成奚蕊，他却说不出什么来。没有证据的情况下，加上急于跑路的心理，使他迟迟无法下定决心杀了眼前这个女人："赶紧上车！"

破旧的二手轿车继续沿着省道行驶着，车里的气氛也变得沉重起来。

党永从兜里掏出一部贴着彩色贴纸的手机，打开相册，看着里面的照片。

成奚蕊注意到，党永看着照片的神情变得伤感起来，因为他此时看的是他女朋友任春丽的照片。

"春丽的手机怎么在你这儿？"苗旭瞥了一眼党永，问道。

"偷着回家看她爸妈，因为怕我看见，走得急，把手机落下了。"

"别难过，女人有的是，以后再找一个。"

"我要是看住她，不让她回家，她就不会死了。"党永的嗓音带着一丝哽咽。

成奚蕊趁机说道："春丽是昨天遇害的，昨晚的时候晚报的公众号上面就推送出消息了。待会儿下午的时候，咱们找个卖报纸的地方，想办法买一张今天的《城市晚报》，那上面会对昨天的案情进行更加详细的报道。"

党永没有吱声，但是成奚蕊知道，报纸他肯定会买。

这两天，党永相继遭受了两次比较大的打击。原本傲气的他变得颓废了许多，脾气也变得阴晴不定。

先是昨天早上，醉酒醒来的党永发现女朋友任春丽不见了。她给他留了个字条，说她回石门村看望父母，次日就能返回。可是党永并不相信能够返回的话，因为他和她的关系已经出现了裂痕，加上春丽走得十分仓促，衣服、化妆品什么的都没拿，连手机都落下了，这不是她的风格。就连党永身旁的其他人都看出来了，任春丽是终于逮到了党永唯一一次酒醉的机会，在十分匆忙的情况下逃走的。她之所以留下字条说会回来，无非是日后若被党永捉住，好求他给她一条活路罢了。

党永昨天一整天都在极度暴躁中度过，还把好言相劝的苗旭的舅舅给打了。

昨天晚上，党永命令成奚蕊帮他查找任春丽与别的男人暗中联系的证据，使得成奚蕊有机会使用了任春丽的手机。通过一番查看，成奚蕊在一个短视频软件里看到了任春丽与一个叫冰河世纪的网友亲密聊天的内容。但是，她没有告诉党永，而是说没找到什么证据。

也正是这次短暂的使用手机的机会，成奚蕊在晚报公众号推送的快讯中看到了任春丽在石门村遇害的消息，并将消息告诉了党永。

起初，党永不相信这样的消息，他认为是警方为了抓住他，故意抛出的假新闻。他认为警方已经抓住了春丽，并想通过春丽把他也给钓过去。

可到了今天上午的时候，打击再次降临。党永突然召集大家准备东西，打算离开西沟镇，可是大家怎么都找寻不见白子明的下落。党永害怕白子明跑出去自首，于是带着众人四处寻找。就在镇上寻找的过程中，得到了令人震惊的消息，西沟镇的水塔上发现吊着一具男尸。

党永、李立彬、苗旭、刑翔东以及成奚蕊五人立即赶到了水塔附近，远远地看到了水塔上面吊着的白子明，众人都吓了一跳，也进一步印证了昨天关于任春丽遇害消息的真实性。当地派出所出警迅速，封闭了现场，但还是引起了大量百姓的围观。只是警察们没有想到，在围观的人群里，党永等人就在其中。

相继有人被害，党永意识到，有人在追杀他们。但对方是谁，他一直无法想到。苗旭见党永神色不对，有些害怕，于是就说了实话。原来，是苗旭命令白子明出去买烟的。当时白子明不乐意去，苗旭还打了他几下。党永带着众人离开水塔，走回藏身地的途中，苗旭特地给大家指了指位于偏僻巷子中间的食杂店。

"这附近就这一个地方卖烟。"苗旭说。

这句话没有引起党永的重视，但是引起了成奚蕊的警觉。她意识到，白子明是在来这里买烟的过程中被人盯上并且加害的。

于是，成奚蕊跟党永提出，借手机用一下。党永把任春丽的手机交给成奚蕊，成奚蕊站在店门口，朝店内张望了一会儿，趁着老板去上厕所的工夫，把手伸进店内，拍了两张照片。

党永问成奚蕊拍摄店内照片的用途，成奚蕊说是有可能查到是谁杀了白子明。其实成奚蕊当时已经想到，要找机会将任春丽的手机交给安晓峰。因为，手机里既可能包含了杀害任春丽的凶手线索，也可能包含了杀死白子明的凶手的线索。

拍完照片，手机被党永拿回。成奚蕊提醒党永，必须马上离开西沟镇，因为已经发案，警方很快就会封锁全镇各出口。党永也害怕有人继续追杀，于是听从了成奚蕊的建议，迅速回到藏身地，开了轿车，匆忙逃离。

警方之所以没查到党永等人在西沟镇的落脚点，是因为他们压根儿就没有住店，而是住在了苗旭的舅舅家。而没有查到党永等人的出入记录，则是因为几人没有乘坐公共交通工具，而是自驾。黑色的二手轿车是苗旭的舅舅买的，苗旭外逃回来后一直借用。

成奚蕊本来偷偷写了字条，想提醒警方调查苗旭的舅舅及其车辆。这样就能追查到党永的行踪，正被党永劫持的成奚蕊也就能够得救。但是字条攥在手里，一直没能找到传递出去的机会，结果只能是自己咽进了肚子里。

任春丽的手机，成奚蕊决定好好谋划一下，一定要想办法送到安晓峰手里。

坐在副驾驶座的党永已经看完了照片，他将任春丽的手机小心翼翼地揣起，忧伤的神色也收了起来。

"咱们到底往哪儿走啊？"苗旭问道。

党永并没有透露，只是冷冷地说："开你的车。"

"到底是谁想杀咱们啊？他把春丽和子明都给杀死了，真他妈够狠的。"苗旭的语气中透露着畏惧。

党永的脸上也挂着深深的恐惧，但是他没有再说什么，因为他也不清楚到底是怎么了。

成奚蕊将头靠在车窗上，感受着车内低沉的气氛。此刻她很无奈，也很害怕。但是，她知道她需要做些什么，才能保命，才能为警方的破案提供有力的线索。正是因为心中已经有了明确的目标，才使得原本被劫持的恐惧变得没那么可怕了。

那么，成奚蕊为什么会跟党永等人在一起，还成了被人追杀的目标呢？这一切，都要从两年多前那次特殊的采访说起。

那天是 2015 年 2 月 27 日，农历大年初九。

春节假期刚刚结束，成奚蕊回到报社上班，正悠闲地跟同事们畅聊着假期的见闻，就被社长叫去了办公室。

社长交给成奚蕊一个特殊的采访任务，去监狱里采访一个正在服刑的女囚犯。

身为法制版女记者的成奚蕊并没有感到意外，因为她常年跟刑事案件打交道，无论是刑警还是犯人，她都采访过。这次，社长交给她的女囚资料相当有限，仅有一张 A4 纸。成奚蕊瞥了两眼，大致了解了将要采访的女囚的信息。

她叫赖美琳，是一个已婚的中年妇女，38 岁，因为夫妻矛盾失手杀死了丈夫。

"这有什么可采访的呢？"成奚蕊看完赖美琳的资料，毫不避讳地问社长，"这种因为一方出轨而导致夫妻间撕破脸甚至大打出手的事比比皆是，严重点的，丈夫杀了妻子，妻子伤了丈夫。"

"确实是不太好寻找可以切入报道的点。"社长坦言道，"但是，这个赖美琳挺特殊的。她也算是咱们市成功的企业家了。她跟她丈夫张志奇是白手起家，创业短短几年，年收入都在几千万，算是个富豪了。"

"就是个暴发户。"

"事业有成，有那么多的钱，仍然得不到幸福，还沦为阶下囚。"

听社长感慨完，成奚蕊对那位没有太好印象的女囚犯有了一丝采访的欲望。她大致找到了可以切入的点，那就是可以从女性犯罪的心理去横向探讨。

于是，次日，也就是 2 月最后的一天，成奚蕊去了监狱，见到了曾经的女富婆赖美琳。

此时的赖美琳，刚刚服刑没多久，身上除了沧桑和颓废感之外，依然带着一丝过去的傲气，常年保养皮肤的原因，使得年近 40 岁的她显得比实际年龄年轻，那身囚服竟然被她穿出了一丝时尚感来，让成奚蕊心中哭笑不得。

成奚蕊和赖美琳面对面坐着，并不说话，二人就这么默默地打量着对方。

"你是实习生吧？"赖美琳首先开口，语气中带着明显的傲慢，"你们报社对我也太不重视了吧？还是说，你们那儿没人了？"

成奚蕊笑了。

"你知道我拒绝过多少记者的采访邀约吗？"

"多少？"成奚蕊问道。

"十个以上。"

"因为他们都是实习生吗？"成奚蕊故意这么问道。

赖美琳摇头："都是男的。"

"你憎恨男人？"

"你不能因为我杀了男的，就认为我憎恨男的。法官判我失手误杀，这你得承认。"赖美琳强调道。

"是，我十分认可法庭的判决。那是因为什么呢？"

"你还是太年轻了，说话直愣愣的。"赖美琳摇了摇头，摆出一副习惯性的教训职员的姿态，"因为什么看不出来吗？我是女的呀。"

"是我欠考虑了。的确，有些话跟男记者说，确实不太方便开口。"成奚蕊试着迎合赖美琳。

"你结婚了吗？"赖美琳问道。

"没呢。"

"那有男朋友吗？"

"有。"

"交往多久？"

"刚刚交往，没多久。去年秋天才认识，确定在一起，是春节前的事。"

"他是做什么工作的？"

"刑警。"

赖美琳突然停顿了一下，有些不自然。以她女囚犯的身份，自然对刑警不会陌生。此时心中所泛起的波澜，没有表现在脸上，但不代表情绪不强烈。

而成奚蕊打算坦诚回答赖美琳的问题，是想要解除女囚犯的防备心理。

赖美琳停顿了片刻，又问道："你有其他男性朋友吗？除了你男朋友以外？"

"没有。"

"因为他是刑警？"

"我不是不敢，而是没有这个需要。"

"那你需要什么？"

"我需要一些有价值的采访。"

"喊。"

"因为我想成为我们报社的首席记者。"

"哈哈哈哈！"赖美琳笑了。

"你笑什么？"

"你还是年轻，想法还是过于单纯。"

"单纯这个词不适合我，你可以用……纯粹。"

"做这个工作，你有没有被人威胁过？"赖美琳突然凑近，好奇地问道。

"肯定有啊。"成奚蕊使劲点头，说道，"而且不止一次了。干我们这行，免不了要报道社会的阴暗面，一不小心就会得罪一些人，侵犯到他们的利益。于是，像恐吓信啊、快递死老鼠和匕首啊之类的，经常有。"

"那怎么办？你还愿意干？"

"干呗，怕什么呢？搞这些小动作，只能说明他们心虚，他们害怕。那些人就像是阴暗角落里见不到阳光的臭虫、老鼠、蟑螂，怪恶心人的，必须把他们消灭！"

"哇！成记者，你这小丫头，我开始对你另眼相看了。"

从这一刻起，成奚蕊成功地解除了赖美琳的心防，这位美艳犹存的女囚犯敞开了心扉，将她的秘密全都掏了出来。

第 26 章　网络安全专家

这是赖美琳告诉成奚蕊的事。

时间发生在赖美琳入狱前三个月左右，是一个周末的晚上。那天，吃过晚饭，赖美琳将佟海建邀请到了她的别墅。

在别墅一楼的茶室里，身穿居家服的赖美琳一边给佟海建沏茶，一边客气地说："大周末把你叫来，没耽误你陪家人吧？"

因为是男女共处一室的原因，佟海建略显拘谨，两只眼睛只盯着面前的杯盏，也不敢正眼看对面的女主人："没，没事。家里没什么事，儿子也大了，平时能够自理，家里也有个老父亲照顾着。"

"你媳妇呢？"

佟海建停顿了一下，才说道："很早之前就去世了。"

"哎哟，那你这日子过得够苦的。家里没个女人哪儿行，你得趁着年轻，抓紧再成个家。"

面对刚刚认识不久就开始唠家常的女富婆，佟海建感觉有些突兀："不想找了，现在挺好的。"

赖美琳笑着给佟海建倒茶。

佟海建担心地问道："是我给你们公司搭建的服务器不满意吗？"

赖美琳赶紧说道："不不不，服务器我很满意。你是网络安全方面的专家，你给我们公司做的服务器又安全又稳定，我老公经常夸赞你呢。"

"那赖总你今天叫我来是？"佟海建不解地问。

"你稍等。"

说着，赖美琳起身，走去客厅，从柜子里拿出一个黑色塑料袋，回到茶室，放在佟海建面前。

佟海建朝袋子里看了一眼，里面有好几沓百元钞票，总数好像近十万。

"这是？"

"这是给你的尾款。"赖美琳笑着坐下继续喝茶，"活干完了，按照合同，你应得的。"

"可是，尾款没有这么多呀。"佟海建不安起来。

"后面几年，不是还得用你来做维护呢嘛。"

"维护费也用不了这么多。"

说着，佟海建将装着钱的袋子推回到赖美琳面前。

谁知，赖美琳马上又给推了回来："多出来的，是我跟我老公给你的一点心意。"

"赖总和张总这是什么意思？"

赖美琳笑了："你很聪明，难道真的不明白这是什么意思吗？"

佟海建用力摇了摇头。

"那我就跟你直说了吧。多出来的部分，是给你的封口费。"

"封口费？"

"对。我们公司具体是做什么的，想必你在搭建服务器的过程中已经了解得很清楚了。确实，我承认，有一些非常规的东西，有一些擦边球。也没办法，公司要想赚钱，不得不这么干，而且不止我们一家这样干。"

赖美琳将公司的黑幕说得轻描淡写，但是佟海建很清楚，对方嘴里的"非常规"和"擦边球"已经不只是违规经营这么简单，甚至已经违法了。

乐图志信息咨询有限公司的法人及总经理是张志奇，副总经理是赖美琳，这是一家名副其实的夫妻店，包括公司的财务及行政等主要部门的主管，也都是张志奇的亲戚。创业初期，夫妻二人就通过非法放贷大赚了一笔。很快，就被有关部门查处。跑路回来的夫妻俩并没有改邪归正，而是变本加厉，继续游走在法律的边缘。

今年，新公司主要干起了网络炒股、网络赌博等黑色业务，网络贷款这个老本行也偷偷搞了起来。

网络炒股的运作手段是先花钱雇一个演员冒充股神，通过线上和线下培训的方式，招揽了大批信徒。这些人有刚刚毕业的大学生，也有退休金丰厚的老人，他们被所谓的股神忽悠，将大笔的资金交给乐图志公司，搞所谓的委托炒股。结果可想而知，全部血本无归。

网络赌博业务则是招聘了一批打字快的年轻人，专门坐在电脑前冒充美女，跟一些有钱的男人搞网恋。骗取其感情和信任后，怂恿其一起玩网络赌博，被骗者越输越多，从数万到数十万非常常见。直到输得倾家荡产，也没见到所谓的美女，更不会相信与他们卿卿我我的，其实是坐在乐图志公司里吹着冷气的抠脚大汉。

以上两种业务相继遇到公安部门的严打，风声比较紧的时候，乐图志公司已经积累了可观的财富，所以又打起了网络金融的主意，打着便民普惠的旗号，干起高利贷的生意。这些小额网贷申请容易，有身份证就能贷款，主要面向大学生和白领，额度从几千元到一两万不等。一旦贷了款，就再也没有还完的那天，因为这些其实都是套路贷，不但有砍头息，利息也高得吓人，即所谓的714高炮。

有很多人还不上钱，公司就由专门的催收部门进行暴力催收。当时公司负责催收的就是刁文龙，他与外面一个专门干暴力催收的团队党永他们合作，到欠款人家里逼债，进行骚扰、恐吓甚至是殴打。很快，就有一个女大学生不堪骚扰，跳楼自杀了。有关部门接到举报，对乐图志公司进行了调查，他们拿走了公司所有电脑，但是没有查到关键性的证据，只进行了常规的处罚。原来，得知女大学生自杀以后，行事敏感的张志奇就清理了公司的电脑，删除了后台的交易数据。此后，公司现有的交易平台遭到了严密的监管，不可能再进行违法交易。

为了继续从事以上三种非法经营活动，夫妻二人决定花重金重建一个更加隐蔽的服务器系统，来搭载非法交易平台。于是，单打独斗且技术不错的佟海建成了最佳人选，被重金雇佣，完成这一秘密任务。

这是佟海建的工厂倒闭之后，他接到的第一个大单。技术上并没有太大难度，只是心理上需要承担非常大的压力。从安装到调试，佟海建每天都提心吊胆的，因为他知道，他现在搭建的是一个严密的资金陷阱，是一个一旦掉进来就血本无归的致命游戏。他不是在搞IT，他是在帮助张志奇和赖美琳犯罪。

佟海建抬起头，这是他今天晚上第一次正眼打量赖美琳。这个风姿不俗的富婆，表面上风光无限，可她花的每一分钱都是黑钱。

"快收下吧，这些都是你应得的钱。"赖美琳十分慷慨地说道。

佟海建看向面前的袋子，心情突然沉重起来。他知道，这里面装的每一张钞票，背后都是一笔笔血泪账，都是一个个破碎的家庭。

"怎么？不敢拿？"赖美琳的语气变得强硬起来，"这钱你是必须得拿的。"

是啊，佟海建掌握了乐图志的核心经营黑幕。那是涉案上亿金额的秘密，那是会要人命的秘密，这些钱就是为了掩盖那些秘密的。如果他不拿，就会遭到报复。而为了维护上亿元的黑钱，足以令赖美琳夫妇买凶杀人。

佟海建不想死，他还要看着他儿子佟年上大学。所以，他收下了这笔封口费。

一辆黑色的商务车停在别墅区的大门外，车身喷绘有"乐图志"字样以及公司标识。

这辆车停在这里已经有一个多小时了，它是跟踪佟海建过来的，从家中一直跟到了这里。

车内坐满了人，唯有副驾驶座的位置是空出来的，像是有意要留给某个人。

刁文龙拧动车钥匙，把车辆熄了火。然后从兜里掏出手机和一张字条，按照字条上面的电话号码拨打过去。

良久，对方才接听："你好，哪位？"

刁文龙清了清嗓子，略显客气地说道："你好，是《城市晚报》的成记者吗？"

电话里，成奚蕊有些疑惑："你是哪位？怎么有我的电话？"

"是我呀，我姓刁，之前给你打过电话，上次用的是公用电话，你还记得吗？"

"请问你有什么事吗？刁先生？"

"还是上次说的那件事。我想在大酒楼摆一桌酒席，专门宴请你。"

"不必了。"

"赏个脸嘛，我很想认识成记者，想和你交个朋友。"

"有事就直接说吧，好吗？"

"也没什么事，"刁文龙变得支支吾吾起来，"就是吧，咋说呢，想顺便跟你谈谈合作？"

"合作？怎么合作？你是想给我提供新闻素材吗？"

"不是。我的意思呢，是想从你手里买点照片。"刁文龙的脸上浮现出一丝奸笑，"就是那种……你知道的……那种，就是你拍了以后不方便在报纸上面发表的，你留着也没用，是吧。不如挑一些劲爆的卖给我，赚点零花钱。你说呢？"

电话那头的成奚蕊立即警觉起来："当然不行。对了，这位刁先生，你是想用这些照片勒索事主，是吗？最近有很多记者专门拍摄别人的隐私，然后卖给敲诈勒索团伙。你们就是专门干这种勾当的吧？我劝你们赶紧去公安机关自首，如果是的话。"

"哈哈哈！"刁文龙笑得很尴尬，"看你说的，我们怎么可能是这种人呢？实不相瞒，我们也是报社的，只不过，我们是那种小报。"

"刁先生是吧，你的全名叫什么？是什么单位的？告诉我一下吧。"

"不太方便。"

"你不是说想交个朋友吗，你不自我介绍，怎么交朋友？"

"你想调查我？"刁文龙嗅到了对方的意图。

"怎么？你不敢？"

"不合作就算了！"刁文龙直接挂断了电话，转身对坐在驾驶位后面的党永说，"妈的，不识抬举。"

"那怎么办？联系了这么多记者，都不愿意跟咱们合作。"党永说道。

"要不是之前合作的那个记者干不了了，现在也不用这么狼狈。"刁文龙点了两根烟，递给党永一根。

"那就算了。咱们不是还有姓佟的吗？"党永狠狠地抽了一口烟，说道。

"姓佟的将会是咱们的财神爷，能不能抓住这最后一个赚钱的机会，就看今天晚上的了。"刁文龙把屁股底下坐着的一把匕首揣到怀里，没好气地说道，"上次跟他提的时候，一口就给我回绝了，操！"

党永也摸了摸自己怀中揣着的匕首，说道："不行就给他放点血。"

"一会儿看情况吧。"

正说着，坐在后排的任春丽突然喊了一句："他出来了！"

众人透过挡风玻璃看去，一个神色恍惚的男人从别墅区走出来，手里拎着一个黑色塑料袋。

那人正是刚刚从赖美琳家出来的佟海建，正是刁文龙等人今晚一直在等的目标。

刁文龙立即发动汽车，沿着路边缓缓跟了上去。跟了一段以后，停下车，降下副驾驶座的车窗，朝佟海建喊道："佟工！"

佟海建愣了一下，仔细往商务车里看，才认出开车的正是乐图志公司负责催债的刁文龙。

"你们怎么在这儿？"他问。

"上车吧。"刁文龙说。

"不麻烦了，我自己打车回去。"

"上车吧，我有事跟你说。"

佟海建犹豫了一下，透过商务车窗户上的防晒膜，他隐约看见后面坐着几个人。他不知道这些人找他做什么，他有点害怕。

"别害怕，是好事！"刁文龙笑着强调道。

佟海建捏紧手里的袋子，又犹豫了一会儿，硬着头皮坐进了副驾驶座。

上车以后，刁文龙并不多话，而是专心开车，专门挑偏僻无人的道路行驶。

佟海建回过头，朝车后面坐着的六人看了一眼。这些人他都认识，是帮刁文龙搞催收的人，他们分别是党永、任春丽、白子明、李立彬、苗旭、刑翔东。

"你们是特地在赖总家外面等我的吗？"佟海建试探地问。

刁文龙依旧没有回答，而是把车停在了一个没有路灯的偏僻巷子里。

他先是无缘无故地笑了一下，然后开口说道："没别的事，还是上次我跟你提过的那件事。"

"上次我不是和你说过了，不行。"

"怎么就不行呢？你帮赖总是做，帮我也是做。"刁文龙有些蛮不讲理。

"怎么可能一样。帮赖总只是搭建服务器，是正常的业务。可你上次提的，是犯法，我可不敢干。"

"你以为赖总就不是犯法吗？你给她干这么久了，她是怎么赚钱的，你难道不知道吗？你现在就是在帮着赖总犯法，少他妈跟我这儿装高尚。"

"我以前是真不知道，我要是知道，我肯定不会接这个活。"

"一次犯法是犯，两次也是犯，既然开始了，就继续干吧，"刁文龙拍了拍佟海建怀里抱着的钱袋子，露出邪恶的笑容，"多赚点钱，不好吗？"

"你不是有固定合作的记者帮你偷拍吗，靠那些照片去勒索事主，效果不是挺好吗？"佟海建说道。

"那个记者因为偷拍被抓住好几次了，他干不了了。再说，靠偷拍照片也勒索不了几个钱。"刁文龙满不在乎地说着。

"那也别找我呀，我可不敢干。像你上次说的，主动入侵别人的电脑、手机，窃取别人的隐私，然后再进行敲诈勒索，这是非常严重的犯法行为，一旦对方报警，警察抓的首先是我，你躲在背后，出事早都跑了。"

"一旦出事，我是主谋，你怕什么？"刁文龙拍着胸脯说。

"你们还是去找别人吧。网络黑客有的是，我还是想凭技术赚钱。"

"那你干黑活收黑钱的事，我就去公安局举报。"说着，刁文龙一把抓住佟海建怀中的钱袋子。

佟海建一阵紧张，将钱袋子捂紧："别别别！大家都是赖总的人，这么干不好，会牵连赖总的。"

刁文龙冷笑道："操，她算个屁，钱不是她一个人赚的。"

佟海建意识到，刁文龙已经不甘于充当赖美琳的鹰犬，他早已有了自己的想法。

"你们到底想干吗？"佟海建试探道。

刁文龙开始兴奋起来，侃侃而谈，为佟海建构建他心目中的美好蓝图："不能像以前那么干了，靠记者偷拍那几张照片，勒索不了多少钱。你是网络高手，你能侵入别人的电脑还有手机，这是你的本事，我们应该很好地利用它赚大钱。所以，外面那些人我也不想尝试了，大海捞针，太渺茫了。其实在咱们身边，就有一个很好的对象，她有的是钱，而且都不是好道来的。我们如果窃取到她的秘密，好好敲上一笔，她不但肯给钱，还不会报警。"

"你说的对象，是谁？"佟海建警惕起来。

刁文龙笑着指了指佟海建怀中的钱袋子。

"不会吧，赖美琳？！"

刁文龙点了点头。

"她可是你老板！"

"那怎么了？"

"……"

佟海建瞪大眼睛看着刁文龙，刁文龙脸上竟然没有一丝担心和畏惧，而是充满了憧憬与兴奋。

佟海建终于明白了刁文龙等人的意图，他们已经不甘于给赖美琳打工了，他们见赖美琳夫妇赚取了大笔不义之财已经眼红了，他们想敲诈赖美琳一笔。

可是，佟海建刚刚从赖美琳手里拿了好处费，如果转身就跟着刁文龙干，有些出尔反尔，有些不太地道。赖美琳夫妇赚黑心钱，虽然不是什么好人，但是至少今晚多给了他好几万，也算是够意思了。而对刁文龙等人，佟海建在为乐图志服务的几个月时间里，已经有了基本了解。他们就是一群乌合之众，为了从贷款者那里催收回来更多的钱，阴损的办法用了不知道多少，还逼死过人命。还有，他们不只搞暴力催款，高利贷行业没落以后，又与一些无良的偷拍记者合作，干起了拍摄别人隐私进行敲诈勒索的勾当。他们打着帮雇主捉奸的幌子，先骗取女方一笔钱财，然后利用跟踪、偷拍、诱诈等手段搞到男方的出轨证据，再以此勒索男方钱财，是名副其实的一群吸血鬼、臭无赖。

跟这样的一群人合作，不会有什么好结果。佟海建心里清楚地知道这一点。

"还是算了吧。我真不敢这么干，赖总有的是钱，她会雇杀手灭了我的。"

"那你就不怕我们灭了你吗？"刁文龙冷冷地说。

"今晚的话，就当你们没说，我也什么都没听到。以后大家还都为赖总做事，低头不见抬头见，你们还是别逼我了。"

说完，佟海建去拉车门。可是车门锁着。

党永见状，从怀里抽出一把磨得锃亮的匕首，看向了刁文龙。

刁文龙示意党永先别动手，把副驾驶座的门锁打开，放佟海建下了车。

"以后再说。"刁文龙对党永等人说道。

第 27 章　致命的隐私

佟海建怎么也没想到，在他看来够意思的赖美琳和张志奇夫妇是典型的两面派。一方面，出钱给佟海建作为封口费，另一方面，又对他进行恐吓和威胁，甚至威胁到了他的父亲和儿子。

佟海建了解赖美琳，她做事没有这么果断，这一定是张志奇的主意，因为这个人是一个非常喜欢玩心机、耍手段的人。

威逼利诱，这就是张志奇的手段。要想让佟海建乖乖闭嘴，保守住公司的秘密，只靠砸钱是不行的。张志奇认为，多少钱都堵不住一个人的嘴，给钱只是弱者的行为，身为强者，必须要善用武力。

于是，就在佟海建从赖美琳手里拿完钱的次日，佟家迎来了一批不速之客。当时佟海建和佟年不在家，佟老汉被人用匕首挟持到了门口的车里，被人严厉地警告了一番。

"管好你儿子，让他的嘴巴严实一点，不然的话，你们佟家老的小的都得挨刀子。"

当天傍晚，走在放学回家路上的佟年也遭遇了同样的事情。他被人拽上了一辆面包车，拉到了一片废墟中，然后被人在嘴巴里塞满了石子，还有胶带缠住了嘴巴。

临走，那些人扔下一句："嘴巴是用来吃饭的，不是用来乱说的。乱说，会害死全家人的。懂了吗，小朋友？"

佟海建得知父亲和儿子的遭遇后，非常生气，特地跑去公司找赖美琳理论。但是赖美琳故意躲着佟海建，几天都找不见人。

于是，佟海建只能用切断服务器的形式来逼赖美琳现身。但是，这一着儿没把赖美琳逼出来，竟把张志奇给惹怒了。

张志奇找了一帮打手，把佟海建从机房里拖到大厦的天台上拳打脚踢，暴打了一个多小时。

本来，张志奇想切掉佟海建一根手指作为警告。提醒手下，如果没有手指，就无法替公司继续服务了。张志奇这才没有动刀子，但是，张志奇给佟海建撂下一句狠话："如果不想让这一刀落在你儿子身上，你知道该怎么做。"

从此以后，佟海建只得专心为乐图志维护服务器，不敢再有任何小动作。尽管心中有气，但是因为没有太好的办法，就只能忍着。

刁文龙得知佟海建被张志奇殴打一事，心中乐开了花，因为对他来说，这是千载难逢的机会。

于是，刁文龙等人再次找到了佟海建。

"干还是不干，你给个痛快话。"停在佟海建家不远处的商务车里，刁文龙向佟海建问道。

"干！妈的，我干！"

"这就对了嘛，早应该这么爽快。"刁文龙喜上眉梢，"给赖美琳干能得到什么好处？她们两口子抠得要命，才不会舍得给你几个钱。"

"不但给钱少，还他妈打你呢。一边给你几颗甜枣，一边拿着刀子威胁你。这种人就得好好收拾他！"党永跟着怂恿道。

"要干就干一次大的。"佟海建说道。

"正合我意。"

"但是，你们得按我的计划行事。我不想玩得太冒险。"

"行，打算怎么干，你说吧。"

"我先制造一次小型的黑客攻击，然后以服务器安全维护为名义，把公司非法经营的数据拷贝出来。"佟海建一边思索一边说道，"然后你找个生脸儿，拿着数据去勒索，要个 500 万应该没问题。张志奇应该不会怀疑是我们偷走了数据，我会伪装成服务器是被黑客入侵了。"

"要 500 万会不会高了？张志奇的抠门可是出了名的。"刁文龙担心地说道。

"先要 500 万，但是他肯定不会真给这么多，最后收他个两三百万就是了。回头我三你们七，你们人多，这么分也算合理。"佟海建又补充道，"不过咱们得说好，我只干这一次。这次之后，我们好聚好散。行吧？"

"行，就这么定了。你打算什么时候开始干？"

"明天！"

佟海建与刁文龙的勒索计划并没有成功实施，因为在那之前，发生了一个小插曲。这个小插曲让佟海建得到了另外赚钱的机会，他决定改变计划。

事情是这样的。

就在佟海建与刁文龙达成合作的次日，佟海建以网络维护为由，来到了公司的秘密机房。张志奇一向多疑，便派了他的老婆赖美琳也去了机房，监督佟海建的工作。

佟海建今天过来的真实目的，本来是为了安装黑客程序的。结果还没开始动手，就被赖美琳临时安排了别的事情。

赖美琳交给佟海建一台笔记本电脑，佟海建认出，正是她平时办公用的那台。

赖美琳说："系统好像出问题了，怎么都开不了机。你帮我看看。"

佟海建心知，赖美琳的电脑里存有公司的账目，于是，他就多了个心眼，想在赖美琳的手提电脑里也安装上黑客程序，以便窃取数据。

于是，他简单地检查了一番，就对赖美琳说："你这台电脑被黑客黑了，里面的数据可能都保不住了。"

赖美琳完全是电脑盲，听完吓得够呛："我这里可全都是公司的资料，绝对不能没呀！这可怎么办？"

"我只能拿回去慢慢给你修复，尽量帮你保住里面的资料。"佟海建故意加重语气说，"不过，有难度啊。"

赖美琳赶紧说："那你拿回去弄吧，我相信你。资料你就尽量恢复，实在找不回来的，也只能算了。但是，电脑的事你别跟我老公说，不能让他知道。你也知道，他最近脾气大着呢。"

佟海建轻易骗过了赖美琳，还成功地在公司的服务器里植入了黑客程序。弄好以后，他拿着赖美琳的电脑，又去见了刁文龙。

"原先的计划，咱们放一放。"佟海建开门见山地说。

刁文龙还以为佟海建反悔了，一阵气恼："你他妈害怕了？"

"用公司的黑幕勒索张志奇，风险不小。"佟海建分析道，"你也说了，他这个人特别抠门，从他手里要钱，比割他肉都难受。我找到了更容易的办法。"

"什么办法？"

"赖美琳。"

"拉倒吧，她手里掌握的公司机密是有限的。张志奇对她肯定是留了一手。"

佟海建从双肩包里掏出赖美琳的电脑，打开里面一个文件夹，是一些用数码相机拍摄的游玩的相片。

刁文龙看了照片，眼睛一亮："我去，这娘们儿够骚的！"

"凭借这些照片，你觉得赖美琳会不给钱吗？"

刁文龙笑了："真有你的。"

"你接触赖美琳的时间比我长，照片里这个男的，你认识吗？"

刁文龙的笑容更加放肆了："谈不上认识，但是知道这个人。好像叫宋宁，年轻那会儿当过模特，确实挺帅的。他是赖美琳的初中同学，俩人应该是好过一段。后来赖美琳肯定是因为嫌贫爱富，嫁给了有钱的张志奇，抛弃了这个初恋男友。"

"你能找到这个宋宁吗？"佟海建问。

"找不着。挺长时间以前，赖美琳背着张志奇托我给宋宁捎过两次东西，当时我没多想。我以为他们早都不联系了，现在看这些照片，他们不但联系，还背着张志奇睡到了一张床上。"

刁文龙一边翻阅着赖美琳电脑里的照片，嘴里一边发出啧啧的响声。因为那些游玩的亲密照片后面，还有二人在酒店里过夜的激情画面。

"找不到就算了，咱们也犯不着跟踪赖美琳搞什么偷拍了，有目前这些照片足够了。"说着，佟海建扔给刁文龙一个U盘，"照片我已经拷到这里面了，你去买一台二手打印机，挑这里面比较劲爆的照片打印出来几张，然后你就知道该怎么办了。"

刁文龙兴奋地揣起U盘，又贪婪地问道："那张志奇那边，就放手了？"

"我已经在公司的服务器里安装了黑客程序，随时可以把公司的黑料拷贝出来。先看看赖美琳这边掏钱是否痛快，如果达不到我们的目的，到时候再说。"

"你瞧好吧！"

又次日，佟海建约赖美琳单独见面，将修复好的笔记本电脑交给赖美琳。

"系统已经修复好了，电脑硬盘彻底格式化过了，所以你放心，里面的黑客程序都已经清除了。"佟海建说。

"那里面的文件呢？"赖美琳一边检查电脑，一边问道。

"文件基本上都抢救回来了。只是有一小部分客户数据库里的文件，好像被黑客给删除了，我也没办法了。"佟海建一边说着，一边留意着赖美琳表情的变化。

赖美琳一边检查着电脑里的文件，一边满脸欣慰地笑着："佟工，你还是厉害，重要的文件都保住了，我已经很满意了。丢失的那些客户资料不要紧，在公司的系统里还有一份，回头我拷回来就行了。"

说完，赖美琳收起电脑，然后从包里掏出两张超市购物券递给佟海建。

"带你的家人买点需要的东西。朋友送给我的，我没有时间去花。"她十分慷慨地说。

赖美琳神情得意地拎着电脑包离开了咖啡店。佟海建拿起那两张面额并不太高的购物券，露出鄙夷的神色。他把购物券团成球，扔进赖美琳没喝完的半杯咖啡里，然后掏出手机，打给刁文龙。

"你可以行动了。"他说。

于是，又次日，还没下班，赖美琳就在办公室里收到了一条手机短信。

是陌生的手机号发来的，内容是："我知道你跟宋宁的事，下班来避风湾咖啡厅。"

做贼心虚的赖美琳如约来到了咖啡厅，在隐蔽的位置找到了穿着运动服、戴着大墨镜的年轻女人。

"赖总，喝什么？我给你点？"

"不必了。"

赖美琳坐在年轻女人的对面，气愤地上下打量着："我认识你吗？"

"你认不认识我，我不知道。但是我认识你。"

"是谁让你来的？"

年轻女人没有回答，而是从她那廉价的挎包里掏出一个牛皮纸信封，扔到赖美琳面前。

赖美琳打开信封，掏出几张打印的照片，气得差点晕倒。

"你……这……你是……从哪儿弄的？"

"你别管我是从哪儿弄的，总之，这样的照片，我还有很多很多。"

赖美琳浑身开始颤抖，她再次打量着眼前坐着的年轻女人。她染着黄色的头发，化着非常难看的妆容，一身脏兮兮的运动服，挎着人造革的朋克包。虽然脸上戴着夸张的墨镜，仍旧遮不住她稚嫩的模样。

赖美琳此时还不知道，这个年轻女人正是党永的女朋友任春丽。因为与党永没什么接触的缘故，所以对眼前的这个女人也没什么印象。

"你叫什么？年纪不大吧？怎么干这个？"

任春丽笑了："我干什么了？你可真够逗的，明明是你干了什么，却说我干了什么。"

"你到底是怎么弄到这些照片的？你不说的话，我报警了！"

任春丽笑得更大声了："你报吧，你赶紧报！用不用我帮你报？"

"前几天利用黑客攻击我的电脑，是你们吧？"

"大婶，别废话了，行吗？就问你一句，这些照片，你想不想买回去？"

"你们黑了我的电脑，从里面偷了我的照片，现在还来勒索我，真够缺德的！你小小年纪，就开始干这种事了吗？"

任春丽不耐烦起来："你可别贼喊捉贼了，行吗？咱俩到底谁缺德？背着自己的丈夫跟别的小白脸出去玩，还在宾馆里滚床单。哈，我看你年纪也不小了，要点脸，行吗？你丈夫要是看到这些照片，还不得气吐血？！"

提到张志奇，赖美琳突然害怕起来，她赶紧收起脸上的霸气和怒气，问道："这些照片，你打算怎么卖？"

任春丽伸出五根手指头："500 万！"

"什么，500 万？！你疯了！"

"三天之内，把钱打到这个账户。"说着，任春丽扔出一张字条。

赖美琳看也不看："我没有这么多钱，你这是狮子大开口。"

"那我就把照片卖给张志奇喽！"

"你认识我老公？你到底是谁？"

"你刚才不是说了嘛，我是网络黑客呀。"

"你要是认为他能给你 500 万，你就去卖吧。"赖美琳抱着胳膊，一副死猪不怕开水烫的架势，"他是出了名的铁公鸡，你要是认识他，你就应该知道把照片给他的后果。你非但一分钱都拿不到，弄不好他还会雇人收拾你们。"

"400 万，不能再少了。"任春丽说。

"400 万也太多了，我真没有。这样吧，给你 20 万。行的话，明早我就给你转账。"

"20 万？你打发要饭的呢？！"任春丽起身要走。

赖美琳一把拽住任春丽："小丫头，我知道你做不了主，你马上打电话给你老板，问问他20万行不。"

任春丽挣扎了几下，见赖美琳没有放走她的意思，于是只好尴尬地坐了回去，掏出手机，打给刁文龙。

"她说没有那么多钱，只有20万。行的话明天早上就能转账。"她如实陈述。

电话那边经过短暂的商议，刁文龙给任春丽的回复是："让她明早最少打过来50万。"

就这样，赖美琳接受了破财免灾，避免了与前男友偷情的事被丈夫知道的危险。500万降为了50万，这样的结果也是赖美琳负担得起的。因为刚刚好，她背着张志奇存的私房钱，就是50万多一点点。

所以，赖美琳从避风湾走出来的时候，脸上甚至带着一丝窃喜。

次日早上，赖美琳果然守约，将50万存进了指定的账户。

刁文龙取出钱，按照事先约定的比例给大家分了赃，带着众人挥霍了三天三夜。他们头一次赚到这么多钱，认为这次赚钱实在太容易了，所以心态上已经飘了。

以至于三天后，刁文龙背着佟海建干了一件十分大胆的事。

那就是，他又指使任春丽去找赖美琳，继续向她勒索更多的钱。

这一次，任春丽按照刁文龙的吩咐，张嘴就管赖美琳要200万。

而且是："必须200万，一分都不能少！"

赖美琳彻底傻眼了，她想不到这帮人这么不遵守约定，给完钱又来勒索。她被逼到了一个进退两难的境地，如果不继续给钱，不但之前那50万打水漂，还会面临被张志奇暴打一顿、扫地出门的危险。她不是害怕挨打，而是害怕跟张志奇搞违法勾当这么久，到头来钱没捞到，还担着违法的罪名。如果继续花钱买平安，她已经没有钱了。她甚至想到了把她那些名牌包和首饰卖掉，可那也凑不齐200万。

"我的钱真的全都给你们了，我现在最多能给你凑个10万出来，再多的，我真的没办法了。"她说的也是实话。

"你是没钱，但你老公有的是钱啊。"任春丽是按照刁文龙教的说的。

"他怎么可能无缘无故给我200万？"

"你是公司的副总，挪动这点钱对你来说，不是没有办法。"这样的话也是刁文龙教任春丽说的。

"你让我挪用公款？"

"那是你的事。给你两天时间，要是拿不来钱，你的艳照就会在你们公司里传播，还有你们公司的客户，每人都可以看到你送给他们的福利，哈哈哈！"

"100万吧。我公司账上可以挪动的钱只有这么多。"

"150万。"

"120万吧。我从公司挪100万，剩下的20万，我把首饰和包卖掉。真的不能再多了，而且，这次是最后一次了。以后要是你再来，我就只能报警了。"

"成交！"

第28章　女富婆杀夫案

两天以后，当刁文龙突然拿着36万现金交给佟海建的时候，佟海建就已经猜出刁文龙没有遵守约定，又管赖美琳勒索了120万。

于是，在佟海建家外面不远处的巷子里，二人第一次发生了冲突。

"你怎么能私自行动呢？"佟海建谴责道，"咱们有言在先，只做一次。你怎么能背着我又去勒索赖美琳呢？"

"上次她太狡猾了，要500万，只给了50万。加上这次的120万，一共才给了170万，也不算多呀。"刁文龙满不在乎地说。

"那你也不能二次勒索呀，盗亦有道，懂吗？既然第一次拿了人家的钱，就不能再去勒索了。"

"你别跟我讲这些没用的，我只认钱！"

"你这么做，早晚会遭报应的。"

"我他妈给你送钱，你还诅咒我？操！"

刁文龙给了佟海建一拳，佟海建也推了刁文龙一把。

"以后一拍两散，别再来往了。"佟海建气愤地说道。

刁文龙却堵住了佟海建的去路，警告道："上船容易下船难。不达到目的，我是没那么容易收手的。"

"你到底想干什么？"

"500 万。不从那两口子手里拿到这个数，我是不会罢手的。"

"可你已经勒索赖美琳两次了，再去，她会报警的！"

"我说找赖美琳了吗？我说了吗？"

"你不会是要去勒索张志奇吧？"

刁文龙笑了："还是我们佟工聪明。"

"疯子！"

"对了。给你 24 小时时间，把公司服务器里的数据拷贝一份给我。"

"你不能去找张志奇！张志奇不是赖美琳，他不会给你钱的。他这个人我很了解，他宁可看着公司的黑幕曝光，宁可拿着钱跑路，也不会舍得给你钱的！"

"不试试怎么知道？"

"不行，我不能让你去冒险。你这么做，只会招来警察，只会导致我们大家一块儿坐牢！"

"你干也得干，不干也得干。你已经拿了两次钱，你以为即使你这次不干，就没有罪过了吗？"

佟海建看着面前丧心病狂的刁文龙，心中感到了深深的害怕。

任春丽受刁文龙和党永的指使，用同样的手法将张志奇约到了咖啡厅。在这家咖啡厅里，任春丽已经成功勒索了赖美琳两次，所以第三次来的时候，心中自然信心满满。

没有从佟海建那里得到公司的黑幕，刁文龙不得不继续采用照片勒索的老办法。这一次是他与党永作为主谋，事成之后不会再给佟海建分钱。

"我知道你老婆一些事，如果想知道的话，下班就来避风湾咖啡厅。"

当收到陌生人发的短信息时，张志奇毫不犹豫地答应了见面。并且，他隐隐猜到，对方所谓的关于他老婆的事，与她的初恋情人宋宁有关。

他们还在来往。

他们一定还在来往！

张志奇一直有这样的怀疑，但是苦于没有证据，他还不敢公开质问和调查赖美琳。

随着财富越来越多，张志奇心中的怀疑越来越重。因为，他已经不是那个澳门赌城里给别人端盘子的服务生，现在的他已经不能接受任何人在他头上戴绿帽子。

于是，张志奇如约出现在任春丽面前，甚至带着几分盛气凌人之感。

任春丽开始紧张起来。来之前，她低估了张志奇。她以为张志奇会像赖美琳那样，面对家庭丑闻被泄露的风险时，会显得畏畏缩缩，会显得软弱可笑。

但是，张志奇的气势一直碾压着任春丽这个社会底层叛逆女，因而她在跟他谈判初期，就陷入了紧张和被动。

"5，500万。"她颤颤巍巍地说。

张志奇轻易地笑了："那你得拿出值500万的东西。"

"东西肯定有，不然也不会来找你。你把钱打到这个账号上，东西就给你。"任春丽掏出写着账号的字条时，手在微微颤抖。

"你老戴着墨镜干吗？怎么，怕我认出你来？"张志奇突然问道。

任春丽更加紧张了，赶紧用手扶住眼镜："给你三天时间，你赶紧回去准备钱吧。"

张志奇又笑了，这次笑得很大声。

任春丽慌了："你笑什么？"

"我笑你无知。你从没见过500万吧？我见过，而且我每天都见。哼，三天？瞧不起谁呢？对你来说，500万需要准备很久；对我来说，根本就不用准备，我随时随地都能拿出这笔钱。"

"那你现在就转账呀，转完钱，东西就给你。"

"我傻呀？你说转我就给你转，我怎么知道你是不是骗我的。"

"我真有东西。"

"真有就拿出来呀。"

"你得先给钱。"

"我得看到东西才给钱。"

"那不行。"

"被我揭穿了吧，你压根儿就没有东西，你就是想诈骗。"张志奇是在用激将法。

"我真有。"

"有什么？"

"我有很多照片！"

"什么照片？"

"就是你老婆的照片。"

"拿出来我看看。"

任春丽犹豫了。她的手不自觉地伸进包里，摸向自己的手机。

张志奇看出任春丽的心思："用不用给你的主谋打电话请示一下？"

"我没有主谋，就我自己。"

"你是春丽吧？"

任春丽吓了一跳，她没想到对方竟然叫出了自己的名字。这一瞬间，她的身体彻底僵硬了，连头皮都是麻木的。

"你叫什么春丽来着？谢春丽？"

"你，你认错人了。"

"你不就是春丽吗？跟党永他们是一起的。党永我见过，帮刁文龙收款的。这些人都是帮我做事的，你跟他们是什么关系？"

任春丽不敢出声。

"是朋友？既然是朋友的话，那我们也算朋友。你要是有东西，就拿出来，如果真的值钱，我给你就是。"张志奇的语气平和了一些，是在套近乎。

"我不认识什么党永。"任春丽这么说反而有种此地无银的意味。

张志奇笑了："行，不认识就不认识吧。那么，春丽，你把东西先给我看看？"

任春丽仍在犹豫着，双腿不停地抖动，眼睛左右扫视。

张志奇从包里掏出一沓钞票，扔到任春丽面前。

"这些算是定金，你先收着。其他的，我看完照片再给你。"

"我只能先给你看两张照片，其他的，得给钱之后才能给你。"

张志奇点头。

任春丽从包里的信封里抽出两张照片，递给张志奇。

张志奇看到照片，脸立刻变得僵硬了，眼色也气得由灰转白。因为，他看到的照片，一张是赖美琳和宋宁在景区搂着亲脸，一张是二人在酒店床上的被窝里赤裸着身体搂在一起。

任春丽注意到，张志奇拿着照片的手开始发抖，两腮也因为发狠咬着牙齿而鼓了起来。

任春丽小心翼翼地问："剩下的钱，你什么时候能打过来？"

谁知，张志奇突然收起愤怒的神情，瞬间转为微笑："什么钱？我为什么要给你钱？"

"我手上有你老婆偷情的证据，你不害怕吗？"

"是她偷情，又不是我偷情，我害怕什么？要害怕也是她害怕。你们要钱的话，也应该去找她要钱，而不是找我。"

任春丽赶紧拿出刁文龙事先教给她的说辞："你老婆偷情的丑事要是曝光出去，你还能抬起头做人吗？还有，你们俩打离婚官司时，你手上要是有这些证据，就能防止她分你的家产。"

张志奇感到有些意外。他没想到，眼前这个不起眼的小太妹，居然精准地抓住了他的两个死穴。他开始更加确认，她的背后一定有人指使，而那个人一定对他非常了解，说不定就是刁文龙和党永那些人。

想到这儿，张志奇非常生气："是党永还是刁文龙？还是他们两个都有？"

"都说了，不是！你到底什么时候转钱？"

"转你姥姥！"

说着，张志奇一把抓住任春丽的手臂，将她拎起，然后抢过她的包，将里面装着照片的信封拿走，还一并拿走了刚刚给的一沓现金。

"你给我，你给我！"

任春丽上来抢，被张志奇一把推回座位。

"你回去告诉党永，马上带着照片的底版找我来认错。他要是不来，我就找人弄死他。还有，转告刁文龙，要是他也参与了，就赶紧过来给我跪下。要是不来，我让他今后都没法混！"

警告完，张志奇愤然离去，只留下任春丽呆坐在椅子上瑟瑟发抖。

当晚，回到别墅，赖美琳准备了丰盛的晚餐，打算跟丈夫享用烛光晚餐。张志奇却直接将照片扔在了赖美琳脸上，当场揭穿了她偷情的丑事。

赖美琳见状，无可抵赖，赶紧认错，说是为了劝退对方，就去见面，结果喝酒误事，醒来才知铸成大错。

这样的话并不能让张志奇相信，只能更加激怒他。张志奇将赖美琳推倒在地，抽下腰间的皮带，狠狠抽打了赖美琳一顿。

赖美琳被打得浑身瘀青，嗷嗷惨叫，甚至惊动了小区保安。可是保安也害怕张志奇，知道是家庭矛盾，竟然没进来劝阻。

这一夜，赖美琳至少挨了几十皮带。

但是她并不憎恨张志奇，而是对任春丽等勒索团伙怀恨在心，恨得咬牙切齿。她想到这些人会不讲道义，会继续拿着照片对她勒索，但是怎么都没想到，他们会把照片交给她丈夫。

她现在还不想失去眼前的一切，所以，张志奇这顿毒打，她忍下了。

张志奇打完赖美琳，连夜出门，找了一帮混混儿，给了他们一笔钱，交给他们两个任务。一是找到宋宁，就地把他的两条腿给打断；二是找到刁文龙和党永，上去就砍，砍成血葫芦最好，只要留一口气就行。

命令一下，混混儿们在金钱的驱使下疯狂地寻找着那三个人。

宋宁提前从赖美琳处得到了风声，早早地躲藏起来。

任春丽回去以后，也跟刁文龙和党永转达了张志奇的原话。几人一商量，见事情败露，猜出张志奇会派人追杀，于是也躲去了乡下。

之后的几天，张志奇找不到人，加大了追杀力度。更多的人被派出，满城搜寻三人的踪迹。甚至全城的混混儿都得知了张志奇在公开悬赏，一条大腿多少钱、一只手臂多少钱，都是明码标价。许多人磨刀霍霍，四处搜寻着目标。

佟海建见刁文龙等人突然消失，就预感到他们可能败露。之后又在公司里听到了张志奇正在追杀几人的风声，开始害怕起来，假装去外地治病，脱离了张志奇的视线。

没多久，赖美琳突然回过味儿来，怀疑电脑里的照片可能是佟海建泄露的，于是背着张志奇想找佟海建对质。赖美琳先后去了佟家好几次，佟老汉把嘴皮子都磨破了，也没能打消赖美琳的怀疑。

佟海建只好躲藏起来，不再露面，但这样的举动更加重了赖美琳对他的怀疑。

又几天之后，赖美琳被张志奇严密地监视起来，不能出来自由活动，佟海建这才敢偶尔回家看望父亲和儿子。

也正是这段时间，刁文龙等人从乡下回来。他们到佟家寻找佟海建，想跟他联手继续合作，去勒索别的有钱人。

刁文龙的胆子非常大，大到佟海建无法想象。从赖美琳那里尝到了甜头以后，他就不想放弃这条发财捷径了。他反复对佟海建进行纠缠，就是想逼他继续假借网络维护去入侵那些有钱人的电脑和手机，窃取他们的隐私，然后进行勒索。

佟海建自然拒绝再与刁文龙合作。从赖美琳身上，他已经认清了刁文龙的危险和无常。他意识到，再与刁文龙合作下去将迟早被警方抓获，或者被赖美琳等人反查到犯罪证据。于是，刁文龙每一次找他，他都苦口婆心地规劝，摆事实讲道理，甚至不惜翻脸动手，只想让刁文龙打消想法。

而一件事的发生，让佟海建决定彻底与刁文龙的团伙决裂，双方的关系到了剑拔弩张的顶点。这件事就是赖美琳丈夫张志奇的死。

张志奇的死，与佟海建有着密不可分的关系。

因为刁文龙向佟海建反复提出继续合伙作案的建议被屡次拒绝，加上张志奇还在继续追杀他们，刁文龙那段时间相当暴躁，他在恐吓佟家人未达到预期效果后，做出了最坏的打算。那就是最后再勒索赖美琳一次，然后拿着钱跑路。

勒索赖美琳的砝码是她挪用公款的事。她曾经数次背着张志奇挪用公司的钱，不过，以前挪用的数额较小，不容易被发现，加上公司的财务被她收买，也就没有暴露。而那些钱积少成多，最终都落入了宋宁的口袋。挪用的最大一笔钱，便是赖美琳为了掩盖丑事而支付给刁文龙等人的100万。这笔钱数额巨大，不是轻易能够掩盖住的，而此时张志奇还不知道此事，赖美琳也在急着想办法堵上这个大窟窿。

急于跑路的刁文龙等人便以此为借口，反复打电话对赖美琳进行勒索，无论赖美琳如何表达她已经遭到张志奇的严密监视，拿不出钱来，众人都不打算给赖美琳任何缓和的余地，给出的最后日期一到，如果赖美琳的钱没到，就把秘密公布出去。

赖美琳深知挪用公款的事被张志奇知道以后的后果有多严重，爱钱如命的张志奇很可能会打死她。于是，赖美琳与公司财务商议，想从别处挪一笔钱回来临时填补窟窿，甚至想到了背着张志奇拿别墅的房本抵押贷款以筹钱使用。

于是，受到张志奇严密监视的赖美琳在偷出房本四处寻找抵押贷款时，被张志奇抓了个现行。是公司的财务出卖了她，人家只是出于自保。

张志奇把赖美琳拖回别墅，再次抽出了腰间的皮带，对赖美琳进行了第二次殴打。这一次比上一次更加凶狠，赖美琳禁不住殴打，只好承认当初为掩盖照片的事挪用了公司款项，连同以往从公司挪钱出去给宋宁的事也全盘招供了。

此时，赖美琳在张志奇眼中已经不值100万了。此时，赖美琳是个偷情的婊子，是个挪用公款的窃贼，是个偷房本贷款的骗子。他用皮带抽打完，还不解气，居然找来拴狗的项圈和链子，拴在赖美琳脖子上，将她像狗一样关在了走廊的狗窝里。

整整一天一夜，张志奇没给赖美琳松绑，也没给她吃过任何东西。赖美琳蜷缩在狗窝里，像是死了一样。她不想反抗，也不想逃跑，因为她确实有错，她对不起丈夫。

直到有一天早上，有人给张志奇打电话，说可能找到了宋宁父母的住址。张志奇给的回复是，马上派人去把宋宁的父母抓回来，他不信宋宁会不管自己的父母。

赖美琳这才清醒了一些，她能够预见到，万一宋宁落入张志奇手里，会遭到怎么样的对待。于是，趁着张志奇去公司处理账目，她给宋宁打了电话。

她想让宋宁赶紧带着父母跑路，谁知宋宁对赖美琳情真意切，不忍心一走了之，留下赖美琳受苦。在赖美琳的一再反对下，宋宁还是来到了别墅，试图解救赖美琳，想带着她一起走。

宋宁明显低估了张志奇，他万万没想到，张志奇在别墅区的保安当中也有眼线，那人正在 24 小时对别墅的动静进行监视，以防赖美琳逃跑。

宋宁一进入赖美琳家，那人就打电话告诉了张志奇。

很快，张志奇开车赶了回来，将赖美琳及其奸夫宋宁当场抓获。

张志奇抓起棒球棍，对宋宁进行殴打。打晕了以后，又抓起赖美琳，再次进行抽打。

然后，张志奇拿出已经准备好的离婚协议，逼赖美琳签字。

赖美琳看完协议，不敢签字。因为协议的内容对她十分不利，除了分不到任何财产净身出户以外，她还需要双倍偿还挪用的公款，总还款额高达 400 万元。

赖美琳先是跪着祈求张志奇饶了她，也饶了宋宁，说她可以净身出户，但是她没有这么多钱。

张志奇自然不想轻易放过这对奸夫淫妇，他提出，赖美琳不签字，就断掉宋宁的双腿。他找来厨房的尖刀，打算挑断宋宁的脚筋。

赖美琳为了保护宋宁，不顾一切地与张志奇扭打。厮打过程中，宋宁从昏迷中醒来，帮助赖美琳夺下张志奇手中的尖刀。

张志奇恼羞成怒，继续殴打抱着他大腿的赖美琳，并试图抢夺宋宁手中的尖刀。三人顺势倒地，厮打成一团，混乱中，张志奇突然倒地不动了。原来，宋宁手中的尖刀不知何时插入了张志奇的胸膛。

第 29 章　偶遇绑架案

以上，就是女囚犯赖美琳告诉成奚蕊的全部内容。

失手杀死丈夫张志奇以后，赖美琳十分悔恨，她放弃了与宋宁跑路，而是选择了自首。但是宋宁与赖美琳出现了分歧，他不甘于自首，而是选择了逃跑。

就这样，富婆赖美琳因杀人罪而被判入狱服刑，杀人犯宋宁畏罪潜逃，至今未被公安机关抓获。

此案造成了一时的轰动，也就有了《城市晚报》法制版女记者成奚蕊前往狱中采访女囚赖美琳之行。

采访到了尾端，成奚蕊面前的赖美琳已经是声泪俱下，她对害死自己的丈夫后悔不已。

"如果还有另一次选择，我可能会选择先离婚，再去寻找我真正的爱情。"她说。

成奚蕊感受到，赖美琳自始至终爱着的人都是宋宁。这让她感到深深的不解："既然这样，你为什么要嫁给张志奇呢？"

赖美琳的回答也很直白，她说："宋宁太安于现状了，缺乏进取心。他不像张志奇那样具有狼性，更没有那种为达目的不择手段的狠劲。本来我想刺激他一下，逼他一把，想让他更加成功。但是，他的不主动和不进取把我一步步推向了张志奇怀里。"

成奚蕊的心中自然认为赖美琳的做法不可理喻，她爱着宋宁，却嫁给了张志奇，还说是为了逼宋宁上进。成奚蕊无法认可这种做法，但赖美琳就是这样做了。

"我觉得我是罪有应得，是报应来了。"赖美琳还说。

她指的是利用非法手段牟取暴利的事。为了敛财，她跟张志奇坑了不少人，到最后张志奇被捅死，赖美琳身陷囹圄，这是报应。

"我花那些钱的时候就知道，我迟早会遭报应。只是我没想到，报应来得这么快。"

采访最后，成奚蕊问赖美琳，还有没有什么未了的心愿。

赖美琳回答，想找宋宁回来自首，不想让他继续逃亡。她知道，那种滋味并不好受。可是她没有找到宋宁的办法，只能成为心中无法完成的遗憾了。

　　结束采访，从监狱出来，成奚蕊的心情很沉重。一方面，是为赖美琳大起大落的人生感慨不已；另一方面，总感觉这个采访始终无法画上完美的句号。

　　因为曾经勒索过赖美琳的刁文龙一伙还没有得到法律的制裁。从赖美琳的口中还得知，佟海建可能为刁文龙的勒索提供了技术帮助。当然，赖美琳也只是怀疑，拿不出实际的证据。警方也一直没有找到人回来对质，所以关于赖美琳被勒索一事，警方尚未结案。

　　敏锐的成奚蕊依稀感到，佟海建跟刁文龙一伙可能不太一样，他是技术出身，即使参与了勒索，也未必达到恶贯满盈的地步。他后面没有再参与对赖美琳夫妇的勒索，从这一点分析，他应该是早有收手之心。

　　如果能找到佟海建，劝他站出来指证刁文龙，不但可以减轻佟海建的罪名，还能帮警方落实刁文龙的犯罪证据，甚至将之抓获。这是成奚蕊的脑海里反复斟酌的想法。

　　成奚蕊是一个社会责任感爆棚的人，一旦有了想法，她很难不去实施。

　　于是，从监狱出来以后，她又通过报社跟公安机关申请，取得了赖美琳一案相关人员的联系方式。其中就包括刁文龙和佟海建的户籍资料，二人曾经作为乐图志的雇用人员，在警方的排查范围内。据办案的警员说，刁文龙早年离婚以后，四处漂泊，行踪不定，很少与老婆、女儿联系。而佟海建的家中只有一位老父亲照顾着佟海建的儿子，从不见佟海建回家，手机也一直联系不上人。

　　成奚蕊拿到佟老汉住址的次日，特地买了礼品前往，想做做佟老汉的思想工作，让他放下心理防备，说出他儿子的下落。

　　到了位于城中村的佟老汉家，表明了身份，递出名片以后，佟老汉果然充满了敌意，态度变得冷淡许多，直言不知道儿子在哪儿，说是很久都没回来了。

　　这样的话骗不了成奚蕊，敏锐的成奚蕊注意到一些生活的细节，比如家中所吃的粮油米面都是上档次的品牌，比如家中安装了可以远程控制的监控摄像头，这种机器专门用来儿女随时照顾家中老人使用，再比如佟年和佟老汉这爷孙俩的精神状态非常安逸，不像是长期担心佟海建生死的样子。所以，成奚蕊猜测，佟海建一定就躲在附近，一定经常与家里联系，而且，他把家人照顾得很好。

　　在与顽固的佟老汉攀谈没有得到有用的线索后，成奚蕊又走进佟年的屋里，试图从孩子身上入手。

佟年比较单纯，对成奚蕊的问话基本诚实回答。聊天中，虽然没有得到佟海建的下落，但是从佟年口中，成奚蕊依稀知道，佟年对他父亲又敬又怕。父亲对他的期望是想让他考上名牌大学，除了这个目标，其他一切都不需要佟年过问。佟年都已经 18 岁了，还没有什么生活自理能力，如果爷爷不在家，他就只能拿着钱去买汉堡吃。除此之外，不知道还有其他选择。

佟年还告诉成奚蕊，从小到大，佟海建对他都非常保护，怕他受伤，怕他受欺负，怕他迷路，怕他被骗子欺骗。从佟年的嘴里，成奚蕊大致勾勒出一个既当爹又当妈，既是搞技术的工科男又细心顾家的男人形象。而这个完美的形象跟她所了解的勒索犯佟海建并不搭调。

这些都更让成奚蕊坚信，佟海建并没有跑太远，并没有弃家人于不顾。他也并不是一个冷血的惯犯，他只是受了刁文龙的教唆，一时失足。只要找到他，跟他见面，就有可能说服他指证刁文龙。

抱着这样的信心，成奚蕊在佟家待了很久。在长达数小时的时间里，她并没有等到佟海建的下落，而是等来了一起绑架案。

绑架案的主谋正是刁文龙。他在勒索赖美琳未果，导致赖美琳挪用公款的事败露以后，还得知赖美琳伙同奸夫杀死张志奇的消息。刁文龙害怕赖美琳供出被勒索一事，于是赶紧带着党永等人逃去了外地。直到赖美琳被判刑，警方也不再大肆调查相关人员，刁文龙一伙才又偷偷潜回锦绣市。

他们冒险回来的唯一目的，是找到佟海建。因为只有佟海建的技术能让他们继续赚大钱，他们没有放弃拉着佟海建继续作案的想法。而且这一次，刁文龙认为佟海建一定会跟他合作，因为赖美琳杀夫案发生以后，佟海建也在躲着警方。可以说，他们现在都是有罪的逃犯，是一条绳上的蚂蚱，一个落网，其他人谁都跑不了。

"既然都不能落网，不如抱成团一起逃去外地，合起伙来一起发财。这样才有生路，不是吗？"

这是刁文龙第一次去佟家，佟海建不在，他让佟老汉把他的话转达给佟海建。

刁文龙深信佟海建肯定不会丢下家人不管，确信他的每一句话都可以经由佟老汉传达到佟海建的耳朵里。

可是，等了几天，佟海建未对刁文龙有任何理睬。因为担心行踪暴露，刁文龙不敢恋战，只好又去了佟家，不但对佟老汉进行恐吓，还对放学回来的佟年进行骚扰。

这一次，刁文龙知道，一定会刺激到佟海建。

果然，次日，佟海建主动按照刁文龙留下的办法，与之接上了头。

佟海建还是没有答应刁文龙继续联手作案的要求，而是告诉刁文龙，他要逃往外地，如果刁文龙继续纠缠他，他就去自首。

这次见面极其不愉快，双方都说了狠话，都把对方逼上了绝路。这才导致刁文龙狗急跳墙，走上绑架这条路。

成奚蕊到佟家走访的当日，刁文龙的绑架行动正式开始了。

那是一个阴天，凉风瑟瑟地吹过城中村的狭窄巷子，路上行人很少。

突然，从一辆破旧的商务车里下来七个人，为首的正是戴着帽子和墨镜的刁文龙。

车是临时偷来的，为了作案，他机智地选择了熟悉的车型作为作案工具。

刁文龙先是让党永等六人守在外面接应，他独自进到佟老汉家中，对其进行威胁。

佟老汉按照儿子的要求，对刁文龙说了这样的话："海建昨晚回来了一趟，衣服都拿走了，说去外地打工了。你们别再来找了，他不会回来了。"

刁文龙笑了，看了看墙上挂着的佟海建与儿子佟年的合影，往上面吐了一口痰。

"你再不走，我就要报警了。"

说着，佟老汉从椅子上站了起来。

可刁文龙快他一步，一把拽断了座机电话的电线。

佟老汉试图跑出去找人帮忙，被门外的任春丽和白子明挡住。白子明掏出匕首，把佟老汉吓回了屋里。

佟老汉这才意识到事情的严重性，心中开始害怕起来，尽管被匕首抵着脖子的事已经不止这一次了。

刁文龙进入里屋，抓起佟年，拖去了客厅。正在与佟年攀谈的成奚蕊见状，赶忙跟了出来，却被刁文龙推了回去，并在外面用锁头把房门锁住。

成奚蕊拽不开门，又搞不清楚到底发生了什么事，只能在屋里边拍打房门边喊："你们是什么人？干吗欺负老人和孩子？"

"跟你没关系，老实待着！"

刁文龙一边说着，一边掏出匕首，抵住佟年的脖子，佟年吓得脸都白了。

成奚蕊隔着门问道："你们是想劫财吧？我兜里有点现金，我都给你们。你

227

们不要伤害孩子！"

刁文龙不再理会成奚蕊，一边拽着佟年往外拉，一边警告佟老汉："告诉佟海建，如果不想让他儿子死，就知道该怎么做！"

"刁文龙，你敢伤我孙子一下，我跟你拼命！"佟老汉好像失去了理智，不顾一切猛地朝刁文龙扑去。

刁文龙朝着佟老汉的腹部踹了一脚，佟老汉被踹翻在地。

成奚蕊听到外面佟老汉的叫喊，这才知道，外面的绑匪就是她想要寻找的刁文龙。

"你没事吧？能起来吗？快把我的房门打开吧！"成奚蕊向门外的佟老汉呼喊着。

突然，她隐约听到被拖去门口的佟年叫喊起来。

他喊的是："成姐姐，救救我；成姐姐，救救我！"

成奚蕊的内心像是被闪电击中了，她意识到佟年有危险，用力地拍打着房门："你们放开孩子，要绑绑我！"

"成姐姐，快救救我！"佟年被匕首架着，不敢乱动，小心翼翼地在喉咙里挤出这样的哀求，"我不去，不去！能让成姐姐陪着我吗？我害怕！"

"你们绑我吧！"成奚蕊仍在叫喊着。

"我不去，我害怕！"佟年哭喊着，"我想让成姐姐陪我，你们让她陪我一起吧，我自己不敢去……"

"你们连我也绑了吧！"倒地不起的佟老汉也在哀求着。

刁文龙一阵心烦，猛地拽着佟年去了外面，并示意众人抓紧撤离。他们押着佟年上了商务车，然后加速逃走。

成奚蕊赶紧提醒正在哀号的佟老汉，佟老汉这才清醒一点，勉强爬起，帮成奚蕊打开了房门。

成奚蕊提醒佟老汉报警，然后朝自己的轿车跑去，上了车，朝商务车追了上去。

商务车开出城中村，一路向西北的城郊驶去。

成奚蕊一边开车紧追不放，一边掏出手机报警。她说明了情况，提供了行车方向和车辆信息，很快案情就上报到了市局，引起了高度重视。市局快速响应，各部门联合作战，迅速出动了警力。

挂了电话，成奚蕊的心情越发焦急起来。因为，商务车一路向西北行驶，车速始终很快，且有开出市区的意味。成奚蕊担心支援的警力跟不上，让商务车逃出本市，于是来不及多想，趁商务车转弯时，猛踩油门，撞了一下。商务车被后车一撞，晃了两下，开进路边的大片绿化带草坪里。

商务车慌不择路，费力地横跨草坪，试图跨越前方低矮的灌木林隔离带，重新驶回主路。但是，驾车的苗旭明显高估了临时偷来的这辆破旧的商务车，他们一头扎进灌木林后就陷在了里面，车子抛锚了，再也无法启动。

刁文龙见状，赶紧做出弃车的命令。众人继续押着佟年，步行朝工业区边缘的隐蔽地带逃窜。

在他们身后，成奚蕊驾车紧紧地跟随着。

刁文龙打算再寻找一辆车，无奈工业开发区正在兴建，许多道路尚未开通，路上根本见不到车辆。加之身后又有成奚蕊紧追不放，慌乱之下，刁文龙注意到前方有一个新建成的仓库，于是带着众人躲了进去。

成奚蕊把最新的情况通过110做了汇报，负责作战指挥的警官告诉她，坐在车里原地监视绑匪的动静，并随时汇报。

成奚蕊将车停在了距离仓库50多米外的路边，密切观察着仓库里的动静。过了几分钟，她突然看到，党永及其手下共计六人离开了仓库，朝另外一个方向奔逃，很快就没了踪影。

原来，刁文龙害怕仓库很快会被警方包围，于是由他独自押解佟年，党永带领其他人出去寻找车辆。他们的计划是再去抢夺或偷盗一到两辆车作为逃跑工具。

六人离开以后，成奚蕊慌了。她并不清楚对方的意图，追也不是，不追也不是，生怕绑匪分散逃掉。

正在犹豫时，仓库里隐约传出佟年的哀号声和刁文龙的恐吓声。成奚蕊非常担心佟年，于是下了车，朝仓库走去。

成奚蕊来到尚未安装大门的仓库门口，朝里面望着。只见刁文龙正用一把土制手枪挟持着佟年，躲在一堆装修材料后面。

成奚蕊的手机响了，是刑侦支队长打的。接通以后，对方让她不用说话，将手机保持通话状态就行，以便警方获取现场的声音。

成奚蕊故意提高嗓音说道："刁文龙，别开枪，佟年还是个孩子！"

为了让警方听清楚，她又故意重复了一次。

电话那头的支队长迅速获知了两个信息，被劫持的人质是佟年，绑匪手里除了匕首还有枪。

随着手枪的出现，事态的严重性再次升级了。市局立即调整了作战等级，大批全副武装的武警也出动了。

距离仓库最近的是西郊派出所，那里的警员赶到仓库，也需要十多分钟的时间。

在这十多分钟时间里，成奚蕊试图说服刁文龙放下枪，不要伤害人质。

刁文龙见成奚蕊一个人，根本不把她放在眼里，右手紧紧地握着手枪，对着佟年的脑袋，左臂勒紧佟年的脖子。

"你别往前走了，再靠近一步，我就开枪了！"刁文龙警告道。

成奚蕊停在距离刁文龙五米远的距离，仍在游说着："你要是不肯放人，那你换一个人质，怎么样？佟年还是个孩子，他已经吓坏了。这样，你把他放了，你绑架我，行吗？"

"不行！你赶紧滚，没你的事！"

"要是你不肯换人质，就把我也一起绑了，手里多一个人质对你更有利。"

刁文龙犹豫了。

"我身上没有武器，你看。"说着，成奚蕊举起双手，缓缓朝刁文龙走了过去。

当距离只有三米的时候，刁文龙突然大喊道："站住！你别过来！"

成奚蕊停住脚步。

"你就站在那儿，不许乱动！要是往前一步，或是往后一步，我都会开枪的！"

成奚蕊见计划失败，还被刁文龙控制了，只好试着挑拨离间："你那六个同伙都跑了，不会回来了。"

"不可能！"

"我刚才看见他们抢了一辆车，然后开车往城外的方向跑了。"

"你别想骗我！"

"是不是骗你，你等着就知道了，他们绝对不会回来的。因为你已经被警方包围了，现在警方已经把外围控制住了，你绝对跑不了的。再过一会儿，警方也会追上那六个人，将他们逮捕。所以我劝你看清形势，尽快投降，争取一个宽大处理。"

"住嘴！你他妈别想骗我！"

刁文龙暴躁地叫喊着，浑身颤抖起来。

成奚蕊见刁文龙害怕，继续耐心地劝说着。她心中也在祈祷，祈祷警方快点赶到，祈祷警方可以在六个绑匪回来之前赶到。

第 30 章　当场击毙

成奚蕊的祈祷似乎起到了作用。因为最先赶来的不是党永等六人，而是辖区的警力。他们并没有采取行动，而是遵照上级指示，封锁了现场。

随后，市局派出的大部队到达了现场，武警、刑警一共数十人，将仓库团团围住。

支队长只找到了成奚蕊的车，没有见到成奚蕊的人。根据手机一直保持着的通话分析，此时成奚蕊正在与绑匪很近的地方。

"成记者在仓库里，跟绑匪和人质在一起。"支队长说道。

"胡闹，她怎么进去了？"市局领导担心地说道。

"现在被绑匪控制了。仓库里的情况看得不太清楚，幸好可以通过成记者的手机听到一些。"

市局领导问支队长："狙击手就位了吗？"

支队长满脸愁容："就位了。对面仓库的房顶，是最佳的射击位置，正好对着这座仓库的大门口。但是，绑匪在仓库里很深的地方，狙击枪打不到他。"

"必须把绑匪引到门口来。"

"等谈判专家到了，让他想想办法吧。"支队长说。

"有绑匪同伙跑了？"

"已经派出警力去追了。仓库里的那个刁文龙好像是主犯。"

突然，一位开发区所在辖区刑侦大队的大队长站了出来："别等谈判专家了，我进去吧？"

"不行，孟队长，你是刑警，你进去会激怒绑匪的。他手里有枪！"

"我是这么考虑的，"孟队长一边穿上队员递过来的防弹衣，一边解释道，"咱们现在首先是要了解里面的状况，我身上带一台微型摄像机进去，以便把里面的形势拍到。再一个，我先跟绑匪表明立场，问问他是否接受主动自首，要是不行，就问问他的诉求。最后，我跟成记者打过交道，她采访过我们几个案件，配合上比较有默契。我想尝试向她传递暗号，让她配合警方把刁文龙引到门口来。"

支队长思索了片刻，说道："绑匪对警察有戒备，成记者也许能够起到作用。你可以进去试试。但是要记住，不可冒进，不可刺激绑匪，实在不行，你赶紧退出来。"

"行，我知道了。"

技术人员在孟队长身上安装了隐形的摄像头和耳麦，在监视器上调试出声音和画面的信号后，拿走了他的手枪。

支队长用对讲机与对面房顶的狙击手通话："我们的人进去谈判，狙击手进入警戒状态，发现射击机会及时汇报。没有我的命令，绝对不许开枪。重复一遍，没有我的命令，绝对不许开枪。"

孟队长穿过封锁带，来到仓库门口。发现仓库纵深很深，里面堆放的物品也很杂乱，想把绑匪引到门口这边来，不是一件很容易的事。

他尽量放慢了脚步，一点点地往里挪动，争取给观察监视器的领导们更多思考的时间。

"我是警察，你已经被包围了。刁文龙，请你放下手枪，不要伤害人质，争取宽大处理。"

孟队长一边往里走着，一边大声地对里面喊话。

躲在建材堆后面的刁文龙露出头来，命令成奚蕊对外面喊话："让他站住！再往前走就开枪了！"

成奚蕊赶紧冲孟队长大喊："站住！别过来！他手上有枪，再过来人质就有危险了。"

孟队长停下脚步，站在离成奚蕊十多米远的地方。他看着夹在他跟绑匪中间的成奚蕊，一阵担心："刁文龙，我问你，你是否接受向我们警方自首？"

刁文龙始终躲在材料堆后面，利用成奚蕊传话："你告诉外面的警察，自首是不可能的。让他们赶紧散开，否则我就打死人质！"

成奚蕊将原话对孟队长转达。

孟队长又大声问道："那你有什么要求？可以提出来，只要你不伤害人质，我们可以尽量满足你。"

过了一会儿，成奚蕊转达出的要求是："准备一辆车，加满油，停在仓库门口。"

孟队长一直在思索，该怎么让成奚蕊明白警方想把绑匪引到门口。于是他掏出自己的车钥匙，在手里晃动着："刁文龙，我的车给你，怎么样？我的车就在外面停着，是辆越野车，油箱大，跑得远。你要是觉得行的话，你就出来，跟我出去看一眼。"

说看一眼的时候，孟队长故意冲成奚蕊挤了两下眼睛。

刁文龙挟持着佟年挪了出来，仔细打量着孟队长。思索了片刻，说道："我不要你的车。你的车是警车，可以对我追踪定位。我要一辆出租车！"

"出租车是吧，行。我马上就给你准备，准备好了我就给你停在仓库门口，你看好了，就是仓库外面的平台那里。你一会儿自己过去取车。"说着，孟队长又冲成奚蕊挤了两下眼睛。

"你们警察都撤回去！"

"好好好，没问题，我们给你准备好车，然后我们都撤走。这样你就可以安全地走出仓库，去到门口那里。"孟队长再次朝成奚蕊挤眼睛。

成奚蕊其实第一次就已经猜出孟队长要传达的意思了，后面的两次则更确认了她的猜测。常年从事法制新闻工作，耳濡目染，对警方的常规思路自然能够掌握几分。

外面一定布置了狙击手。只要刁文龙走到门口那里去，这场对峙就可以结束了。

"那我们都撤了，成记者，我们一起撤吧？"孟队长试图将成奚蕊带离危险区域。

"不行，她得留下！"刁文龙喊道。

"留这么多人干吗？你手里不是还有人质吗？你就在这里等着，一会儿车到了，你开着就走了。"

"不行！我哪知道你是不是耍花招儿。留下这个女的，你去找车！"

孟队长犹豫着，他是真的不放心。

"你先去吧，我没事。"成奚蕊说道。

说完，成奚蕊也冲孟队长挤了两下眼睛。孟队长这才有了一丝欣慰，撤出了仓库。

孟队长回到支队长身边："成记者好像明白我的意思了。她会配合咱们，将刁文龙往外引。"

"你的第一感受，下一步应该怎么办？真的给绑匪准备车吗？"支队长问道。

"给他车。咱们只要在开发区各出口设卡，他是没办法逃走的。"

"万一他驾车冲卡怎么办？"市局领导问道。

孟队长回答："待会儿我把一名身手好的侦查员藏在后备厢里，不论绑匪把车开去哪里，我们的人都有机会将他制伏。"

支队长叮嘱道："待会儿你去送车，尽量把车远离仓库的大门，让绑匪走出来取车的距离尽量拉长。千万记住，一定要把车竖着放，车头对着仓库的大门。这样绑匪没有机会利用车身阻挡狙击手的视线。"

叮嘱完，支队长开始调集车辆。

孟队长将一名侦查员叫到身旁，检查了他的防弹衣和手枪，吩咐道："待会儿就委屈你一下，藏在出租车的后备厢里。防止狙击失败，绑匪驾车逃跑。"

"放心吧，安队，绑匪就一个人，我收拾他很轻松！"侦查员毫不在乎地说。

"你记住，一旦狙击失败，后面的事就全靠你一个人了。"孟队长继续叮嘱着，"当然，我们会尽量设卡堵截。你尽量不要暴露自己，等待合适的机会再出来，争取给绑匪致命一击。"

"明白！"

大约二十分钟以后，加满油的出租车到位了。孟队长先是让侦查员藏在后备厢里，技术人员又在车里加装了 GPS 定位装置。处理好以后，由孟队长开车，将车竖着停在了仓库门外大约 10 米的距离。

孟队长再次走进仓库，对刁文龙喊话："车给你准备好了，油已经加满了，车钥匙在车上插着呢，你直接开着就能走。"

刁文龙试着往外望了两眼，冲孟队长喊道："不行，车停得太远了。你把车开进仓库里来。"

"不行。出租车底盘低，门口的台阶上不来。只能停在那儿。"

刁文龙不太相信，又往外张望了两眼。

"不信你自己出去看看，真的开不进来。"

刁文龙不甘心，冲成奚蕊命令道："你去，帮我看看到底能不能开进来。别耍花招儿，不然我打死人质！"

成奚蕊跟随孟队长朝仓库门口走去。

来到门口的台阶上，成奚蕊看到，门口的水泥平台下去只有一节很矮的台阶，出租车是能够开上来的。她又看了看出租车停放的位置，大致猜出了警方的用意。此时，警方的车辆已经全部挪开了，但是仓库的两侧守候着两队武警，正在冲她比出准备就位的手势。

成奚蕊心中有数了，就对孟队长说道："你先撤出去吧，剩下的有我呢。"

"待会儿尽量离绑匪远一点。"孟队长小声地提醒了一句，就撤了回去。

成奚蕊做了两次深呼吸，让自己尽量放松。

只要将刁文龙骗出来取车，一切就结束了。她在心里不断地提醒着自己。

"看完就赶紧回来，别耍花招儿！"仓库里，刁文龙大声叫喊着。

成奚蕊毅然转身返回了仓库，但是双手的手心已经开始冒汗。

"出租车就在门口呢，没有熄火，你开着就能走。警察都已经撤走了，外面没看见警察。"她说。

"你去把车开进来！"刁文龙要求道。

"我办不到。"成奚蕊越发紧张，手心冒汗也更加严重了，"出租车底盘太低了，台阶会把车底刮漏。到时候你开着漏油的车可跑不远，你还是自己出去吧。你不用担心，警察真的都走了。"

"他们才不会这么好心！"

成奚蕊注意到，刁文龙的神色开始慌张，还不时地看手表，估计是离去的六人长时间不见回来，他的心里开始没底气了。

于是，成奚蕊故意说道："跟你一起的六个人开车跑了，是刚才进来的那位警察说的。他去追他们了。"

刁文龙似乎被说动了，不时地往门外张望。佟年则因为长时间被挟持，面无血色，精神萎靡，有些体力不支。

"按照你的要求，车给你备好了。你也要遵守承诺，放了这孩子。"

谁知，听成奚蕊这么说，刁文龙手里的枪顶得更紧了。

好在，他终于说了一句："你走在前面！"

成奚蕊兜里的手机仍在保持通话状态，她故意提醒外面警方的狙击手准备，她大声说道："刁文龙，我现在带你去门口拿车。你拿了车就快走吧，不要伤害人质，可以吗？"

"别啰唆，快走！"

成奚蕊缓缓朝门外挪步，为了不引起刁文龙的怀疑，她没有听从孟队长的建议，而是与绑匪尽量保持着不太远的距离。

几分钟后，成奚蕊走出了仓库，她继续朝前走去，来到了出租车旁边。

刁文龙挟持着佟年接近门口时，并没有马上出来，而是小心谨慎地朝外面张望了很久。没有看见警察，他才来到门口，但是仍不肯出来。

成奚蕊拽开车门："油箱是满的，你过来检查一下。"

"你到我身边来！"刁文龙突然要求道。

成奚蕊愣了一下。她没想到，马上就要成功了，绑匪居然提出了这样的要求。

难道他发现了狙击手？

成奚蕊正在愣神，刁文龙又喊道："快过来！"

成奚蕊只好回到刁文龙身边，故作潇洒地说："要不我帮你开车，你坐副驾驶座？"

刁文龙没有理会，而是探出头往仓库门外的两边张望了一下，确认没人后，才说："慢慢往前走！"

成奚蕊只好照做。

刁文龙紧贴在成奚蕊身后，往出租车那里挪步。

成奚蕊边走边抬头望向前方的仓库，她开始焦急起来。因为狙击手的视线现在正被她挡着，她需要让开，狙击手才有射击的可能，她不断地寻找着这样的机会，于是脚下的挪步也更加缓慢了。

就在成奚蕊苦于无法脱身之际，手机铃声突然响了。

成奚蕊知道，她的手机正在通话中，不可能是她的。

刁文龙意识到是自己的手机响了，迟疑了一下，命令道："等一下。"

成奚蕊停住脚步。

刁文龙掏出手机，接了电话："你们找车怎么这么半天？"

刁文龙问完，电话那边竟然没有马上接话。刁文龙意识到不妙。

良久，电话里传出了佟海建的声音："你放了我儿子，我跟你合作就是了。"

刁文龙听见是佟海建打来，情绪突然暴躁起来："你他妈躲去哪儿了？现在好了，事情失控了，警察都来了！我告诉你，要是我今天脱不了身，我他妈拉着你儿子陪葬！"

"刁文龙！你放了我儿子，我说了，跟你合作！"

"哼，你他妈现在才说，不觉得晚了点吗？"

"刁文龙，你现在就放开我儿子，你赶紧跑路，回头我再联系你。"

"你在哪儿呢？"

说着，刁文龙举着电话，四下寻找着佟海建的身影。

"我让你赶紧跑，再不跑的话，就跑不了了！"

"你他妈在哪儿？你就在附近，对不对？"

"……"

"佟海建，你他妈出来，你跟我一起跑，我就放了你儿子！"

"我不在附近。"

"你出来！你给我出来！"

"我不在，我还有一段距离。"

"你不出来是吧？那我现在就毙了你儿子！"

"你不要碰他！"

"我数十个数，没有看到你我就开枪！10、9！"

"我还有很远，真的过不去！"

"8！"

"好，我过去，你别数了！"

"7！"

"妈的，疯子！"

"6！"

成奚蕊见刁文龙快要数完了，而视线所及范围内却见不到佟海建的身影。她不敢确定刁文龙待会儿见不到人是否会开枪，但是，她要为那样的可能性做出准备。

于是，成奚蕊先是大喊了一声，为警方提供信号："刁文龙，你别开枪，佟海建他不在这里！"

刁文龙完全不理会："5、4！"

"我来了，你别开枪，我来了！"佟海建在电话里急切地叫喊着。

其实，他距离仓库还有将近两公里的距离。他先是从父亲口中得知了儿子被刁文龙绑架的消息，然后利用之前在刁文龙的手机里偷偷安装的定位装置，查到了开发区的仓库位置，正马不停蹄地赶来。

"3！"

"2！"

成奚蕊突然纵身一跃，滚倒在地上，躲开了几米远。

"1！"

刁文龙紧紧勒住佟年的脖子，大半个身子躲在佟年身后，使得前方房顶的狙击手没有最佳的射击机会。

"刁文龙，你别伤害人质！"成奚蕊大喊道。

刁文龙扔掉手机，尽管手机里佟海建仍在拼命地叫喊着。

"刁文龙，你投降吧，不要伤害人质！"成奚蕊仍旧没有放弃，大声哀求着。

"妈的，又骗我！"刁文龙一边嘀咕着，一边握紧手里的土制手枪，仍在不死心地向佟海建可能出现的方向张望。

突然，佟年像是听到了手机里父亲的喊叫，情绪激动起来，开始试着挣扎。刁文龙一阵心烦意乱，想要重新控制他，手上不知不觉发力，竟然扣动了扳机。

乓！

土枪走火，佟年右侧太阳穴中弹，向左倒了下去。

乓！

刁文龙额头正面中弹，向后栽倒。

成奚蕊叫喊着扑向了佟年。

大批警察拥了上来，也扑向了佟年。

第 31 章　丧子之痛

接下来的事，是佟海建对成奚蕊说的。

就在佟海建的废弃工厂里，就在成奚蕊被佟海建囚禁期间。

正是因为深入参与了两年前佟海建与刁文龙之间的恩怨，使得成奚蕊在走访刁珺妮失踪案的初期，就在心里将佟海建列为重点怀疑对象。只不过，她没想到，她的预感能够如此精准，这也导致了她被囚禁这件事发生得措手不及。

那大概是一个傍晚，刷了油漆的窗玻璃有些干裂，所以多少透进来丝丝夕阳的微光。

在囚禁成奚蕊和刁珺妮的小屋里，佟海建进来给每人的脚底下扔了一袋面包和一瓶矿泉水，就又把门反锁了。

成奚蕊见刁珺妮精神涣散，担心食物里有毒，所以忍着饥饿没有食用。但是刁珺妮明显已经没有防备，太长时间没有吃东西的她早已饿得浑身虚脱，看见食物后连滚带爬地扑了过去，先是撕开面包猛啃了几口，直到嗓子噎住，才抓起矿泉水猛灌，灌得太猛，呛得直咳嗽。

细心的成奚蕊注意到，刁珺妮喝的那瓶矿泉水的瓶盖是被人事先拧开过的，而且瓶子里的液体比较混浊，她猜测，是佟海建在刁珺妮的水里下了药。成奚蕊顿时一阵心疼，赶紧抢下刁珺妮手里的水瓶。可是，水已经被她喝掉大半瓶了。

"水里有药，快，吐出来！"

成奚蕊拍打着刁珺妮的后背，可刁珺妮不但不愿意往外吐，还继续往嘴里猛塞面包。

成奚蕊赶紧夺下面包，将手指伸进刁珺妮的嘴里，试图给她催吐。刁珺妮干呕了几下，又将呕出来的面包重新咽了回去。成奚蕊不甘心，继续催吐，一下子惹恼了刁珺妮，她狠狠地咬了成奚蕊的手指一口。成奚蕊感到一阵剧痛，手指上留下了两排深深的牙印。

成奚蕊的眼眶里饱含着泪水，只好把自己的水给了刁珺妮，然后把那半瓶下了药的水倒在了地上。

此举惹恼了佟海建，他在 20 分钟后进来检查的时候，发现了地上的水迹。于是一把揪住成奚蕊的头发，将她拉去了另外一个房间。

成奚蕊不敢反抗，因为佟海建手里握着一根钢管。正是把成奚蕊给打晕的那根，每当看到它时，成奚蕊的后脑就会下意识地开始疼痛。

"你他妈多管闲事！"佟海建一边嘀咕着，一边用一根登山绳将成奚蕊捆绑在凳子上，手脚都动弹不得。

"佟海建，你赶紧把我们放了。你现在收手还来得及，再这么下去，刁珺妮会死的，你会背负命案的！"此时，成奚蕊仍然相信佟海建与刁文龙的穷凶极恶不一样。

可是佟海建说："你突然闯进来，我正在犯愁怎么处置你呢。不过现在我不杀你不行了，你会破坏我的计划。"

"你的计划是什么？你千万别杀刁珺妮，她还是个孩子。"

"我儿子就不是孩子吗？"佟海建的这一声叫喊分贝之大，震得成奚蕊一侧耳朵嗡嗡作响。

"你儿子的死是意外……"

"我他妈杀了你！"

说着，佟海建从兜里掏出一个原本装面包和矿泉水的塑料袋，将它套在了成奚蕊的脑袋上，并用胶带绕着成奚蕊的脖子缠了几圈。

成奚蕊在密闭的袋子里大声叫喊着，可是，传出来的声音明显弱了很多："佟海建，你放开我！你这个疯子！你这么做，跟刁文龙还有什么分别？你们都一样，都是垃圾！"

喊叫加速了成奚蕊的缺氧。袋子里的氧气很快就耗尽了，成奚蕊开始感到憋闷，呼吸困难。

佟海建绕着成奚蕊缓缓地踱步，看着年轻的生命渐渐地失去活力。他一边绕圈，嘴上一边嘀咕着："因为你，都是因为你。要不是你，我儿子也不会死。"

已经无法呼吸的成奚蕊拼命挣扎着，可是手脚都被绑在了椅子上，她的身体剧烈地晃动，也无法离开椅子，更无法摆脱头上那薄薄的袋子。

佟海建见成奚蕊即将缺氧死亡，开始犹豫起来。这是他第一次尝试杀人，杀的还是跟自己不相干的人，看着成奚蕊在做垂死挣扎，他的内心不得不承认一件事，那就是他杀死成奚蕊的决心并不是很坚决。

"是……佟年要我去的。是他让我跟他一起的……"

在昏迷之前，成奚蕊的嘴里说出了这样的话。这句话彻底帮了她，因为这句话轻易地改变了佟海建的盲目举动，使他在关键时刻清醒过来，一把撕开了成奚蕊头上的塑料袋，让她重新活了过来。

佟海建摇晃着刚刚恢复正常呼吸的成奚蕊，急切地问道："什么意思？什么意思？"

成奚蕊感到一阵眩晕，正努力让自己恢复意识。

"你说你当时出现在绑架现场，是我儿子叫你去的？那不是你的本意吗？"

"当时我正在你家走访……"成奚蕊涨红的脸色终于恢复了，"刁文龙他们就来绑架你儿子了。本来是不关我事的，我本打算离开。但是，佟年说他害怕，让我陪他。我承认，是他的祈求击中了我心中的软处，他的每一声'成姐姐'都让我不能放弃他。"

佟海建松开成奚蕊，退后几步，神情突然茫然起来。

他有点不适应，好不容易下定决心去杀的人，突然有了不能杀的理由，就像是一种对自己的否定，显得整个计划都是有瑕疵的，这是不能被接受的结果。

两年的精心谋划，一切都是为了儿子，是不可能接受它有一丝丝瑕疵的。这是送给儿子的礼物。

"我跟刁文龙求情，让他把我一同绑架，这样我就可以保护佟年。"当成奚蕊再次提及佟年的死，眼眶忍不住又湿润了，"佟年的死真的是意外，所有人都努力尝试营救他来着。出了这样的结果，不光是你这个做父亲的无法接受，连同我这个外人也是无法接受的。眼看着想要保护的人死在自己眼前，这样的事情我也是第一次遇到，两年来，它就像是一场噩梦，也是我心底最大的伤疤。"

咣当一声，佟海建整个人瘫软下去，一屁股坐在成奚蕊对面的另一张椅子上。他低着头，不敢跟成奚蕊对视。

"佟年的死，你不应该去报复任何人。"成奚蕊打算彻底击溃佟海建的心理防线，"因为你儿子的死，是你一手造成的。"

"不！"

"是你刺激了刁文龙，才导致他手里的土枪走火的！要是你不给他打那个电话，警方就会将刁文龙击毙。他已经上套了，他马上就要去拿车了，是你的电话让营救计划泡汤了，是你让场面失控了！"

"不，不是这样的，不是的……"佟海建小声地嘀咕着。

"你当时根本不在现场，你为什么要骗刁文龙你会赶过来？你这样的举动给了刁文龙假象，让他开始倒数逼你出现。可你根本就不会出现！"

"不！我会，我会！"佟海建突然大声辩驳道，"我真的会赶到的，我说到做到。是刁文龙提前开了枪，我当时就在那里，我听到枪响！"

"什么，当时你在现场？"

"我在。是两声枪响，死了两个人。我看到白布盖着两具尸体，就摆在仓库门口那里。我想上去看看我儿子来着，可我不敢。因为警察正在找我，我不能露面。"

"是你的懦弱，连儿子最后一面都没有见到。据我所知，你犯的那点事情根本不算什么十恶不赦的大罪，你完全可以主动自首，争取宽大处理。如果你活得正直一点，早些承认自己的错误，就不会有今天的局面。你知道吗，佟年跟我说，说你不回家是在故意躲着，佟年其实都知道，他说你这么躲着，让他很没有面子，让他很难受，他因为你的做法感到非常挫败。"

"闭嘴！不许你瞎说，不许你挑拨我们父子俩的关系。他不会说这样的话，他不会，他不会！"

"为了见到你，我故意在你家停留了很久。那段时间，我跟你儿子聊天，聊了很多很多。"

"他绝对不会说那样的话，他对他的父亲只有崇拜。"说这句话时，佟海建脸上充满了盲目的自信。

但是，这样的自信，很快又被成奚蕊击溃了："他确实很敬爱你，因为他从小没有妈妈，父亲也是妈妈。但是，他也很害怕你。你的独断、你的专横、你的控制欲、你变态式的保护，都让他感到了深深的困扰。他在你的面前甚至不敢大声说话，不敢犯一丝丝错误，这让他失去了很多作为小孩子的快乐。他甚至不敢在同学面前提及自己的父亲，因为他感觉到丢脸，别的孩子的父亲都不太管孩子，只有他的父亲会随时随地监督着他，会突然冒出来，甚至会在家里安装监控摄像头，让他活在 24 小时的高压监视下。"

佟海建被说得无言以对，他无法立即组织起强有力的反驳，这让他只能处于不得不接受被揭穿的溃败和沮丧中，处于深深的恼怒和愤恨中，对自己的无法原谅，对现实的无法认可，以及仇恨的无法转嫁。

良久，佟海建才找到一些说辞："每个孩子都是这么过的，就连刁文龙的女儿也是，她的母亲管她未必没有我严格。两年了，我看得很清楚。"

"两年来，你都在监视那对母女吗？"

"也不是两年都在监视。头半年，我活在深深的自责中，无法适应儿子的早逝，无法原谅自己的无能。后半年，我开始厘清整个绑架案的过程，我开始憎恨，但是我很犹豫。"

"犹豫什么呢？"

"犹豫要不要报复。"

"做出这样的决定用了半年？"

"是的。"

"那第二年呢？"

"第二年我都在做计划。"

"跟踪并监视刁珺妮一家，并思考如何绑架她？"

"我需要准备很多很多，监视她只是其中很小的一部分。"

"那么，我的出现对你来说是意外？"

"也不算意外，我的计划中本来就有你。只不过，你能找到这里，你能找到刁珺妮，这让我很意外。"

"哼，我也很意外。"

"你能找到这里，警察也能。"

成奚蕊见形势不妙，赶紧提出了她的请求："不要伤害刁珺妮，她是无辜的。"

可惜，成奚蕊的要求没能被接受，因为这是佟海建心中唯一坚持的东西。他说："我儿子也是无辜的，刁文龙放过他了吗？警察、记者，那么多人无数次规劝了他，提出让他别伤害我儿子，可他那么做了吗？他没那么做，我为什么要那么做呢？为什么受伤害的只能是我，而不能让他也尝尝这种滋味呢？"

"他已经死了。他已经死了两年了。他已经被警方击毙了。这样的滋味，他永远都感受不到了，无论你怎么做。"

"不，他能感受到，他能，死了也能。"

242

"别再欺骗你自己了。"

"两年了，我已经全都计划好了，我不可能因为你这么个年轻的记者随便几句话就改变。"

"不，你可以改变的。"

"不，我不能。"

"刁文龙被击毙了，他已经受到了应有的惩罚。"成奚蕊不想轻易放弃，她还在努力尝试改变佟海建的极端想法。

"还有六个呢。"

"警方会去追捕刁文龙的那六个同伙。"

"不，我不相信警察。他们都没能救出我儿子。"

"你不能埋怨警察，要不是你……"成奚蕊苦笑着，她感受到了前所未有的吃力。兜了一大圈，话题又一次绕了回来，好像怎么都说不通了。

成奚蕊静静地坐着，仔细地注视着面前的这个中年父亲。他是一个普通人，他的脸上充满了丧子之痛，他让人感到同情，同时也让人感到憎恨。

他对警察已经不再信任，他的心中充满了对刁文龙及其团伙的仇恨。甚至，对于出现在绑架案现场的成奚蕊，也无法轻易原谅。

"那你打算怎么做？你不是说你有一个两年时间做好的计划吗？是什么，可以告诉我吗？"

佟海建用力摇了摇头。

"那你可以告诉我，你打算怎么处置刁珺妮吗？"

佟海建用沉默作为回答。

"那六个人呢？"

佟海建的脸上突然露出了杀意："党永、任春丽、白子明、李立彬、苗旭、刑翔东。"

"等等，你是怎么知道刁文龙的六个同伙都有谁的？当时你又不在现场。"

"我家里有监控，你忘了？我儿子死后，视频被我拿走了，监控也被我拆除了，我不能让这些落到警察手里。"

"交给警察吧，这些是很好的绑架证据，有了视频，警方可以给那六人定罪。"

"绑架能判几年？况且还是从犯。不行，那太轻了，太便宜他们了。"

"你觉得你能找到他们吗？你觉得你能比警方还厉害？"

佟海建不想再跟成奚蕊聊了，他想结束这场谈话。因为他无法从谈话中获取能量，却实实在在地感受到了能量的减少。

于是，他用冷笑作为掩饰，用趾高气扬地站起作为收场动作，故作潇洒地抛出最后的狠话："刁文龙死了，算他走运。但是他夺走了我儿子，我也会夺走他女儿。还有那六个同伙，也必须受到惩罚。至于你……"

成奚蕊突然感到脊背发凉。

"至于你，是你打电话叫来警察，否则我是可以摆平刁文龙的。无论你刚才说了什么，我都无法原谅你。只不过，我还没想好怎么处置你，给我点时间，我得好好想想。但是我警告你，不要逼我对你提前下手。"说完，佟海建又将成奚蕊带回了刁珺妮所在的房间。

就在佟海建与成奚蕊谈话之后的第二天晚上，他带走了刁珺妮。并且，从那以后，成奚蕊就再也没有见过刁珺妮。

成奚蕊大致可以知道，究竟发生了什么。

其实刁珺妮被带走的时候，她帮着反抗来着。只不过，她已经饿得没了力气，反抗并没有起到实效。

当时，已经是深夜，因为饥饿导致的低血糖让成奚蕊轻易地昏睡过去。而刁珺妮却没有睡。她像是个精神病人那样，整夜都睁着眼睛，呆坐在椅子上。时而用脚蹬着面前的墙面，让椅子腿在地上磕出咣当、咣当的声响。

突然，响起一阵钥匙开锁的哗啦声，随后房门被打开了，一个身材魁梧的黑影站在门口，用凶狠的眼神盯着刁珺妮，看了很久。

成奚蕊一激灵坐了起来，看到一身黑衣的佟海建出现在门口时，她预感到死亡的气息。

只不过，死亡是朝着刁珺妮走去的。

"不要！"

成奚蕊叫喊着扑了上去，因为她看到，佟海建正在撕扯刁珺妮的外衣。那是一件棒球服外套，上面缝着许多看不懂的图案的布贴，代表着刁珺妮的时尚与叛逆。眼下，它正一点点地从刁珺妮的身上剥离，露出外套下雪白的长裙。

"你这禽兽，你要做什么？"

成奚蕊以为佟海建想强奸刁珺妮，所以拼命想要将他拽开。但是，对于成奚蕊来说体能是此刻最大的弱项，佟海建轻易地将她甩到了一边。

眼看外套即将被扯去，刁珺妮却没有明显的反抗意识，成奚蕊再次唤起了斗志，又朝佟海建扑了上去，并从身后死死地抱住了他的腰。此举激怒了佟海建，因为只差一个衣袖他就成功了。佟海建被迫停了下来，专心对付难缠的女记者。他先是用力甩了两下，没能把背后的女人给甩开，他又去掰腰间那双雪白的小手，在即将被掰开的时候，他又朝身后抓了一把，成功抓住了成奚蕊的头发，就这样一掰一抓，将成奚蕊像是双肩包那样卸掉，然后摔在了地上。

成奚蕊累得气喘吁吁，只能眼睁睁地看着刁珺妮的外套被扒掉。幸好，佟海建并没有继续侵犯白裙少女，而是将那件棒球服快速卷起，卷成一团，捏在手里。

成奚蕊来不及分析佟海建这么做究竟是为什么，因为紧接着，他朝她走了过来。

成奚蕊感到一阵惊慌。佟海建弯下腰，一把抓住成奚蕊身上的风衣，用力往下撕扯着。

"不要，不要！"

成奚蕊极力抵抗着，她以为佟海建改变了目标，将强奸的对象变为了她。可是，她的身体已经接近虚脱，她只能尽量蜷曲着身体，好让风衣没有那么容易被脱掉。

佟海建故技重施，再次抓住了成奚蕊的头发，用力将她拽了起来，然后将她按在一面墙上，一点点地脱去了那件风衣。成奚蕊的脸颊紧贴着冰冷的墙壁，一串串泪珠滑过脸颊与墙壁之间的缝隙，向她的下巴流去。

风衣被佟海建成功地夺去，幸好，佟海建没有继续对成奚蕊进行侵犯。

成奚蕊有些搞不懂状况，时间也不允许她搞懂，因为，佟海建成功拿到两人的外套以后，竟又重新走向了刁珺妮，拉着她的胳膊将她从椅子上拽了起来，然后朝门外走去。

成奚蕊预感到了刁珺妮接下来的危险，她赶紧追了上去，试图阻止佟海建将人带走。但是，啪的一声脆响，成奚蕊感到自己的脸上火辣辣的疼，以及大脑因为震荡而产生的强烈的眩晕。

这一巴掌清晰地提醒了成奚蕊，她无法阻止佟海建带走刁珺妮。于是，就在佟海建要关闭房门的那一刻，她最后一次冲了上去。她假装奔着刁珺妮去的，成功地误导佟海建以后，突然改变目标，一把抓住佟海建手里的风衣。

果然，如同预料中的那样，佟海建并没有放弃风衣的所有权，而是紧紧地抓住衣服，与成奚蕊拉扯起来。

他为什么要抢走两人的外衣呢？

这个问题成奚蕊暂时没有弄懂，但是她知道，只要她不松手，刁珺妮就不会被带走。

两个人僵持了一会儿，对成奚蕊来说，这段时间是很漫长的，可对佟海建来说，只有短暂的几秒钟而已。失去耐心的他抬起腿来，用他的皮鞋狠狠地踹了成奚蕊的肚子一脚。这一脚，成功地将成奚蕊踹回了小黑屋里。随后房门被狠狠地关闭，上锁。

成奚蕊拼命地拉拽门把手，呼喊着刁珺妮的名字，换来的只有可怕的寂静。

黑暗中，成奚蕊的双眼已经被泪水模糊，她感受到了一个年轻的生命从她手上失去的无助与心痛。她狠狠地攥着拳头，此时，在她的手心里，正攥着一枚坚硬的纽扣。

那是一枚从她的风衣上拽下来的纽扣。

第 32 章　消失的人质

佟海建在化工路的过街天桥上处理完刁珺妮以后，又去了李眉芸家送衣服。他按照计划实施完每一个步骤后，开着那辆偷来的电动车返回了工厂。

一路上，他都在思索着处理成奚蕊的办法。

杀是肯定要杀的，之前也许还有犹豫，但是把刁珺妮推下天桥的一刹那，他就再也不犹豫了。

杀人也不过如此。他认为。

一旦走上这条路，一旦启动他的计划，为了这计划顺利实施下去，成奚蕊就必须得杀掉。

佟海建在路上思索的，不过是杀掉成奚蕊的方法而已。

最简单的方法是将她继续锁在小屋里，不去管她，再过一段时间，她就会饿死。最费力的方法是用那根钢管，朝头部击打几次，她也会没命。缺点是会溅得满脸是血，衣服也得换。还有一种折中的方法，就是像上次那样，把她绑在椅子上，头上套一个塑料袋，不出几分钟，她就会因为缺氧而死。

三种方法，佟海建思来想去，比较倾向于最后一种。

他拉开挡风玻璃下面的储物格，在里面找到两个塑料袋，一个黑色的，一个透明的。他犹豫了一会儿，将透明的重新塞了回去，拿了黑色的，塞进外套的口袋里。

佟海建开着四轮电动车回到工厂时，已经接近中午了。

他将大门重新锁好，隐藏好电动车，大步朝主厂房走回去。他突然想起刚才带走刁珺妮时的情景，那姑娘好像是因为成奚蕊的干扰，最近没怎么吃药，导致她在"押赴刑场"的过程中神志恢复了一些。

她问了佟海建一个问题："你要带我去哪儿？"

佟海建当时骗她说："送你回家。"

刁珺妮并没有怀疑，她当时说的是："我不回家。"

佟海建感觉有点意外，他还以为长期的囚禁让刁珺妮产生了所谓的斯德哥尔摩综合征，弄得他的心中竟然产生出许多不舍来。

这么好的姑娘杀了确实挺可惜的。他心想。

直到开着电动车载着她去化工路的时候，佟海建仍在不时地打量着正挨着他坐的姑娘。此时她正穿着成奚蕊的风衣，里面是她自己的白色长裙，加上随意散乱的头发，竟有一种颓废的美。佟海建伸出手，轻轻拨开刁珺妮的头发，露出一张精巧的小脸，眼皮有点内双，小鼻子小嘴，搭配在一起十分精致可爱，叫人怎么都憎恨不起来。

"为什么不想回家？"他问。

刁珺妮呆滞地看着车窗外，良久，嘴里才挤出极小的声音："太晚回家会被骂。"

"你妈？她骂你干吗？"他又问。

"会打扰叔叔睡觉。"

"那不是你后爸吗，你不管他叫爸爸吗？"

刁珺妮没有回答，饥饿与药物的双重作用让她再次陷入了深度的呆滞状态。

"那我不送你回家，我送你回学校。"

说完这句话以后，佟海建强迫自己不断地在脑海里回想佟年，因为每回想一次，他的心就疼痛一次。这是两年来他的动力源泉。

佟海建强行收起对刁珺妮的最后记忆，上楼之前，他又回想了一遍儿子的模样，疼痛感清晰又强烈地产生以后，他才迈着坚定的步伐朝楼上走去。

来到三楼研发室的里间门外，他一边掏出兜里的黑色塑料袋，一边伸手去拧插在门锁上的钥匙。

咔嗒，门锁打开了，他推开房门，想要去抓成奂蕊，可是，屋里竟然没有人。

佟海建的脑袋嗡的一下，差点原地昏倒。他靠着门框，让自己保持镇定，然后努力地思索到底发生了什么。

人呢？

跑了？不可能！

窗户外面是防护栏，人不可能钻出去。

房门走的时候是从外面锁上的。虽然钥匙插在锁头上没有拔走，但是人质是无法从屋里打开门锁的。

是谁？

是谁打开了门锁，救走了关在屋里的人质？

是警察？不可能！

如果是警察的话，刚才上楼的时候自己就已经被他们逮捕了。

是谁呢？太奇怪了！

佟海建把塑料袋重新揣回兜里，用力地揉按着自己的太阳穴。想不出答案的他不得不面临一个问题，那就是成奂蕊的逃脱会很快引来警察。他们会很快包围这里，并全副武装地冲进来。

还剩多少时间，他不知道。

他只能做两件事，一是尽快在暗网发布任务，二是准备好汽油，随时销毁一切。

于是，接下来的时间里，佟海建都在跟时间赛跑。他完全放弃了去探究成奂蕊为何会消失不见，他抓紧一切时间用来布置接下来的计划。

他先是在暗网发布了模仿杀人任务，并在接下来的几天里与领取了任务的人在网上沟通，给他们发去了监控视频。他还故意丢出银行卡，试探警方对案件的侦破程度。直到看见警方到来时，他已成功发出了十一份任务。

原本他想放火焚烧厂房，并试图自尽，但他没有成功，而是被安晓峰救了下来。这让他很是意外。他没想到警察会不顾自己的安危去阻止一个罪犯自杀，他的思维里，警察巴不得罪犯自己了断，自产自销的案件可以省去后续不少工作环节，直接可以结案。但是现在他对警察有了新的认识，他不但被救下了，还得到了医治，以至于待在监狱里的他对这种看似荒唐的人道主义始终无法适应。

被捕后的佟海建静静地待在监狱里，除了有限的几次提审之外，他都处在独自等待中。

等待一种结果。

于是，他有了大量的时间进行思考。思考他的计划，思考每一个细节，也思考着另一个问题。

这个疑问深深地萦绕在他心中，怎么想也想不出答案。

不光他想不出答案，就连警方也是。

安晓峰抓捕佟海建后，并没有在废弃的工厂里找到成奚蕊的身影。除了一枚纽扣证明她在过以外，其他什么也没找到。

现在，成奚蕊的下落成了谜。尤其是当佟海建得知警方也在寻找成奚蕊时，他深深地陷入了迷茫。

那个差点就杀掉的、像人质一样囚禁着的女记者究竟去哪儿了呢？

以上，是待在监狱中的佟海建某一日的心理活动。

关于成奚蕊究竟去了哪儿，只有成奚蕊自己最清楚。

她与绑架佟年的六名在逃犯在一起。

是党永等六人将成奚蕊带走的，就在佟海建带着刁珺妮去过街天桥上将其杀害的那晚，六人潜入了废弃工厂，救走了成奚蕊。

实际上，六人打算救的是刁珺妮。也就是说，他们救错了人。

而刁珺妮失踪的消息，是李眉芸透露给党永他们的。

以下的事，是成奚蕊从党永等六人的口中获悉的。

那是在刁珺妮失踪不久，其母李眉芸报警后仍没有找到女儿的一丁点下落，连续的彻夜无眠加上忘记吃药的原因，导致她的老毛病又犯了，也更加情绪化了。

关于女儿的失踪，她想过一百种可能，但是最先想到的，也是认为最有可能的，是怀疑刁文龙的那些手下干的。

于是，在一个于展军加夜班没有回来的晚上，李眉芸从抽屉里找出一个破旧的记事本，记事本倒数第二页记着一个手机号码。她坐在电话机的旁边酝酿了很久，才拨通了那个号码。

"喂，你哪位？"红色塑料听筒里传来一个老汉沧桑的声音。

"请问，"李眉芸清了清喉咙，小心翼翼地问道，"你是苗旭的舅舅吗？"

电话那头沉默了很久。

"是苗旭的舅舅吧？你别害怕，是苗旭给我的号码。"

电话那头依旧是沉默。

"是之前苗旭跟党永还有刁文龙来我家的时候，留给我的号码。对了，刁文龙是我前夫。"李眉芸在套近乎，"那会儿我还没搬到市里，他们跟我前夫来我家里做客。苗旭跟我说，要是联系不上他，就打你这个号码。"

李眉芸在撒谎。因为她压根儿就没见到党永等六人，刁文龙的那些狐朋狗友，她只是从刁文龙的嘴里听了一些。刁文龙每次纠缠李眉芸，都是独自进行，没有让那些人跟着。而之所以记下了苗旭舅舅的电话号码，是因为有一次刁文龙使用李眉芸的手机拨打过这个号码，她才偷偷地记了下来。

对方终于"哦"了一声，但是出于戒备，仍旧没有过多搭话。

"你能联系上苗旭他们吗？"李眉芸问。

"请问你有什么事吗？"苗旭舅舅问。

"没什么大事，就是想问一些事情。也不是想找苗旭。是因为苗旭总跟党永他们在一起，所以给你打了电话。"

"你是刁文龙的前妻？"对方突然问。

"是，我是他前妻。不过我们已经离婚很多年了。"

"你认识党永？"对方又问。

"认识。他跟我前夫来过家里几次。跟苗旭也算是脸熟，见过两次。"李眉芸继续撒谎道。

"你跟刁文龙离婚以后，还有联系吗？"

"唉，怎么说呢，不是我联系他，是他总来找我。"李眉芸尴尬起来，"他不走正道，离婚以后，我都是躲着他。可他时不时就来找我，他想跟我复婚。"

对方的话让李眉芸更加尴尬，他说："刁文龙纠缠你们母女，说如果你不跟他复婚，他就不让你过一天好日子，还扬言要抢走你女儿。有这事吧？"

"呃，你都知道了。是刁文龙跟你说的？还是苗旭？"

"这两年你算是过上好日子了，姓刁的被警察给枪毙，没人再纠缠你了，你不用再躲着了。"苗旭舅舅的语气像是恭喜，更像是嘲讽。

为了讨好对方，李眉芸不得不强迫自己说了昧心的话："看你说的，这种事哪能高兴得起来呢。他毕竟是我女儿的父亲，跟我也有10年的夫妻之情，现在人死了，我心里多少还是难过多一些的。"

"那我先挂了，以后不要再打来了。"

"等等！先别挂！"

"到底有什么事呢？"

"我女儿失踪了。"

"那就出去找找啊。"

"找了，没找着。我已经报警了，还是没能找到。"

"可是我也没见过你女儿呀。"

"不是。我的意思是……我是说……我就是想问问苗旭……"

"你怀疑苗旭绑架了你女儿吗？"苗旭的舅舅带着一丝明显的愤怒。

"不是，不是，没有！"李眉芸的心里就是怀疑苗旭，但是她嘴上没有直说，"我就是想找他们问问，主要是想找党永。"

"我知道你打这个电话是什么意思了。"苗旭舅舅沧桑的语气中透着丝丝狡猾，"你不跟刁文龙复婚，他就要报复你，想把你的女儿给抢走。现在他死了，你的女儿偏偏失踪了，所以你就怀疑是党永和苗旭他们绑架了你女儿。因为党永他们是跟着刁文龙混饭吃的，所以你是在怀疑党永他们在帮刁文龙报复你。我说的没错吧？"

这次轮到李眉芸陷入了沉默。因为，对方猜中了她的心思，她不想承认，但是也不能否认。

"赶紧挂了吧，以后别给我打了。"

"你就帮帮我吧，我女儿是我的命啊！"这句话是真真切切的祈求。

"我可以告诉你，不是苗旭他们。"

"我能亲自跟他们通话吗？"

"不能。这两年他们早已经没了音讯，跑到了哪里，是死是活，全都不知道。"

李眉芸不相信对方的话："你就让我跟他们通个话吧！"

"都说了，我联系不上。再说，姓刁的已经死那么久了，早就谈不上有什么关系了。如果是过去，姓刁的还活着，那还真没准儿。刁文龙一句话，党永他们还是会帮着干的。但是人走楼空、人去茶凉，他们只顾自己活命，哪还有心思去报复你呀？"

"真的不会吗？"

"我说不会就不会，你们又没有什么深仇大恨。"

"那倒是。"

"你还是去别的地方找找吧。"

挂了电话，李眉芸重新收起笔记本，那个电话，她再也没有打过。

苗旭的舅舅确实没有骗李眉芸，因为苗旭最近的行踪他其实是了解的，人不是他们绑架的。

李眉芸的这个电话并没能帮她找到女儿，但是，借由苗旭舅舅，党永等人得知了刁珺妮失踪的消息。

两年前，偷来的那辆破旧的商务车抛锚之后，刁文龙挟持人质躲进了仓库里，并命令六人赶快出去寻找用于继续逃窜的车辆。

六人走了很远，才在一个建筑工地附近找到一辆用于运送装潢材料的面包车。虽然车厢里的座椅均已拆除，但是好在工人们不在现场，而车钥匙正好插在车里。于是六人开走了面包车，回仓库去接刁文龙。

可是，六人刚刚上了主路，就看见隔离带对面有数辆警车往仓库的方向驶去。苗旭一脚油门将车踩停，导致坐在副驾驶座的党永额头撞上了挡风玻璃。

"你他妈干吗？赶紧开车！"党永骂道。

"不能回去！"苗旭说道。

"你他妈说什么呢？咱们答应好的，找着车就赶紧回去！"

"你看看那些警车。说不定这会儿警察已经把仓库包围了，咱们现在回去，就是自投罗网。"

"别废话，赶快去前面掉头，咱们闯过去试试，应该能救出刁老大。"

"你现实点吧，行吗？为了救他一个，搭进去咱们六个，值吗？"

党永一脸恼火，不太甘心，想要坚持，于是转身看向坐在车厢里的其他人，问道："你们是什么意思？"

另外几人都底下了头，没人回答。

"妈的。"

"咱们赶紧跑吧。等警察抓住刁文龙，就会朝咱们来了。"

"操！"党永狠狠地砸了操作台一拳，没再多说什么。

苗旭重新发动面包车，朝城外的方向驶去。

从此以后，六个人开始了长达两年的逃亡。他们从新闻中得知，刁文龙将佟年杀害，并被警方当场击毙。他们还得知，警方正在调查刁文龙的社会关系，正在逐一证实跟刁文龙一起参与绑架案的同伙都有谁。尽管有成奚蕊作为目击证人，向警方证实了刁文龙还有别的同伙在逃，但是，佟老汉不知为何，向警方保持了沉默。他以当时被刁文龙推倒后晕过去为由，说他没看清孙子是怎么被带走的。而警方经过调查，也只是查到了党永的可疑，但是因为长时间无法找到党永，所以一直无法确认绑架案的同案犯究竟都有谁。

转眼，两年过去了。人们似乎对绑架案的事已经淡忘了，警方也很长时间没有针对该案继续调查了。长期逃窜的六人无法再过苦不堪言的日子，见风声小了，就偷偷潜回了锦绣市。

六人想在党永的带领下重操旧业，替高利贷公司催债，但是因为警方对暴力催债打击得严，所以一直没有找到合适的机会。

六人正在犯愁，突然从苗旭的舅舅那里，得知了刁文龙的女儿刁珺妮失踪的消息。

党永马上就想到了佟海建，他说："肯定是姓佟的干的。刁老大打死了他儿子，他就绑架了刁老大的女儿。他这是想报复。"

其他五人全都赞同党永的推断。

"咱们得帮刁老大把女儿给救回来。"党永突然提议道。

其他人先是愣了一下。

任春丽第一个表示赞成："那孩子太年轻了，落到仇家手里，说不定被折磨成什么样呢。"

苗旭则表示了担忧："咱们都躲这么长时间了，一直都算太平，就不要多事了吧？"

谁知，党永说："咱们欠刁老大的债还没还呢。"

六人心中都知道，党永提及的债到底是什么。当初，六人找到了车，却没有回到仓库去接刁文龙，只顾自己逃命，所以党永经常提及，六人都欠着刁文龙一个很大很大的债。

"我以为这个债一辈子都没机会还了，"党永说，"现在看来，机会主动找上门来了，这是天意，我们得认命。"

六人不再有异议，达成了救出刁珺妮的决定。

第 33 章　消失的同伙

黑色的老款本田雅阁轿车缓缓地在路边停下，车里的六人齐刷刷地望着马路对面的废弃工厂大门。

"能在这儿吗？"苗旭把车熄火，随口问道。

"绑架这种事不可能在自己家，"党永分析道，"酒店之类的容易暴露，他更是不敢去。以我对佟海建的了解，这个倒闭的工厂是最有可能的。"

"荒废这么多年了，他还能来这儿吗？"苗旭又问。

"他交了好几年的钱，后来倒闭了，也一直没能外兑出去，所以使用权按理说应该还在他手里。"

"哎呀，是不是这里，进去看看不就知道了。"刑翔东关掉手机游戏，不耐烦地说。

"要看就快点，马上就要天亮了。"任春丽望着东方的天边，提醒道。

"我有个问题，"挤在后排座位的李立彬带着埋怨的语气说道，"现在车里是六个人，已经超载了。待会儿要是再加上刁老大的女儿，坐不下了呀。"

"你们抱一下，挤一挤。"党永随口说道。

"要是晚上还行。白天超载这么严重，容易暴露啊！"

苗旭插话道："哎呀，活人还能让尿憋死。待会儿就把她塞进后备厢，委屈一下嘛，总比不能活命强吧？"

"下车！"

党永一声令下，众人下了车。苗旭打开后备厢，大家各自拿了一样凶器，或匕首或钢管，趁着黎明前的最后一抹夜色，潜入了佟海建的废弃工厂。

六个人在厂区瞎找了一气，没能找到适合藏匿人质的地点。眼看天快亮了，众人的脸色都变得焦急起来。

最先打退堂鼓的是李立彬："要不咱们走吧？"

党永是唯一心存执念的人，他望着远处最高的厂区大楼，摇了摇头："去那里看看。"

六人硬着头皮，朝最后一个建筑物摸去。

他们没想到，佟海建带着刁珺妮刚刚离去不久，双方完美地错过，时间差只在半小时左右。

"要是姓佟的在上面怎么办？"正打算上三楼的苗旭突然拉住党永问道。

党永稍微想了一下，说道："要是他肯放人，咱们也不难为他。要是不给面子，就只能动手了。"

"商量个屁，干他！"刑翔东拎着钢管冲在了前面。

随着六人的到来，原本一片死寂的三楼变得嘈杂起来。踹门和翻动东西的声响此起彼伏。党永的手里紧紧地握着匕首，尽量挡在任春丽的前面，他显得极其小心谨慎，连大气都不敢出。

任春丽却不太担心，她知道佟海建只有一个人，无论如何都不是六人的对手。她见众人四处翻找，竟然大声叫喊了几声。

"佟海建？姓佟的？你在吗？"

六人翻找完最后一间屋子，天色已经微亮了。

"这是最后一间屋子，咱们走吧。"苗旭收起匕首，朝外走去。

"咱们也算尽力了。"李立彬也把匕首插回腰间。

党永无奈地摇摇头，转身刚要走，任春丽突然拽住了他。

"那边还有一个房间呢！"她指着一扇铁门说道。

众人回身，瞥了一眼那扇铁门，全都不以为意。

"刚才我就看见了，不用看了，不可能。"苗旭说道。

"对，不可能。门上插着钥匙呢，怎么可能是囚禁人的房间？"白子明说道。

"天亮了，赶紧走吧。"党永说道。

众人刚要离去，突然，从那扇铁门里传出两声微弱的声响。

咣当，咣当！

任春丽耳朵尖，第一个听到了声响："有动静！你们听！"

众人保持安静，侧耳倾听。可是，那声响再也没有出现。

原来，小屋里的成奚蕊听到了外面的对话。但是，她已经饿得虚脱，没有力气叫喊。她只能用尽最后一丝气力，伸手抓住一把椅子，摇晃了两下，发出两声微弱的声响。之后，她就昏死过去了。

幸亏是这两下声响，被任春丽捕捉到了。她返回铁门前，拧动钥匙，打开铁门，看到了倒在椅子旁边的成奚蕊。

"在这儿呢！"任春丽喊道。

众人冲进小屋，围着地上昏死过去的成奚蕊一番打量。

任春丽摸了摸成奚蕊的鼻子："还有呼吸。"

苗旭则拨开挡在脸上的头发，看着脸色煞白的陌生女人，泛起了疑虑："这是刁老大的女儿？怎么长这么大了？"

"我也以为是初中生呢。"李立彬说。

"哎呀，叫起来问一问不就知道了嘛！"刑翔东提醒道。

可是，无论任春丽怎么呼唤，成奚蕊都没能醒来。

任春丽按了按成奚蕊的肚子，又摸了摸颈动脉，说道："可能是饿的，脉搏特别虚弱。"

"那怎么办？到底是不是呀？"苗旭慌张起来。

"是比我想象的大，我还以为是高中生呢。"任春丽也说道。

"按照年龄算，应该上大学了吧。刁老大结婚早。"刑翔东说道。

"关键是咱们谁都没见过这孩子呀。"苗旭说道。

"离婚好几年了，而且一直不来往，咱们哪能见到啊。"李立彬说道。

一直在思索的党永终于开口说话了，他说："肯定是她。这里是姓佟的地盘，而且就这么一个女的，不是刁老大女儿，还能是谁？"

"那倒是。"任春丽附和道，"现在的孩子长得都大，营养过剩。"

"赶紧抬走！"

"别抬了，背着吧。"

"谁背啊？"

"你背吧，你力气大。"

最终，由李立彬背着成奚蕊下楼，然后苗旭接手，一直背到了车上。众人将成奚蕊放在后备厢里，迎着清晨的曙光，向市区外的方向逃离。

他们并不知道，此时此刻，就在不远处的化工路上，同样迎着曙光行驶的一辆汽车正被头顶悬吊着的女尸惊吓到。他们更不知道，那女尸的身份，才是刁文龙的女儿，刁珺妮。

当天下午，西沟镇，苗旭舅舅家。

成奚蕊躺在床上，仍在昏迷，脸上没有一丝血色。

六人不敢请大夫，只好在苗旭舅舅的建议下，由白子明外出，买回一大瓶葡萄糖注射液，让任春丽给成奚蕊灌了下去。

葡萄糖果然起了作用，没一会儿工夫，成奚蕊就醒了过来。

六人围在床前，开始了你一句我一句的审问。

"是姓佟的把你囚禁在工厂的吗？"苗旭问。

"他关了你几天？"李立彬问。

"这么些天，他都没给你吃的？"任春丽问。

"他打你了吗？"刑翔东问。

"他有没有非礼你？"白子明问。

"你是刁老大的女儿，没错吧？"党永问。

成奚蕊看着眼前的六人，大致猜出了他们的身份，是绑架佟年的六名在逃犯。而从他们的问话当中，已能判断出当前的状况。他们一定是想从佟海建的手里救出刁珺妮，可惜他们救错了人。

成奚蕊正在犹豫要不要告诉他们，如果告诉，他们会不会选择杀人灭口。这是个很严重的问题，必须慎重。所以，在没有想清楚之前，成奚蕊选择了沉默。她继续装作很虚弱的样子，只是呻吟了几声，然后就闭起眼，什么也不说。

"你叫刁什么呀？把你的名字告诉我们。"苗旭说道。

"算了，估计是太虚弱了，加上被囚禁了好几天，肯定吓坏了。让她缓一缓再问吧。"这是任春丽的建议。

接下来的三天时间里，六人对成奚蕊格外照顾，给她加强营养，让她跟任春丽一起睡在安静的小屋，静静地休养着。

任春丽对成奚蕊还不错，成奚蕊也跟她有了少量的言语交流。但是，任春丽毕竟是女性，对细节比较敏感。晚上的时候，躺在床上玩着手机，突然问了成奚蕊一句："咱俩谁大？我应该管你叫姐姐吧？"

成奚蕊只好装睡，并没有回答这个问题。她知道，她不是刁珺妮这个秘密很快就会暴露，已经没有多少时间可以伪装了。以她对党永的了解，一旦身份暴露，面临的可能将是死亡的结局。所以，她的心里一直在思索如何逃跑。

如何在六人加上苗旭舅舅的严密看管下逃出去，这是占据成奚蕊内心的主要问题。

然而这个问题并没有找到太好的答案，更没有真的付诸实践。因为仅仅三天的时间，六人就发现了他们救回的女子不是刁珺妮。

苗旭的舅舅从市里回来时，带回了刁珺妮的死讯。

是党永让他进城的。党永自以为救回刁珺妮以后，想跟李眉芸取得联系，让她来接女儿。苗旭舅舅想打电话，被党永制止。党永知道李眉芸已经报了女儿的失踪案，他担心警方对她的手机进行了监听，为了不暴露自己，党永特地让苗旭的舅舅亲自进城跑一趟，与李眉芸当面交涉。

苗旭的舅舅去了市里以后，找了个公用电话，跟李眉芸取得了联系。于是，得知了刁珺妮已经被害身亡的消息。

苗旭舅舅赶紧返回了西沟镇，把这个消息告诉了党永。

党永特地让任春丽拿手机上网搜索相关新闻，果然，搜到了"化工路过街天桥遇害女子身份已得到确认，为之前失踪的女大学生刁某某"这样的描述。

六人看了新闻一阵气恼，他们来到成奚蕊休息的小屋。成奚蕊预感到不妙，赶紧坐了起来。

六人围在床前，凶神恶煞地展开了盘问。

“你他妈不是刁老大的女儿？！”苗旭说道。

“你到底是谁？”党永问。

成奚蕊大致猜出是怎么回事，赶紧问：“刁珺妮怎么样了？她是不是已经遇害了？”

“你见过刁珺妮？”党永问。

成奚蕊用力点头。

“在佟海建的工厂里？”

“他把我们俩关在了一块儿。后来他把刁珺妮给带走了。”

“妈的，晚了一步。”党永一阵懊恼，狠狠打了墙壁一拳。

“生死有命，咱们已经尽力了。”白子明安慰着党永。

“不行，我得弄死姓佟的！”党永正在气头上。

“以后有机会再说吧。”任春丽安慰道。

白子明赶紧帮忙劝道：“是呀，以后会有机会的。”

“警方很快就会逮捕佟海建的。”成奚蕊突然插话，“我能找到佟海建，说明警方也能。他跑不了的。”

众人感觉成奚蕊说得有道理，但是看着她的时候，全都一头雾水。

“我说，你到底是谁呀？”苗旭问道。

“你怎么也被姓佟的关着？你怎么得罪他了？”白子明问。

“你是刁珺妮的同学吗？”刑翔东问。

“不像。应该是她的老师吧？”李立彬问。

任春丽的猜测让六人全都汗毛直立：“你不会是警察吧？”

党永从腰间抽出匕首，拿在手里摆弄着：“说吧，你到底是谁？”

“我叫成奚蕊，是《城市晚报》法制版的记者。我在寻找刁珺妮的下落时，无意中闯进了佟海建的废弃工厂，被他给打晕了。”

党永感到一阵头疼：“记者？你找刁珺妮干吗？”

“我就是看李眉芸挺可怜的，想搜索点线索，帮助她找女儿。我也没想到会被绑架。”

“那我们得谢谢你喽？”李立彬冷笑着问。

“那倒不用，毕竟也没救成刁珺妮。”

“你知道我们是谁吗？”党永问。

“到这个地步，我就不跟你们撒谎了。如果我没猜错的话，你们是刁文龙的同伙，两年前绑架佟年时，你们六个也参与了，没错吧？”

六人的脸上露出了紧张的神色。

"你们打算怎么处置我？"成奚蕊的心里十分害怕，但是她选择了一种咄咄逼人的方式进行表达。

"她认出咱们了，杀了吧？"苗旭对党永说道。

"不行。还是放了吧。"任春丽说。

"依我看，不杀是不行的。留着她早晚是个祸害，她一有机会就会报警。"李立彬说。

党永的手里继续摆弄着匕首，盯着成奚蕊思索着。

"拉到远点的地方，放掉算了。"任春丽再次提议。

白子明反驳道："再远也没用。如果放了她，她很快就会引来警察，并且她还看见我们六个的长相了，以后想再逃都难了，他们警察有画像。"

"还用画像？这些天里，咱们的名字她都听见了。回头告诉警察，输入电脑一查，全都跑不了！"苗旭说。

"我都行，你们定吧。"刑翔东说。

党永犹豫不决。

任春丽仍在坚持己见："我们本来只是绑架案的从犯，可如果杀了她，将来一旦落网，那可就是死罪！"

五人争执不下，最后只能看向党永，等着他做最后的决定。

真正的带头大哥刁文龙死后，六人的头目就成了党永。他是六人里相对奸猾一些的人，带着大家逃窜的两年里，一直没有过自首的打算。他想带着六人东山再起，继续干老本行，他设想过一百种活法，可就是没想过要吃牢饭。

在五人争执的尾声，党永的心中已然有了答案。他打算杀死成奚蕊，只因为他不想吃牢饭，一天都不想。

于是，他跟大家说："从今天起，咱们六个轮流看着她，白天一个人，晚上一个人。不许她走出这个小屋半步。"

五人基本上明白了党永的意思，他要为接下来的杀人进行一些准备。

为杀人而做的准备只进行了一晚上，准确地说，只有半个晚上。

也许是第一次杀人的缘故，党永心中有些害怕。但是他提醒自己，这件事他必须带头去做，而且一定要做得完美。于是，为了给大家加油打气，晚上的时候，他特地买了白酒，六个人边喝酒边商议杀死成奚蕊的计划，一直聊到深夜，才醉醺醺地睡去。

第二天，党永早早地起床，想要拉着几人继续研究杀人的计划。但是一个意外的发生，让他的计划不得不暂时搁置。

这个意外就是，任春丽突然不见了。

她只留下了一张字条，说她很快就会回来。

党永突然乱了方寸，因为，他还爱着他的女朋友。尽管，两年的逃窜生活让他们之间摩擦不断，早已失去了往日的快乐，但是他相信风声很快就会过去，他相信自己很快就会东山再起。到那时，任春丽会再次对他刮目相看。

可当他看到任春丽留下的字条时，彻底崩溃了。最近任春丽态度的冷淡以及行为的怪异，一股脑统统浮现在了眼前。就连昨天不同意杀害成奚蕊的话语，现在回想起来也变成她离去的暗示。

党永拿着任春丽的手机，一时没了主意。

其余几人出去找了一圈，没有找到任春丽的身影，赶紧回来跟党永商量。

"咱们赶快走吧，说不定春丽去自首了。"苗旭猜测道。

"她不能。"白子明推断到。

"就怕她被警察抓住，供出咱们在哪儿。"李立彬担忧地说。

"她手机都没拿，很快就会回来的。好像是回老家看她父母了，之前跟我说想回家看看来着，我没当回事。"党永说这样的话是在安慰自己，其实他比任何人都害怕任春丽不再回来。

白子明拿过任春丽的手机，说出了他的担忧："最近我看春丽老玩手机，怕是认识男网友了吧？"

"会不会跟网上认识的野男人跑了呀？"苗旭猜测道。

党永瞪了苗旭一眼，拿回手机翻看了老半天，也没看出所以然来。他好像想到了什么，突然走进成奚蕊的屋里，将手机扔到了她面前："我不太会玩手机，你帮我看看，春丽有没有新认识的男网友。"

成奚蕊大致猜出发生了什么，点了点头，拿起手机翻看着。

"你是记者，你很聪明，你连佟海建囚禁刁珺妮的地方都能查到，让你给我查肯定错不了。"党永警告道，"但是，你别想耍花招儿。要是敢趁机报警，我保证会立即杀死你！"

"好，我不报警。"

党永让白子明守在成奚蕊的身边，监视着她操作手机，防止她偷偷报警。

于是，任春丽的突然离开，拖延了党永等人杀死成奚蕊的时间。因为六人达成了攻守同盟，相约一同杀害成奚蕊，以免将来有人落网，那人企图为了脱罪而甩罪给其他同伙。

成奚蕊也知道此事，因为他们喝酒商议的时候，小屋里的她多少听到了一些。

在白子明的监视下，成奚蕊拿着任春丽的手机，查找着她与男网友交流的线索，同时也在担心着。因为任春丽回来的日期，也是她成奚蕊被杀害的日期。

第 34 章　保持失联

成奚蕊的担心持续了一整天。到了晚上，又发生了新的情况。

新的情况彻底打乱了党永的计划，并让原本心情烦乱的他陷入了深深的沮丧和彷徨中。这个新的情况就是，任春丽死了。

成奚蕊在党永的命令下，用任春丽的手机调查她出轨的证据时，无意间，通过晚报 APP 看到了任春丽的死讯。

那是一则晚间推送的新闻快报，只是提及在本市的石门村发生了一起命案，死者疑似本村的女村民任某丽。其他的案件细节并没有披露，但是从石门村和任某丽两个线索，熟悉的人已能猜出死者是谁。

成奚蕊把任春丽死亡的消息告诉了正在监视她的刑翔东，刑翔东吓了一跳，赶紧去跟党永商议。

初步商议的结果，是党永不相信新闻快报上说的任春丽死了。

党永认为："春丽怎么可能死呢，她又没有仇人，不可能。"

对于任春丽的死，此时唯有刑翔东有点相信："可石门村那么小的地方，有几个叫任春丽的呢？"

"新闻上又没说是任春丽，"党永指着手机屏幕强调道，"没准是任秀丽、任美丽之类的。"

"要不派个人跑一趟石门村？"苗旭提议道。

"不行，那边刚刚发生了命案，警察太多了。"党永最后自我安慰道，"再等等看吧，明天估计就回来了。春丽她爸妈不太待见她，在家勉强住一宿就得走了。"

众人不便多说什么，以免刺激党永。

"白子明呢？"党永突然问。

众人摇头。

刑翔东说："好像出去买烟了。"

党永点了点头，把手机交给刑翔东，让他继续监督成奚蕊抓紧查找手机里的出轨证据。

众人散了以后，党永独自去了院子里，一边对着星星抽烟，一边强忍着心中乱糟糟的思绪。

任春丽到底有没有死？任春丽到底有没有出轨？成奚蕊到底杀不杀？

这三个问题反复在党永的脑海里盘旋，由夜晚持续到了黎明，他始终在想，拼命地想，却越想越陷入混沌中。

早上，党永神色恍惚地给成奚蕊送饭的时候，又从女记者那里得知了一旧一新两个报道。

一是佟海建已经被捕了，他是作为杀害刁珺妮的嫌疑人被捕的，且对杀害刁珺妮一事供认不讳。

二是针对昨晚石门村的快报，今天有了更加详细的后续报道。标题是"本市发生第二起绞刑案"，内容大致是本村菜农任某柱次女任春丽长期在外，少与家人联系，昨日突然被发现吊死在村粮库仓库上面。警方初步认定为他杀，且与前不久化工路发生的绞刑案作案手法极其相似。警方进而展开对佟海建的进一步调查，怀疑其还有其他同伙。

对于第一条新闻，党永没有任何质疑。他相信之前成奚蕊的判断，刁珺妮是佟海建杀的，并且，佟海建很快会被警方抓获。

但是对于第二条新闻，他仍旧不愿意相信。尽管从"菜农任某柱次女"等字样已能完全判断出说的就是任春丽，但他仍不愿意相信。

"肯定是假新闻！"党永十分自信地说，"肯定是警察玩的猫腻。春丽应该是摊上事儿了，但不至于被杀死，我猜她肯定是回家的时候被警察给抓了。警察为了引诱我们去石门村才抛出了假新闻，他们是想设计抓住我们。"

"新闻的真实性不用怀疑，"成奚蕊告诉党永，"我们报社不可能刊登假新闻欺骗大众。而且用春丽的死讯引诱你们去石门村也不成立，她的死只会把你们给吓跑，怎么可能用这个消息来引诱你们呢？"

"成记者说得有道理，"刑翔东对党永说道，"要不你跟春丽家里联系一下，问问他们吧？"

"那怎么行？电话一通，警察就知道咱们躲在西沟镇了。"

"要不然你让我给报社打个电话，我让撰稿的编辑亲自跟你确认新闻的真实性。"成奚蕊提议道。

"不行。你失踪这么久，突然联系同事，会招来警察。"

"现在问题严重了，"成奚蕊提醒道，"原本你们只是躲着警方，现在春丽也遇害了，你们还要躲着佟海建的同伙。佟海建已经落网了，他的同伙却在逍遥法外，他杀死春丽以后，很难说下一个会杀谁。"

"他妈的，佟海建！"刑翔东气恼地骂道，"是刁文龙崩了他儿子，又不是我们，他找我们干什么！"

"两年前的绑架案，是你们跟刁文龙一起实施的。如果没有那次绑架，佟年肯定不会死的。"成奚蕊这话是在提醒党永。

"佟海建那人我了解，他不可能对付我们。"党永仍旧不愿相信眼前的形势。

"杀害春丽的手法，跟刁珺妮的极其相似，这还不能说明问题吗？"成奚蕊反问道。

一直站在门外听着屋里动静的苗旭彻底傻眼了，他也想不到佟海建会将仇恨的矛头对准他们，他更想不到佟海建落网以后居然还有同伙。根据以往对佟海建的了解，他是喜欢独来独往的，同伙这种东西，他从来都是很排斥的。

"这里不能待了。"苗旭这句更像是喃喃自语。

党永听到苗旭的话，原本就心烦意乱的他变得更加烦躁了。他一把夺过成奚蕊手中的手机，翻找出春丽家的电话号码，想打却仍旧不敢打。

刑翔东见党永犹豫不决，与苗旭对视一眼后，劝道："咱们得赶紧琢磨后路了，那个人能找到春丽，也能找到我们。"

"他只有一个人，我们有五个，怕什么？"党永突然意识到了什么，赶紧又说，"人呢？把人都叫过来。"

片刻，苗旭将正在睡觉的李立彬叫了过来。

"还缺一个呢，白子明呢？"党永问。

苗旭有点心虚地摇了摇头。党永看向李立彬。

李立彬支支吾吾地说："买，买烟去了。"

党永一阵头疼："一大早买什么烟？"

李立彬急忙说："我去找他回来。"

"赶紧去，让他抓紧回来，就说我要商量事。"

半个多小时后，李立彬独自回来了，跑着回来的。

"怎么就你自己？"正蹲在门口吃面条的苗旭问道。

"白子明呢？"党永无心吃饭，一直坐在门口的椅子上抽烟。

"没找着吗？"刑翔东放下饭碗，好奇地问道。

"出，出事了！"李立彬带着哭腔说道。

党永吓得赶紧站了起来："他被警察抓了？"

"没，没有，还没找着他。是水塔那边，出事了。"

"出什么事了？"

"说是吊死个人，好多人都跑去看了。"

"吊，吊死？"苗旭隐隐感到一丝不安。

"会不会是……"刑翔东没敢继续往下说，但是他的心中已经预料到了什么。

"走，过去看看。"党永说道。

"咱们几个都去吗？"苗旭问道。

"对，都去。"党永已经不能接受任何人掉队了。

"那女记者怎么办？"刑翔东问道。

党永思索了片刻，说道："带着，带着一起去。要是她敢乱跑，就给她一刀。"

水塔的周围围满了人，人们一边看着警察拉起警戒线，一边议论着。

"好像是水塔维修工发现的。"

"不对，是他儿子。他儿子今天顶他的班。"

"也不知道谁家的，看着年纪不大呀。"

"应该是上吊自杀吧？"

"现在的年轻人，上吊可真会找地方。"

"说不定在上面吊好几天了呢，这里平时没什么人过来。"

"那老高，上去容易，要把尸体放下来可就难喽。"

"是呀。弄不好得靠人给背下来。"

"谁愿意背呀，怪吓人的。"

"那可不。"

围观人群中有五个人面色凝重，他们望着水塔上吊着的男尸，神情与周围的人完全不同。

因为，悬吊在高空中随风轻轻摆动着的男尸，正是白子明。而五人正是党永、苗旭、李立彬、刑翔东以及成奚蕊。

五人当中，唯独党永的心情与他人不同。之前接连看到任春丽遇害的新闻，他尚且可以用侥幸心理欺骗自己，当看到白子明就吊死在眼前时，这种打击是双倍的。他不得不像其他人那样接受又一个同伙被害，还得接受任春丽的死也是真的。

"怎么办？"刑翔东小声地问了一句。

可是，没有人回答。

良久，听到苗旭嘟囔了一句："我不该叫他去买烟的。"

这句话提醒了党永，昨天他就没留意白子明，他沉浸在任春丽的新闻里，忽略了白子明从昨天开始就不见了。

任春丽是昨天一大早走的，昨天下午的时候遇害。而白子明是昨天一大早出去买烟的，应该也是昨天下午的某个时候遇害。党永的心中是这么合计的。

现场的民警已经将现场拍照固定完毕，又有两辆警车开了过来，车上下来八名镇上的派出所民警，为首的好像是个所长，他一到现场，立即组织手下疏散群众，并着手想把吊着的尸体给放下来。

"咱们得走了，这里警察太多了。"苗旭趴在党永的耳畔小声提醒了一句。

"这个镇子，不能继续待了。"成奚蕊也对党永说出了诚恳的建议，"佟海建派来的杀手已经到这里了，咱们得赶紧跑出去。要是晚了的话，警方封锁镇子，就跑不了了。"

成奚蕊的话说得党永脊背发凉，他突然感觉，这周围的人群好像都是佟海建派来的杀手，每个人的眼神都变得十分可怕。接连失去两个最亲密的同伙，让党永的信心迅速清零，别人还是一脸蒙的状态时，他已经处在了深深的惧怕中。于是，在听到成奚蕊的建议以后，党永最后朝白子明的尸体看了一眼，果断转身离开了人群。

3月9日下午16：50，西沟镇以南的省道上，黑色的老款本田雅阁轿车继续向南行驶着。

党永突然对正在开车的苗旭说了一句话，打破了车内低沉的气氛："前面到桦楠县了，找个地方吃点饭吧。"

苗旭的脸上露出一丝久违的喜悦，将车转出省道。

五人在县城边缘的沿街找了一个小饭馆，吃了烙饼和菜汤。可能是仍旧沉浸在任春丽和白子明相继被杀的恐惧里，席间几人已经没了往日的轻松对话，都只是闷着头吃饭。

快要吃完的时候，党永说出去买烟，便起身出去了。成奚蕊注意到，其他人是用很不舍的眼神目送党永出门的。此时有人提出去买烟都已成了敏感话题，足以说明众人内心遭受的打击有多严重。成奚蕊突然感觉到，眼前的这些逃犯已经没有那么可怕了，他们现在脸上的神态并不是坚强，而是直白地体现出了他们内心的害怕与迷茫。

党永回来了，手里拿着两盒烟，已经打开了一盒，递给苗旭一根，二人坐在餐桌旁抽着。

"能给我一根吗？"成奚蕊突然说道。

党永愣了一下，用异样的眼神打量着成奚蕊。

他的意思好像是在说："你会抽烟吗？"

成奚蕊看出党永的心事，笑道："以前通宵加班写稿，总是咖啡加香烟。后来交了男朋友，怕他闻出烟味，就不抽了。"

党永把烟盒和打火机扔给成奚蕊。

"你男朋友是做什么的？"苗旭多嘴地问道。

成奚蕊突然紧张起来，犹豫了一下，说道："警察，刑警。"

四个人突然神情僵硬了。

成奚蕊点燃了香烟，抽了一口，紧接着呛得一阵咳嗽。

四人全都笑了起来。

"哈哈哈，成记者，你真会开玩笑。"苗旭笑道。

"都这个时候了，还有心思吓唬我们。"李立彬笑着埋怨道。

"你们记者都是嘴厉害，撒谎都不用打草稿。还刑警，你怎么不说是公安局局长！"刑翔东说道。

很明显，四人全都不相信成奚蕊的话。成奚蕊笑着，不知道该庆幸还是该悲哀。

"刚才没买到晚报。卖烟的地方没有卖报纸的。"党永突然对成奚蕊说了这么一句。

成奚蕊没想到，她在车里提及买报纸的事，党永居然还记得。

看来他的态度发生转变了。成奚蕊心想。

这是好事，党永的态度由抗拒和不信任转为了试着接纳，这是成奚蕊急于看到的。她的处境由拘禁到合作，是她的最终计划。而任春丽和白子明的相继遇害，加速了这种局面的转变，现在成奚蕊需要做的，是尽快赢得四人的信任，在他们最六神无主的时候，给予他们帮助。

想到这儿，成奚蕊突然注意到饭馆的柜台上好像放着一份报纸，于是眼睛一亮，朝柜台边的老板喊道："老板，有报纸吗？借我看看吧。"

老板慢悠悠地把报纸拿了出来："今天的。"

当看到《城市晚报》那四个红色大字时，成奚蕊的脸上露出了欣喜的笑容："老板，这份报纸卖给我吧？"

"送你了。"

成奚蕊等老板走远，迅速翻到了法制版，果然，昨天发生在石门村的命案占据了半个版面。

成奚蕊拿着报纸给党永指了指。党永的脸上立即凝重起来，扔下饭钱，示意大家走人。

五人重新回到车里，气氛再次沉重起来。

"无论是手机上还是报纸上，都能证实春丽已经遇害了。"成奚蕊见众人全都低头不语，继续说道，"而且，春丽和白子明的遇害方式高度一致，你们也都看见了，是被人吊在高处给吊死的。报纸上称呼这个案子为绞刑案，也就是说，这与佟海建杀死刁珺妮的手法也是一致的。"

第一个说话的人是苗旭："可是姓佟的已经被警察抓了，他杀死刁老大的女儿之后就被抓了。"

刑翔东说道："之前不就说了吗，可能是佟海建还有同伙没被抓到。"

"那个人杀完春丽，又杀白子明，说明他已经到了西沟镇。"李立彬心有余悸地说，"咱们幸好听了成记者的，早早地离开了西沟镇。不然那家伙早就盯上咱们了！"

党永沉默不语。

"不对！"成奚蕊突然说道。

"怎么不对了？"李立彬问道。

"我虽然没去过石门村，但是最基本的地理位置是有印象的。"成奚蕊推断道，"从石门村到锦绣市区，尚有一段距离，再由市区到西沟镇，还有很长一段距离。白子明应该是昨天下午遇害的，春丽也是昨天下午。你们想想，同一天下午，凶手可能在石门村杀死春丽又赶到西沟镇杀死白子明吗？"

"对呀！"李立彬恍然大悟。

众人看成奚蕊的眼神都开始带着一丝崇拜了。

"杀害春丽的和杀害白子明的，绝对不是同一个人……"

长期从事刑事案件报道，让成奚蕊具备了很强的逻辑推理能力，但是这样的能力此时也在让她一步步地认识到自己的危险。而随后她打出的那一个电话，彻底将她的命运由人质变为了被追杀的目标。车里的五个人，在那个电话以后，变成了命运共同的猎物，正被神秘的杀手们追捕。

而成奚蕊，不得不快速收起心中的畏惧，因为她要做出改变车里的所有人命运的决定。她将放弃报警，放弃获救，使自己继续保持失联，甚至要跟四名逃犯联手。

"如果不想像春丽和白子明那样，就只有一个办法……跟我合作。"

第 35 章　看不见的信号

"杀害春丽和杀害白子明的，绝对不是同一个人！"

当成奚蕊做出这句推断后，车内的四人对她产生了强烈的崇拜。

"我的天哪！姓佟的在外面不止一个同伙？！"苗旭第一个惊讶地说道。

"为了报复我们，他是雇了多少个人啊？"李立彬的语气中已能明显地听出一丝惧怕。

"疯子！"刑翔东表现出的是一种很荒唐的假镇定，他说道，"要不咱们回锦绣市里去吧？"

众人疑惑地望向最年轻的小伙子。

他继续说道："佟海建的家里不是还有个老父亲吗。"

众人立即明白了刑翔东的用意。

一直没开口的党永立即驳回了这个提议："不行，太危险了。现在警察肯定已经把佟家布控了。"

"我最疑惑的是他们是怎么发现我们的行踪的。要知道，就连警察都没找到过我们。"成奚蕊所说的他们，是指杀害春丽和白子明的凶手们。

"是呀，太奇怪了。"李立彬也说。

"春丽突然回家探亲，连党永都不知道，我们更不知道，可是杀手知道。还有，"成奚蕊分析道，"白子明出去买个烟的工夫，就能立刻被杀手盯上，这也太快了。他们好像有什么特异功能一样，像在我们身上安装了 GPS 追踪器一样，能够锁定我们。"

成奚蕊此时还不知道她已经与四人成了命运共同体。她此时之所以用我们这样的词，是在刻意拉拢党永等人。

"到底是怎么回事呢？"李立彬使劲挠着脑袋也想不明白。

"会不会是你舅舅出卖了咱们？"党永对苗旭问道。

"不可能，要卖早就卖了，两年前就可以卖，为什么现在才卖？"苗旭辩解道。

"也是。"

"那咱们怎么办？"刑翔东朝党永问道。

党永早已没了主意。

成奚蕊见时机成熟，赶紧说道："我有个办法。但是，需要使用一下手机。"

党永犹豫了一下，见其他人全都点头同意，他才掏出任春丽的手机，交给成奚蕊。

"我给以前的同学打个电话，他是网络红客。"成奚蕊介绍道。

"什么是红客？"苗旭问道。

"就是跟网络黑客反着的，是计算机网络很厉害的人，他能获取许多小道消息，我以前做报道时经常找他帮忙。我给他打个电话，让他帮我查查，就能知道这个案件现在是什么情况，没准儿还能知道我们是怎么被凶手锁定的。"

党永担心地问："我怎么相信你不报警？"

"用你的老办法。"成奚蕊是指党永腰间的匕首。

党永的手一直放在腰间，听成奚蕊这么说，干脆将匕首抽了出来。

成奚蕊故意无视匕首，淡定从容地拨了电话。

跟同学的通话一共进行了十多分钟，在这段时间里，车里的几人屏气凝神，隐约听到了一些，可听到几句也不完全明白，只是隐隐感觉，事态比他们想的还要严重。

挂了电话，成奚蕊的脸色也变得凝重起来。她将手机还给党永，然后一直双手掩面，十分痛苦。

四个人见状，全都慌了。

"成记者，到底打听到什么了？"苗旭问。

"你同学是怎么说的？暗网是什么？"李立彬问。

"暗网我好像听说过。"刑翔东说，"你刚才说佟海建一共找了多少个杀手追杀我们？十一个？"

党永在高度紧张的状态下话就更少了，他只是回过身子，看着坐在后面的成奚蕊。

"说实话，现在的状况是我完全没想到的。"成奚蕊抬起头，"要不是打了这个电话，我都不知道事情已经这么严重了。"

成奚蕊用尽量简明扼要的语言跟四人讲解了目前的状况。从她那位从事过红客的同学嘴里得知，佟海建在落网前，在暗网发布了一项模仿杀人任务，以奖金50万征集杀手们去按照他公布的方法暗杀七名目标。刚看到时，那位同学没有相信，以为是恶作剧。随着刁珺妮案件的侦破，尤其是当佟海建落网后，相继又冒出了两起绞刑案，那位同学才相信模仿杀人任务的真实性。那位同学告诉成奚蕊，目前警方已经得知了暗网的事，但是正对其真实性进行调查。虽然警方尚未得到证实，但是那位同学已经对此深信不疑。

通话中，成奚蕊向他咨询了暗网杀手寻找目标可能使用的技术手段。对方则透露，手机定位、视频监控是最常用的手段，随着手机的智能化以及个人信息的泄露，人们的生活轨迹变得非常透明。加上AR技术的应用，很多面容解锁软件和面部识别程序的普及，使得网络追踪和锁定变得轻而易举。

这也印证了成奚蕊心中的怀疑。他在任春丽的手机里，发现了可以跟陌生人沟通的短视频软件；逃离时经过白子明买烟的食杂店，在她随手拍的两张照片里，发现了最新安装的监控设备，这些都可能是造成他们遇害的关键。

打完电话以后，成奚蕊痛苦的原因是她需要做一个决定。

原本，她的计划是在被党永等人挟持的过程中，寻找合适的机会，将她的位置和党永等人的信息传递出去，让安晓峰尽快找到她，并抓获党永等人。

现在，她的计划必须改变了。因为，即使她能够平安地回去，也无法安稳地生活。有十一个看不见的隐形杀手正在追杀她，那些人不知道身份，不知道在哪儿，他们随时都可能突然冒出来，在她的脖子上套上绞刑结。

也就是说，尽管那位同学没有看到七名暗杀目标的名单，但是成奚蕊已经能够猜出这七人是谁了。她从任春丽和白子明的相继遇害就已能确定，佟海建所要报复的七人，一定就是党永等六人，再加上成奚蕊她自己。

新的形势摆在眼前，即使现在能够回去，也无法终止这场杀戮，还会暴露在杀手们的视线里。逃跑就意味着死亡。而生存的唯一机会，便是设法将所有逃犯安全地带到刑警的面前。所以她刚刚强迫自己更改了计划，那就是继续保持失联，继续跟党永等人逃亡，并在逃亡的过程中取得党永等人的信任，将他们暂时团结起来，引出那些网络杀手，并让他们落入安晓峰的手里，结束这场杀戮。

打定主意以后，成奚蕊并没有把她此时心中的真实想法透露给四人。她说的是："我们五个人现在十分危险，不算警方的追捕，还有十一个暗网杀手正在对我们进行追杀。如果不想像春丽和白子明那样，就只有一个办法……跟我合作。"

"怎么合作？"党永问道。

"我们一起找出春丽和白子明遇害的线索交给警方，帮助警方尽快将那十一人抓获。只有除掉那十一个人，我们才能获得安全。否则，下一个被吊起来的，就不知道是我们当中的谁了。"

说完，成奚蕊看向了为首的党永。

党永迟疑了片刻，说道："我下车抽根烟。"

其他三人会意，也全都下了车。

成奚蕊坐在车里，看着车外的四人边抽烟边商议着，她静静地等待着。她反复提醒自己，要尽量隐藏起自己的焦虑，伪装出特别自信从容的样子，才能获取被信任的可能。

车外的四人已经开始抽第二根烟了，好像还没有达成一致，讨论的气氛显得有点激烈。

成奚蕊知道，此时有一个成员正在建议杀死她，然后继续逃之夭夭，就像两年前那样，这是他们最熟悉的套路。而跟成奚蕊合作就等于是跟警方合作，是一步险棋，一般人不见得敢走这一步。

就看党永的决定了。

成奚蕊苦笑了一下，她没想到，自己的命运有一天要靠一个逃犯来决定。

车外的四人已经在抽第三根烟了。党永分完烟，把烟盒揉成团，攥在手里反复按压着，像是在排解心中的压力。

遇到危险，逃跑便是，这是常态思维。这帮逃犯跟正常人不同，他们早已没有了可以留恋的东西，没有害怕被破坏的生活，因此都不必太过于纠结。但是党永害怕了，他现在的反常，他现在的犹豫，都表明他在害怕。

他在害怕什么呢？成奚蕊一边用余光打量着党永，一边在心中思索着。

可能是白子明的死法太恐怖了，就那么明晃晃地吊在眼前，那个画面确实给了党永等人太大的震撼，这一点成奚蕊必须承认，因为只要一回想起来，她其实也挺后怕的，她甚至不敢合起眼睛去回想。

也有可能是因为春丽，这一点成奚蕊认为更有可能。因为这段时间相处下

271

来，她对团伙的几人多少都有了一定的了解。春丽可能有了外心，这点从她跟男网友聊天当中可以获悉。但是党永对春丽绝对还有爱情，不能说至死不渝，不能说有多深，仅从他对她离去的慌张以及他对她可能背叛的在意，身为女人的成奚蕊便可以认定，党永的心中是爱着春丽的。

心爱的女人被仇家佟海建派人给杀了，这种清晰的恨意是不可能置之不理的。

成奚蕊便把赌注放在了这上面，她认为党永一定会跟她合作。

果然，第三根烟抽完以后，党永把手中的烟蒂和烟盒一起扔掉，重新坐回了副驾驶座。

"我们跟你合作。"党永说，"按你说的，我们把凶手找出来，把线索交给警察。但是，你不能直接跟警察联系，你的每一个举动都必须让我们知道。"

"可以。"

"先说说你打算怎么做？"

成奚蕊还不打算告诉党永春丽有外心的事，关于春丽手机里的聊天记录，她打算先行隐瞒，以免党永因为憎恨春丽而拒绝跟她合作。

于是，她说："我不是在白子明买烟的食杂店里拍了两张照片吗？那个监控很可疑，我怀疑杀手就是利用监控锁定了白子明。"

"你是说杀手是黑客，入侵了镇子里的监控摄像头吗？"略懂一点高科技的刑翔东问道。

"我也不敢百分之百确定。但是，从我那个同学告诉我的几种途径分析，那个可能性最大。"成奚蕊解释道，"其实也很好判断，只要我们把春丽的手机送到警方的手里，他们就会根据手机里的照片去调查。我们只要等着他们调查的结果就行了，如果真的因此锁定了凶手，那我的分析就是对的。"

"就一部手机而已，真能有这么大作用吗？警察可以根据手机抓住杀害春丽和白子明的凶手？"苗旭感到深深的怀疑。

"我们肯定是办不到，但是警方有很多办法。"成奚蕊看向了党永，问道，"手机现在也是春丽的遗物，是否舍得送出去，还要看你的决定。"

成奚蕊还不忘用同情的语气补充了一句："当然，你要是舍不得，我也完全可以理解。"

党永好不容易才说服大家伙接受成奚蕊合作的请求，因为他想借助警方的手给春丽报仇，为了不让刚刚凝聚起来的众人产生疑虑，他爽快地答应了成奚蕊的建议："把手机交给警察是没问题，但是怎么交，你说就是了，需要由我们去交。"

"这很简单。我们把车开回市区，然后花点钱雇一个跑腿的，帮我们把手机送给市局刑侦支队的门卫就行了。送之前，把手机里的通话记录和短信删一删，但是不要都删掉，会引起怀疑，只删掉你们之间比较敏感的联系就行了。"

"我自己来。"

党永掏出春丽的手机，开始删起来。

成奚蕊对苗旭说："你去找个盒子，咱们把手机包一下，伪装成快递的盒子。"

苗旭下车去找了。

十多分钟后，苗旭拿着纸盒子回来时，党永也删除完毕。他把手机交给成奚蕊，成奚蕊打开手机相册，确认她拍摄的两张照片还在，又故意在手机表面狠狠抓了几下，以留下自己的指纹。

成奚蕊把报纸垫在纸盒子里，然后把手机放进去。

"等一下！"

突然，党永回过身子，一把抓回手机，用衣襟使劲地擦拭起来。

"对对对，得把指纹擦掉，警察可以通过指纹辨认出是我们送的手机。"刑翔东说道。

苗旭从坐垫底下掏出一副手套，递给成奚蕊。成奚蕊为了不引起众人怀疑，只好戴上手套，接过党永擦拭好的手机，又装模作样地擦拭了一遍，才扔进盒子里，然后用胶带封住。

"好了，咱们开车回市里吧。"

"不用进市区，到市郊就行了，多花点跑腿费就是了。"党永说道。

苗旭领命，发动了轿车，掉转车头，朝市区的方向开了回去。

路上，成奚蕊戴着手套，捧着盒子，闭目养神，心中却已经欣喜若狂了。因为，表面上看，她没有在手机上留下指纹，但是她早已将指纹留在了手机里更加隐蔽的地方。

那是还在西沟镇的时候，党永把手机交给成奚蕊，让她帮忙查找春丽出轨的证据。成奚蕊趁刑翔东上厕所的空当，拿出了手机的 SIM 卡，在上面留下了指纹。

成奚蕊还特地将刊登了春丽遇害报道的《城市晚报》塞进了盒子里，她相信以安晓峰对她的了解，很容易就能联想到是谁送的手机。

也就是说，不出意外的话，安晓峰收到手机以后，会得知一个消息，那就是成奚蕊还活着，并且正跟党永等人在一起。

此外，安晓峰还将获得第二、第三起绞刑案的破案线索。首先，春丽手机里的短视频软件里，有她跟男网友冰河世纪的私信聊天记录，春丽把她要回乡探亲的计划告诉了她的这个小学同学。成奚蕊推断，这是唯一知道春丽下落的人，这个小学同学具有杀害春丽的重大嫌疑。

其次，白子明遇害前，是独自外出去买烟，他在一个食杂店买完烟回来的路上遇害。成奚蕊去食杂店实地看过，还拍了照片。可能是在暗网上发布了杀人任务之后，有人来到食杂店，提出免费安装监控设备。食杂店老板因为对方是熟人就答应了。结合同学的话，成奚蕊怀疑，那个安装了摄像头的熟人有杀害白子明的重大嫌疑，他很可能是领取了杀人任务的杀手之一，安装监控设备，是为了更好地利用黑客技术锁定目标的下落。

为了验证以上两个推断，成奚蕊把手机递送给了安晓峰。送完手机以后，党永等四人未做逗留，继续开车载着成奚蕊南下，并且再次回到了桦楠县。

他们购买了两顶帐篷和一些钓具，在县城郊外的河边空地上野宿。他们伪装成来河边钓鱼的野游者，垂钓，野炊，演得有模有样。实际上，他们的心中都很焦急。焦急地等待着警方的动静，等待着那部手机给他们发回的"信号"。

一直等到 13 日上午，众人才从刑翔东的手机上看到了警方发布的新闻。新闻显示，杀害任春丽的嫌疑人徐某和杀害白子明的嫌疑人赵某已经被警方抓获，并对杀人的事实供认不讳。

看到新闻以后，四个人对成奚蕊产生了更多的崇拜。他们想不到，一部小小的手机，就把两名凶手都给抓获了，崇拜之余，也开始对成奚蕊的能力产生了畏惧。

当然，他们还不知道，他们所看到的新闻，是警方为了让他们看到而故意发布的。安晓峰已经猜到送手机的人是成奚蕊了，他发布的新闻实际上主要是为了给成奚蕊一个回应，是在告诉她："你送回来的手机我收到了，你的用意我已经完全明了，你的推断是正确的，我正是按照你指引的方向抓获了罪犯。"

"谢谢你，收到了我的信号。也谢谢你，向我回应了信号。"

成奚蕊看着刑翔东手机里的新闻页面，脸上露出了欣慰的笑容。那笑容像是收到了恋人的情书，让她心动不已。这是她跟安晓峰之间默契的信号，这是看不见却依然无比强烈的信号，他们就是用这样的信号进行着默契的合作。

自此，十一名暗网杀手还剩下九人，而视频里的暗杀目标还剩下五人。成奚蕊带着四名逃犯，开始了既是逃亡又是寻求生路的旅程。

第三部分

模仿犯

一名记者、二名刑警、六名逃犯、十一名杀手，
展开了一场杀戮与拯救同时进行的殊死较量，
究竟谁会获胜呢？

第36章　被毁灭的希望

3月13日中午，专案会议召开完，安晓峰吃了一顿相对安心的饱饭。

因为全树海回归，一大队上下精神振奋，不但有了更加清晰坚定的目标，也消除了连日来的迷茫。

虽然困难还是不小，但是拆解过后落实到每个人身上的任务，也变得更加具体了。

随着两名暗网杀手的落网，佟海建在暗网发布的模仿杀人任务的过程和动机已浮出水面，警方也得到了佟海建发给杀手们的那段监控视频。根据视频里的图像和提示字幕进行辨认，已经全面掌握了视频里七个人的真实身份。而十一名领取了杀人任务的暗网杀手也已经抓获了两名，安晓峰还在破案过程中隐约捕捉到了成奚蕊的信号。

安晓峰相信，手机和手机里的线索，正是成奚蕊向他发来的。她正与他一明一暗配合着，没有任何约定，只能凭借彼此间的信任。以他对她的了解，安晓峰似乎明白了成奚蕊下一步想怎么做，她想带着剩余的逃犯和杀手们来到警方面前。而他绝对不希望她继续冒险，他要做的是尽快找出那些杀手，阻止再有人遇害。

因为他知道，如果所有命案的杀人手法完全一致，将再无破案的可能。

一名记者、两名刑警、六名逃犯、十一名杀手，展开了一场杀戮与拯救同时进行的殊死较量，究竟谁会获胜呢？

现在，这个问题的答案，安晓峰有一点迫不及待地想知道。

午饭是在队里的食堂吃的，一大队的队员们围着一张长长的餐桌，以菜汤代酒，欢迎全树海的回归。

碰完汤碗，简短的仪式感就算结束了，全树海习惯性地由欢庆模式切换到工作模式。

"也不知道咱们发出的新闻他们看见没有。"

听见全树海这么说，安晓峰赶紧回答："放心吧，师父，已经拜托小蕊那些同事了。只要是有手机或者电脑能上网，就一定能看到。我相信他们随时都在关注着新闻，因为这是他们探知案件动向最主要的途径。"

全树海点了点头，说："看到新闻之后，他们不会马上有新的动向。还有点时间，我下午想做一个实验。"

"实验？"

"我想确定，佟海建设计这一切，除了报复刁文龙及其同伙，还有没有其他目的。如果能够确定这一点，案件就不算完全失控，咱们离破案可能就不远了。"全树海停顿了一下，又说道，"我还想知道一件事，那就是佟海建与刁文龙之间恩怨的起点。他们之间的纠葛还是比较模糊的，我有点看不太清楚。如果能再清晰一点，我们就更有可能掌握这个案件。"

对于全树海的行事作风，安晓峰比较了解，善于拨开迷雾看清事物的本质，不打没有把握的仗，不出没有准备的牌，以前总被嘲讽作风老派，现在看来姜还是老的辣。

"这个实验，师父你想怎么做？"安晓峰问。

"你不是老是说我保守吗？今天我就大胆一点。"全树海笑着说，"下午，我想安排佟海建跟李眉芸见个面。"

"啊？！"

众人全都感到惊讶万分。

"很惊讶吗？难怪。能说出这样的话来，我自己都感觉很惊讶。"

"那两个人，有点八竿子打不着哇。"马俊杰说道。

"在刁珺妮遇害前，确实关系不太大。在刁珺妮遇害后，就变成了凶手与被害人家属的关系，是互相憎恨的关系。"刘坤补充道。

"那一见面，还不打个死去活来？"马俊杰说道。

"待会儿咱们什么也不说，也不做太多干预。就让李眉芸在审讯室跟佟海建见面，屋里只留一个人拉架，其他人都在观察室听着、看着。"

安晓峰稍微琢磨了一下，说道："行吧。佟海建一直跟咱们玩心计，直接审讯总是不太顺利。要是见到李眉芸能够撬开他的嘴，没准儿对我们的工作会起到不小的帮助。"

下午 2：30，李眉芸在刘坤的带领下，走进刑侦支队的审讯室。

按照计划，此时观察室里是没有人的。李眉芸始终很放松，直到进入审讯室，见到被铐在椅子上的佟海建时，情绪产生了较大波动。

李眉芸先是愣了一下，强烈的陌生感让她一时想不起眼前的犯人是谁。可在来的路上，刘坤已经明确告诉李眉芸，让她跟杀害刁珺妮的凶手见面，说是让她帮忙辨认一下凶手是不是认识的熟人。

因此，李眉芸看到佟海建后突然蒙住了，因为她完全不认识。

就在李眉芸愣神的工夫，全树海带着安晓峰和马俊杰三人悄悄进入了观察室，正透过单向玻璃默默注视着审讯室里二人的反应。

佟海建抬起头看了看李眉芸，马上又把头低下了。因为长期的跟踪和监视，他已经对这个有过精神病史的中年妇女很是了解，而杀死她女儿的愧疚感让他不敢直视她的双眼。

"你是谁呀？"李眉芸突然情绪化起来，逐渐提高了嗓音，"你他妈到底是谁呀？你杀我们家珺妮干什么？你一个大老爷们儿杀一个孩子，你有劲吗？"

佟海建依旧低着头，不敢与李眉芸直视。

李眉芸一阵气恼，一个箭步冲了上去，抓住佟海建的衣服撕扯起来："你看着我！我问你话呢！我的孩子怎么招惹你了，你非要杀她呀？你怎么这么狠呀？"

刘坤见状，赶紧上前制止。无奈李眉芸比她想象的力气要大，一时没能马上拉开二人。

李眉芸彻底崩溃了，哭号着一边厮打佟海建，一边咒骂着："我打死你，你这个杀人犯！你得给珺妮偿命，你不得好死！"

观察室里，安晓峰正要进去帮刘坤拉架，被全树海拦住。为了不引起双方的防备，只能继续留刘坤一个人待在审讯室里。

刘坤最终也没有让大家失望，虽然费力一番周折，但还是让李眉芸平静了下来。

李眉芸发力太猛，加上连日来受到女儿惨死的影响，体力透支严重，一番发飙之后，坐在佟海建对面的椅子上，累得气喘吁吁。

刘坤见时机成熟，故意对李眉芸说道："你先在这儿坐会儿，我去叫我们队长。"

说完，刘坤也借机离开审讯室，进入观察室，给二人制造了单独对话的机会。

李眉芸仍在愤怒地盯着眼前的凶手，心中有恨，还想再上去打他，但是体力已经不允许了。而此时没有警察在场，也让佟海建更加放松下来，他已能微微抬起头，跟李眉芸对视。

"你他妈到底是谁呀？"

"佟海建。"

"谁？"

"我以为你早就记住了我的名字。在报纸上不是早就能看到了吗？既然看到了杀害你女儿的人是谁，难道还没记住吗？你最近没吃药吗？"

佟海建的挑衅，李眉芸未能全部细品，她问了她想问的问题："你这么干，到底是为什么呀？"

"报复刁文龙呗。"

李眉芸顿时一阵头晕，因为这个答案她早就想到过。她双手掩面，痛苦不已。

"刁文龙杀了我儿子。"

李眉芸突然抬起头来："谁杀了你儿子，你找谁去呀！"

说完这句话，李眉芸突然后悔起来。因为刁文龙早就已经死了。

佟海建苦笑了一下。

"你太狠毒了，太狠毒了。"李眉芸的声音很小，更像是在喃喃自语。

"没有刁文龙狠毒。真的，绝对没有。"

"你会被枪毙的。枪毙你的时候，我肯定会去看的。"

"无所谓了，两年前我就已经死了。跟我儿子一块儿死的。"

李眉芸像是受了刺激，突然站了起来，双手使劲拍打着桌子叫喊着："可你杀死我的希望！你死没人拦着你，可你不能杀死我唯一的希望！我的女儿就是我唯一的希望，你不能把她给毁了！"

"我就是要让你跟我一样，没有活路！"佟海建也叫喊着。

"我千方百计维持婚姻，受了多少委屈，就是为了珺妮将来能够落户城里。现在可倒好，我的心血全被你给毁了！"说完，李眉芸委屈得大哭起来。

"是你们毁灭我的希望在先，是你们毁灭我唯一的希望在先！"佟海建也跟着大哭起来。

审讯室里出现了奇怪的画面。两个痛哭着的中年人都像极了受尽委屈的样子，竟然让人产生严重的错觉，分不清到底谁是受害方、谁是加害方。

一共持续了 15 分钟，二人才缓缓结束用眼泪倾诉委屈的局面。

是佟海建先结束的，他擦去脸上的泪水，对仍在悲痛中的李眉芸阐述了一段心里话。这段话是这么说的："不要轻易毁掉别人的希望。因为把别人最看重的东西毁掉了以后，就如同杀了他。"

李眉芸停止了哭泣。

"不，比杀了他更严重。"佟海建突然提到了成奚蕊，让此时正在观察室里的安晓峰感到十分意外。他说，"在被我囚禁的时候，晚报的成记者告诉过我，她的愿望是成为伟大的记者，能够通过自己的努力，让这个世界变好一点。"

安晓峰听了佟海建的话，鼻子顿时一酸，泪水在眼圈里直打转。

佟海建说的是真的。因为同样的话，安晓峰曾经听成奚蕊说过。

那时，成奚蕊这么说完，还追问了一句："你呢？你的愿望是什么？"

安晓峰还清晰地记得，他当时用轻快的口吻说："我想创建一个安全的世界，让你们这些记者无案件报道，让你失业，好有时间跟我好好谈恋爱。"

想到这里，安晓峰的鼻子又一酸，一行泪珠从脸颊滑落。

"你的愿望是什么？"审讯室里的佟海建问道。

李眉芸将头扭到一边，故意不答话。

佟海建替她做了回答："我知道你的愿望，你希望女儿能够彻底忘记她的流氓父亲刁文龙，向更体面的继父于展军靠拢。"

李眉芸再次哽咽起来，因为佟海建说对了。

"你知道我的愿望是什么吗？"

李眉芸不敢回答。

佟海建自行回答："我希望我的儿子能够成才，并以我这个父亲为骄傲。现在，不可能了，再也没有希望了。"

"再也没有希望了。"李眉芸跟着重复着。

佟海建停顿了片刻，突然问道："你知道赖美琳的希望是什么吗？"

李眉芸愣了一下。

"她希望有一个男人能够成为她跟丈夫张志奇离婚的理由。"

"嗯？什么？"李眉芸好像没有完全听懂。

而佟海建并没有打算跟她解释，他做出了总结陈词："现在全都不可能实现了。所有人的希望，都已经被毁灭了。"

李眉芸看向佟海建，眼神里充满了空洞。佟海建却闭起了眼睛，不再说话。

审讯室里，二人沉默良久，全树海才示意刘坤和马俊杰进入，将李眉芸和佟海建带离。

下午5：00，全树海与安晓峰站在贴满线索的黑板前讨论案情，全树海看出了安晓峰神情上的恍惚。

"怎么，被佟海建刚才的话扰乱了心智？"

"师父，你看出来了？"

"写在脸上了。刚才在观察室里，不是还掉眼泪来着？"

安晓峰感到一阵羞赧。

"这没什么，正常人都会有情感上的弱点。我们不是也经常去击中犯人们的弱点嘛。现在，反过来了，被他击中了，也是再正常不过的事。"

"佟海建似乎看出了我的弱点，所以才能在我的面前肆无忌惮，不太配合。"安晓峰说道。

"不，不是这样的。"全树海安慰着徒弟，"被对手看出弱点并不可怕，自己无法避开弱点才可怕。其实佟海建遇上你这样的对手，挺可悲的。因为他要面对的不是一个对手，而是两个。"

安晓峰知道，全树海所指的另一个对手是成奚蕊："不，不是两个，是三个。还有师父你。现在，佟海建还不知道，正与他周旋的人是师父你。"

"所以我们必然会胜利。"

"嗯！"

刘坤和马俊杰走了过来。

"李眉芸的精神状况怎么样？"全树海问道。

"还行吧。我开导了几句。"刘坤回答道。

"今天也算是有了点收获。"全树海安慰着情绪不高的三人，"首先，动机方面，基本得到了确认。"

"嗯，佟海建做这一切的动机，就是报复刁文龙等人的杀子之仇。就是他嘴里所提及的……被毁灭的希望。"安晓峰说。

"这个案件，佟海建是主犯，他的作案动机已经查明，除了报复没有其他，这就好办多了。但是，"全树海指着黑板上贴着的50万现金照片说，"佟海建是如何给杀手们支付50万酬金的，这个关键问题还没有查明。"

"这一点，我相信他是不会轻易交代的。"刘坤判断道。

"今天的见面也有令我感到兴奋的地方。"全树海突然说道，"咱们获得了新的线索。"

众人用期待的眼神望着全树海。

"赖美琳。"全树海解释道，"佟海建为什么提到了赖美琳？他跟赖美琳是什么关系？赖美琳跟这个案子又有什么关系？这是我们马上要查明的。"

“我马上去查赖美琳这个人。”

安晓峰正要走，被全树海叫住了。

“等等，”他说，“还有一个方向，你必须尽快去调查。”

“是什么？你说吧，师父。”

全树海拿起记号笔，在黑板上写了两个字：“西沟。”

“西沟？！”

“对，西沟。必须好好调查。”

“西沟镇不是已经全面排查过了吗？”马俊杰感到疑惑。

全树海用力敲打着黑板上贴着的死者白子明的照片，大声说道：“第三起绞刑案的死者，白子明，是在西沟镇遇害的。这说明什么？说明党永等人曾经在西沟镇落脚。白子明遇害以后，咱们的人对西沟镇进行了全面排查，并没有发现党永等人的踪迹，这又说明了什么？说明他们在西沟镇有很好的藏身之所！”

“可是咱们从 10 号开始就对西沟镇展开了地毯式的排查呀。”马俊杰强调道。

“那是因为白子明是 8 号下午遇害的，发案时间是 9 号的早上，而我们到达西沟镇的时间，是在 10 号。”全树海判断道，“党永等人 8 号下午就已经发现团伙成员白子明不见了，9 号发案的时候，他们很快就得知了。弄不好他们还看到了，他们很可能就在围观的人群里。”

众人认为很有道理，纷纷点头。

全树海继续推断道：“9 号早上得知了白子明的死讯，当天上午就已经逃离西沟镇了，所以我们的人 10 号去排查的时候，什么也没排查到。”

“可是并没有住店和交通记录。”刘坤提示道。

“是的。说明他们是自驾车，没有住店，而是有很好的固定落脚点。”

“师父，你的意思是，我们的排查还不够彻底？”安晓峰问。

“不是不彻底。咱们的人一定已经排查到了，就在我们排查的名单里面。是因为有关系亲近的熟人替他们打了掩护，有人对我们警方说了谎，才让他们躲过了排查。”

“对呀！”

全树海对安晓峰吩咐道：“马上派人对西沟镇重新排查，对之前排查过的住户重新确认，一到要尽快找出替党永等人打掩护的人！”

“是！”

第 37 章　被抛弃的人质

3 月 14 日一大早，成奚蕊从帐篷里醒来，穿好鞋，来到雾蒙蒙的河边。

她看到党永等四人正坐在河边抽烟，窸窸窣窣地商量着什么。刚要走近，被党永摆手制止，她只好停在岸边，远远地站着。

她听不清四人正在说什么，但是从他们的脸色来看，应该与她有关。产生这样的猜想也不是没来由的，昨天晚上，四人就已经开始对成奚蕊有了明显的芥蒂和防备。

成奚蕊能够知道，发生这种转变与她利用任春丽的手机帮助警方抓获两名凶手有直接关系。她暗中为安晓峰提供线索，成功抓获了两名杀手，引起了四名逃犯的警惕。他们脸上的芥蒂像是在对成奚蕊说，你能帮助警方抓住两名杀手，就能帮助警方抓住我们。

四人的怀疑不无道理，成奚蕊的心中正是这么盘算的。

让四人对成奚蕊产生防备的另一件事，是昨晚的一个建议。

是党永先提出来的，他把五人都聚集到一起，商量离开桦楠以后，下一步往哪里走。

成奚蕊的建议是回锦绣市，因为："最危险的地方就是最安全的。警方一定以为你们会继续逃窜，他们怎么都不会想到，你们会回到市区来。"

这个建议首先遭到了刑翔东的反对，他说："还有九个暗网杀手追杀咱们，他们利用的都是高科技手段。咱们躲在乡下，他们反而不容易找到。要是回到市里，到处都是监控摄像头，那不是找死吗？！"

成奚蕊反驳了他："在城里有个好处，就是人多，比较容易藏身。在乡下一旦被发现，可就没处藏没处躲了。尤其是这里，到处都是一马平川，现在要是来个杀手对咱们下手，都没人知道咱们是怎么死的。"

昨晚的商议没能得出一致的结果，反而因为成奚蕊建议回市里，引起了四人的猜忌。他们最怕的，就是成奚蕊将他们带到警察那里。于是，今天一大早，睡不着的四人再度聚在河边，商议下一步的去向问题，以及如何处置成奚蕊。

成奚蕊看着朝阳在河面泛起的片片光亮，等待着四人做出决定。

突然，一阵手机铃声响起。

苗旭从兜里掏出了电话，看了一眼来电显示，对党永说:"我舅舅。"

"接。"

苗旭接听电话。接完，脸色煞白，满是后怕。

"怎么了？"党永问。

"昨天晚上，警察连夜进行了重新排查。说是要把上次排查时的情况，全都一一核对清楚。现在还没查到舅舅家里，但是今天估计就到了。"

"杀害白子明的凶手不是已经抓住了吗，为什么还要排查？"李立彬疑惑道。

"是呀，这事太奇怪了。"苗旭也说道。

"该不会是……"刑翔东望向了远处岸边的成奚蕊。

"肯定是警察闻到了我们的气味，"党永猜测道，"他们是在排查我们的踪迹。"

"也对。白子明是在西沟镇被杀的，那就说明我们在那里落过脚。"刑翔东说。

"你舅舅不会一害怕就招了吧？"李立彬对苗旭说道。

苗旭踹了他一脚，骂道:"你他妈再说一句，我宰了你！"

"行了，别说没用的了。现在警察已经从咱们屁股后面追来了，得赶紧想后路了。"党永提醒道。

"去哪儿都行，反正不能回市里。我不相信成记者，这次警察的排查，肯定也是她招来的。"刑翔东说。

四人再次陷入了对未来的迷茫中。苗旭重新打开手机，查看着什么。

"现在要尽可能少用手机。"刑翔东提醒道。

"我上网查查警察排查到什么没有。"苗旭说。

"我来吧。"

刑翔东夺过苗旭的手机，查找起来。查着查着，他又望向了远处站着的成奚蕊。

"他们查到什么线索没有？"苗旭急迫地问道。

"那倒没有。"刑翔东一边继续打量着成奚蕊，一边说道，"但是我查到一个有意思的事。"

"什么？让我看看！"

苗旭夺回手机，看着看着，也忍不住朝成奚蕊的方向望去。

四人看过手机以后，都在用诧异的眼神望着成奚蕊，搞得成奚蕊心中一阵害怕。

他们一定是发现了什么。她想。

正在紧张着，她看见党永冲她招手了，只好硬着头皮走了过去。

党永依旧坐在地上，但是表情已经变得相当冷酷。

"你跟一大队的副大队长是什么关系？"他问。

成奚蕊的脑袋嗡的一下，想不到，她跟安晓峰的关系这么快就暴露了。

党永见成奚蕊不说话，把手机在她眼前晃了晃。成奚蕊这才看清楚，原来是之前的一则小道消息，好像是个小报记者，在本地论坛里报道了《城市晚报》女记者成奚蕊与市局刑侦支队一大队的副大队长因为工作而摩擦出爱的火花，说成奚蕊之所以成为报社的资深记者，完全是因为有姓安的刑侦副队长为其提供内部消息。

成奚蕊和安晓峰都是知晓这个报道的，后来安晓峰觉得报道的内容失实，找了有关部门对报道和一些转载进行了清理。成奚蕊怎么都没想到，这唯一没有被删除的漏网之鱼竟被四人误打误撞给看到了。

"姓安的刑侦副队长是你男人吧？"党永又问了一遍。

"是我男朋友。"成奚蕊只好承认，"我之前就跟你们说了，你们不信。"

"我去！"刑翔东站了起来，左右走动着，一脸的气愤，"我们都被你给蒙蔽了，原来你跟警察是一伙的。你送手机的时候我就感觉不对劲，你对他们怎么那么了解！"

"我确实有个刑警男朋友。但是，我并没有违背跟你们的约定呀。"

"你应该提前告诉我们。"苗旭说道。

成奚蕊试着辩解道："送手机的时候，我完全是按照你们的指示做的，手机也是你们找人送的，我一直跟你们在一起，从来都没跟警察联系过，这一点你们难道不清楚吗？"

"你既然是警察的女人，那我们就不能再相信你了，更不能再跟你合作。"刑翔东说，"因为你的目的是帮助警察抓住我们。"

"我跟你们的处境是一样的，我也在被暗网杀手追杀呀！"成奚蕊不想放弃好不容易建立起来的合作关系，"是，我失踪太多天了，警方一直在寻找我的下落。但是你们想想，现在这种危险的局面，是离警方近一点安全？还是离杀手近一点安全？哪边安全你们自己心里没数吗？我建议你们回市里有错吗？离警察越近，杀手们就越不容易对你们下手，你们不知道吗？"

四人都想辩驳，但是又都无法迅速组织起有效的语言。

刑翔东见状，只好说："你们别听她的，她是记者，她的嘴能把死人给说活。"

"我谢谢你。我要是有这本事，你们也不会失去春丽和白子明了。"

一直没说话的党永突然掏出匕首，狠狠地刺进成奚蕊脚下的泥土里："我们不能再跟你合作了。"

"你可想好，你们四个人的命可都攥在你手里了！"成奚蕊提醒道。

"我们的命不值钱，就不劳烦成记者你费心了。"

"已经抓住两个暗网杀手了，我们的合作已经见效了，为什么不合作了呢？"

"你走吧。"党永突然说道。

包括成奚蕊在内的人都愣住了，全都望向了党永。

"趁我还没改变主意，你赶紧走吧。"

"什么意思？你是说，放了我？"

"你爱去哪儿就去哪儿，总之，别跟着我们就行。"党永拔出匕首，站起身说。

四人全都站了起来，围住党永一阵紧张。

"就这么放了？"

"她会报警的！"

"她知道我们太多事了！"

就连成奚蕊都在劝党永："是呀，他们说得对，你不能就这么放了我。"

可是，成奚蕊越是不想走，党永就更加不敢留她。

"赶紧走！"党永挥舞着匕首，想要赶走成奚蕊。

成奚蕊见状，赶紧躲避，并在不远处徘徊。

"咱们也得赶紧离开这里，警察很快就会找来。"

说着，党永四人收拾东西，装进了车里。

成奚蕊看着四人上了车，想要追上去，却又被党永制止了。

党永降下副驾驶座的车窗，手里攥着匕首，对成奚蕊警告道："不许跟着我们，再见面的话，就是白刀子进、红刀子出了，听见了吗？"

成奚蕊看着四人开车离去，脸上露出沮丧的神色。她没想到，她的计划这么快就泡汤了，心中满是不甘。

她孤零零地站在河边，像是被全世界抛弃了一样。

黑色的轿车继续向南行驶着。车里，四人恢复了往日的轻松。

苗旭边开车边问坐在副驾驶座的党永："还继续往南走吗？"

"嗯，"党永收起匕首，指着前方说道，"再往南走，就是双沟景区。那里是个山沟子，交通不便，生活落后，杀手不容易找到那里。"

"好嘞！"苗旭猛踩油门，将车提速。

"进入景区之前，找个地方把车扔掉，然后咱们徒步进入。"党永的计划像是早就想好的，"车里不是有帐篷什么的吗？咱们都背上，装成徒步旅游的驴友，这么进去就不会引起注意。"

"太好了。有山有水，就当养生了。"李立彬也雀跃起来。

刑翔东依旧不解，忍不住问道："为什么要放了成记者呢？她看到咱们往哪个方向走了呀。"

"你们以为我是放了她吗？"党永奸笑着，"这几天钓鱼白钓了，你们连这点事儿都没看出来吗？"

"钓鱼？什么事？"一向愚钝的苗旭一头雾水。

党永继续奸笑着，略显得意地说道："钓鱼之前不是得扔出一些饵料打窝吗？我把成记者扔掉，就是打窝呀。"

刑翔东听明白了，一拍大腿："好主意！"

"我们杀了成记者，手上摊上个命案，不划算。"党永解释道，"我把她扔下，等于是扔给了那些追杀我们的人。就让那些人去追杀她好了，既替我们解决了后顾之忧，又替我们引开了杀手。我们抛出鱼饵，趁机金蝉脱壳，躲进深山老林里去，从此平安快活。"

说完，党永将放在挡杆附近的苗旭的手机拿起，打开手机相册，找到一张成奚蕊的照片。那是一张成奚蕊靠在车窗上闭目养神的照片，是党永之前在路上偷拍的。

党永将手机扔给后座的刑翔东："发到网上去，就说她在桦楠县城外的河边钓鱼。"

刑翔东会意，找了个论坛，将照片发了上去。

"发好了。"他说。

"接下来就看警察和杀手的赛跑了，看看到底谁能更快地赶到河边去，哈哈哈！"党永发出了少见的笑声。

刑翔东得意地降下车窗，将苗旭的手机扔出车外，然后闻嗅着窗外的新鲜空气。

"祝你好运喽，成记者！"他兴奋地叫喊着，声音回荡在道路两侧的树林间。

全树海坐在办公室里，焦急地等待着。他时而看一眼手腕上的老上海手表，时而站起来朝窗外张望两下。

没一会儿工夫，安晓峰回来了，还带了一个男人来。

"师父，人来了，这位蒋工就是成奚蕊的同学，之前是资深的网络红客。"

全树海殷勤地站起身，二人握手后，把客人让到了沙发上。

"蒋工一路辛苦了，没来得及休息，刚下飞机就把你请到队里来。"他带着歉意说。

蒋工笑着说："全队，您别客气，我跟小成初高中都是同学，得知她被绑架，我赶过来提供线索是应该的。"

"你把事情的经过跟我们队长再说一说吧。"安晓峰给客人接了一杯水，说道。

蒋工面向坐在身侧的全树海，一边将手机的通话记录翻出，一边回忆道："这是小成跟我通话的记录。那天我正在单位加班，突然接到这个陌生号码打来的电话，以往我是从来不接陌生号码的，那天一时疲惫，给点错了。电话通了以后，竟然是我的老同学成奚蕊，我就没多想，跟她聊了起来。现在看来，她那天很奇怪，但是当时因为挺长时间没见面了，一时没意识到奇怪。她问了我很多问题，主要是围绕最近发生的暗网模仿杀人的案子，还问了我暗网杀手依靠哪些手段锁定目标。我以为她是因为新闻报道需要，就跟她说了我知道的。后来挂了电话，我越想越不对劲，就把电话打了回去，可是对方关机了。我就查阅了报社的官网，给她的报社打了电话，这一打我才知道，原来她已经失踪好几天了。"

安晓峰接着介绍道："蒋工当时工作特别忙，走不开，就只好通过各种渠道联系我们专案组。联系上我之后，把情况反映给了我，于是我就邀请蒋工尽快来咱们市一次，协助咱们破案。"

蒋工将手机递给全树海。

全树海看了一眼通信记录里的那个号码，然后将手机交给安晓峰："这个号码赶紧查一下。"

"已经发给技术大队的人了。"安晓峰将手机还给蒋工，"出发之前蒋工就把号码发给我了。刚才我去机场接他的路上，技术人员已经跟我反馈了调查的结果。这个号码是一个丢失过身份证的人的，据说失主本人没有新办过电话卡，估计是有人捡到或是偷了这张身份证办的卡。”

“那成记者怎么会用这个卡打电话呢？她要是跟绑匪在一起，怎么会允许她打电话联系外界呢？”

“更可疑的是，这个丢失了身份证的事主，是西沟镇的。”

“我就说西沟镇一定有问题，重新排查是完全有必要的。”

安晓峰突然对全树海建议道：“对了，师父，蒋工是网络方面的专家，他的技术绝对在佟海建和那些暗网杀手之上。我这次特地把他请来，也是想让他给我们一定的技术支援。”

蒋工说道：“我听安队大致提了一下，目前暗网杀手还有九名，而目标虽然是五人，但是待在一起，相当于是一个目标，这个形势非常不利。好在那些人锁定目标的伎俩我都门儿清，我可以跟你们的技术人员联手，对他们进行反跟踪。只要他们追踪目标，我们就能追踪他们。”

“太好了，我马上安排你开展工作。”全树海兴奋地说。

“另外，我们可以根据五名目标最后出现的位置展开布控，尤其是城乡道路监控，排查可疑车辆和可疑人员，争取在杀手之前先找到那五人。”蒋工说。

“跟我想到一起去了，我已经着手对西沟镇展开重新排查的工作了。”

“全面布控、全面排查是个庞大的工程，你们的工作量可想而知，希望我的加入能帮你们尽一些绵薄之力。”

“那咱们说干就干。”全树海站起身，对安晓峰说，“你先带蒋工去技术大队，我马上去跟支队长打个报告。”

三人快步走出办公室。

第 38 章　可疑的驴友

3月14日下午，一大队会议室，全树海正跟安晓峰以及两名侦查员开会，刘坤和马俊杰风风火火地赶了回来。

“怎么样？赖美琳查得怎么样？”全树海问道。

马俊杰将一份案卷交给全树海，汇报道：“这是当时赖美琳一案的资料。根据当时专案负责人的回忆，赖美琳杀夫案审理过程中，她曾向警方反映过，说她遭到过刁文龙和佟海建二人联手敲诈勒索。"

"有这种事？"

"后来专案组对赖美琳的供述进行了调查取证，可是没有取得二人勒索的直接有效证据。"马俊杰继续汇报道，"加上警方当时没有找到刁文龙和佟海建，所以也就不能对二人进行定罪。"

"勒索的事可靠吗？"全树海问。

"基本上吧。"马俊杰推断道，"据专案负责人判断，赖美琳当时认罪态度非常好，而且她提供的勒索一事不会对她的定罪量刑产生任何影响，所以撒谎的可能性非常小。"

"赖美琳夫妇的钱都是违法收入，所以经常会有大笔资金流动，在账面上都是无从调查的。"刘坤补充道。

"刁文龙已经死了，那勒索的事只能去问佟海建了？"全树海说道。

"如果他肯配合交代的话。"安晓峰不乐观地补充道。

"如果勒索一事成立，那么刁文龙和佟海建就是共犯，他们的纠葛就是从这个时候开始的。"全树海推断道，"成记者在两年前误打误撞卷进了绑架佟年的案件，就说明她也掌握了赖美琳遭到二人勒索的事，她弄不好是去取证的。那么跟成记者透露此事的人，一定就是赖美琳了。成记者去监狱见过赖美琳。这个赖美琳，也许就是目前一切事件的起点了。"

安晓峰点头。

"赖美琳的确是很值得深挖的。"全树海又朝马俊杰和刘坤问道，"还有其他线索吗？"

刘坤汇报道："基本上就这些。全队说得对，我看我们有必要安排人去一趟监狱，见见赖美琳。哦，对了，赖美琳杀夫案一共有两名凶手。当时是赖美琳伙同她的一个情人一起将张志奇杀害的，杀人以后，赖美琳主动打电话报案，算是自首。可是警方赶去他们家的别墅的时候，只有赖美琳一个人在现场，那个奸夫却跑了。"

"奸夫？"

"我看就是奸夫。但是据赖美琳交代，她把那个男的视为恋人，说是有真感情，是真心相爱的关系。"

"这都畏罪潜逃这么长时间了，确实不太好抓了。"安晓峰叹息道。

全树海不说话了，低着头思索着什么。

"怎么了，师父？"

"我可能知道佟海建的同伙是谁了！"突然，全树海抬起头来，大声地说道，"替佟海建送50万酬金给杀手们，这个人跟佟海建一样，心中对刁文龙及党永一伙有着深深的憎恨！"

"师父的意思是，那个畏罪潜逃的奸夫……"

"如果赖美琳跟他是真爱，那么，把他的恋人逼上杀夫的道路，导致她由一个富婆沦为阶下囚，并且永远也无法再见面的，就是刁文龙及其团伙呀。"全树海果断地命令道，"马上调查赖美琳那个在逃的情人，关于他的一切，越详细越好！"

"是！"

突然，敲门声响起。

门开了，蒋工和技术大队的一名网络专家一脸急切地走了进来。

蒋工将笔记本电脑放在全树海面前，播放了一张照片。看到这张照片时，所有侦查员都愣住了。

尤其是安晓峰，竟然激动得说不出话来。因为，他看到的照片竟然是成奚蕊的。

"这是在一个论坛里找到的，是刚发出来不久的照片。照片里的人很明显就是成奚蕊，她坐在一辆轿车的后座，有人从副驾驶座的位置趁她熟睡偷拍了照片。"蒋工介绍道，"照片能够提供的信息很有限，只能看出轿车正在某处的省道上行驶，道路两边有一些树。相机的型号和拍摄时间都能查到，还有，根据论坛帖子内容里留下的地址，我们得赶紧调查这个方位，在桦楠县城以南的河边。"

"是成记者自己发的求救信号吗？"全树海问道。

"不，不像。"蒋工推断道，"根据发帖配文的语气，更像是一种引诱。"

"引诱？"

"对。像是有人故意将成奚蕊的下落公布在网上，引诱那些暗网杀手前去杀她。"

安晓峰霍的一下站了起来："我知道了，肯定是党永那帮逃犯，他们抛弃小蕊，是为了自保！"

全树海点头。

"我们得赶紧派人过去，在暗网杀手赶到那里之前救出成记者。"网络专家提醒道。

双沟景区，位于两座大山之间，一面紧临断崖和溪涧，是本省徒步和漂流的胜地。

旅游区的旺季是夏季，会有全国的登山爱好者组团前来，但是景区地处偏远，交通不便，接待能力有限，所以近年采取了旺季限流的措施。

眼下，时值阳春三月，虽然万物复苏，气候宜人，但是游客不多，旅游团更是三三两两，未成规模。

在景区边缘的一个小山岗上，有几个当地农民改造的小型民宿，因为游客较少，都处在闲置当中。谁知今天傍晚，突然来了四名游客，他们徒步至此，累得够呛。四人包下一个独立的小院房间，入住以后，上床便睡，完全没有外出游览的兴致。

晚上的时候，四人睡醒，吃了方便面，商议着是否出去转转。

为首的正是党永，他的心情较为沉重，他明确地表达了不想出门的想法："景区都关门了，都别出去了。"

"出去打探一下周围的环境。"刑翔东提议道。

"明天再说吧。这里这么偏僻，只要咱们自己不露出马脚，没人注意咱们。"党永说道。

于是，饭后，四人看了会儿电视，又去屋外的院子里抽了两根烟，就都睡去了。

15日，四人一直睡到中午才起。先去景区里找了家不起眼的饭馆吃了午饭，又采购了许多速食品，回到了民宿的房间里。

四人放下东西，正商量着出去把附近的地形摸熟。突然，门铃声响起，引起了四人的警觉。他们小心翼翼地走出房间，来到小院中，摸着腰间的匕首。

苗旭走到院门前，紧张地问道："谁？"

"民宿服务员，给你们送水果。"院门外，一个女子的声音十分柔美。

苗旭望向了党永。党永冲苗旭点了点头。苗旭缓缓地将院门打开。

一个熟悉的身影快速进入院落，来到了党永面前，并且，脸上挂着自信的笑容。

"是你？！"党永的脑袋嗡的一下，顿时感觉血压升高，心跳加速。

苗旭见状，赶紧将院门重新锁好："你怎么来了？"

"你是怎么找到我们的？"刑翔东紧张地问。

李立彬则跑去门口，从门缝向外张望着："你没把警察招来吧？"

出现在党永等人面前的女子，正是成奚蕊。

此时，她一身户外服饰，戴着渔夫帽，像极了前来徒步的驴友："你们以为能够甩掉我吗？别做梦了！"

党永一阵气恼，将成奚蕊往外推。可是成奚蕊竟然顽强地冲进了屋子里。党永跟到屋里，举手想打，又停住了，气得一直在屋里踱步，思索着对策。

"我们不是已经把你给放了吗？你就赶紧回家吧。"苗旭劝道。

"我能去哪儿？去哪儿都是死，还有九个杀手没抓住呢。我只能跟你们在一起，大家抱成团，要死一起死。要是来的杀手是一个，咱们说不定联手还能打得过呢。"成奚蕊说道。

李立彬返回屋里，冲着成奚蕊直摇脑袋："你他妈真是阴魂不散！"

"真后悔没在河边宰了你。"刑翔东说。

成奚蕊歪着头瞪着刑翔东："少跟我放狠话，小屁孩！"

刑翔东竟被噎住了，说不出话来，脸憋得通红。

党永摆出冷漠的样子对成奚蕊严肃地说："我早就有言在先，不让你再跟着我们，对吗？你赶紧走吧，我们一时不杀你，并不代表永远不杀你。所以你也别逼着我们杀你。"

"死到临头的人，就别在这儿逞英雄了。咱们现在就是猎物，已经被人盯死了。"说着，成奚蕊一屁股坐在椅子上，一副无所谓的样子。

苗旭一阵紧张："你说谁呀？谁盯死我们？警察吗？你把警察给叫过来了？"

"不。是杀手！"

"不可能！"党永说。

"不止一个，来了很多。"成奚蕊用拷问的眼光依次打量着每一个人，"你们到底做过什么，把自己的位置给暴露了？"

刑翔东突然想起他用苗旭手机发到论坛的那张照片，一阵心虚："你看见了？来了几个？"

"我不确定。我目前只是怀疑。但肯定不是一个，而是好多个。最坏的情况，就是那九个都来了。"成奚蕊一脸严肃地说。

"不可能！"党永又说了一遍。

"你是怎么知道的？"苗旭问道。

成奚蕊指着自己的衣服："我是跟一个徒步团过来的，可能是衣着换了的缘故，他们还没发现我。不过，你们四个就惨了。所以我是好心特地跑过来通知你们一声。"

"他们真的来了吗？"李立彬的语气已经发颤。

"而且我可以告诉你们，他们已经到了景区了，就在那些驴友当中。"成奚蕊站了起来，来到窗边，望着远处秀美的景色，感叹道，"山林茂盛，悬崖陡峭，人烟稀少，加上登山包里的装备，尤其是那捆登山绳，简直是绝佳的屠杀盛会。"成奚蕊突然转身，重新打量着四人，"是谁？是谁这么有才华，把大家带到了这里？这里简直就是为杀手们围猎准备的天然猎场。这里没有足够的警力支援，没有逃跑的后路，如果我是杀手，我现在肯定被你们的愚蠢行为感动哭了！"

四人低下了头，都被说得一阵后怕。

成奚蕊继续斥责道："你们居然有心情去饭馆大吃大喝，去商店购物，居然敢大摇大摆地在景区里晃动。你们知不知道，就你们现在待的这个小院，可能已经被多少个人盯上了？"

四人全都不说话了，脸上的敌意也消失了许多。

"那你还不跑？"苗旭小声说道。

"听不懂我刚才说的话吗？"成奚蕊重新坐在椅子上，说道，"我能往哪儿跑？你们把我丢在杀手们的视线里，我能往哪儿跑？我现在只能来找你们！"

"可我们也是自身难保哇。"李立彬已经彻底放下了敌意。

说着，他一屁股坐在地上，像泄了气的皮球。

苗旭和刑翔东也安静地坐着不说话了。唯有党永，靠在门口的墙上，面无表情，像是在努力思索着对策。

成奚蕊说的情况并不是虚构的，她找党永等人之前，就已经发现了可疑的杀手。

原来，四人将成奚蕊抛弃到桦楠县城外的河边以后，成奚蕊并没有返回市里，而是继续朝着四人逃跑的方向追了上去。因为她深信，四人的冒失必将使他们落入暗网杀手们的视线，弄不好还将有人死去。她决定追上四人，再次跟他们组成命运共同体，在警方赶到之前。

她先是跑到路边，拦了一辆过路的运输车，沿着省道一路朝南追去。

司机告诉她，一直往南，将到达南沟县。途中，她看到一块巨大的路牌，提示前往双沟景区的岔道还有数公里。

"双沟景区怎么样？好玩吗？"成奚蕊故意向司机询问道。

司机好像对景区非常了解，热情地做了介绍："原来就是个山沟沟，这两年旅游开始火起来了。骑自行车的、徒步登山的、玩漂流的，还有农家院，你们年轻人可以去玩一玩。就是交通太不方便了，进出只一条山路，得走几十公里。"

成奚蕊认为，党永等人逃往人多的城市可能性不大，他们更大的可能会选择山沟中的景区。当司机停车在路边的加油站加油时，成奚蕊特地下车查看了一遍加油站旁的小超市和周围的停车场，结果真就找到了党永等人丢弃在这里的黑色轿车。

成奚蕊正好遇上一队采买矿泉水的徒步旅行团，于是主动跟他们攀谈，假装自己也是徒步去景区的，但是目前跟朋友走散了。

就这样，成奚蕊凭借超凡的美貌和绝对的亲和力赢得了徒步团的一致欢迎，他们将自己的装备借给成奚蕊换上，带着她一路朝景区走去。

进入景区以后，成奚蕊跟徒步团入住了一个廉价民宿。饭后，大家决定游览景区，采买补给，计划次日一早开始登山。

成奚蕊的目的是寻找党永等人的下落而不是登山，所以饭后，她假装不小心崴脚，拒绝了接下来的跟团行程。

就在团员们信以为真，扶着她回民宿的路上，第一伙可疑的驴友出现了。

那是一对自称是兄弟俩的徒步爱好者，身材健硕，都背着大大的登山包，装备一应俱全，而且都是名牌。二人热情过度，一再请求加入徒步团，还提出为大家提供更好的住宿和补给。

最终，徒步团经过商议，同意了二人的加入。大家将成奚蕊送回民宿，便一起出去采购了。

成奚蕊对二人产生了深深的怀疑。他们一看就是很有经验的户外探险者，资金充足，装备精良，体力和经验也非常优越，按理说，应该对初级爱好者组成的旅游团非常鄙视才对，可他们非常热情主动。外出的时候，大家都是轻装前往，那二人却十分谨慎，拒绝了将巨大的登山包寄存在民宿。

成奚蕊怀疑二人混入徒步团只是为了伪装身份，真正的目的是搜寻党永等人的踪迹。

事不宜迟，成奚蕊趁大家走后，赶紧前往景区的各个民宿，以考查入住环境为由，借机寻找党永等人。

就在走访民宿的过程中，其他几伙可疑的人相继出现了。他们也像成奚蕊这样，假借寻找民宿，实际上寻找着什么。这些人都是单独行动的，因为缺少交流，所以成奚蕊不敢百分之百肯定。好在她换了户外服装，又戴着遮阳帽，加上连日来的素面朝天，她才没有引起其他人的注意。

当晚，因为党永等人待在房间里没有外出，所以成奚蕊并没有找到他们。

次日一早，徒步团动身去登山了，成奚蕊则继续在景区里寻找。

到中午的时候，她又遇到一个非常可疑的人。那个人也是驴友打扮，好像盯上了成奚蕊，一直在她身后十多米的距离跟着。

成奚蕊怀疑自己已经暴露在暗网杀手的视线里了，十分害怕，导致慌不择路，从后门躲进了一家餐馆的后厨。

就这样，误打误撞，成奚蕊发现了党永等人的行踪。他们正在餐馆里悠闲地吃饭，而此时餐馆窗外，那个暗网杀手也已经注意到了党永等人。

也就是说，当成奚蕊跟踪党永等人回到他们的住处以后，民宿的位置至少已经被一个暗网杀手给锁定了。

"继续合作吧。"成奚蕊对逐渐放下敌意的四人说。

此时的四人，已经被成奚蕊的描述吓到了。他们万万没想到，自认为最好的逃生之地成了最佳的屠宰场，更没想到的是，暗网杀手来得这么快，对之前往论坛上发照片的举动后悔不已。

"你有什么计划？"党永见成奚蕊的脸上带着自信，知道她已有了主意。

"我先找个隐蔽的地方把你们四个藏起来，然后以我自己为诱饵，引出那些伪装成驴友的杀手。"

"你不要命了吗？"

"我的死活自然不用你们管，我自有办法。"

"你有什么猫腻吧？"党永下意识地说了这么一句。

"是否合作，随你们的便。"成奚蕊笑道，"不过，你们还有其他选择吗？"

苗旭将党永拽去了门外，小声提醒道："她要是跟警察合作，会把我们一锅端了！"

"没事，我自有打算。"

说完，党永回到屋里，问道："你有更好的藏身之所？"

"这后面上去有个山洞，是天然的，只有本地的老乡才知道。那些杀手都是外面来的，不会知道的。而且那里很容易防守，却不容易进攻。杀手万一追来了，你们就算拿起石头往下砸，也能守个三五天。"

党永的脸上露出一丝奸笑，对成奚蕊伸出了右手："合作愉快！"

第 39 章　美人为饵

3 月 14 日深夜，两辆警车呼啸着划破了宁静的夜幕，朝桦楠县的方向驶来。

警车一进县城，就有几辆当地的警车迎接，引导着一路朝城外的河边驶去。

河边的空地，早有数辆警车集结，当地民警已经在河堤边形成了一个巨大的封锁圈，无数盏车灯将方圆几十米照得如同白昼。

安晓峰跳下车，直奔空地当中正在实地勘查的民警而去。

"在这里搭了帐篷，一大一小，一共两个。"一位当地民警介绍道，"那边还有不少篝火烧过的炭灰。"

安晓峰又朝那边跑去，果然，沿着河堤有数个灰堆，旁边还有少量没有燃烧的柴草。

一阵夜风掠过河面朝安晓峰扑来，他忍不住打了个寒战。他望着黑色的河水以及杂草中裸露的黑土，迷茫感犹如冷风一样不断扑面而来。

马俊杰与当地民警对接完情况，走到安晓峰身边，拍了拍他的肩膀，语气尽量缓和地说："当地民警接到我们通知的时候，第一时间组织警力赶到了这里，对这里进行了封锁。但是，并没有发现成记者以及其他可疑的人员。从帐篷和物品撤走的情况分析，他们应该是已经走了很久了。比较有价值的线索是发现了清晰的车胎痕迹，能够分析出大致的车型，再对比市内外的道路监控，应该不难锁定车辆。另外，还找到一些烟蒂，提取出 DNA 只是时间问题。"

"就怕暗网杀手在咱们的前面到了。"安晓峰担心地说道。

"可能性极低。"马俊杰将刚刚与当地警方分析出的结论告诉安晓峰，"现场并没有发现打斗痕迹，也没发现血迹以及凶器。另外，这一带都是开阔平原，并没有适合制造绞刑案的场所。当地警方接到通知以后，一方面组织警力赶到河边救人，一方面封锁全县，进行彻底排查。几个小时下来，基本排除了有绞刑案发生的可能性。"

"这就奇怪了。"安晓峰的头脑里依旧充满了不解的疑惑，"有人在网上故意发布了小蕊的信息，肯定是想吸引那些暗网杀手，也就是说很可能是党永等人干的。可是现在暗网杀手也没来，人也不知道去了哪儿。可这又不可能是虚假信息，他们现在巴不得隐藏自己的行踪，冒险发照片肯定是想借由小蕊做饵吸引杀手，他们可以达到脱身的目的。"

"对。"马俊杰说，"我也怀疑党永那帮人已经将成记者抛弃了。现在见不到人，说明成记者很可能已经自行离去了。"

"她如果自行逃离，会先往县城的方向去，到那里设法跟我取得联系。可是并没有。所以，小蕊的下落只有两种可能，要么被杀手劫持了，要么依然跟党永等人在一起。"

马俊杰推断道："被杀手劫持的可能性非常小。照片发到网上后，不光杀手们可以看到，警方也可以。所以，他们要想下手，必须以特别快的速度赶来，然后再以特别快的速度找到适合制造绞刑案的场所，作完案以后，还要在警方到来之前尽快撤离。你抬头望一眼县城的方向，距离河边只有几公里而已，警方到这里的速度应该要比杀手们快。"

"那就只剩下一种可能了。可是党永他们抛弃了小蕊，又怎么会还在一起呢？"

"这个只能等救出成记者才会知晓了。"

"让当地警方重点排查销售帐篷和机制木炭的地方，让当地的交警部门重点排查可疑的车辆。"安晓峰走向警车，"走，咱们今晚就待在桦楠县城。"

15 日一早，安晓峰正在宾馆里接收技术部门发来的分析结果，他们利用河边留下的车辙印记比对出了可能的车辆型号。

刚接收完车辆图片，马俊杰就带着两名当地民警赶了回来。

"找到他们购买帐篷的商店了！"他说。

众人立即下楼，上了警车，朝县城内的一家户外用品商店驶去。

到达的时候，商店还没到开门营业的时间。当地民警连夜排查了所有户外用品店，把老板连夜叫到店里进行了询问。

"可惜，店里的摄像头是摆设，并没有通电。"当地民警抱怨着。

"他们几个人来的？"安晓峰走到老板面前，直接问道。

"四个男的，还有一个女的，一共五个人。"老板回忆道。

"女的长什么样？"

"我没看清，好像是短发。当时是四个男的下车，进到店里挑选。那个女的要下车，被男的制止了。女的就一直待在车上，是坐在后排座位。"

"他们开车来的？车牌号看清楚了吗？"

"没有。是一辆黑色的轿车，是辆旧车，车窗户上贴着黑膜。"

"他们都买了什么？"

"一大一小两顶帐篷、睡袋、绳索、炊具、木炭，还有几件防风衣。"

"有其他可疑的地方吗？"马俊杰插嘴问道。

"我在帮他们往后备厢装东西时候，我看到后备厢里有一些新买的钓具，还有很多方便面、矿泉水、火腿肠等速食品，应该是打算去河边钓鱼的。"

"听见他们的交谈内容了吗？"安晓峰问道。

"他们很少说话，只是低着头选购。挺奇怪的，也不问价钱，选好了最后才问总价。"户外用品店老板突然想起了什么，赶紧说道，"对了，结账的时候，一个年纪最小的小伙子问了一句，好像是那人的名字。"

"问了什么？"

"'勇'哥，钱够吗？"老板努力回想着，"对，就问了这么一句。"

"应该就是党永他们。"安晓峰走出店外，一边寻找着街道上的监控设备，一边对马俊杰说道。

"现在只能指望从车辆上寻找线索了。"

"可这一带都没有道路监控。"

"这里可真够落后的。"马俊杰抱怨道。

"当地警方在交警部门的配合下连夜排查可疑车辆，但是范围太大了，排查任务特别巨大，他们警力有限，恐怕要排查好几天才有结果。"

话音刚落，手机响了，是技术大队打来的，安晓峰赶紧接听电话。

"找到可疑车辆了！"是蒋工的声音，"多亏有你发回来的车辙印，我们在图侦和交通部门的配合下，对西沟镇到桦楠县沿线的省道，以及桦楠县城到河边的范围，进行重点比对。我们发现一辆老款的本田雅阁轿车是最符合的车辆。"

"什么颜色？"

"黑色。"

"车牌号拍到了吗？"

"监控拍到了，经过清晰度处理，已经掌握车牌号了。车主是西沟镇的，姓冯，今年53岁。"

"是盗窃的车辆吗？"

"不是。这辆车目前没有登记被盗信息。"

"那这个车主很可疑呀！"安晓峰说道。

"需要进一步调查这个车主吗？"

突然，又一个电话打了进来。安晓峰一看来电显示，是刘坤，就跟蒋工说："我一会儿再联系你。"

挂了电话，安晓峰接起刘坤的电话："西沟镇那边有发现？"

电话里，刘坤的语气略显兴奋："昨晚我跟全队赶到西沟镇这边，连夜跟当地警方对几个重点对象进行了排查。到今天早晨的时候，果然让咱们给找着了。还是全队厉害，要是全队没来，就又让那老家伙给蒙混过去了。"

"是师父找到的？"

"那可不。我们在一户人家排查完，人都已经走出院子了。全队突然注意到院外的路边有隐约的车辙印，就问送我们出来的户主，问他家有车吗？那老头当时有些慌，直说没有车。全队不信，就返回院子里查看，结果在院墙边又找到了车辙印，还发现了地上漏的两滴机油。"

"哇，师父这双眼睛，真是罪恶的克星！"

"要不所有人都喜欢跟全队做搭档呢！"刘坤继续兴奋地汇报道，"那老头一看瞒不住了，就说以前养车，现在年纪大了，就把车卖了。全队更绝，一直揪着不放，问他什么时候卖的，卖给谁了。老头支支吾吾的，答非所问。我们就让技术部门调查了老头名下的车辆信息，果然，他买过一辆二手的黑色本田雅阁轿车。"

"黑色本田雅阁？车主是姓冯吗？53 岁？"

"你都知道啦！"

"这个姓冯的有重大嫌疑！"

"已经不是嫌疑了，他经不住全队盘问，已经撂了。"刘坤继续汇报道，"你猜这个冯老汉是谁？"

"谁？"

"他就是苗旭的舅舅。好家伙！"

"党永的同伙苗旭？他们在西沟镇时一直躲藏在他舅舅家？"

"正是这样。第一次排查的时候，冯老汉对警方说了谎，所以咱们没有排查到党永他们的落脚点。"

"那他说出党永等人的去向了吗？"

"说是来的时候是党永他们六个人，后来又从市里接过来一个女的。根据相貌描述，应该就是成记者。他们是 9 号上午走的，也就是白子明遇害案发生之后，他们很可能看到了白子明被吊死在了水塔上。走的时候，只有四个男的，再加上成记者，一共五人。说是朝南走的省道，之后去了哪儿不清楚。他提供了一个苗旭使用的手机号，但打过去是关机状态。"

"离开西沟镇以后，应该就是奔着桦楠县的方向。"

"我跟全队结束这边的工作，马上就去支援你。"刘坤说道。

安晓峰挂了电话，又给蒋工回了电话。

蒋工向安晓峰提供了可疑车辆的牌照号码，又提供了新的情况："昨天下午，可疑车辆又出现在了去往南沟方向的省道上。在距离桦楠以南 60 公里处的加油站，监控摄像头拍到了该车。"

"我现在马上赶过去！"

挂了电话，安晓峰叫上马俊杰，两辆警车又风驰电掣地朝那个加油站驶去。

半个多小时以后，安晓峰赶到了位于省道路边的加油站。

"我去调监控。"下了车，马俊杰朝加油站屋里跑去。

安晓峰则绕着加油站观察着，看完加油站，又走去旁边的商品超市，突然，超市旁边的一个小型停车场引起了安晓峰的注意。

安晓峰走进了停车场，很快就发现了那辆被抛弃的黑色轿车。

安晓峰拉动车门，果然，车门都没锁，钥匙也插在车上。

安晓峰又打开了后备厢，帐篷和户外用具都被拿走了。正在此时，几个户外徒步爱好者走进超市里买水，安晓峰若有所思。

正在想着的时候，叮咚一声，收到了一条短信。

安晓峰打开短信，看到是一个陌生的号码发来的，内容是一组奇怪的数字："花间民宿，4+1+9"。

安晓峰没有在意，还以为是垃圾广告短信。正好又有两个骑自行车的驴友来到超市歇脚，安晓峰决定去超市里面看看，问问那些驴友附近有什么好玩的去处。

3月16日上午，花间民宿，党永等人租住的小院，随着成奚蕊锁好门走出，小院房间内已是空无一人。

成奚蕊此时并没有戴遮阳帽，也没有故意挑选隐蔽之处，而是大摇大摆地行走在景区的大街上，俨然一个真正的游客。她时而在一些景点驻足观看，时而走进沿街的店里看看货品，好像从来不知道正有杀手向她靠近一样。

是的，此时，就在成奚蕊招摇过市之际，已经被几名可疑的驴友盯上了。

这样堂而皇之的游览一直持续到了中午，在景区的网红餐厅吃完午饭，她又独自步行，回到了花间民宿。为了打消杀手们的怀疑，她还特地去了一趟商店，采购了许多东西，做出长时间游玩的模样。

回到民宿后，成奚蕊瞬间卸掉了伪装的轻松，立刻恢复了紧张的神情。她待在房间里，时而开大电视机的声音，时而放洗澡水，做完这些例行性的掩护动作，她也不忘不时透过窗帘的缝隙向外张望。果然，有几个可疑的男人正在外面徘徊。他们全都打扮成驴友的模样，看上去很专业，但是他们对民宿的监视轻易暴露了他们的目的。

成奚蕊不时地看着钟表的时间，越来越紧张。因为她知道，外面那些人就快要对她下手了。

扑通扑通，心脏跳动的声音。成奚蕊此时心中最想念的人，是安晓峰。

她能感觉到他的存在，可就是看不到他的身影。她并不知道，此时的安晓峰，正躲在花间民宿的另一个房间里。

安晓峰是昨天到达景区的，是收到了成奚蕊的暗号赶来的。

原来，成奚蕊在见党永之前，借花间民宿老板的手机联系了安晓峰，她给安晓峰发了求救短信。

花间民宿，4+1+9。

正在加油站附近调查的安晓峰一开始收到短信时没有在意，后来仔细一想，猜出是"四个逃犯、一个记者，以及九个杀手"的意思，于是马上回电，方得知是双沟景区的花间民宿老板的电话。老板反映，刚才有一个短发的年轻女游客借了他的手机，说是如果对方打过来，就告诉他民宿的地址。

打完电话后，安晓峰带着马俊杰立即组织了当地的警力前往景区。

到 15 日下午的时候，全树海率领着刘坤等一大队的人也都陆续赶到了。为了不引起怀疑，他们没有开警车，而是将车隐藏在景区外围的树林里，换上便装分批次步行进入景区。到了晚上的时候，市局派来的特警也都就位了，他们分散在花间民宿以及附近的几家民宿内，伪装成游客，由全树海统一调遣。

晚上，景区已经全部在警方的控制之内，所有大小路段均有暗哨。花间民宿也已经被警方控制。在距离成奚蕊所在房间的不远处，安晓峰一直躲在房间里，用望远镜默默地看着他的恋人。

全树海和马俊杰也在房间里，紧张地制定着抓捕方案。刘坤拿到了景区所有民宿近日以来入住游客的名单和身份信息，正跟技术大队的专家们在网上核对着他们的身份。

深夜，花间民宿外，警方做了周密的部署，严密地保护着成奚蕊的安全。马俊杰还伪装成喝醉酒的游客，故意与几名可疑的驴友接近，探查着他们的底细。实际上，已经有两名杀手暴露出了可疑之处，但是全树海没允许马上抓捕，他的计划是将九名暗网杀手一网打尽，叫他们一个都不能跑出景区。

到 16 日早上的时候，出现了明显的紧张气氛。陆续有很多可疑的驴友入住了花间民宿，使得原本冷门的民宿在不是旺季的时候突然出现了游客爆满的情况。全树海预感，杀手们快要下手了，他给警员们下达了命令，随时进入战斗状态，一旦成奚蕊遇到袭击，所有警力立刻收网，对监视内的所有可疑人员立即实施抓捕。

16日中午一过，一阵门铃声打破了午后的宁静。是一个入住了花间民宿的驴友，他拿着房卡跑到成奚蕊所在的院门外按门铃。

成奚蕊谨慎地走到院子里，隔着门问道："你是哪位？有事吗？"

男驴友回答："我是新入住的游客，民宿老板给我开了这个房间。你是上一个房客吧？你还没有退房吗？"

"你搞错了吧？我没有要退房。"

"那可能是民宿老板搞错了，他给我开了这个院子。要不这样吧，你出来一下，跟我一起去找老板说明一下情况。"

"等一会儿吧，我换件衣服。"

成奚蕊紧张地退回屋里，在窗户边张望着。

过了一会儿，男驴友见成奚蕊不出来，又按了几次门铃。无果，只能站在远处等着。

又过了一会儿，又有一名男人走过来按门铃，边按边说道："客人你好，我是民宿的电工，我进去维修一下电路，免得晚上停电。"

成奚蕊看出这两拨人都来者不善，正在害怕，又来了两个背着大包的驴友。成奚蕊看出来，他们就是之前主动申请加入徒步团的那两位。

第40章　凝望的深渊

加入徒步团的两名驴友来到院门外，按下了门铃。

成奚蕊走到院子里，小声问了一句："你们找谁？"

"是徒步团的呀，我们见过的，你不记得了吗？"

另一个说："团长知道你搬到这家民宿来了，叫我们来邀请你过去，说是下午举行团友聚餐。"

"我知道了，你们先回去吧，我一会儿就过去找你们。"

二人不肯离去："你先把门打开吧，我们有东西给你。"

"那你们等等，我换件衣服。"

成奚蕊赶紧跑回房间，将房门紧锁。

门外，两个驴友对视一眼，从背包里掏出工具，开始撬锁。

之前的两拨杀手见状，不甘落后，一个试图爬树翻墙进入，一个绕到后院，企图利用登山工具攀爬上房顶。

敲门声从院子中传来，成奚蕊紧紧抓着门把手，等待着死神的降临。

哐当一声，院门被踹开了，两个男人进入，直奔房门，猛拉了几下，见房门紧锁，开始砸门窗玻璃。

成奚蕊放弃守在门口，跑去了卧房，将房门反锁。她从床下找出一根木棒，握在手里，祈祷着。

哗啦，门窗被砸碎的声音，一个男人从破碎的玻璃处钻了进来，他将堵在门口的桌子、椅子全都挪开，打开房门，想要将同伴迎入屋里。可是，推开房门的一刹那，他完全傻眼了。

因为，他眼前看到的并不是他的同伙，而是安晓峰。

安晓峰握着手枪直接顶在了男人的脑门上，安晓峰的身后，那名同伙已经被马俊杰拿下了。

与此同时，爬到树上想要翻墙的那名杀手，也被刘坤拿着手枪对准，不敢动弹。

突然，卧室里传出一声尖叫。安晓峰一脚踹开房门，见到房顶瓦片被人挪开，露出一个大窟窿，一根登山绳悬吊下来，一个穿登山装的男子正利用滑索从房顶下降到屋里。

安晓峰飞起一脚，踹向刚刚落地的男子。男子翻滚在地，又动作麻利地顺势站起，抽出腰间一把锋利的匕首，与安晓峰对峙。

安晓峰来不及与成奚蕊叙旧，一把将她拉到身后，收好手枪，甩出警棍，与男人搏斗起来。

男人的身手灵敏矫健，像是学过搏击。但是他可能轻视了面前这个年轻的刑警，安晓峰是全省警察系统格斗实战的第一名。一根警棍在他手里舞得呼呼作响，不断抽击着男人浑身的各处关节，咔嚓咔嚓，骨骼断裂的声音不断传来，没一会儿工夫，男人已经失去了战斗能力，倒地不起。

安晓峰给男人戴上手铐，拽到了院子里。与此同时，警方也全力收网，将其余锁定的杀手全部抓获。

被逮捕的暗网杀手们一个个地被带进了院子里。在全树海、马俊杰等领导和队友的面前，安晓峰再也无法抑制对成奚蕊的思念，一把抱住了她，二人紧紧地彼此拥抱着。

"喀，喀，"全树海故意咳嗽了几声，提醒道，"先别急着起腻，任务还没完成呢。"

刘坤走上前，向全树海汇报道："全队，一共抓获暗网杀手八名。"

众人一阵讶异，尤其全树海最为明显："什么？八名？还有一名呢？"

刘坤汇报道："咱们确实是锁定了九名抓捕目标。不知道为什么，有一名杀手没有出现，好像提前听到风声跑了。"

"那个人看出我们的抓捕计划了吗？不可能呀。"全树海一阵疑惑。

"哎呀，不好！"安晓峰突然说道，"唯一没有出现的杀手，他的目标不是小蕊！"

"你是说……"

"那四个人藏身在哪儿？"安晓峰赶紧向成奚蕊问道。

"就在后面的山洞，我带你们去！"

安晓峰立即重新组织了警力，在成奚蕊的带领下，朝着后山的山洞跑去。

30多分钟后，众人来到了山洞前，经过一番探查，发现山洞里已经空无一人。

"党永他们人呢？"安晓峰朝成奚蕊问道。

成奚蕊也一头雾水。

马俊杰和刘坤进入山洞勘查完，出来汇报道："里面有食物残留，洞口也有生活的迹象，应该是待了一阵子才走没多久。"

成奚蕊恍然大悟："哎呀，坏了，党永骗了我。他们没想一直躲在这里，他们肯定是害怕被警方抓住，提前跑了。"

"这下糟了，他们跑出山洞，会被那名杀手发现的！"

说着，安晓峰赶紧掏出手机，打电话向全树海汇报情况："全队，党永他们四个全都逃跑了，他们现在很危险。"

"景区的出口已经被我们的人严密把守着，无论是那名杀手，还是党永他们四个，是不可能轻易逃离这里的。下一步，马上组织警力搜山吧。他们唯一的去路，就是钻进山里。"

挂了电话，安晓峰望着远处巍峨的高山，脸上再次露出深深的迷茫。

"这么大两座山，到处都是悬崖峭壁，还有一条水流湍急的深涧，我的天，怎么找啊！"马俊杰抱怨道。

"难找也得找，党永他们四个已经被那个杀手给咬死了，随时都有生命危险！"安晓峰说道。

"唯一漏网的那个杀手，才是所有杀手里最厉害的一个。所有人都围着客栈的时候，他却瞄准了党永等人，太可怕了！"刘坤提醒道。

"通知所有人回客栈集合，准备搜山！"

3月16日晚上，大规模的搜山还在持续。

全树海带病主持搜捕，已经开始不支，还在咬牙坚持。

8：30的时候，山脚下的全树海接到了山上的安晓峰打来的第一个电话，苗旭找到了，是尸体。

苗旭在安晓峰找到他的时候，就已经遇害了。

这是第四起绞刑案，他被人吊死在了一个峡谷的吊桥上。

是绳索和木板结构的软体吊桥，之前已经有几拨警员从桥上跑了过去，并没有发现异常。是安晓峰打着聚光手电站在桥头的时候，无意间照到的。

很快，安晓峰组织人手将苗旭的尸体从桥下拽了上来。依旧是专业的登山绳索，依旧是绞刑结。经过初步检查，他的脸上和手上有多处瘀青，怀疑是与杀手进行过搏斗，被制伏以后，脖子上套上绳索从桥上推下去的。

在苗旭身上穿的白衬衫的后面，有人用记号笔写了一个大字：死。

安晓峰还向全树海报告了一个新的线索："党永等人已经不再是组团逃窜，他们肯定已经分散了。不知道是跑散了还是有意为之，总之，苗旭是在落单以后才被杀手袭击的。"

全树海给安晓峰的命令是："你们现在不是在跟杀手赛跑，是在和时间赛跑，尽快找到剩下的三人，尽快抓住杀手，就能减少伤亡。"

接下来，安晓峰率队继续沿着苗旭逃窜的方向挺进。

在将近11：00的时候，安晓峰接到了另一队搜查组的电话。

另一队搜查组是由当地警方组成的，他们带着搜查犬在半山腰的悬崖边，发现了李立彬，也是尸体。

安晓峰马上赶到了现场，众人合力将吊在悬崖下的李立彬拽了上来，人已经死亡多时。

这是第五起绞刑案。一样的登山绳，一样的绞刑结。

绳索的一端拴在悬崖边的大树上，一端套在李立彬的脖子上。他是被人用木棍打晕后，在脖子上套上绳索，推下悬崖吊死的。

在李立彬尸体的肚皮上，也有人用记号笔写了一个大字：有。

刘坤推断，死者身上的字是那名杀手写的，先是"死"，后是"有"，那么剩下的两名目标如果再遇害，身上应该写的是"余"和"辜"。

死有余辜。或许代表了杀手看待四名目标的心情。

接连杀害两名目标，安晓峰此时真正意识到，这名杀手真的是所有十一名杀手里最难对付的一个。他善于逃跑和追捕，善于伪装和躲藏，对完成模仿杀手任务也是得心应手，甚至比佟海建做得都要流畅和干脆。

他更像主犯。而佟海建，则像他的从犯。

3月17日清晨，成奚蕊说服全树海，允许她利用景区的广播，向全景区喊话。

景区负责人破例在早8：00的时候打开了广播室，成奚蕊与全树海进入广播室，开始向仍在逃窜的两名逃犯和一名杀手喊话。

成奚蕊对着麦克风大声地说道："党永、刑翔东，你们不要再跑了，景区已经被警方封锁了，你们是无论如何也跑不出去的。我知道你们现在已经走散了，你们知道吗？苗旭和李立彬已经被杀死了，你们要是不赶紧出来向警方自首的话，随时都会有生命危险！"

成奚蕊继续喊话道："党永，我劝你别傻了，你只有回到警方身边，才能活命！"

歇了一会儿，成奚蕊继续喊话道："刑翔东，你的年纪还小，也不是主犯，你跑什么跑？你也傻了吗？你好好想一想，吃几年牢饭跟丢掉性命，哪个划算？你们没有任何户外生存经验，跑到景区里就完全成了猎物，你们想要活着出去就赶紧自首！"

过了一会儿，全树海也对着麦克风对杀手进行喊话："杀手你听着，十一个人落网了十个，就剩你自己了，我奉劝你不要再继续杀戮了，自首吧。杀戮只能让你心中的仇恨更深，无法化解一丝一毫的仇恨。你现在杀死两个人了，你问问你的内心，它好受一点了吗？没有吧！所以，赶紧出来自首，你已经被警方包围了。另外，我已经知道你是谁了！"

成奚蕊的声音和全树海的声音通过广播传出，回荡在景区的各个角落。不光警方的人听见了，逃犯和杀手也都听见了。

果然，在搜捕工作进行到中午的时候，成奚蕊的广播喊话起到了作用，刑翔东主动下山，向警方自首。

安晓峰回到了山下的帐篷里，这里是全树海的临时作战指挥部，师徒二人要在这里对刑翔东进行紧急审讯。

经过成奚蕊的一番开导，刑翔东已经决定向警方招供，以寻求警方的保护。

为了让刑翔东的供述更加顺利，全树海特批成奚蕊在场陪同。

帐篷里，四人两两一组，面对面坐定，全树海和安晓峰的脸上因为接连发生了两起新的绞刑案，全都严肃无比。成奚蕊也是第一次见识如此气氛的审讯。

"党永在哪儿？"全树海开门见山地问。

刑翔东连夜奔波逃窜，早已疲惫不堪，他用沙哑的嗓音回答道："我们四个跑出山洞以后，本想逃出景区，但是看见景区的出口已经戒严了。于是党永决定，进入山里，翻过山一样可以逃离，还不容易被人发现。可是刚进山不久，我们就被一名杀手盯上了。他就像是山里的野兽一样，在密林里跟我们周旋，他手上有一把开山刀，砍中了党永的胳膊。"

"你是说党永已经受伤了？"全树海追问。

"是的。"刑翔东继续回答道，"他们搏斗过，所以被砍了一刀。"

"那苗旭和李立彬是怎么死的？"安晓峰问。

提到两个伙伴的死，刑翔东突然害怕起来，嘴里支支吾吾的，说不清楚。

成奚蕊赶紧劝道："你只需要实话实说，不知道就说不知道，不用猜测。你可以先从你们是怎么分开的说。"

刑翔东酝酿了一下，继续说道："党永受伤以后，变得急躁起来，他逼着我们分散开，各自逃命，说是活下来的，就去南边的南沟县碰头。苗旭和李立彬担心单独遇到杀手必死无疑，就拒绝分头逃命，后来他俩就跟党永打起来了。"

"你当时在做什么？"全树海问。

"我拉架来着。后来党永一气之下，独自逃走，我就去追他了。"

"也就是说，苗旭和李立彬是怎么死的，你也不知道？"

"是的。我后来追上党永，我俩就往山里逃。苗旭和李立彬他们一直没有追上来，我想，他们应该走了别的路线。但是他俩肯定是一起的，因为他们的胆子比较小。"

"应该是被凶手追上以后，二人慌不择路，才跑散了。"安晓峰小声对全树海说道。

全树海继续问道："你还没说党永的下落。"

"我们走到一个悬崖边，下面就是大河，党永说从那里跳下去，可以更快到南沟县。我不会游泳，不敢跳，就跟他商量走别处。他不肯，自己跳了下去。我正在犹豫要不要也跳下去，就听见成记者的广播了。"

"党永他朝南沟方向跑了？"安晓峰确认道。

"应该是。总之，顺着河游的确能更快到达南沟县。"

"你下山的时候没跟那名杀手遭遇吗？"安晓峰又问道。

刑翔东用力摇头。

"杀手肯定是追杀党永去了。"安晓峰对全树海说道。

全树海点了点头，思索着什么。

刘坤进来，交给全树海一张清单："全队，抓获的八名暗网杀手通过连夜审讯，全都已经认罪了。这是他们的真实姓名和所对应的暗网 ID。"

全树海看了一眼，递给安晓峰。

安晓峰看着清单，念着上面的暗网名字："Hidden killer、人体贩卖机、0x00000035、钢丝茧、format c、氰毒牛奶、IPC$、蜜罐 3344……那么唯一漏网的那名杀手的 ID 是……"

"凝望的深渊！"刘坤补充道，"'当你在凝望着深渊的时候，深渊也在凝望着你'。这句话出自尼采《善恶的彼岸》第 146 小节。"

"这么看来，正在追杀党永的杀手就是凝望的深渊。"安晓峰对全树海建议道，"既然党永已经跳河往南沟县方向游了，咱们的搜山行动可以收队了。接下来，咱们需要组织警力立刻去南沟方向追捕二人，就让我跟马俊杰带人去吧？"

"我也去！"刘坤主动请缨。

"可以，但是你们一定要小心，千万不能轻敌。因为那个凝望的深渊比我们想象的可怕得多。"全树海叮嘱完，又朝着刑翔东问道："我看你神色恍惚，是不是有什么心里话想说？"

听全树海这么一说，刑翔东的神色更加慌张了。

成奚蕊赶紧问道："那个杀手你看到他的样子了，是吗？他跟党永搏斗时，你肯定看见了。他是谁？是不是你认识的人？"

刑翔东低着头，双腿狂抖，样子十分纠结。

"你知道什么，就赶紧交代出来，只有抓住那个杀手，你和党永才会安全。"成奚蕊动之以情，"你还这么年轻，也没有犯什么死罪，最多几年，你就出来了。如果杀手没抓住，你以后怎么跟你的家人一起生活？你还打算继续过逃亡的生活吗？"

刑翔东终于被说服了，他把心一横，说道："当初我们跟刁文龙一起勒索那个富婆时……"

"哪个富婆？赖美琳吗？"安晓峰追问。

"对。我们勒索赖美琳时，发现她背着丈夫外面有个通奸的情夫。"

"你说宋宁？"成奚蕊突然问道。

"对。是叫宋宁。"

第 41 章　相反的爱意

听到成奚蕊提及宋宁的名字，全树海和安晓峰都朝成奚蕊投来了疑问的眼神。

成奚蕊赶紧解释道："我之前采访过赖美琳，她跟我说起过这个宋宁，二人在结婚之前就交往了好几年。"

"你继续说。"全树海对刑翔东说道。

"追杀我们的人，就是宋宁。"刑翔东带着难以掩饰的后怕，继续说道，"只不过样子变了，不像以前那样是个小白脸了。现在他又黑又壮，脸上还有刀疤，留着胡子，十分沧桑。因为党永认出了他，所以他死咬着党永不放。党永又受了伤，我想，他很难活着了，宋宁迟早会追上他的。"

话音刚落，马俊杰走了进来。交给全树海一张照片，是笔迹对比图。

"队里那边的同事通报了最新的调查情况，通过对赖美琳的调查，她那个畏罪潜逃的情人名叫宋宁，二人是初中同学，算是青梅竹马，好了很多年。在赖美琳落网以后，宋宁逃跑，警方对宋宁的住处进行过搜查，找到了他之前写给赖美琳的便条。通过对便条上的字迹与苗旭和李立彬尸体上的字迹比对，基本可以认定为同一人。"

"这个宋宁就是凝望的深渊。"全树海说道。

"他对党永有这么大的恨意吗？"安晓峰质疑道。

全树海没有回答。

成奚蕊给安晓峰提供了一些信息："我采访赖美琳时，她跟我说了很多她跟宋宁的事。她说她们都是对方的初恋，一起来到城市里打拼，有着美好的目标共同去奋斗。宋宁对她无微不至，二人感情非常深厚，用赖美琳的话说，她们不是偷情，而是真爱。只不过，张志奇更加成功，赖美琳后来接受了现实。婚后，赖美琳依旧与宋宁保持着恋爱关系，还经常背着张志奇在经济上资助宋宁。

后来赖美琳入狱，一定对宋宁的打击很大，他有可能认为是刁文龙和党永等人的勒索毁了赖美琳。宋宁据说是一个非常极端的人，他反正已经是在逃犯，在这种情况下完全可能产生更极端的报复心理。"

安晓峰又疑惑起来："可是佟海建也参与了对赖美琳的勒索呀，宋宁为什么不报复佟海建，还跟他联手作案呢。"

"这就是为什么我两年前去采访佟海建的原因了。"成奚蕊解释道，"因为佟海建跟刁文龙他们不一样，他原本是一个老实的工科男，他参与勒索完全是误入歧途，再加上刁文龙的纠缠。后来勒索的事情不断升级，甚至失控，其实都是刁文龙一手造成的，后来佟海建并没有参与。我也是因为捕捉到了佟海建对犯罪有所觉悟，有悔意，还因为想退出而跟刁文龙产生了矛盾，才笃定地想去说服他自首，让他揭发刁文龙。"

"这就合理了。"全树海说，"尤其是后来刁文龙绑架并打死了佟年，佟海建对刁文龙也是恨之入骨的。在这样的情况下，宋宁完全有可能跟佟海建联手，他们有着共同的……喀喀喀——"

说着说着，连日奔波的全树海猛烈地咳嗽起来，脸色也变得煞白。

安晓峰赶紧结束审讯，命刘坤请来景区医务站的人，为全树海检查身体。

全树海并无大碍，彻夜奔波，疑似受寒导致肺部不适。安晓峰决定兵分两路，他与刘坤、马俊杰继续南下进行追捕，另派队里的两名侦查员随同全树海返回锦绣市。

下午，众人开始重新集合，按照分配各自准备。

特警们将抓获的八名暗网杀手和刑翔东押上警车，送回市里。

成奚蕊也将随同全树海一起返回。上车之前，安晓峰与成奚蕊又要分别，心中不舍。

"回家之后，好好休息，不要着急上班，多陪陪父母，他们最近为了你的事都没睡好觉。我抓到人以后就马上回去。"安晓峰叮嘱道。

成奚蕊紧紧地抱住安晓峰，却感受到了他身上防弹衣的坚硬，顿时感到一阵心疼："你一定要安全地回来，不要受伤。答应我。"

安晓峰并没有回应成奚蕊，目送着她坐着警车离去的时候，方才意识到他们之间难得再见面，却没说上几句话，没待上几分钟，顿时鼻子一酸，差点掉下泪来。

把全树海和成奚蕊送走以后，安晓峰又在当地警方的协助下，对苗旭和李立彬的尸体进行了处理，用冰块封好，又派人去案发现场复勘，提取晚间遗漏的痕迹物证以后，与尸体一起运回市里。

处理好后续工作以后，安晓峰带着马俊杰和刘坤，以及一大队的部分侦查员开车离开了景区，他们一路朝南，向着南沟县的方向驶去。路上，马俊杰已经提前联系了南沟县那边的警方，双方将在南沟县对党永及宋宁展开最后的抓捕。

3月17日深夜，全树海回到刑侦支队以后，只休息了两个小时，就紧急提审了佟海建。

一见面，全树海就把抓捕到的八名暗网杀手的照片放在佟海建面前。

"十一名领取了模仿杀人任务的暗网杀手，现在我们已经抓获了十名。"他开门见山地说道，"只剩下一名，'凝望的深渊'，他就是赖美琳的情人宋宁，他很快也会被抓住，只是时间问题。"

佟海建的脸色立刻暗淡下来，像霜打的茄子，失去了往日的自信。

"啊！我忘了告诉你，成记者已经安全回家了。"全树海继续打击着犯人的自信心，"还有刑翔东，我们也抓住了。还有党永，现在估计他快要抓住了。"

"目标……目标……"佟海建精心构建的计划遭到了严重的摧毁，突然变得语无伦次起来，"七名目标……不！"

"七名目标，我们警方有信心救出三个。我承认，你跟宋宁的计划很完美，确实造成了一定的伤亡，也给我们警方的工作带来了很大麻烦。但是，我们终将摧毁你们的计划，我们一定会破案。"全树海努力压制着身体的不适，用铿锵有力的语气说道。

佟海建低头不语。

"我连夜过来是想通知你一声，马上就要结束了。"

佟海建缓缓抬起头来，望着面前镇定自若的全树海，就在抬头的一瞬间，好像已经苍老了10岁："姜还是老的辣，你比那小子厉害。"

"不，他比我厉害。"

"好吧，我全都认罪。我承认，宋宁是我的同谋。"佟海建终于卸下了心防。

"你们两个，宋宁是主犯，对吗？"

"说不好。"佟海建的语气也变得沧桑起来，"一开始，我只是单打独斗，我只想报复刁文龙而已。他让我断了后，我也想让他断后，就这么简单。可以说，我是我自己案子里的主犯。后来，宋宁主动找到了我，提出更大的设想，报复党永等七人。他说，那七个人死有余辜，他们或参与了绑架，或参与了勒索，或两者有之，可他们却逃脱了法律的制裁，这可不行，我们得惩罚他们。于是，我们一起策划了模仿杀人的计划。所以，我也不知道我们俩到底谁是主犯、谁是从犯了。"

"他有什么魔力，能够轻易地说服你合谋？"

"他指出了我的困境。他很聪明，长期的逃亡，让他变得更加狡猾。他告诉我，一旦我杀害刁文龙的女儿，警方很快就会根据之前的人际关系锁定我，我甚至没有多少时间可以逃跑，很快就会落网。而我落网以后，我的父亲可能就会遭到党永等人的疯狂报复。所以，他说，一定要斩草除根，要干就干得彻底，一次性把所有应该处理的人全都处理掉。"

"模仿杀人计划是他提出来的？"

"是我。他的计划是一一猎杀，像猎人捕猎那样，需要先设置陷阱，太原始了。我用了我的专长，给了他新的建议。现在是网络时代了，应该利用科技的力量。我提出了利用暗网发布模仿杀人的计划，我还有很多存款，我都拿了出来，作为杀手们的奖金。我提出计划以后，宋宁很兴奋，他很佩服我，他没想到，采用我的计划，在我因为杀人落网以后，整个计划还能够顺利地延续下去。"

"之前给两名杀手送酬金的人就是宋宁，对吗？"

"是他。钱都在他那儿。"

"你就不怕他拿走你的钱，逃之夭夭吗？"

佟海建笑了："不会的，他比我更加憎恨刁文龙一伙。因为赖美琳。你们肯定已经查到了，他跟赖美琳的感情，怎么说呢，不是常人能够想象的。"

"有什么办法可以让宋宁自首或收手吗？"

佟海建又笑了："我会告诉你吗？"

"为了你儿子佟年，让他泉下有知，你们少杀一个人，到此为止，不好吗？"

佟海建想了很久，才说："老全，我给你个面子。这样吧，你去找赖美琳吧，只有她的话能对他起到作用。"

"谢谢。"

全树海站起身，如释重负。

3月18日，成奚蕊精神焕发地到报社上班的时候，赢得了报社同事们热烈的掌声。

社长以成奚蕊协助警方抓获多名嫌疑人对其进行了表彰，还说将向记者协会申请，给予更高的功勋奖励。

成奚蕊则表示："以前我挺看重名誉这些的，但是经历了这次特殊的失踪后，我发现当记者本身才是我喜欢的。能够每天到报社来上班，能够做我喜欢的采访、写稿，能够跟家人、朋友、同事们在一起，才是我最喜欢的。所以我一天都不想休息，快让我工作吧。"

主编不忘打趣道："是喜欢跟男朋友在一起吧！"

众人一阵哄笑。

"你有什么新的选题想做吗？"社长问道。

成奚蕊酝酿了一下，认真地说道："我想做《失联》系列的特别报道，针对这次的案件，名字我都想好了，叫"模仿犯"。我将从新的角度重新审视这个案件，尤其是两年前的绑架案和赖美琳杀夫案，我发现自己以前的认知都是不全面的。我一直相信人性的复杂，但是我没想到会有这么复杂。或者说，并不是复杂的宽度，而是复杂的深度。这深度就像深渊，当我凝视它时，我看不清它，它却能看清我。"

成奚蕊的发言再次赢得了一阵掌声。

上午，成奚蕊坐在久违的工位上，一边构思着她的特别报道，一边复盘她这半个多月的经历，当然，也为正在追踪罪犯的安晓峰捏一把汗。

中午，跟同事去单位食堂草草吃过饭后，成奚蕊刚回到办公室，就接到了全树海打来的电话。

"成记者，有空吗？我想请你帮个忙。"电话里，全树海开门见山地说。

"全队，自己人，您别客气。什么事？"

"我想让你再去一趟监狱。"

"去见赖美琳？"

"是的。"

成奚蕊眼睛一亮："如果我没猜错的话，是想让我请赖美琳出面发声，规劝宋宁出来自首，不要继续杀戮，对吗？"

"小成啊，这就是我喜欢跟你打交道的原因，你很聪明。"

"不是我聪明，是你跟我想到一起去啦！"

"那太好了，事不宜迟。"

"我马上就去。正好，我还想找她再深入谈谈。"

挂了电话，成奚蕊交代报社的同事："所有找我的电话都转接到我手机上。"

交代完，成奚蕊快速跑到楼下，驱车赶往市第一监狱。

哗啦、哗啦、哗啦，一阵阵的脚镣声由远及近，缓缓地向成奚蕊的耳畔传来。

在那声音更加接近的时候，她主动站了起来，迎接她所熟悉的女囚犯。

赖美琳被狱警带了进来。赖美琳看到成奚蕊身旁立着一个架子，手机已经在架子上固定好，她先是愣了一下。

"怎么，成记者，要给我录像吗？"她一边说着，一边在椅子上落座。

"时间紧迫，我就开门见山地说了。"成奚蕊坐下，用诚恳的语气说道，"我今天来找你，是来求你帮我个忙的。"

"是关于宋宁吗？"女囚犯突然问道。

成奚蕊点头。

"他又杀人了？"赖美琳果然对宋宁十分了解。

"说实话，又杀了两个。他现在还在继续追杀，情况十分危险。"

"刁文龙已经死了，他还想杀谁？党永吗？"赖美琳随意一猜，竟然精准地猜中了。

成奚蕊再次点头。

"疯子！真是疯子！我最担心的事还是发生了！服刑以来，我总是做噩梦，我心里唯一放心不下的就是宋宁。我担心他一天不被警方抓到，说不定哪天就干出什么蠢事来。他那个人，怎么说呢，有点极端，容易冲动。要不然也不能……当时其实我没想杀死我丈夫，要不是他的一些举动，事情不至于发展成那样。"

"他的心里最在乎的人是你，所以，我想请你帮忙。"

"怎么帮？"

"我想请你录制一段视频，向宋宁喊话，劝他收手，不要继续杀戮下去了，劝他向警方投案自首。"

"以他的罪名，投案是死，不投也是死，你觉得有什么区别吗？你觉得他会听我的吗？"

"我只是不想再有人死了，我只是希望少一点杀戮，哪怕只是少杀一个人。"

赖美琳思索了片刻，才说："那好吧，成记者，我听你的。"

成奚蕊将手机对准赖美琳，按下了视频录制键。

赖美琳对着镜头，稍微整理了一下头发和衣服，挤出一丝温暖的笑意，缓缓道："宋宁，好久不见。你想我吗？我很想你。我在这里一切都好，我承担了自己过去犯下的罪行，现在我的心很舒坦。你知道，我是爱你的，直到现在，我也深爱着你。我相信，你也是一样的。但是，我必须先跟你说声'对不起'，我错了，我错在不应该选择那样的方式跟你恋爱。过去，我总是欲求不满，我总是变着法想各种手段，去刺激你，想让你上进，让你成功。我甚至用跟张志奇结婚的方式刺激你，我还故意告诉你，我选择成功的商人结婚，就是因为你没有作为。我还故意气你，说如果你是个男人，就要比张志奇更成功，然后把我抢回来。唉，我太幼稚了。现在我才知道，我那已经不是爱了，我是把我的野心跟你对我的真爱进行了残忍的交易，我那是绑架，我那是勒索，我那么做，跟党永当初对我做的事有什么分别？宋宁，我现在想要告诉你，是我错了，我对你的不是爱，是不甘心，你对我的才是爱啊，那才是爱！所以，对不起，是我唯一能够跟你说的。是我不配拥有你的爱，我不配被你爱。"赖美琳流下了悔恨的泪水，哽咽了一会儿，继续说道，"是我伤害了你，是我将你逼成了极端的人，也是我将你逼到了杀人潜逃的地步。宋宁，回来吧，不要再为我而犯错了，你这样，我会更加自责、更加悔恨的。如果你还爱我的话，就不要再增加我的罪孽了，好吗？请你回来吧，向警方自首吧！不要再逃了，更不要再杀害任何人了，如果你还爱我的话，请为我做这最后一点点事情吧！"

成奚蕊关闭了手机视频的录制，屋子里一直回荡着赖美琳的哭声。

呜呜呜！赖美琳崩溃了，她的泪水倾泻直下，犹如暴雨，难以自制。

成奚蕊摸了摸自己的脸颊，她发现，有一行泪，不知流了多久，已经快要干涸。看着手心慢慢干涸的泪珠，一时竟不知自己为什么流泪。为了爱情？她不确定。

成奚蕊不得不强行收起悲伤的心情，快速收起手机和拍摄设备，因为她很清楚她要赶快将视频交给全树海。

赖美琳脸上满是泪水，趁着女记者收拾东西的工夫，最后跟她述说了一点心声。她说："所有人表达爱意的方式都很不直接，都是反着的。"

"什么意思？"成奚蕊问道。

"我不爱你，可我却跟你缠绵着；我爱你，可我却在拒绝着。"

"那你觉得人为什么不选择更加直接的方式表达爱意，而是宁愿选择相反的方式？"

赖美琳摇了摇头，也甩掉了脸上的最后一滴泪水。

成奚蕊迈着沉重的步伐走了出去，在门外的时候，她特地回头望了一眼，因为她知道，这一眼也许就是她和赖美琳之间的最后一次对望。

此时，成奚蕊看着赖美琳的心情，是很清澈的。她的心里正在认可赖美琳刚刚说的那句话。

李眉芸，用对女儿的冷淡来引起再婚丈夫的重视。这冷淡是她对女儿爱意的表达，是相反的。

佟海建，用打骂来表达对儿子的呵护。这严苛是他对儿子爱意的体现，也是相反的。

赖美琳，用接受别的男人来表达对男友的爱之切。这背叛是她对恋人的忠诚，也是相反的。

心里在说"我爱你"的人们，为什么都在用相反的行为作为表达呢？

成奚蕊感到了深深的不解。

第 42 章　报复的本质

3月18日傍晚，去市局刑侦支队送完视频，成奚蕊没有马上回家，而是先回了报社。她还沉浸在赖美琳的话里，也依旧在为安晓峰担心着。

正在满满的思绪中，突然，一个同事喊了她几句："小成、小成！"

成奚蕊抬起头。同事指了指座机电话："打来报社找你的，我给你转过去。"

丁零零，同事放下听筒，成奚蕊桌上的座机响了，成奚蕊接起来。

"成记者！是成记者吗？"一个陌生又熟悉的声音从听筒里传来，语气十分急切。

"你是……党永？！"

"成记者，太好了，你果真回报社了！快帮帮我！我被他追上了！"

"谁？你说被谁？"成奚蕊其实已能猜出是谁，问了这句，只不过是为了确认，更是在趁机思考。

"宋宁！他现在就在外面！"党永明显压低了音量，显得小心翼翼。

"党永，你别着急，告诉我你在哪儿？"

"南沟！南沟县！"

"南沟哪里？"

党永犹豫了片刻，才说："县医院，在县医院里。"

"你受伤了，对吗？"

"没事，死不了。他现在就在医院外面，我好像看见他了。妈的，他这么快就追上我了。"

"党永，如果你想像刑翔东一样活命的话，就必须寻求警方的保护，你得自首。"

"你现在说这个有什么用，道理我都懂，问题是我怎么逃出去！"党永的音量再次压低了，"我问了医院的人，医院在县城西边，可公安局在县城东边，宋宁现在就守在外面，我没法出去！"

"你可以找个地方藏起来，医院人多，我相信他不会轻易进去行凶的。只要你能坚持一会儿，我马上通知警方去营救你。"

"你先让警察在外面找到他，只要把他抓了，我就出去自首。否则我是不会和警方合作的，我不信任他们。"

"可以。那你答应我，不要轻易尝试逃跑，好吗？老老实实待在医院里，不要逃跑，你如果逃跑，下场很可能跟苗旭他们一样。你已经受伤了，你完全不是他的对手，不要尝试跟他搏斗，好吗？"

"那就让我们最后再合作一次吧，我相信你，你也要相信我。"

挂了电话，成奚蕊掏出手机，给安晓峰拨了过去。

"党永来电话了，说他在南沟县医院里。宋宁可能就守在医院外面，他想请求警方的援救。"成奚蕊如实以告，"你可以请求当地警方的协助，在医院外面先将宋宁找到并控制住，党永就会出来自首。"

"你相信他吗？"安晓峰突然问道。

这个问题，让成奚蕊突然无法马上回答。

电话里，安晓峰继续说道："我们控制了宋宁以后，他真的会主动自首吗？万一他趁我们抓捕宋宁的时候逃跑怎么办？万一他挟持了医院里的人当人质，要求我们放走他怎么办？"

"我还是想得简单了。"成奚蕊不得不承认。

"我现在马上组织警力赶去县医院。"安晓峰说道，"如果党永提供的情况属实，他们都在那里，那我会把整个医院区域封锁，然后慢慢搜索目标。只是医院情况复杂，人太多了，宋宁如果狗急跳墙，会伤及无辜，所以只能小心地搜索。但我相信，只要他们在那里，就一个都跑不了。就怕……党永的话有水分。"

"你是说，党永对我说了谎，他根本就不在县医院？"

"据我们追捕的情况，党永应该是进入了南沟县城。我是说，宋宁的身影还没有捕捉到，他在不在还不好说。那家伙比较狡猾，多年的逃亡，早就练就东躲西藏的本事。"

"那你注意安全。"

"你也是。有什么情况，或者他再打来，你尽量拖住他，为我这边争取时间。"

"好的。"

挂了电话，成奚蕊的心情一直处在高度紧张中。她在为安晓峰能否抓获宋宁而担心，也在为党永的命运而担心。

同一时间，刑侦支队第一审讯室里，全树海与佟海建进行了最后的对话。

"我找你，其实没什么可说的了。"全树海是这么做开场白的，"所以我不是想跟你说什么，我是想听听你还有什么想说的。"

"要结束了吗？"面容显得更加沧桑的犯人问道。

全树海点了点头。

佟海建长叹了一口气，并没有说话，而是跟全树海对坐着，良久。

这种无声地交谈，大约进行了15分钟，这是相当漫长的时间，全树海认为。

"没了吗？"全树海又问了这么一句。

佟海建想了一下，稍微组织了一下语言，才很谨慎地开口说道："我犯罪不是为了钱。"

"我知道。是为了报复。"

"你知道报复的本质吗？"

"我知道。是更大的罪恶。"全树海语气坚定地说。

"不对。"佟海建摇了摇头，说，"报复是人的一种心理防御机制。有人伤害了你、背叛了你，为了停止自己所受的心理伤害而进行的有效手段。"

"刚才那15分钟，你就是想了这个？"

佟海建点头，继续说道："世界是公平的，人人必须遵守规则。如果有人不遵守规则，就会给守约的一方带来伤害。"

"比如呢？"

"刁文龙用赖美琳及其男友宋宁的秘密要挟赖美琳，赖美琳支付了巨额的资金，他们达成了保密约定，刁文龙承诺自己会保守秘密。但是，他并未遵守那个约定。他把秘密泄露给了赖美琳的丈夫张志奇，卑鄙地想要赚取双份的钱。

他这么做给赖美琳带来了伤害，导致赖美琳失去了一切，还害得她身陷囹圄。赖美琳和宋宁才是受害者，刁文龙是加害者，宋宁之所以报复，是因为他原本是最遵守规则的一方。"

"……"全树海没有反驳，示意犯人继续说。

"我答应过刁文龙帮他做最后一次，刁文龙答应过不动我儿子，我们达成了约定。可是他后来还是变本加厉要挟我就范，还绑架我儿子，最后害死我儿子。我是守约方，我是受害者，他没有守约，他是加害者。我之所以报复，是因为我原本是最遵守约定的一方。"

"你是这么想的。"全树海突然想起一句话，于是试着说了出来，"甘地说过，报复的本质是增加邪恶。因剑得到的终将因剑失去。"

"他这话说得不完全对。"果然，犯人马上进行了反驳，"我承认我的报复增加了邪恶，但是，我不会失去什么，因为我早已一无所有。"

"不，你有生命。"

"重要吗？"

"尽管它很快将会失去。"

"《礼记》里有这么一句话，"佟海建的鼻子突然酸了一下，停顿了老半天，才又继续说道，"'父之仇，弗与不共戴天'，此仇不报枉为人。我只是遵照了我的本心，若要问杀父之仇和杀子之仇哪个更深一些？在我看来都是一样的。"

"想不到，你是这么看待报复的本质的。"全树海最后问道，"你想要带着这样的看法离开这个世界吗？"

"是的。"

"那好吧，再见了。"

佟海建的脸上露出了一丝笑容，一丝略显牵强的笑容。

3月19日清晨，南沟县城外通往锦绣市的省道上，两辆警车高速行驶着。

安晓峰的车里，副驾驶位坐着刘坤，后排座位坐着三个人。坐在两边的是一大队的两名侦查员，其中一位是马俊杰，坐在中间的人则是党永。

此时，党永的视线一直望着车窗外，面容流露出对自由的不舍。党永的刀伤已经包扎过了，没有了疼痛的逃犯此时脸上闪过一丝不甘的神情，更多的是获救之后的庆幸，以及对未来的沮丧。

坐在身旁的马俊杰打了他的后脑勺一下，提醒道："别动歪心思了，我们把你抓住，实际上是救了你。你就想着好好坦白罪行吧，认罪态度决定了你的量刑。"

安晓峰专心开着车，一路上一句话没说。

坐在身旁的刘坤感觉有点奇怪，忍不住问道："安队，你在担心什么呢？"

"不太对劲呀。"

"关于什么？"

"一直紧紧咬着党永的宋宁，为什么没有在南沟县出现呢？"

"我想是赖美琳的自拍视频起到作用了吧。那个视频公布以后，就连我看了都鼻子一酸，忍不住要落泪呢。"刘坤不忘又补充了一句，"当然了，因为我是女生吧，比较感性一点。"

"赖美琳那个视频真能说服宋宁罢手吗？"

"你认为不能吗，安队？"

"我不太确定。我是不敢相信。我这心里老是不安呀，老是感觉哪里不太对劲。"

刘坤安慰道："按照全队的命令，咱们先把党永送回去。下一步，就听全队的安排好了。"

手机突然响了。

"得，提师父，师父的电话就来了。"安晓峰按下手机的接听键，并按了外放键。

话筒里传来了全树海的声音，略显急切："宋宁一直没有出现吗？"

"我也在担心这个，师父。"

"感觉不太对劲呀。"

"我以为他会出现在南沟，可是他并没有对党永进行追踪，他好像提前放弃了。"安晓峰说道。

"我还怀疑是赖美琳的视频起到了作用。"刘坤说道。

"可他并没有来自首。他越是沉默，我就越是不安。"全树海说道。

"师父，你在怀疑什么，就直说吧。"安晓峰说道。

电话那边的全树海停顿了片刻，说道："你们说，会不会是宋宁的目标发生了改变？"

"全队，你是说，宋宁改变了他的目标？"问完，刘坤忍不住回头看了党永一眼。

安晓峰立即紧张起来："宋宁如果改变了目标的话，那么……"

"就是去找视频里的另外一个目标了。"全树海猜测道。

"你是说，小蕊？"

"有这样的可能性。"全树海说道，"当然，这也是我的推测。但是，我很不安啊。"

"原本追踪党永的宋宁突然改变了目标，他一直没有出现在南沟的原因，是他已经去找小蕊了？"安晓峰简直不愿意接受这样的推测。

刘坤的脸色早已大变："不好，成记者有危险！"

"怎么办？师父，我们怎么办？"

安晓峰一边猛踩油门，一边发出了近乎绝望的呼喊。此刻他能够做的，就是尽快赶回市里，赶到他的恋人身边，保护她。

而此时正坐在市局刑侦支队一大队办公室里的全树海，拿着电话听筒的手，早已开始颤抖。他的另外一只手里，正拿着一份报纸。那是一张过去的《城市晚报》，上面刊登着《富婆杀夫案始末》这样的专题报道，而报道的撰稿人，正是女记者成奚蕊。

全树海看完当年的报纸以后，更加坚信，赖美琳的恋人宋宁没有继续追杀党永的原因，是为了成奚蕊。

成奚蕊才是杀手最后的目标。

当年，成奚蕊采访完赖美琳后，做了详尽的报道。报道里，她用客观的眼光分析了赖美琳、宋宁以及张志奇的三角恋情。她在承认赖美琳和宋宁具有真爱的同时，也把宋宁作为婚姻的第三者客观地看待。这样的报道，甚至会使得读者同情死去的张志奇，而对宋宁和赖美琳的贪爱产生埋怨，使得宋宁被视作破坏赖美琳家庭的人，把赖美琳视作造成丈夫死亡的过错方。

大众产生这样的看法是成奚蕊无法避免的，报道的时候她其实已经想到了。新闻有两面性，这是她这个做记者的早就必须面对的。

可是，宋宁也许不这样认为。

这一点，全树海清晰地推测到了。

宋宁一定认为，他跟赖美琳才是真爱，而张志奇才是第三者。

张志奇也确实对赖美琳说过这样的话："我不爱你了，但我就是不跟你离婚，我就是让他得不到你！"

张志奇生命的最后时刻就是在用这样的方式对待赖美琳的。

我得不到你的爱，别人也别想得到。他是这样做的。

如果宋宁把成奚蕊当成了目标，那么宋宁就是想通过这样的方式告诉大家，所有人都是错的，他不是第三者，张志奇才是。他不是加害者，张志奇才是。

他和她是相爱的，他们才是受害者。这个世界上的人误解了他们。

可是，这样的误解，需要付出生命的代价吗？

这个问题是全树海无法认可的。

3月19日傍晚，火烧云映红了整个城市，也映红了报社大楼。

今天的晚高峰，跟平日里没有太大区别，职工们说笑着从报社里走出来，三三两两，轻松愉悦。

看大门的门卫大爷热情地站在门口，不时地跟大家告别。他还望着西边的云彩，笑着跟大家说："明天又是个大晴天，因为晚霞行千里！"

说笑间，一辆三轮电动车逆着人流进入了报社大院。门卫朝车上看了一眼，见是满载水桶的送水车，就没阻拦。

三轮车停在大楼门口，车上下来一个穿着配送马甲的男子。他先是从车上卸了几桶水，装在一辆折叠板车上，拉着进入了报社大厦。

门卫大爷见状，一阵疑惑，走到水车旁边打量着。

为什么不都拉进去，而是只装了几桶？他心中想着。

刚想去追问时，发现那送水工已经进入大楼，不见了踪影。

门卫大爷守在水车边，越想越觉得不对劲。尤其是当他看到手机和配送票据的腰包都随意地扔在水车上时，更觉得奇怪。

今天这个送水工好像换人了呀，而且他真够马虎的。大爷这么想着。

叮的一声过后，电梯门打开了。守在电梯门口下班的职员们刚要往电梯里面冲，却被迎面推出来的平板车给堵住了。

"哎哟，真是。"

一阵抱怨声过后，送水工终于笨拙地将水车拉出电梯，职工们瞬间挤满了电梯，下楼去了。

随着下班的职员相继离去，报社四楼变得空荡荡的，送水工四下张望了几眼，拽着水车朝走廊一端的办公室走去。

主编室、副主编室、责编室、档案室，一块块门牌出现在第一次来的送水工眼前。他把鸭舌帽压得更低，与一个挎着包走去电梯的男职员擦肩而过。

"请问，成记者在哪屋办公？"送水工小声问道。

男职员没有停留，只是随手指了指，就跑去电梯口了。

送水工的嘴角露出一丝神秘的微笑，他推开一扇半敞开的木门，进入一间偌大的编辑室。

开放式的工位一排连着一排，给人一种茫然的感觉。好在半空悬挂的牌子提示了各个部门的所在：国内部、国际部、财经部、法制部。

室内空荡荡的，已经没有了上班的职员。只有远处少数的几间玻璃门里，好像还有部分人员正在开会。

送水工蹑手蹑脚地拉着水车朝法制部走去。他突然停住了，因为他看到，一个工位上的名牌写着"成奚蕊"三个字。工位上，一个蒙着女士风衣的职员正趴在桌上睡觉。送水工的嘴角再次露出一丝神秘的微笑，他放下水车，从腰间抽出一把匕首，朝那工位睡觉的人走了过去。

送水工站在成奚蕊的工位旁，左右看了看，确定没有人，于是抓起风衣的一角，刚要掀开……

室内的壁挂电视上，突然播出了一段视频。那熟悉的声音，让送水工突然愣住了。

他转过头，电视里正是他心爱的女人："宋宁，回来吧，不要再为我而犯错了，你这样，我会更加自责、更加悔恨的。如果你还爱我的话，就不要再增加我的罪孽了，好吗？请你回来吧，向警方自首吧！不要再逃了，更不要再杀害任何人了，如果你还爱我的话，请为我做这最后一点点事情吧！"

一开始，宋宁还有一点犹豫，但是他看出有人故意在用赖美琳刺激他，就越听越气。他用凶狠的目光四下巡视着，寻找着按下电视遥控器的人。

就在这时，披着女士风衣睡觉的人突然动了一下。宋宁一阵紧张，不去理会电视里的视频，赶紧将风衣掀开……

"宋宁，你被捕了！"

宋宁刚要举起匕首劫持正在睡觉的女记者，掀开风衣后看到的却是一个年轻男人。男人早有准备，手里还握着一把手枪，枪口顶在宋宁的脸上。

"我现在是不是应该叫你'凝望的深渊'？"举着手枪的安晓峰问道。

宋宁一阵懊悔，当他再次四下扫视时，看到的是无数刑警从周围的房间里冲出来，更有无数的手枪对准了他。

哗啦一声，安晓峰将手铐戴在了宋宁的手腕上。

随后，不知从何处走出来许多报社的记者，他们围住刑警们，报以热烈的掌声。

鼓掌的记者中，就有成奚蕊。

宋宁看到成奚蕊的一瞬间，彻底泄了气，也放弃了抵抗。

马俊杰和刘坤将宋宁押走，刑警们收队，并向队里坐镇指挥的全树海汇报收网情况。

而安晓峰却一边收起手枪，一边走向了成奚蕊。他一把抱住成奚蕊，惹得成奚蕊一阵慌张。

"我很想你！"他说。

"你别这样，同事们都看着呢。"成奚蕊害羞起来。

"那怎么了？"

"你是警察！"

"我是警察，但是任务完成了，我已经下班了。我现在不是警察，我是你男朋友！"

"你确定吗？"

"你说呢？"

说着，安晓峰朝成奚蕊的嘴唇狠狠地吻了下去。

编辑室里再度爆发出欢呼声和掌声。

番　外

2017 年 2 月 16 日晚上，理工大学女生宿舍，一阵刺耳的手机铃声打破了室内的安静。

手机响了好几遍以后，唯一住着人的床铺终于坐起来一个蒙着被子睡觉的女生，她极不情愿地接了电话。

"你什么时候回家？"手机里传出一个中年女人没好气的质问。

"我哪有家？！"坐在床上的女生也是一脸气愤。

"你没家吗？那我这里是什么？猪窝吗？"

"那是你和于展军的家，不是我的。"女生不客气地说。

"刁珺妮！"妇女叫喊道。

"你不用这么大声，我听着呢。"

"学校早就放假了，你老在宿舍待着干什么？"电话里，李眉芸向女儿下了最后通牒，"我限你今天给我回家，否则我就去学校拎你回来！"

"哎呀，行了，行了。明天再说吧。"

"明天真能回来？"

"嗯。"

"我可警告你，明天你可一定要回来。大后天一天你就在家给我待着，哪儿都不许去！"

刁珺妮看向了贴在床头的日历，大后天特地做了记号，是个特别的日子。

"听到没有？"

"嗯。"

"回来之前去一趟药店。"

"又想起来吃药了？不怕于展军看见？"

"你这孩子，废什么话呀？让你买你就买。在你们学校旁边的药店买吧，别让熟人看见。"

"嗯。"

"明天必须回家！"

"嗯。"

挂了电话，刁珺妮一阵生气，她又看了看日历，一阵失望，于是蒙起棉被继续睡去。

2月17日，刁珺妮快到中午才起床。

手机里又有无数个李眉芸打来的未接来电，她未作理会，简单地洗漱完，背着背包走出了学校。

她先是在学校附近的餐厅吃了饭。吃饭的时候，因为心情郁闷，还点了两瓶啤酒。

吃完喝完，晕晕乎乎地走了出来，仍旧不想回家，于是她又走进路边的一家 KTV，钻进一个狭小的包间里，唱了三首歌，喝了几瓶啤酒。

手机又响了无数回，她都没接。后来手机没电了，她就插上充电器，让它就那么响着，听着手机铃声，喝着啤酒，不知不觉地睡着了。

当晚，刁珺妮是在 KTV 的包间里过的夜。

2月18日一早，刁珺妮走出 KTV，在商业中心找到了一家药店。

买完母亲的药，装在背包里，上了路边的公交车。一个多小时后，回到了李眉芸和于展军所住的小区外，也就是她母亲所说的家。

她刚想走进小区，突然发现小区门口有家花店，犹豫了老半天，还是走了进去。

"请问需要什么花？"店员柔声问道。

刁珺妮想了一下，说道："缅怀亲情的花。"

"那就百合吧。"店员朝身后指了指。

"还有，就是……平辈的人……"

"嗯，你说什么？"

"朋友。不是。同学。也不是。"

"看望年纪相仿的人，表达友谊？"

"嗯。"

"那就菊花吧。"店员指着另一片区域。

"好。"

"那你稍等，我给你包起来。"

"等等。"

"改主意了吗？"

"我可以明天来拿吗？"

"当然可以。"

刁珺妮付了花钱，又打量了一会儿那些花，转身走出了花店。

她并没有朝着小区的方向走进去，而是去了相反的方向，尽管她的手机再次响了起来。

当晚，刁珺妮来到了小区附近的长途汽车站，在候车大厅里坐了一整晚。

2月19日一早，花店的店员刚刚开门营业，昨天订花的女孩就来取花了。

店员将一束百合以及一束菊花用报纸包好，小心翼翼地交到女孩手里，并欣慰地看着她迎着朝阳走出了花店。

多好的年纪啊，多漂亮的女孩啊。她想。

刁珺妮又一次选择了跟小区相反的方向，上了一辆公交车，朝着市郊的方向走去。

大约两个小时后，市郊外的公墓站，刁珺妮捧着花下了车。

她快步走进墓园，快速地穿过一座座墓地，来到了她熟悉的墓碑前。

那是刁文龙的墓。

那下面躺着的十恶不赦的人，正是她的父亲。

刁珺妮把背包和菊花放在一旁，小心翼翼地拆开百合花束，一枝枝地将鲜花在墓碑前摆好。

摆完以后，她跪了下来，毕恭毕敬地在墓碑前磕了三个头。

"爸，今天是你的忌日，她不让我来，但我还是来了。"

刁珺妮感到有点泄气，干脆坐在了自己的小腿上："爸，我想跟你说一句话。但是我知道，我说了你肯定会生气。"

刁珺妮用手指不停地揪着棒球外套的衣襟，里面那件白色的长裙把刁珺妮涨红的脸庞衬得更加红润。

"我后悔了，关于那件事。就是这句，我说完了，我先走了。"

刁珺妮快速站起身，重新背好背包，拿起菊花，朝墓地外面跑去。

离去的时候，她并没有回头。

15分钟后，她坐上了另外一辆公交车，又朝着距离市区更远的二号墓地走去。

车辆在并不平坦的郊区路面上颠簸着，刁珺妮却毫无感觉，因为她好像感受到了自己的人生。

坐在最后一排座位的女孩拉了拉长裙的裙摆，发现上面沾上了几处泥土。她并没有理会，只是看着，她又感受到了她的人生。

多年以来，她都有一个秘密，一直没让母亲知道。那就是与刁文龙离婚以后，李眉芸便躲去了乡下，刁文龙数次纠缠，李眉芸都没有答应复婚的事。而刁珺妮其实一直背着李眉芸在跟刁文龙来往。

因为她意识不到母亲嘴里说的父亲的坏到底有多坏。她只是觉得刁文龙对她不算太坏。

刁文龙发现刁珺妮从小就有偷钱的习惯，于是时而给她一些零用钱花，时而跟她打探李眉芸的一些情况。这些打探都很单一，主要围绕着李眉芸是否结交了新的男人。

再后来，刁珺妮偷钱被老师抓到了，被狠狠地批评了一顿。

刁珺妮第一次跑到了城里，给她父亲打了电话。

刁文龙并没有因此责备她，而是鼓励了她。是的，刁文龙鼓励女儿可以继续偷钱，他还说，赚钱可以不择手段，钱并不可耻，怎么来的也不重要，重要的是一定要有钱，没有钱才是卑鄙可耻的。尽管以刁珺妮当时的年纪，已能明显地听出父亲的话是错误的，但是，她当时因为父亲的包容竟然感到一丝感动。

再后来，刁珺妮上高中时，经常背着李眉芸去市里跟刁文龙见面。

也正是从那时起，她渐渐明白了父亲到底是做什么的，也明白了当初为什么母亲要跟父亲离婚。

再后来，父亲指使她去了市里的一所高中门外，主动结识了一个叫佟年的男生。她很轻易就完成了父亲交代的任务，获取了佟年的信任。她还跟父亲说，那个叫佟年的高中生非常幼稚，看起来就很晚熟，连什么是骗他的都不知道。

就这样，刁珺妮这个假朋友利用假名字，认识了老实单纯的佟年，并从他的嘴里套出了他家的住址。

刁珺妮把佟年家的地址告诉父亲的时候，赢得了一笔不小的奖励。她后来用这笔钱买了新手机，就是现在用的这部。

买手机的时候，刁珺妮并没有意识到她接近佟年的举动将会带来什么后果，更不会意识到刁文龙获知了佟家的地址后将会怎么做。

不过现在坐在公交车里的刁珺妮知道，那是错的。所以，她刚才在刁文龙的墓前说了那句话。

公交车又到站了，刁珺妮下了车，捧着菊花，怯生生地走进了墓地。

这是她从没来过的地方，她也不敢找人询问，只能一排排地看着，寻找着那个男孩的墓碑。

找了很久很久，终于找到了。

那块被擦拭得干干净净的墓碑上面，刻着"爱子佟年"的字样。

她将菊花放下，直愣愣地看着墓碑上的照片。

在她的印象中，佟年是一个很听话的好学生。她跟他的交流很少，但是每一句都还记得。他说，他本来很相信他父亲的话，但是得知父亲的生意失败以后，看到父亲依旧摆出一副很成功的模样，他就感觉受到了欺骗。尤其是工厂倒闭之后，债主们跑到家里、学校去骚扰，让佟年感到很没面子。他说他没法在学校待下去，他甚至希望他父亲赶紧死掉。

刁文龙得知佟海建家的地址后，也对其进行了骚扰。当曾经的不堪再次发生后，佟年甚至想找刁珺妮坦露心声。他想告诉她，他已经不希望父亲死掉，他想告诉她，他现在希望自己死掉。

刁珺妮因为欺骗了佟年，所以不敢跟他见面。直到后来佟年死去，她也一直不敢来他的墓地看他。

看到他的照片时，她有点害怕。

她有点后悔当初认识了他。

她甚至自惭形秽，每每想起之前的事。

她对她父亲说过这样一句话，她说："佟年是个傻子，但不是他的错，是他爸爸给他惯出来的。"

现在，再次想起这样的话时，刁珺妮感觉自己很卑鄙。

"对不起。"她说。

她不知道她这句话是替她父亲说的，还是替她自己说的。

"我也得不到母爱，更不会得到父爱，这是我罪有应得的。"这句话是她在心里说的。

说完这句，她转身离开了墓地。

走出墓地以后，路旁的一辆四轮电动车上下来一个中年男人，朝她问了一句："坐车吗，孩子？"

刁珺妮摇了摇头，继续往前走。

走着走着，她的脑袋嗡的一下，瞬间感到了一阵强烈的眩晕。她以为是在烈日下行走，低血糖的毛病又犯了。她又走了几步，直到脑袋上有血顺着脖子流下来。

她回过头，看向身后。刚刚电动车旁的中年男人站在她身后，手里正拿着一块带血的石头。

刁珺妮的眼前迅速模糊起来，并向路边栽倒。她手里的手机也随之滑落，顺着草丛滚进了山路边的峡谷。

佟年，对不起。

白裙女孩在彻底昏迷前，心里想着这样的话。

迷迷糊糊中，她看到佟年的父亲抱起她，走向了停在路边的四轮电动车。